Vom Kreuzberger Gräfekiez nach West Virginia

Band I.: Das schreckliche Geheimnis der Chirokesen

Don Winter

ISBN: 9798473534856

WIDMUNG

Meinen Eltern, die mich immer in jeder Beziehung unterstützt haben. Besonderer Dank gilt auch dem Lektor John Seiffert vom Arcon Buch Verlag, der mein Werk mit vielen Anregungen und Korrekurvorschlägen in besonderem Maße zu fördern wusste.

INHALT

DANKSAGUNG

Ich danke dem Arcon Buch Verlag ganz herzlich für die freundliche Annahme meines Manuskriptes und natürlich auch für die umfangreichen Korrekturarbeiten, die dann noch erforderlich wurden.

1. EIN INDIANER AUF DEM OP-TISCH EINES TIERMEDIZINERS

Im Monat Juli 1985 verließ ich mit meiner Familie den Kreuzberger Gräfekiez. Mit meiner Frau und unseren beiden Kindern zog ich in die Vereinigten Staaten von Amerika.

Dabei ließen wir uns in Point Pleasant nieder, im Bundestaat West Virginia.

Es war wahrhaftig nicht leicht für uns. In Berlin hatte ich an der Humboldt Universität erfolgreich mein Abschlussexamen in Tiermedizin abgelegt. Claudia, meine Frau, musste ihren Job als OP-Krankenschwester an der Berliner Charité kündigen.

Unsere damals achtjährige Tochter Annika ging in Berlin in die dritte Grundschulklasse. Die kleine Larissa, seinerzeit grade mal fünf, hatte die Vorschule in ihrem Kreuzberger Kindergarten besucht. Wir nennen sie nur Lara.

In den USA dauerte es erst mal geschlagene sechs Monate, bis Claudia und ich eine Greencard bekamen. Ohne diese hätten wir dort nämlich nicht arbeiten dürfen.

Ich selbst wollte mich baldmöglichst mit einer eigenen Tierarztpraxis selbständig machen. Daher beantragte ich bei den zuständigen Behörden die Zulassung als freiberuflicher Veterinär.

Während all dies noch geklärt wurde, konnten wir natürlich nicht arbeiten. Denn wir hatten ja noch nicht mal die Greencard. Somit mussten wir in der Anfangszeit von Ersparnissen leben. Dabei suchte ich aber schon fleißig nach geeigneten Räumen für die Praxis.

Diese fand ich schließlich kurz hinter Henderson, an der Straße nach Ashton. Das Gebäude befand sich direkt neben einer Apotheke. Dort wollte mir die vermietende Gesellschaft die Erdgeschossräume für meine Praxis überlassen. Im Obergeschoss sollten wir eine Fünf-Zimmer-Mietwohnung erhalten.

Den gekoppelten Mietvertrag für Praxis und Wohnung unterschrieben

Claudia und ich sofort. In der Folgezeit richteten wir die Wohnräume ein. Wir kauften Möbel, Betten und Schränke. Annika und Lara bekamen jede ein eigenes Zimmer. Beide Räume schauten über ein weitläufiges Gelände, das mit Wiesen und Obstbäumen bepflanzt war.

Aus Berlin hatten Claudia und ich noch unsere internationalen Führerscheine. Diese waren auch in den USA erst mal gültig. Bei einem Gebrauchtwagenhändler erwarben wir zuerst einen Toyota Corolla für meine Frau. Hinzu kam dann noch ein alter Ford-Transporter mit kleiner Ladefläche für mich als Tierarzt. Zum Schluss war die Praxis im Erdgeschoss an der Reihe. Als wir diese auch noch eingerichtet hatten, da waren wir fertig.

Als wir nach sechs Monaten die Greencards erhielten, da waren sowohl die Wohnung als auch die Praxis vollständig möbliert. Kurz darauf wurde auch mein tiermedizinischer Abschluss anerkannt. Da war ich doch angenehm überrascht. Denn hier hatte ich die meisten Schwierigkeiten befürchtet.

An einem kalten Montag im Februar 1986 eröffnete ich meine Praxis. Zu diesem Zeitpunkt ging unsere Annika bereits in die North Point Elementary School von Point Pleasant.

Claudia assistierte mir in der Praxis. Dabei war in den ersten Tagen noch sehr wenig los. Das eine oder andere kranke Haustier wurde uns vorgestellt.

Dann kam der Mittwoch. Da riss uns mitten in der Nacht das neue Telefon aus dem Schlaf. Es war einer der Viehzüchter aus der Umgebung. Eine seiner Kühe kalbte, und es war eine Problemgeburt.

Das war um drei Uhr in der Nacht. Es hatte gefroren, und die Scheiben des Transporters waren mit Reif bedeckt. Allein eine ferne Straßenlampe spendete ein trübes Licht. Claudia gähnte, während ich das Fahrzeug in Gang setzte. Gottlob hatte ich mir am Telefon die Route beschreiben lassen.

So fuhr ich durch die bleigraue Dunkelheit. Die Rinderfarm fanden wir dann aber doch recht schnell.

Der Farmer führte uns in den Stall. Die Kuh blökte, und ich zog mir den langen Gummihandschuh über. Dann griff ich dem Tier kurzerhand in den

Geburtskanal. Ich bekam das Kalb am Vorderbein zu fassen und legte die Schlinge darum. Dann zog ich, im Takt mit den Wehen. Es stank fürchterlich. Doch dann kam das Jungtier, und die Nachgeburt pladderte gleich hinterher.

Die Kuh bog den Kopf, um ihr Kalb abzulecken. Da hatte ich mir von dem Farmer aber schon seine Kreditkarte geben lassen.

Der Farmer bedankte sich dann noch mal ausdrücklich. Als Neuling kannst du solch einen Auftrag aber ohnehin nicht ablehnen. Du musst raus, egal wie früh oder spät es ist. Selbst am Silvesterabend hat man zu fahren. Wenn man einem Kunden nämlich absagt, dann ist man ihn los. Und zwar für immer.

Den Farmer aber hatte ich in dieser Nacht schon mal als Kunden gewonnen.

Das sprach sich rum. Schon bald klingelte bei uns fast jede Nacht das Telefon. Und manchmal mussten wir sogar zweimal los.

Da kann ich nur lachen, wenn ich an Fernsehserien wie "Der Doktor und das liebe Vieh" denke. Weil da nämlich ein rosarotes Bild vom Tierarztleben gezeichnet wird. Von schlaflosen Nächten ist dort nicht die Rede. Dafür war in dieser Zuckergusswelt noch nie Platz. Kein Wort davon, dass der Tierarzt seine Praxis dichtmachen kann, falls er nachts im Bett bleibt.

Am Freitag wurde schließlich ein Pferd in unsere Praxis geführt. Das gehörte dem Besitzer eines nahen Reithofes. Es war das Lieblingstier seiner ältesten Tochter. Aber es hatte auch einen bösen Hirntumor.

Ich sprach mit Mr. Connor, dem Besitzer des Pferdegestütes, Tacheles. Denn ich sagte ihm knallhart, dass es für sein Tier nur eine Fifty-fifty-Chance gebe. In jedem Fall mussten wir die Schädeldecke aufsägen. 50 Prozent betrug die Möglichkeit, dass der Hengst dabei draufging. Und 50 Prozent, dass er durchkam. Aber auch das war keine Garantie, dass das Tier wieder so werden würde wie früher. Es konnte lahmen, es konnte torkeln – alles. Im besten Falle aber würde es wieder ganz gesund.

Darauf telefonierte Mr. Connor kurz mit seiner Tochter. Dann sagte er nur ein Wort: "Okay!"

Wir rollten zwei Decken auf dem Fußboden unserer Praxis aus. Dann gab Claudia dem Hengst eine Beruhigungsspritze. Ich legte inzwischen den Venenkatheter. Mr. Connor war so mit dem Tier vertraut, dass es sich auf seinen Befehl niederlegte. Dann ließ ich das Narkosemittel Detomidin in den Katheter laufen. Schon zwei Minuten später war das Tier bewusstlos.

Anschließend sägte ich ein viereckiges Stück aus der Schädeldecke heraus. Claudia reichte mir indessen das Skalpell. Es lief wirklich klasse mit ihr. Eine andere Helferin wäre jetzt möglicherweise in Ohnmacht gefallen. Doch meine Frau war ja OP-Schwester. Und als solche war sie natürlich mit allen Wassern gewaschen.

Vorsichtig schnitt ich das vom Krebs befallene, kranke Hirngewebe heraus. Als ich den gesamten Tumor entfernt hatte, da setzte ich das Knochenstück wieder in die Schädeldecke ein. Es würde in den nächsten Monaten problemlos damit verwachsen. Ohne dass ich Claudia etwas sagen musste, legte sie dem Pferd den Kopfverband an.

Wenig später erwachte der Hengst. Er war noch wackelig auf den Beinen, und wir mussten ihm beim Aufstehn helfen. Mr. Connor hatte seinen Pferdeanhänger da, mit dem er das Tier auch gebracht hatte. Ich gab ihm noch genaue Anweisungen, was er in der nächsten Zeit zu beachten habe.

Ein halbes Jahr später klingelte es bei uns. Es war Sonntag, und wir saßen alle am Frühstückstisch. Die Mädchen trugen kurze Hosen und ärmellose T-Shirts, wegen des warmen Sommerwetters. Claudia ging, um aufzumachen.

Es war Mr. Connor. Er dankte für eine Tasse Kaffee und setzte sich kurz zu uns. Jezebel, der Hengst seiner Tochter, sei wieder vollständig hergestellt, erzählte er in bester Laune. Seine Älteste habe ihn daher gebeten, uns ihren herzlichen Dank auszurichten. Er selbst hätte aber auch noch was für uns.

Der größeren unserer beiden Töchter würde er nämlich anbieten, sie zur professionellen Springreiterin auszubilden. Sie könne dann auch an Hindernisrennen teilnehmen. Dazu müssten wir sie während der nächsten zehn Jahre täglich nachmittags zu seinem Reithof bringen. Um seinen Dank auszudrücken, biete er uns einen einmalig günstigen Preis an. Eine seiner Reitlehrerinnen sei selbst Landesjugendmeisterin im Springreiten. Sie würde das tägliche Training unserer Tochter übernehmen.

Unsere achtjährige Annika war so begeistert, dass sie sogleich aufsprang. Vor Freude laut juchzend tanzte sie wie eine Wilde um den Frühstückstisch herum.

Ich war mit ihr schon in Berlin ab und zu Reiten gegangen. Die Basics kannte sie also schon. Claudia wollte mit ihr dann gleich am folgenden Montag los, um Reithosen nebst Stiefeln einzukaufen.

Mr. Connor hatte die Verträge schon dabei. Ich unterschrieb, und Annikas Euphorie kannte keine Grenzen mehr.

Nachdem der Reitstallbesitzer sich wieder verabschiedet hatte, da bekamen wir allerdings gleich ein Problem. Denn jetzt meldete sich die jüngere Schwester zu Wort. Wenn Annika nun Reitunterricht bekäme, so die kleine Lara, dann wollte sie aber auch Sport treiben, oder?

Ratlosigkeit bei meiner Frau und bei mir. Ja, meinte Claudia schließlich etwas verunsichert, man könne den Mr. Connor ja noch mal fragen, ob unsere Jüngste auch bei ihm reiten dürfe.

Das veranlasste mich gleich zu einem lauten Warnruf. Denn für ein zweites Kind, so mein Einwand, würden wir ganz bestimmt keinen Sonderpreis mehr bekommen.

Klein-Lara wollte allerdings gar keinen Reitunterricht haben. Nein, denn das hübsche Kind hatte ja seinen eigenen Kopf. Eiskunstlauf wünschte die junge Dame zu betreiben. Beginnen wollte sie dabei an dem Tag, an welchem auch Annikas Reitunterricht anfangen sollte.

Da versprachen wir ihr, dass wir uns erkundigen würden. Sollte der Eiskunstlauf hier in der Umgebung angeboten werden, dann wollten wir ihr dies auch ermöglichen.

Wir stellten dann fest, dass im 52 Meilen entfernten South Charleston eine Eishalle existiert, in der es einen Figure Skating Club gibt. (Und damit einen Eiskunstlaufklub). Dort meldeten wir unsere Kleine noch kurzfristig an.

Damit musste Claudia noch einiges mehr einkaufen. Denn für Lara wurde ja nun ein Body gebraucht. Und nicht zu vergessen natürlich die Schlittschuhe.

Außerdem kam da ein ganz erheblicher Fahraufwand auf meine Frau und mich zu. Wobei ich gleich anbot, die Annika zu ihren täglichen Reitstunden zu kutschieren. Claudia war im Gegenzug unter Zähneknirschen bereit, die Lara täglich 90 Kilometer zur Eisporthalle und wieder zurück zu bringen.

Es wurde September, und unsere Mädchen betrieben Reitsport bzw. liefen inzwischen bereits Schlittschuh.

Doch einen Montag Mitte September werde ich nie vergessen.

Dabei muss ich vorausschicken, dass wir inzwischen zu dritt in der Praxis waren. Denn rechts von unserem Gebäude liegt ja die Apotheke. Diese gehörte dem alten Gus Harper. Er betrieb sie mit seiner Schwester Gwen Driscoll. Diese hatte noch eine Tochter aus früherer Ehe mit dem Namen Alma. Das Mädchen hatte die Mittelschule beendet und war nun 16 Jahre alt.

Diese Apotheke ging nie besonders gut. Denn dazu liegt sie zu abgelegen. Schließlich gibt es auch Apotheken in Point Pleasant. Da war die Eröffnung unserer Tierarztpraxis gleich im Nebengebäude natürlich ein Segen. Denn Claudia eilte oft mal rüber, um dringend benötigte Medikamente zu holen.

Die 16jährige Alma arbeitete in der Apotheke als Verkäuferin. Dieser Job gefiel ihr allerdings nicht. Das junge Mädchen wollte viel lieber was mit Tieren machen. Also bot ich ihr eine Vollzeitstelle bei uns in der Praxis an. Da war sie natürlich gleich dabei.

An diesem Montag wurde plötzlich mit aller Gewalt gegen die Tür unserer Praxis gehämmert. Befremdet sahen Alma, Claudia und ich uns an. Meine Frau ging dann zur Tür, um aufzumachen.

Draußen standen zwei Indianer vom Stamm der Cherokee. Sie schleppten einen dritten auf einer Trage herein.

Diesen dritten Indianer packten wir sofort auf den Behandlungstisch. Eigentlich war es nicht mein Fall. Denn ich bin Tierarzt, und der Mann war grässlich zugerichtet. Allerdings kann sich auch ein Veterinär vor der Pflicht zur Hilfeleistung nicht drücken. Und natürlich schon gar nicht in Notfällen.

Er hatte auf einer nahen Farm als Erntehelfer gearbeitet. Mit einem der Träger, die ihn hergebracht hatten, war er vor dem Mähdrescher hergegangen. Es wurde ein neu erworbenes Feld abgemäht, das voller Steine war. Kangee – so hieß der Verletzte – und der Träger Etu räumten Felsbrocken aus dem Weg, damit der Mähdrescher vorwärts kam. Dabei stolperte Kangee und geriet mit dem Kopf in die Scherblätter.

Nun war seine rechte Gesichtshälfte wegrasiert worden. Das sah natürlich fürchterlich aus. Das Gehirn lag an der Seite offen da, und die Hirnflüssigkeit war bereits ausgelaufen. Offenbar hatte der Mann aber auch noch einen Genickbruch. Ganz sicher war ich mir da aber nicht.

Ich sagte zu Claudia, dass sie im Pleasant Valley Hospital anrufen und den Hubschrauber anfordern solle. Meine Frau griff daraufhin zu unserem Praxistelefon und fing an zu sprechen. Dazu drehte sie sich zur Seite.

Die beiden Träger erhoben daraufhin ein Mordsgeschrei. Ich aber bat sogleich um Ruhe. Dann fragte ich erst mal nach ihren Namen.

Die Indianer stellten sich als Hinto und Etu vor. Es handelte sich um stämmige und kräftige Kerle mit dunkler Haut. Sie trugen helle Leinenanzüge und breitkrempige Strohhüte. Das schwarze Haar war bei beiden in der Stirn zum kurzen Pony gestutzt. Hinten war es pilzartig verlängert wie bei den Beatles.

Der Verletzte hieße Kangee, sagten sie. Diesem möge ich bitte den Kopf verbinden. Anschließend würden sie ihn in das nahe Appalachen-Gebirge bringen. Dort wollten sie ihn im heiligen Tlanuwa-See baden. (Dieser Bergsee heißt auf Englisch Ghoul-Lake, wie ich später erfuhr). Die Geister des Sees würden ihn dann wieder gesund machen.

Darauf erklärte ich, dass der Verletzte gar nicht transportfähig sei. Aus diesem Grund hätten wir bereits den Hubschrauber des nächsten Krankenhauses angefordert. Dort würde dann entschieden, was weiter erforderlich wäre.

Nun begannen die Cherokee aber wieder zu brüllen. Der verletzte Kangee habe keine Chance, schrien die beiden, und im Krankenhaus würde er den Tag nicht überleben. Ich solle Kangees Kopf nun bitte verbinden, damit sie ihn zum See bringen könnten. Denn nur dort wäre ein Bad und damit auch eine Heilung möglich.

Ich stellte daraufhin sehr laut und deutlich klar, dass dies der helle Wahnsinn sei. Denn der Verletzte würde den Marsch zum See nicht überleben. Der Hubschrauber sei bereits unterwegs. Sobald er hier wäre, würden wir den Patienten in den Heli laden und anschließend ins Krankenhaus fliegen lassen.

Als das Geschrei immer lauter wurde, da kam plötzlich der benachbarte Apotheker Gus Harper mit einer Indianerin herein. Sie stellte sich als Nitika vor und war wohl die Schwester des Verletzten. Sie bat die beiden Cherokee-Träger gleich ins Wartezimmer, wo sie mit ihnen sprechen wollte. Hinto und Etu folgten ihr daraufhin bereitwillig.

Der Apotheker flüsterte mir ins Ohr, es sei klug gewesen, dass ich den Transport in die Berge abgelehnt habe.

Dafür war der Alma allerdings jetzt schlecht geworden. Der Kranke mit dem offenen Schädel sah auch wirklich zum Fürchten aus. Da Claudia nun wieder hereinkam, schickte ich die Alma ins Nebenzimmer. “Was ist los?”, fragte meine Frau besorgt. Ich erklärte es ihr kurz. Dann fragte ich nach dem Hubschrauber. Claudia bestätigte mir, dass dieser bereits unterwegs sei.

Sie half mir dann gleich, den Kopf des Verletzten zu verbinden. Dabei legten wir einen erhöhten Druckverband an, damit die Gaze nicht mit dem Hirn verkleben konnte.

Plötzlich schlug der Patient die Augen auf. Claudia erschrak daraufhin so sehr, dass sie unwillkürlich einen Schritt zurücktrat. Nun bewegten sich die Lippen des Verletzten. Es sah so aus, als wolle er mir etwas sagen.

Behutsam brachte ich mein linkes Ohr in die Nähe seines Mundes. “Nicht an den Teufels-See”, hörte ich ihn flüstern. “Wurde - wurde im Mai getauft, Sir. Möchte deshalb – deshalb als Christ sterben. In Frieden, verstehen Sie?”

Ich hatte aber noch eine Frage. Und die richtete ich jetzt an ihn. Wieso seine Träger ihn denn zu dem See bringen wollten, erkundigte ich mich neugierig.

Aber er antwortete nicht mehr. Selbst seine Augen waren jetzt geschlossen. “Ich glaube, er ist tot”, meinte auch Gus Harper düster.

Ich drehte mich um, als sich die Tür öffnete. Mit Schrecken sah ich zwei männliche Indianer hereinkommen. Ging jetzt die Brüllerei wieder los?

Sie stellten sich unter den Namen Toni und Anuk vor. Gleichzeitig hörte ich aus dem Garten den Lärm des eintreffenden Hubschraubers. Er landete auf der Wiese zwischen dem Haus und dem Obstgarten.

Keine zwei Minuten später kamen zwei Sanitäter mit einer Trage herein. Vorsichtig wurde der Verletzte aufgeladen. Einer der Sanitäter fragte mich, ob der Patient noch leben würde. Ich erwiderte, dass ich ihn eben noch gesprochen hätte.

Toni und Anuk begleiteten die Sanitäter, als sie unsere Praxis verließen. Auch Gus Harper, der Apotheker, folgte ihnen. Nitika, die langhaarige Schwester des Verletzten, kam noch kurz herein, um sich bei uns zu bedanken.

Dr. Ebbenty aus dem Pleasant Valley Hospital rief mich später noch kurz an. Natürlich hatte er einige Fragen zum Unfallhergang. Darauf ließ ich ihn wissen, was mir erzählt wurde. Zum Schluss sagte er noch, dass sie im Krankenhaus allein noch den Tod des Patienten feststellen konnten.

Das machte Claudia und mich doch einigermaßen betroffen.

Später folgte ich meiner Frau noch auf die kleine Terrasse. Die goldene Herbstsonne ließ die Wiese und den Obstgarten in tiefgrünem Glanz erstrahlen. Apfel-, Birnen- und auch Pflaumenbäume trugen in dieser Jahreszeit schon schwer an ihren reifen Früchten.

Auf dem Rasen spielte unsere Lara mit einem anderen Mädchen Ball. Ihr braunrotes glattes Haar flog ihr um das schöne Gesicht, während sie juchzend auf und ab lief.

Das andere Mädchen hatte schulterlange blonde Locken. Fröhlich warfen sie den großen bunten Ball hin und her. Ließ eins der beiden Mädchen ihn fallen, so brachen die zwei in ein kreischendes Gelächter aus. "Wer ist die Kleine mit dem Lockenkopf?", fragte ich meine Frau.

Claudia meinte, das sei die Nichte des benachbarten Apothekers, Gus Harper. Ihr Name sei Missy Harper. Beide Mädchen wären fünf und damit gleichaltrig. "Und beide essen schlecht", fügte sie kichernd noch hinzu. "Deshalb habe ich die zwei eben in der Küche noch kurz abgefüttert!"

Plötzlich tauchte auch der grauhaarige Gus Harper im Garten auf. "Hallo zum zweiten Mal, Herr Doktor", grüßte er freundlich. "Kommen Sie doch noch auf ein Gläschen Wein zu mir herüber!"

Diese nette Einladung nahm ich natürlich gerne an.

Wenig später saßen wir auf seiner Terrasse. Die lag hinter dem Gebäude, in dessen Erdgeschoss sich die Apotheke befand. Auch Gus Harper und seine Schwester lebten im Obergeschoss, so wie wir.

Die Terrasse war von wildem Wein völlig überwuchert. Man saß daher sehr gemütlich und lauschig. "Das war heute ein heikles Ding, Herr Doktor", sagte Gus, während er unsere Gläser mit Rotwein füllte. "Ich meine diese Eingeborenen, die das Unfallopfer ja unbedingt in die Berge schleppen wollten."

Ich fragte ihn daraufhin, was er darüber wisse.

Er wiegte den Kopf, während er mit mir anstieß. Seine Schwester, die Gwen Driscoll, meint er, die habe einen Schwager namens Carl. Nach dem frühen Tod seiner jungen Frau sei dieser beim Schlittenfahren im Winter schwer verunglückt. Das Opfer habe im Bett liegen müssen und sei gefüttert worden. Selbst im Rollstuhl hätte Carl kaum eine Stunde am Tag sitzen können. Dazu sei seine Wirbelsäule viel zu stark geschädigt gewesen. Weder seinen Stuhl noch den Urin habe er halten können. Es sei eine einzige Schweinerei mit ihm gewesen.

Ja, meinte ich düster, so tragische Unfälle kämen leider viel zu oft vor. So wie dieser heute, in meiner Praxis, mit dem verletzten Indianer.

Gus nickte traurig, während er wieder an seinem Glas nippte. "Es war eine entsetzliche Quälerei für alle, die ihn pflegen mussten", sagte er mit tonloser Stimme. "Und als es schließlich nicht mehr auszuhalten war, da ließ ich die Indianer kommen."

Hier fuhr ich auf, mein Glas absetzend. "Die Indianer?", fragte ich verblüfft.

Gus bejahte diese Frage. Der Ort in den Bergen sei unheimlich, meinte er. Hier in der Gegend sei der See als die Wanne der Chirokesen bekannt – *The tub of the Cherokee.* Angeblich könnten Lahme wieder gehen, wenn man sie in dem schwarzen Wasser badete, fügte der Apotheker noch düster hinzu.

Die Cherokee hätten früher hier in den Appalachen gelebt, fuhr er fort. In diesen Cherokee-Siedlungen sei sogar ein besonderer Dialekt gesprochen worden. Leider wären die Mundart als auch die Dörfer dieser Indianer in den Kriegswirren bis zum Jahre 1900 ausgelöscht worden. Die heutigen Cherokee lebten in Reservaten weiter nördlich, erzählte er weiter. Diese seien in benachbarten Bundesstaaten für diese eingerichtet worden. Aber natürlich kämen oft welche herüber, um hier auf den Farmen zu arbeiten.

Da fragte ich, wie die Indianer den Carl denn zu dem See getragen hätten. Im Rollstuhl, meinte der Gus daraufhin. Ob er selbst mitgegangen sei, wollte ich noch wissen. Auch diese Frage bejahte der Apotheker. "Da oben in den Bergen ist es kalt und neblig", fügte er noch hinzu. "Man kriegt es da mit der Angst zu tun, glauben Sie mir, Doc!"

Nun hatte er mich natürlich gepackt! – Neugierig wollte ich dann auch noch wissen, wie es weiterging. "Nichts", meinte er trocken. "Sie haben den Carl in dem schwarzen Wasser gebadet. Und dann war er auf einmal weg!"

"Was, er war weg?", rief ich verblüfft aus.

Gus nickte sehr ernst. "Wir dachten, er wäre ertrunken", meinte er. Tags darauf hätten die Verwandten dann alle das Zimmer des Kranken gereinigt. Darin habe es wirklich gestunken wie die Pest. Doch plötzlich rief Carls jüngste Schwester: "Schaut doch mal, wer da kommt!"

Ja, und da sei er zwischen den Bäumen hervorgekommen! Carl, so wie er vorher war, aufrecht gehend und ohne jede Behinderung!

Ich schüttelte daraufhin fassungslos den Kopf.

Der Carl habe kurz darauf ein zweites Mal geheiratet, fuhr der Gus fort. Seine Frau hätte ihm dann schon bald einen Sohn geboren – den kleinen Jerry. Nur leider habe sich der Carl im Wesen sehr verändert. Er sei ständig müde gewesen und habe fast den ganzen Tag geschlafen. Daher habe er auch nicht arbeiten können. Seine Frau trennte sich deshalb schließlich von ihm. Das aber habe den Carl so schwer getroffen, dass er sich einen Monat später das Leben nahm.

Für einen Moment fühlte ich mich erschüttert. "Das ist ja tragisch", flüsterte ich betroffen.

Gus zog dann ein gebundenes Büchlein aus der Jackentasche hervor. "Es ist das Tagebuch eines Landsmannes von Ihnen, Doktor", schmunzelte er.

Im letzten Licht der untergehenden Sonne studierte ich den Einband. Das Buch war anscheinend schon 1678 in Leipzig veröffentlicht worden. 1978 gab es eine Neuauflage, und 1982 schließlich die vorliegende englische Übersetzung. Autor war Moritz von Niederwangen, ein Fallensteller und Pelzhändler, der offenbar mehrere Indianersprachen beherrschte. "Lesen sie sich die Schrift mal durch, Doktor", empfahl mir Gus mit glucksendem Lachen. "Der Mann berichtet von seinen Besuchen in 20 ehemaligen Cherokeedörfern hier in den Appalachen. Sie werden staunen, das verspreche ich Ihnen."

Er steckte sich eine Zigarette an. Ich bedankte mich höflich, während ich das Buch einsteckte.

Inzwischen war es auf der Terrasse sehr dunkel geworden. Nur noch die Spitze von Gus' Zigarette war ein leuchtender Punkt in der Finsternis. Grillen zirpten in der lauen Nacht von West Virginia. Lara und Missy kamen plötzlich aus der Dämmerung geschossen. Laut lachend sausten sie um uns herum, wobei sie offenbar Fangen spielten.

Nun kam die Schwester des Apothekers, Gwen Driscoll, mit ihrem grauen Dutt aus dem Haus. "Missy, sofort ins Bett", befahl sie unnachgiebig. "Und du, Lara, gehst jetzt auch nach Hause. Deine Mutti macht sich bestimmt schon Sorgen, Kind!"

Energisch nahm sie den kleinen Lockenengel an die Hand. Dann verschwand sie mit der Missy im Haus. "Der kleine Jerry dürfte jetzt auch so alt sein", meinte Gus nachdenklich. "Der Sohn von Carl, dem Selbstmörder, wohlgemerkt. Ich meine, so sechs müsste er sein, wie die beiden Mädchen hier inzwischen auch!"

Meine Tochter Lara war mittlerweile wieder in der Dunkelheit verschwunden. Und auch ich trank mein Weinglas aus. Es war die rechte Zeit, um mich in angenehmer Bettschwere zu verabschieden.

2. EIN SO REICHER WIE UNSYMPATHISCHER KUNDE

Unsere beiden Töchter könnten unterschiedlicher kaum sein. Die achtjährige Annika hat das burschikose, etwas zu breite Gesicht von meiner Frau geerbt. Dazu die blonden Haare, die zuverlässigen blauen Augen und noch eine ganze Menge Sommersprossen. Zwei echte Hamburger Deerns, so wie sie im Buche stehn.

Bei meiner Frau mag ich ihre leichte Molligkeit. Sie hat angenehm gepolsterte Glieder, mit weichen Knie- und Ellbogengelenken. Ich schätze es sehr, wenn sie sich mir hingibt, diese watteweiche Liebe, in der nur sie sich versteht.

Annika blieben die Polster hingegen erspart. Sie war doch eher grazil und schmal gebaut. Das hatte sie mit ihrer jüngeren Schwester gemein.

Lara fällt hingegen in die mütterliche Linie meiner Vorfahren. Diese hat in den letzten Jahrzehnten nur noch schöne Mädchen hervorgebracht. Neben meiner Mutter wurden auch noch ihre Tante und eine Cousine Fotomodelle.

Ich selbst war ein Betriebsunfall. Denn ich passte ja gar nicht in das Leben meiner Mutter. So wuchs ich bei meinen Großeltern auf. Mutter kam allenfalls zu Ostern oder Weihnachten mal zu Besuch. Dann strich sie mir immer wie einem fremden Kind über den Kopf. Liebe und Zuneigung habe ich nur von Oma und Opa bekommen.

Über den Alltag eines Models haben die Menschen auch wieder falsche Vorstellungen. Man denkt sofort an Supermodels wie Claudia Schiffer oder Nadja Auermann. Genauso ist es bei den Kickern. Da fallen einem auch gleich die hochbezahlten Bundesligaprofis ein. Dabei spielt die erdrückende Mehrheit für wenig Geld in den Kreis-, Bezirks- oder Landesligen.

Meine Mutter war zeitlebens ständig unterwegs. Sie nahm wirklich jeden Job an. An der Nordsee war sie das schöne Gesicht im Inselführer. In den Prospekten der Modehäuser führte sie die neueste Kollektion vor. Was Krankenhäuser und Kliniken betraf, da war sie die hübsche Schwester Irmi, welche durch die Hausbroschüre geleitete. Selbst in Fernsehwerbesendungen präsentierte sie aktuelle Mode. In Schmuckprospekten zeigte sie sich mit Diamanten und anderen Edelsteinen. Auch in Strumpfhosen und sogar in Unterwäsche stand sie Modell. Auf den Laufsteg schaffte sie es aber nur in Einkaufscentern. Hier führte sie dann wieder Kleidung der dort ansässigen Modegeschäfte vor.

Die ganz großen Laufstege der Welt blieben ihr also verwehrt. Und damit auch eine Karriere als Supermodel.

Dennoch hatte sie ihr Auskommen. Sie kam viel herum und besaß ständig ausreichend Geld.

Als wir noch in Berlin lebten, da lag ihre kleine Wohnung keine fünf Minuten entfernt. Obwohl inzwischen Mitte Fünfzig, war sie aber dennoch nie zu Hause. Denn bis zuletzt zeigte sie sich gut beschäftigt. Sie war immer noch hübsch, und es gibt ja auch Seniorenmode, die präsentiert werden muss.

Bis sie vor wenigen Wochen einen leichten Gehirnschlag erlitt. Da war es dann vorbei mit der Arbeit, und sie saß zu Hause. Wir saßen auch, aber schon im Flieger nach West Virginia.

Meinen Vater habe ich nie gesehen. Aber auch meine Großeltern wussten nur sehr wenig von ihm. Er war wohl Maskenbildner. In diesem Beruf schminkte er auch Fotomodelle. Nach den Aufnahmen ging man dann geschlossen in eine Weinstube, um zu feiern. Zum Schluss waren alle beschwipst. Und da muss es schlussendlich auch passiert sein. Ich meine, dass sich meine Mutter auf einen One-Night-Stand mit dem Kerl einließ.

Unsere kleine Lara hat ein wunderschönes Gesicht, herrliches Haar und eine ganz süße, zartgliedrige Figur. Also bat ich meine Mutter, uns doch mal Kinderbilder von sich selbst zu schicken. Na, da staunten wir natürlich nicht schlecht!

Somit machte ich ein Foto von unserer Lara und schickte es meiner Mutter nach Berlin. Die rief gleich an und war völlig aufgeregt. Das sei ja sie selbst im Alter von fünf Jahren, rief sie immer wieder begeistert aus.

Prompt trudelte dann ein riesiges Geschenkpaket für die Lara bei uns ein. Das war ganz klar mal wieder typisch für meine Mutter! Denn für unsere Annika war natürlich nichts dabei! Die Kleine packte also fröhlich krähend ihre Präsente aus, während die ältere Schwester mit langem Gesicht dabeisaß!

Nach dem überraschend warmen Herbst kam endlich die Weihnachtszeit. So wie schon in Berlin, bauten wir natürlich auch hier den Lichterbaum auf.

Beide Mädchen glaubten fest an den Weihnachtsmann. Für Annika brachte er einen wunderbar gearbeiteten Reitsattel aus Leder. Der sorgte natürlich für glänzende Augen. Für Lara hatte er eine doppelte Schaukel für den Garten im Sack. Doppelt musste sie sein, damit Annika auch schaukeln konnte. Lara hatte sich diese Schaukel gewünscht, weshalb sie sich auch königlich freute.

Klar, das war was für Frühling und Sommer. Jetzt, im Winter, da konnten die Kinder mit der Schaukel noch nichts anfangen.

Im Januar 1987 hatten wir dann ein unerfreuliches Erlebnis. Claudia und ich hatten die Praxis geschlossen, mit den Kindern Abendbrot gegessen und uns bettfertig gemacht. Da klingelte zu später Stunde noch das Telefon.

Am Apparat war der Verwalter des reichsten Farmers aus der gesamten Umgebung. Fred Muholland gehörten nicht nur die größten Rinderfarmen in der Gemeinde. Nein, durch das Erbe seiner Frau war er auch noch in den Besitz mehrerer bedeutender Geschäftshäuser in Point Pleasant gekommen.

Wir wurden auf die Plenity-Farm bestellt. Bei unserem Pick-up der Marke Ford hatte ich inzwischen die Winterreifen aufgezogen. Tagsüber war über lange Strecken Schnee gefallen. Nachmittags kam dann ein starker Wind auf. Als wir losfuhren, da hatten die Böen gottlob die Straßen freigefegt.

Im Stall sahen wir Licht brennen. Claudia wurde ihr Schirm fast aus der Hand gerissen, so stark war der Wind. Frierend schlug ich den Kragen meines Wollmantels hoch.

Wir waren froh, als wir den Stall erreicht hatten. Dort standen im grellen Licht einer Gasleuchte drei Männer. Das waren Josh Miller, der Verwalter, Buck, sein Gehilfe, sowie Mr. Muholland selbst.

Der Verwalter und sein Gehilfe schüttelten Claudia und mir freundlich die Hände. Mr. Muholland aber tat so, als sähe er uns gar nicht.

Ich fragte, welches Tier wir behandeln sollten. Zu unserer grenzenlosen Überraschung war es ein – Esel!

Der Verwalter erklärte schmunzelnd, der Esel sei ein Spielkamerad aus den Kindertagen der Tochter von Mr. Muholland. Nun habe er einen "*bad foot*", also einen schlimmen Fuß.

Ich machte noch eine zweite Gasleuchte an, die wir mitgebracht hatten. Claudia verabreichte dem Esel inzwischen eine Beruhigungsspritze.

Am rechten Vorderhuf hatte das Tier einen üblen Abszess. Ich plädierte für eine Vollnarkose, um den Esel zu schonen. Claudia leitete alles in die Wege.

Wir breiteten eine große Pferdedecke über den Stallboden. Als der Esel einknickte, da legten wir ihn vorsichtig auf die Seite.

Ich öffnete das Geschwulst, damit der Eiter ablaufen konnte. Der Esel zuckte trotz der Narkose, als Claudia die Wunde dann sauber machte.

Das Tier zuckte nochmals sehr heftig, als wir den Fuß am Ende mit Jod desinfizierten. Nachdem dies geschehen war, da legte Claudia den Verband an.

Anschließend erhoben wir uns. Der Verwalter fragte, wie weiter verfahren werden sollte. Ich erklärte, wir würden übermorgen nach Feierabend in unserer Praxis zum Verbandswechsel kommen. Dabei wollte ich mir dann auch die Wunde ansehen.

Nun verabschiedeten wir uns. Erneut schüttelten der Verwalter und sein Gehilfe uns freundlich die Hand. Der alte Graubart aber tat wieder so, als existierten Claudia und ich überhaupt nicht.

Das gleiche Spiel wiederholte sich zwei Tage später. Denn da erschienen meine Frau und ich ja wie vereinbart zur Nachschau. Die Sonne verschwand bereits hinter den Hügelkuppen, denn es war Abendessenszeit.

Diesmal fehlte der Gehilfe. Aber der Verwalter und Mr. Muholland standen wieder dabei, als meine Frau und ich den Verband wechselten. Doch erneut würdigte der alte Farmer uns keines Blickes. "Die Wunde sieht sehr gut aus", bemerkte ich. "Wenn alles weiter so glatt geht, dann kann Ihr Esel schon bald wieder laufen."

Der Verwalter bedankte sich höflich. Auch wurde unsere Rechnung sofort beglichen. Nur grüßte uns Mr. Muholland auch diesmal zum Abschied nicht.

Trotz allem hatte ich einen neuen Kunden gewonnen. Denn allein in den folgenden drei Monaten forderte mich der Verwalter Josh Miller bestimmt ein Dutzend Mal an. Dabei war Mr. Muholland ausnahmslos vor Ort, ohne uns aber zu grüßen.

Schon im Wonnemonat Mai gingen uns dann einige Medikamente aus. Ich erinnere mich noch an einen bestimmten Tag. Claudia war bereits los, zur Apotheke. Die war ja gleich nebenan. Ich lief hinterher, weil ich ein Medikament zu nennen vergessen hatte.

Claudia stand schon an der Verkaufstheke, als ich kam. Ein junges, hübsches Mädchen mit langen Haaren war vor uns dran. Es grüßte uns betont höflich, sobald es uns sah. "Das ist Joyce, die Tochter vom alten Muholland", flüsterte Claudia mir leise ins Ohr. "Ist die nicht tausendmal netter als ihr alter Vater?"

Das fand ich allerdings auch.

Tage später hatten wir den ersten wirklich warmen Abend in diesem Jahr. Wie üblich war es ein langer Arbeitstag gewesen. Jetzt stand ich mit Claudia auf der Terrasse. Vier Kinder spielten auf unserer Wiese unter lautem Gejohle Ball: Drei Mädchen und ein Junge.

Kurz darauf erschien Gus. Er wollte mich zum Weinschoppen abholen. Und dabei natürlich über das Buch sprechen, das er mir geliehen hatte. "Der kleine Junge ist bestimmt der Jerry", meinte ich, "und damit das arme Kind des Selbstmörders, nicht wahr? Wer aber ist das andere Mädchen? Die zweite, auch mit einem Lockenkopf?"

Gus bestätigte sogleich, dass es sich bei dem Jungen um den Jerry handeln würde. "Der andere Rauschgoldengel ist die Cousine von meiner Nichte Missy Harper", fuhr er dann fort. "Sie heißt Alexandra Singer. Aber alle nennen sie natürlich nur Alex. Ist das nicht schön, Claudia und Steve? Die Kinder werden alle in diesem Jahr noch sieben und sind deshalb fast im gleichen Alter."

"Ja, sie verstehen sich offenbar sehr gut", stimmte ihm meine Frau sogleich zu.

Ich ging die drei Stufen zu Gus hinunter. Er legte mir gleich den Arm um die Schultern. Als wir an den Kindern vorbeigingen, da hörte ich den Jerry in aufschneiderischem Ton sagen: "Mein Vater hatte Fügel und konnte fiegen!"

Ich wunderte mich etwas. *Mein Vater hatte Fügel und konnte fiegen.* War der Junge etwa zurückgeblieben? Denn mit sechs Jahren musste er doch schon sagen können: Mein Vater hatte Flügel und konnte fliegen!

Doch in diesem Augenblick krähte die Missy: "Und mein Papi hat Zähne, die er aus dem Mund holen und waschen kann!"

Nun ist unsere kleine Lara dran: "Mein Dad hat einen Stachel, mit dem er wie eine Biene stechen kann!" hörte ich sie fröhlich in die Dämmerung hinaus posaunen.

Ich musste unwillkürlich lächeln. Da hatte unsere Jüngste die Spritzen, welche ich in unserer Praxis verabreichte, kurzerhand in einen Bienenstachel umbenannt!

Zum Schluss gab Missys Cousine Alexandra noch ihren Senf dazu: "Mein Paps hat Haare, die er sich vom Kopf reißen kann, wenn sie ihm nicht mehr gefallen!" krakeelte die Kleine.

Gus führte mich weiter, in Richtung seiner herrlich lauschigen Terrasse. "Ist das nicht interessant?", brummte er wohlwollend. "Da erzählt der kleine Jerry in wichtigem Ton vom Fliegen seines Dad mit Flügeln. Aber die drei Mädchen kommen ihm mit falschen Zähnen, einem Bienenstachel sowie der Perücke ihrer Väter! Und das erschien ihnen doch gleich um eine ganze Ecke spektakulärer, ist das nicht ein Ding?"

"Ja", stimmte ich ihm zu. "In diesem Alter fehlt den Kinder noch der Sinn für so einiges. Wie zum Beispiel die Fähigkeit, Wichtiges von Unwichtigem zu unterscheiden."

Kurz darauf machten wir es uns mit einer Flasche Rotwein auf seinen Terrassenstühlen bequem. Mit feierlicher Miene füllte der alte Apotheker unsere Gläser. "Auf uns!", meinte er dann augenzwinkernd. Worauf wir beide miteinander anstießen.

Gwen Driscoll, seine hagere Schwester, kam aus dem Haus. Sie trug eine kleine Kerosinleuchte und eine Schale mit Gebäck. "Gegen die Dunkelheit und gegen den kleinen Hunger", meinte sie lächelnd, nachdem sie mich begrüßt hatte.

Wir dankten ihr beide sehr höflich. Daraufhin verschwand die alte Dame wieder im Haus.

Gleich darauf fragte Gus mich nach meiner Lektüre. Dabei meinte er die Schrift des Moritz von Niederwangen.

Ich hatte das Büchlein inzwischen gelesen. Der Autor berichtet dabei über seine Zeit bei den Cherokee, so etwa um das Jahr 1650 herum.

Damals gab es noch etwa zwanzig Dörfer in den Appalachen. Bei diesen Höhenzügen handelt es sich um das Mittelgebirge hier im späteren West Virginia, das erst 1863 als Bundesstaat anerkannt wurde. Die hiesigen Indianer sprachen, wie schon gesagt, einen besonderen Dialekt.

Moritz von Niederwangen beherrschte diese Mundart. Nach Jahren als

Fallensteller und Pelztierhändler im Wilden Westen war er auch mit den Sitten und Gebräuchen der Cherokee vertraut. Er reiste von Dorf zu Dorf, wobei er mit diesen Indianern Handel trieb.

Dabei fiel ihm in drei Dörfern etwas Seltsames auf. Wie bei den Cheyenne üblich, befand sich die Totemtafel auch hier jeweils im Zentrum der Siedlung.

An der Totemtafel befestigt war nun ein Lattengestell in X-Form. Daran genagelt befand sich ein lebendes Wesen. Das war ein sogenannter Seelenfresser.

Moritz von Niederwangen schreibt hierzu: "Die Arme dieser Kreatur waren unbehaart und wirkten menschlich. Sie waren in ausladende, lederartige Flügel eingewachsen. Die Hände hatten aber keine Finger, sondern waren mit zweigliedrigen Krallen bewehrt. Diese schauten am Ende der Schwingen heraus. Die Nägel zum Beschlagen von Rossen waren durch die Handgelenke dieser Wesen getrieben. Ein Handgelenk also am rechten oberen Teil der Latten in X-Form, das andere Handgelenk dafür am linken oberen Ende. Die Arme mit den Flügeln zeigten sich daher an der Tafel ausgebreitet."

"Auch die Beine waren nicht behaart", hieß es weiter. "Sie hinterließen einen eher menschlichen Eindruck. Die Füße hatten jedoch keine Zehen, sondern drei Krallen. Rossnägel waren durch die Fußgelenke getrieben worden. Die Beine waren dadurch gepreizt. Ein Fuß hing am rechten unteren Ende der Latten in X-Form, der andere am linken Ende."

"Leib, Hals und Gesicht der Wesen waren mit einem kurzen Fell bedeckt", fuhr der Autor mit seinem Bericht fort. "Im Gesicht fanden sich erstaunlich menschlich wirkende Augen. Es gab jedoch keine Nase, und statt eines Mundes besaßen sie einen kurzen Saugrüssel."

"Diese Wesen erinnerten an große, fliegende Motten von menschenähnlicher Gestalt", war bei Moritz von Niederwangen weiter zu lesen. "Sie lebten, und ihre Flügel blähten sich, während sie gegen die Totemtafel klatschten."

"Nach Angaben der Indianer konnten diese Wesen einen Menschen mit ihrem Saugrüssel küssen", hieß es in dem Buch noch. "Dabei tranken sie die Seele dieser Person. Es war den Cherokee daher nicht erlaubt, diese Wesen länger anzusehen. Dann wurde man nämlich willenlos und ließ sich ausschlürfen. Zulässig war für die Stammesangehörigen somit nur ein kurzer Blick. Diese Wesen verhungerten nicht, da sie keine Nahrung brauchten. Ihre einzige Speise war das Trinken der Seele einer willenlosen Person."

"Tranken sie einen Menschen in drei Schlucken vollständig aus", schloss Moritz von Niederwangen, "so musste dieser sterben. Nahmen sie aber nur zwei Schlucke zu sich, so verwandelte sich die Person in einen Motten-Menschen. Gelang aber lediglich ein Schluck, so war der Betroffene über weite Strecken willenlos und somit anfällig für weitere Suggestiv-Versuche."

Moritz von Niederwangen fragte auch in den anderen Cherokee-Dörfern nach den seltsamen Wesen. Dort wurde das Annageln der Motten-Menschen jedoch scharf verurteilt. Es handele sich um unheilvolle Wesen, so warnte man ihn, die Unglück über die Stammesangehörigen bringen würden.

Lediglich in einem der 20 Dörfer erzählte man ihm etwas anderes. Dort, so wurde berichtet, habe früher mal eine Motten-Frau an der Totemtafel gehangen. Nach und nach hätte sie aber immer mehr Personen willenlos gemacht. Diese wären am Ende von ihr ausgetrunken worden. Einige starben, während andere zu Motten-Menschen wurden, die dann in den umliegenden Wäldern ihr Unwesen trieben. Die Motten-Frau an der Totemtafel aber sei durch die häufigen Seelentränke immer stärker geworden. Irgendwann löste sie sich vom Lattenkreuz – und das in menschlicher Gestalt. Angeblich verschwand auch sie dann in den Wäldern. Und dies ebenfalls auf Nimmerwiedersehen.

Gus nickte, nachdem ich meinen Bericht beendet hatte. Nachdenklich nahm er einen Schluck Wein. Dann meinte er, dass die Motten-Menschen wohl immer noch durch die hiesigen Wälder geistern würden. Zumindest seien sie noch in jüngster Zeit hier in der Nähe von Point Pleasant gesehen worden.

Ja, sagte ich, nun ebenfalls meinen Wein schlürfend. Denn davon hatte ich auch schon gehört.

Wie Gus erzählte, kannte eigentlich jeder ältere Einwohner von Point Pleasant die Fakten auswendig. Tatort sei das verwilderte Gelände einer Munitionsfabrik aus dem 2. Weltkrieg, die nach Kriegsende stillgelegt wurde. Diese sogenannte TNT-Area sei in den sechziger Jahren zum Kult-Platz geworden. Sie wäre in kürzester Zeit zu einem bei Jugendlichen beliebten Treffpunkt avanciert. In der Nacht vom 15. November 1966 fuhren zwei Ehepaare im Auto eines der Paare über eine Straße, die durch das TNT-Gelände führte. Dabei sei ihnen eine Kreatur aufgefallen, die auf einem Hügel vor dem alten Kraftwerksgebäude hockte. Diese habe große, rote Augen gehabt sowie einen kräftigen Körper. Arme und Kopf seien nicht vorhanden gewesen, dafür aber sehr große Flügel.

Das Wesen versuchte offenbar, sich von einem Draht zu befreien. In diesen hatte sich nämlich einer seiner Flügel verwickelt. Nachdem dies gelang, flog die Kreatur mit schwerem Flügelschlag hoch, wobei Staub aufgewirbelt wurde.

Die beiden Ehepaare ergriffen daraufhin im Auto die Flucht. Dabei flog das Wesen jedoch mehrmals unter lautem Flügelschlag über dem Fahrzeug hin und her.

Die zwei Ehepaare alarmierten anschließend gleich den örtlichen Sheriff. Der suchte gegen 2.00 Uhr nachts das Areal ab. Nur leider ohne jeden Erfolg.

Alle vier Zeugen wurden dann getrennt voneinander befragt. Sie gaben aber ausnahmslos völlig übereinstimmende Aussagen über das Geschehen zu Protokoll.

Auch an den Folgetagen wurde die seltsame Kreatur noch an verschiedenen Orten in Point Pleasant beobachtet. Die Hauptzeugin Linda Scarberry sah das Wesen sogar eine zeitlang auf dem Dach ihres Appartmenthauses sitzen.

Nachdem Gus seinen Bericht beendet hatte, da füllte er unsere leeren Weingläser wieder auf. Währenddessen bemerkte ich, dass es sich bei der TNT-Kreatur wohl um das gleiche Wesen handelte, welches 300 Jahre früher die Totemtafeln der Cherokee-Indiander zierte. Wobei allerdings die Beschreibung des Moritz von Niederwangen ja deutlich von jener der beiden Ehepaare abweiche.

Schon, nickte Gus, wobei ich aber nicht vergessen dürfe, dass es auf dem TNT-Gelände bei der Sichtung durch die Ehepaare ja dunkel gewesen sei. Nachts aber könne man schon mal Einzelheiten übersehen, fügte er dann noch hinzu. Möglicherweise unterschieden sich die Wesen an den Totemtafeln also gar nicht von der Kreatur auf dem TNT-Gelände.

Nachdenklich stimmte ich ihm zu. Somit könnte es also der Wahrheit entsprechen, dass im Jahre 1650 Mottenmenschen in die Wälder entkamen. Demnach hätte es sich bei der Erscheinung auf dem TNT-Gelände also um eine dieser damals entflohenen Kreaturen gehandelt.

Plötzlich kamen die kleinen Kinder wieder zwischen den Büschen hervorgespritzt. Unter wildem Gejuchze spielten sie dann Fangen, wobei sie kreischend um unseren Tisch herumrannten.

Das rief gleich wieder die verknöcherte Schwester Gwen Driscoll auf den Plan. “Missy und Alex, sofort nach oben”, ordnete sie sehr energisch an. “Jerry, wegen dir hat vorhin deine Oma angerufen. Du sollst zum Abendessen kommen. Und bei dir, Lara, hat die Mutter angeklingelt. Es ist schon dunkel, und deshalb sollst du ebenfalls heimkehren.”

So löste sie das aufgedrehte Kinderrudel auf. Zwei verschwanden plappernd im Haus, und die beiden anderen krähend in der Dunkelheit.

Gus zündete sich eine Marlboro an. Dann zog er, wobei die Spitze rot zu glühen begann. “Falls Sie das Thema interessiert, Doktor”, meinte er langsam, nachdem er den blauen Dunst in die Luft geblasen hatte, “so würde ich Sie an Mr. Muholland verweisen. Denn wissen Sie, auf seinem Familiensitz auf der Farm Esmeralda gibt es eine sehr gute Hausbibliothek. Dort habe ich einmal eine Schrift mit dem Titel: ‘Aus dem Logbuch des Kapitän Bremer’ in der Hand gehabt. Der alte Seebär berichtet dort über die Fahrt zu einer Insel, von der diese Wesen wohl ursprünglich stammten.”

Das sei leider verlorene Liebesmüh, winkte ich matt ab. Wobei ich dann erzählte, bei welchen Gelegenheiten dieser steinreiche Snob meine Claudia und mich in abfälligster Weise vor den Kopf gestoßen habe.

Da grinste der Gus, während er seine Zigarette an der Tischkante abklopfte.

Er und seine Schwester Gwen erführen leider keine bessere Behandlung, meinte er dann. Früher, als der Vater vom alten Fred noch gelebt habe, da wäre dies mal anders gewesen. Doch sein Sohn würde seither eine Politik der *'general ignorance'* betreiben. Und damit ecke er überall an.

Gus und ich unterhielten uns noch eine Weile über die Frage, ob dem Geldadel eine allgemeingültige Arroganz zu unterstellen sei. Dabei tranken wir jeder noch ein Glas Wein. Und mein alter Apothekerfreund rauchte auch noch eine Zigarette. Am Ende aber kamen wir zu dem Schluss, dass negative Urteile immer eine Einzelfallbetrachtung nötig machten.

Zu guter Letzt aber fühlten wir uns immer müder. Worauf wir Abschied nahmen und dann getrennt heim gingen. Er direkt ins Haus, während ich es etwas weiter hatte.

3. DER AUFSTIEG ZUM TLANUWA-SEE

Unsere jüngste Tochter machte es uns wahrhaftig nicht leicht.

Zwar schimmerte im Eiskunstlauf immer mehr ihr Talent durch. Das aber zog hohe Kosten nach sich. Denn nun brauchte sie eine erfahrene Trainerin. Die fanden wir auch, aber zu Summen, die uns an unsere Grenzen brachten.

Francis Sounders war eine ehemalige US-Landesmeisterin in der Einzelkür. Inzwischen zählte sie schon 46 Jahre und stand als Nachwuchstrainerin in hohem Ansehen. Lara erhielt Individualunterricht bei ihr. Und das an jedem Wochentag über die ganzen Nachmittagsstunden hinweg.

Hinzu kam die elende Fahrerei. Denn Claudia musste sie ja immer bringen und dann später auch wieder abholen.

Das Schlimmste aber waren die hysterischen Anfälle der inzwischen Siebenjährigen. Denn sie mochte weder Spinat, noch Grünkohl und auch keinen Wirsing. Dazu kam noch mindestens ein Dutzend weiterer Gerichte, auf die sie ebenfalls allergisch reagierte.

Sie bekam nach dem Essen regelmäßig fürchterliche Magenkoliken. Wir mussten sie dann ins Bett legen, wo sie sich vor Schmerzen krümmte.

Claudia saß in diesen Fällen stets bei ihr. Sie war die Liebe in Person und küsste ihr Mädchen immer wieder. Mit einem Tuch wischte sie unserer Kleinen den Schweiß von der Stirn. Und auf den Kinderbauch packte sie eine Wärmeflasche.

Doch an einem Tag gelang es mir, den Satansbraten zu entlarven. Denn ich fuhr die ältere Schwester ja immer zu ihren Reitstunden. Einmal hielt ich auf der Rückfahrt vor einem Süßwarenladen. Dort ließ ich mir eine große Tüte mit Bonbons, Lutschern und Schokolade einpacken. Anschließend fuhren wir dann nach Hause.

Mit Annika, die inzwischen zehn war, setzte ich mich ins Wohnzimmer. Dabei war es in der guten Stube ziemlich still. Allein Claudias leise Stimme drang undeutlich aus Laras Zimmer herüber. Sie tröstete dort unsere Jüngste, die nach dem Essen wieder an Koliken litt.

Da krähte die Annika in Überlautstärke: "Ich habe hier einen Sack voll mit Bonbons und Schokolade. Das esse ich jetzt alles ganz alleine auf!"

Sie hatte kaum ausgesprochen, als die Tür von Laras Zimmer aufgerissen wurde. Wie ein Blitz kam die Kleine herangeschossen, wobei das Nachthemd ihr um die Beine flatterte. Sie griff in die Tüte und stopfte sich das Zuckerwerk in den kleinen Mund!

Aus der Erblinie meiner Mutter war dieses Verhalten nicht unbekannt. Denn ihre Cousine und eine Tante hätten ebenfalls als kleine Mädchen an Essstörungen gelitten, wie meine Oma mir früher erzählte. Und nicht zuletzt meine Mutter selbst. Die soll als kleines Kind einen Terror aufgeführt haben, der seinesgleichen suchte. Angeblich bekam die nach jedem Essen ihre Attacken. Und das weiß ich aus der gleichen Quelle.

Obwohl sie nun aufgeflogen war, ging das Theater mit der Lara aber gänzlich unverändert weiter. Ich konnte kaum glauben, dass meine Claudia sich darauf einließ! Wie gehabt bekam die Kleine nach jedem zweiten Essen ihre Magenkoliken. Und was machte meine Ehefrau? Die saß dabei, flößte ihr Kamillentee mit Honig ein und massierte den bretthharten Kinderbauch.

Einmal kam ich wutschnaubend in Laras Zimmer gestürmt. "Führt unser Fräulein erneut ihre Schmierenkomödie auf?", brüllte ich empört. "Die markiert doch wieder, diese falsche Schauspielerin, siehst du das nicht, mein lieber Schatz?"

Ja, und dann diese glänzend grünen Augen unserer Tochter! Denn nun traf mich ihr Blick von einer Giftigkeit, die es in sich hatte. In diesem wüsten Ausdruck lag so eine grenzenlose Verachtung, dass er mir wie ein Schierlingspfeil ins Herz ging!

"Raus, Steve", hörte ich Claudia ganz ruhig sagen. "Raus, aber sofort!"

Wenn ich sehr viel in der Praxis zu tun hatte, dann holte meine Frau auch die Annika vom Reitunterricht ab.

In der Regel aber fuhr ich hin. Annika durfte zum Schluss immer noch mal kurz auf den Araberhengst Kadir Bey. Sehr stolz und aufrecht ritt sie dann eine kurze Kür auf dem herrlichen Tier. Mr. Connor stand in diesem Fall stets neben mir, wobei wir beide meiner Tochter applaudierten.

"Ich mag es nicht, wenn Mami mich abholt", maulte Annika auf der Fahrt nach Hause. "Denn die ist immer so ungeduldig. Für einen letzen Ritt auf dem Kadir Bey ist dann nie Zeit."

Da tröstete ich sie gleich. "Ich komme ja, wenn ich irgend kann, mein Engel", sagte ich zärtlich zu ihr.

Wir hielten auf der Rückfahrt immer noch am Eiscafé Winter Solstice. Dort durfte Annika sich dann ihr Lieblingseis bestellen, während ich einen Kaffee trank.

Ich glaube, dass dies der Hauptgrund war. Dass sie also lieber von mir abgeholt wurde, weil es dann ein Eis gab.

Dabei erzählte ich meiner Tochter von dem Gespräch mit Gus über die Vorfälle auf dem TNT-Gelände. Im Zuge meines Berichtes vergaß ich auch nicht, das Tagebuch des Moritz von Niederwangen zu erwähnen.

Annika zeigte sich gleich sehr interessiert. Ja, meinte sie mit ihrer kristallklaren Mädchenstimme, darüber hätten sie auch schon in der Schule gesprochen. Denn in Point Pleasant gebe es ja sogar ein Mothman-Museum!

Sie erinnerte mich auch an das Straßenfest vom letzten Herbst. In jedem September gebe es doch ein dreitägiges Mothman-Festival in der Stadt, das eine Menge auswärtiger Besucher anziehen würde.

Meine Tochter hatte sich in ihrer Begeisterung in einen eifrigen Redefluss hineingesteigert. Bei den Chirokesen, so habe ihr Lehrer erzählt, gelte das Auftauchen dieser Kreaturen als böses Omen. Schon dreizehn Monate nach der Sichtung im November 1966 sei am 15. Dezember 1967 die 681 Meter lange Silver Bridge zwischen den Orten Point Pleasant und Karnauga eingestürzt. Im dichten vorweihnachtlichen Einkaufsverkehr fielen dann 31 Autos in den Ohio River, wobei 46 Menschen in dessen Fluten ertranken.

Dabei waren die Indianer der Meinung, dass der Mothman auf dem Gelände der TNT-Fabrik schon ein Jahr vorher vor der Katastrophe gewarnt habe.

Ich war erstaunt, dass meine Annika sich so gut informiert zeigte. Im Jahre 2002 sei der Stoff sogar von Hollywood verfilmt worden, sprach sie stolz weiter. Ihre Sommersprossen schwammen dabei auf der zarten Röte ihrer Wangen. Der Film habe "The Mothman-Profecies" geheißen, mit dem Schauspieler Richard Gere in der Hauptrolle.

Ich stellte dann fest, dass das Rätsel in Hinblick auf die seltamen Kreaturen meine Tochter ebenso fesselte wie mich selbst. Oft bekam Annika nach dem Eis noch einen Tasse Schokolade, damit wir noch weiter über das Thema diskutieren konnten.

Sie gab mir dann immer einen dicken Kuss auf die Wange, bevor wir wieder in den Pick-up der Marke Ford stiegen.

So verging auch dieses Jahr. Einmal betonte Claudia vor dem Einschlafen mir gegenüber, dass wir doch hier in West Virginia unser Glück gefunden hätten. Sie hatte Recht: Denn uns allen ging es prächtig. Auch meine Praxis lief dank zahlreicher Neukunden immer besser.

Zu Weihnachten wünschte sich Annika dann ein Klavier. Aber nicht nur das. Denn wer ein Klavier besitzt, der braucht natürlich auch

Klavierstunden.

Claudia und ich konnten uns diese hohe Ausgabe nur leisten, weil uns die Talentförderung unter die Arme griff. Laras Trainerin hatte dazu ein sehr förderliches Gutachten eingereicht. Die FFYT – Foundation for the Fostering of Young Talents – übernahm nun einen beträchtlichen Teil der Kosten für Laras Trainingsstunden.

So vergingen die Jahre. Nach unserer Annika kam schließlich auch Lara auf die Point Pleasant High School. Das ist die amerikanische Entsprechung zum deutschen Gymnasium.

Es war die Klavierlehrerin von der High School, welche Annika an drei Tagen in der Woche auch zu Hause besuchte. Dort erteilte sie ihr Unterricht – natürlich gegen Gebühr.

Mit vierzehn, fünfzehn kam Annika dann in die Pubertät. Sie war ja immer ein liebes, unkompliziertes Kind gewesen. Doch nun bekam sie einen Busen. Die Jungs pfiffen ihr nach. Annika aber hatte nun Launen, die täglich wechselten. Aber ich erfreute mich immer noch eines guten Verhältnisses zu ihr. So besprach sie auch typische Teenie-Probleme – wie zum Beispiel wegen ihrer Periode – mit mir und nicht etwa mit Claudia.

Bei Lara hatten sich zumindest ihre Essstörungen inzwischen gelegt.

Mr. Muholland, der reichste Mann weit und breit, war inzwischen unser bester Kunde geworden. Fast jede Nacht gab es auf einer seiner Rinderfarmen eine Problemgeburt. Dann mussten Claudia und ich in aller Eile los. Leider aber behandelte er uns immer noch wie Luft.

Dann kam der Tag, an dem sein Sohn sich verlobte. Natürlich ganz standesgemäß, wie sollte es auch anders sein. Jake Muholland sollte der Tochter des Düngemittelfabrikanten Edwin Glenfield, der hübschen Elizabeth, sein Eheversprechen geben.

Meine Familie erhielt übrigens keine Einladungskarte. Damit waren wir aber nicht allein. Denn auch Gus Harper, seine Schwester Gwen Driscoll sowie deren Tochter, unsere Gehilfin Alma, gingen leer aus. Und selbst Missy Harper und ihre Eltern wurden von dem reichen Snob vergessen.

Am Tag vor der Verlobung passierte es dann. Catherine Muholland war mit ihrer Tochter Joyce nach Karnauga gefahren. Mutter und Tochter wollten dort noch Besorgungen für die Feierlichkeiten machen.

An einer Baustellenzufahrt kollidierte der Wagen der Mutter dann mit einem Sattelschlepper, der die Vorfahrt übersehen hatte. Catherine Muholland erlitt einen Genickbruch und war auf der Stelle tot. Joyce kam mit einem doppelten Beckenbruch davon. Aber auch ihre Lendenwirbelsäule war in ernsthafte Mitleidenschaft gezogen worden.

Joyce Muholland wurde vom Krankenwagen in das Pleasant Valley Hospital der Kleinstadt gebracht. Nach einer ersten Untersuchung ging es aber gleich weiter, in eine Fachklinik.

Natürlich wurde die Verlobung verschoben. Denn das alles war ja eine Tragödie: Die Mutter des Bräutigams bei einem Unfall verstorben, und die Schwester schwer verletzt.

Als Joyce drei Wochen später aus der Fachklinik entlassen wurde, da saß sie im Rollstuhl. Und die Ärzte konnten ihr keine Hoffnung machen, dass sie da jemals wieder herauskam.

Ich kann mich noch an Claudias Reaktion erinnern, als ich ihr die Schreckensnachricht überbrachte. "Warum hat es nicht den alten Drecksack selbst erwischt?", fragte sie kalt. "Wieso um alle Welt hat der Allmächtige die unschuldige Ehefrau und die nette Tochter dran glauben lassen?"

Da konnte ich ihr nur zustimmen. "Richtig, der miese Geier hätte so ein Schicksal verdammt noch mal verdient gehabt, mein Schatz! Gottes Wege sind wahrlich unerforschlich, kann man da nur sagen!"

Der alte Muholland veränderte sich nach diesem Schicksalsschlag völlig. Er, der nie zur Kirche gegangen war, versäumte fortan keine Messe mehr. Als Tony, einer der Cherokee-Indianer, eine Blinddarmentzündung bekam, da bezahlte er ihm die Operation.

Als er Claudia und mich mal wieder nachts rausklingelte, da trat uns ein vollkommen verwandelter Farmer gegenüber. Sein Haar war ungekämmt und eisgrau, und seine Augen wirkten erloschen. Dabei drückte er Claudia und mir ganz fest die Hände. "Ich danke Ihnen beiden für jahrelange treue

Dienste, Mr. und Mrs. Franck", krächzte er mit fast schwindender Stimme.

Sein Vorarbeiter stand fassungslos hinter ihm. Dabei bekreuzigte er sich voller Ehrfurcht.

Als die Verlobung drei Monate später nachgeholt wurde, da erhielt meine Familie Einladungskarten. Leider aber konnten wir nicht kommen. Denn inzwischen hatten unsere Kinder Sommerferien. Da fuhr ich Claudia, Annika und Lara nach Pittburgh, zum dortigen Flughafen. Denn meine Frau wollte mit unseren Töchtern nach Hamburg, zu ihren Eltern. Die hatten ihre Enkelkinder ja nun schon volle acht Jahre lang nicht mehr gesehen. Lara war inzwischen dreizehn, und Annika sogar schon sechzehn Jahre alt.

Ich machte währenddessen mit Alma in der Praxis weiter. Die 24jährige war mittlerweile voll eingearbeitet. Damit konnte sie Claudia problemlos vertreten.

Allerdings begleitete sie mich nicht nachts, wenn ich auf die Farmen hinaus gerufen wurde. Aber das bekam ich zur Not noch alleine hin.

Täglich telefonierte ich mit Frau und Kindern. Nach knapp vierzehn Tagen erzählte Claudia, dass meine Mutter angerufen habe. Sie hätte sofort nach ihrer Enkelin gefragt, sie wolle Larissa sehen. Sie, Claudia, werde mit Lara daher morgen per Bahn nach Berlin reisen. Um meiner Mutter mal ein Zusammensein mit der Dreizehnjährigen zu ermöglichen.

Das fand ich natürlich so richtig stark von meiner Frau. Meine Mutter klammerte die Annika also mal wieder aus, was so bezeichnend für sie war. Das Claudia aber darüber hinwegsah und ihrer Schwiegermutter trotzdem ein Zusammentreffen mit ihrer Lieblingsenkelin bescheren wollte, das war nun keineswegs selbstverständlich.

Inzwischen waren auch wieder Einladungskarten eingegangen. Denn in genau einer Woche sollte die Hochzeitsfeier von Jake Muholland und Elizabeth Glenfield stattfinden.

Dieser Festtag war ein Sonntag. Doch schon am Vortag, dem Sonnabend, da tauchte am Nachmittag ganz unerwartet Gus Harper bei mir auf. "Steve", meinte er, während er mir seine Greisenhand auf die Schulter legte, “der alte Muholland packt das alles nicht mehr. Der geht an dem Schicksal seiner Tochter Joyce kaputt, glaub mir. Es bringt ihn um, das arme Mädchen so zu sehen. Sie in ihrem Rollstuhl dahinvegetieren zu wissen, verstehst du das?”

Ich erwiderte, dass dies ja durchaus nachvollziehbar sei. Auf der anderen Seite wüsste ich aber keine Möglichkeit, daran etwas zu ändern.

Aber Gus war noch nicht fertig. Der miese Drecksack habe ja nichts unversucht gelassen, zischte der greise Apotheker schadenfroh. Bei den Cherokee habe er allerdings auf Granit gebissen. Gnade sei von denen nicht zu erwarten gewesen. So eiskalt wie gerissen hätten sie dem alten Geier eine volle Million Dollar abgeknöpft.

Völlig verblüfft starrte ich meinen Nachbarn an. Dann fragte ich ihn, wie es mit Einladungskarten aussähe? Ob sie für die morgige Hochzeitsfeier auch welche bekommen hätten?

Da nickte er. Anschließend legte er mir einen Arm um die Schultern: “Klar doch, denn er ist ja geläutert. Vorher aber haben wir noch einen Gang zu tun. Bist du dabei, alter Freund?”

Ich wusste zwar nicht, wo es hingehen sollte. Da ich aber nichts anderes zu tun hatte, folgte ich Gus Harper nach draußen.

Da stand schon seine Nichte Missy und wartete. “Nein”, schnaubte Gus verärgert, “dich nehmen wir ganz bestimmt nicht mit, Fräulein!”

Mein Gott, die Kleine war ja die reinste Granate! Ja, zu was für einer Schönheit hatte sich diese Dreizehnjährige inzwischen bloß gemausert! Mit ihren blonden Locken sah sie wie ein Rauschgoldengel aus. Dazu hatte sie azurblaue Augen, eine kleine Stubsnase und einen vollen Schmollmund. Weiter ein strahlendes Lächeln, mit dem sie jedes Herz gewann. Was für ein hinreißendes Mädchen!

Jetzt umhalste sie den Onkel, wobei sie ihn bat, doch mitkommen zu dürfen. Dabei entwickelte sie einen Zauber, der selbst den alten Gus berührte. Ich konnte kaum glauben, dass der sich am Ende doch noch erweichen ließ. “Na schön”, hörte ich ihn bärbeißig knurren, “richtig angezogen bist du ja jedenfalls.” Gleich darauf wandte er sich an mich. “Es geht in die Berge", fügte er dann noch erklärend hinzu.

Tatsächlich trug die Missy hautenge Jeans, feste Sneaker sowie einen grauen Hoodie. Als sie meinen Blick bemerkte, da lächelte sie ganz charmant zu mir empor. Worauf ich zurückgrinste.

Wir fuhren in drei Autos los. Gus, Missy und ich im Toyota meiner Frau. Der Verwalter von Mr. Muholland und vier Cherokee im großen Ford Landau. Schließlich der Farmer selbst und sein Sohn Jake vorne in einem VW-Bus. Und die Tochter Joyce in ihrem Rollstuhl im hinteren Teil des Wagens.

Die Sonne stand schon tief, als wir nach Norden aufbrachen. Ansonsten bedeckte ein bleigrauer Dunst den ganzen Himmel.

Dann kamen die Berge. Sie hoben sich bläulich gegen die schon rot eingefärbte Sonne ab. Auf einem Parkplatz stoppten wir, der mit "Rock Point" beschriftet war.

Wagentüren wurden aufgerissen. Irgendwo heulte ein Coyote. Vorsichtig hoben mehrere Männer die Joyce in ihrem Rollstuhl aus dem VW-Bulli.

Ich versuchte, ihr hübsches Gesicht zu erkennen. Allerdings wurde die sterbende Sonne jetzt von den Bergen verdeckt. So lag ihre Miene leider im Dunkeln.

Als Mittelgebirge sind die Appalachen teilweise über 2000 Meter hoch. Ich machte mich also auf einiges gefasst.

Zwei Indianer – Etu und Hinto, soweit ich sehen konnte – schleppten den Rollstuhl. Der Weg führte steil bergauf. Muhollands Vorarbeiter hatte eine Stablampe, mit der er den Geröllpfad ausleuchtete. Hinter ihm schritten zwei weitere Cherokee – Toni und Annuk. Wurden Etu und Hinto beim Tragen des Rollstuhls müde, so wechselten sie sich mit diesen ab.

Alle vier Eingeborenen hatte ich gleich wiedererkannt. Denn sie waren ja ganz am Anfang mal in meiner Praxis gewesen.

Offenbar waren die Körper der Cherokee durch die harte Landarbeit gestählt. Ohnehin waren sie alle von untersetzter und kräftiger Gestalt.

Daher schienen sie mit dem Aufstieg auch keine Probleme zu haben.

Ähnlich verhielt es sich wohl mit Missy Harper. Als unsere Lara mit dem Eiskunstlauf anfing, da begann die Nichte des Apothekers fast zeitgleich mit dem Leistungsschwimmen. Anscheinend war ihr junger Körper durch das jahrelange Training ebenfalls gehärtet worden.

Gus, Muholland und ich aber hatten unsere liebe Not mit dem Aufstieg. Jedesmal, wenn einer von uns im Dämmerlicht stolperte, dann riefen die Indianer im Chor: "Hoya-hoo!" Und brachen darauf in ein schallendes Gelächter aus.

Als der alte Muholland einmal zu Boden ging, da kam sein Vorarbeiter zurück und half ihm auf.

Missy Harper aber reichte nur mir die Hand. Als ich einmal eine felsige Stufe nicht hochkam, da zog sie mich über die Kante. "Kommen Sie, Doktor", meinte sie dabei sehr charmant, "Sie schaffen das schon!"

Je höher wir stiegen, desto schärfer wurde der Wind. Er zerrte an unseren Blousons und Jacken und ließ Missys lange Haare fliegen.

Dunkle Wacholderbüsche und Krüppelkiefern zogen wie gebückte Trolle an uns vorüber. Direkt neben dem Pfad öffnete sich ein bläulich gähnender Abgrund.

Gleich darauf erschreckte uns ein unheimlicher Tierschrei. Darauf folgte ein hysterisches Gackern, das fast an ein Lachen erinnerte.

Inzwischen war es völlig dunkel geworden. Oben am finsteren Firmament blinkten einige verlorene Sterne im silbrigen Nebeldunst.

Einzige Beleuchtungsquelle war jetzt der Lichtkegel aus der Lampe in den Händen des Vorarbeiters.

Als Gus neben mir stolperte, da konnte ich ihn gerade noch auffangen. Wieder erklang das rhytmische Lachen der Indianer. "Dieser verdammte Geröllpfad", fluchte der alte Apotheker. "Ich breche mir hier noch das Genick!"

Der Wind hatte inzwischen schon fast Sturmstärke erreicht. Joyce wurde einen Plastiktüte entrissen, die sie in den Händen hielt. Wir hörten sie scheppern, während sie über das Geröll davongezerrt wurde.

Den Schatten eines riesigen Wacholdergehölzes sahen wir am Wegrand wie einen erzürnten Riesen auf und ab toben.

Endlich hatten wir den Gipfel erreicht. Vor unseren Augen erstreckte sich etwas tiefer in einer schmalen Felsspalte das schwarze Wasser eines Bergsees. Nun stand auch der Mond am Himmel, der vorher hinter dem Hang verborgen war. Er tauchte die ganze Szenerie in einen trügerischen Glanz.

“Tlanuwa”, sagte einer der Indianer voller Ehrfurcht.

Geisterhaft weißer Nebel stieg von der finsteren Oberfläche des Gewässers auf. Missy Harper führte mich vom umgebenden Gesteinswall einen Pfad hinunter, welcher dem See zustrebte. Schon nach wenigen Schritten ebbte der Sturm ab. Hier unten war es völlig windstill.

Als ich über einen Lavabrocken stolperte, da wollte Missy mich auffangen. Fast hätte ich ihren schmalen Körper dabei mit umgerissen. Sie ließ ein leise glucksendes Lachen hören, als wir wir dann wieder ins Gleichgewicht kamen.

Erst jetzt bemerkte ich den Gestank. Es war, als wenn das dunkle Wasser faulen würde. Oder war es der Nebel? Jedenfalls erreichte ein widerlicher Geruch nach Verderbnis meine Nase.

“Das ist das Waschgel des Badesees”, kicherte Missy leise. “Eine Duftnote, die nur ein Eingeborener lieben kann.”

Inzwischen hatten die Träger die Joyce in ihrem Rollstuhl herangetragen. Nun setzten sie das Mädchen direkt am Seeufer ab. Sie zitterte in ihrem dünnen Sommerkleid. Es war weiß und mit schwarzen Punkten besetzt.

Als der alte Muholland herankam, da sagte sie bitter: “Vater, du hast uns Kindern immer gepredigt, dass man nur durch Leistung zu Wohlstand und Achtung kommen kann. Nie haben wir dich krank erlebt. Das hättest du dir selbst auch gar nicht zugestanden. Ein kranker, schwacher Mensch – das war für dich ein minderwertiges Wesen. Denn du hast uns Kraft und Stärke vorgelebt."

Sie machte eine Pause, in der ihre Worte im Nebel verklangen.

Diese momentane Stille nutzte ihr Vater zu einer Antwort. "Ich habe mir durch harte Arbeit über Jahrzehnte das Leben im Wohlstand erkämpft", sagte der alte Farmer mit bebender Stimme, "dessen sich meine Familie jetzt erfreuen kann. Ich weiß daher nicht, was an dieser Einstellung falsch sein soll."

"Falsch ist", fuhr die Joyce in zitterndem Ton fort, "dass es in deinem Weltbild keinen Platz für Krankheit und Tod gibt. Beides passt in dein Lebensideal ganz einfach nicht hinein. Früher hast du mich geliebt, während du mich heute als nutzlose Last verachtest. Ich hasse mein sinnloses Leben, weil du mich hasst. Mutter hatte Glück – sie überlebte den Unfall nicht. Mein Schicksal blieb ihr also erspart. Sie musste daher nicht mitansehen, wie deine Liebe sich in Abscheu verwandelte. Stattdessen hatte ich mich zu opfern, ich musste dieses schreckliche Leid auf mich nehmen."

Da schnappte ihr alter Vater schwer nach Luft. "Du unterstellst mir hier Dinge, die einfach nicht stimmen", rief er ärgerlich aus. Dumpf hallte seine brüchige Stimme über den schweigenden See hinweg. "Das, was du sagst, ist ganz schlicht nicht wahr!"

Seine Tochter blickte nun zu ihm zurück. Dabei warf sie ihm aus ihrem Rollstuhl einen vernichtenden Blick zu. "Es soll also nicht wahr sein, Vater", schrie sie wütend. "Und warum sind wir dann hier? Weil du mich loswerden willst, das ist es doch, oder? Die Last, den Krüppel im Rollstuhl – das möchtest du dir ja vom Halse schaffen, nicht wahr? Oder willst du das auch noch bestreiten?"

Ihr Bruder Jake war plötzlich neben ihrem Rollstuhl aufgetaucht. Mit Tränen in den Augen nahm er jetzt die Hand seiner Schwester. "Mach es uns doch nicht noch schwerer, liebe Joyce", bat er mit leiser Stimme, während er sich zu ihr herunterbeugte. "Glaub mir, Vater und ich wollen doch nur dein Bestes. Und jetzt, wo wir all dies auf uns genommen haben, da bleibt uns doch nur noch eines: Nämlich den Allmächtigen zu bitten, dass er unserer Unternehmung zum Erfolg verhelfe!"

Joyce schluckte, während sie die Hand ihres Bruders drückte. Offenbar hatten die Geschwister ein sehr inniges Verhältnis. Jedenfalls biss sie sich jetzt auf die Unterlippe und schwieg.

Wieder hallte ein gespenstischer Tierschrei über den schwarzen Bergrücken zu uns herab. Missy ergriff sofort meine Hand. Die ihre fühlte sich klein und warm an. Hatte sie Angst? Ich schaute zu ihr herab, und sie erwiderte meinen Blick, doch ohne jedes Lächeln. Im Gegenteil, denn ihr junges Gesicht sah jetzt sehr ernst aus.

Wir hörten Joyce etwas sagen. So drehten Missy und ich uns gleichzeitig um. Da trat aber Tony, einer der Cherokee, vor uns hin, so dass wir erstarrten. "Dieser Ort hat viel Kraft", sagte er bedeutungsvoll, "hier wohnt sogar eine Macht von ungeheuren Ausmaßen!"

Missy und ich nickten betroffen. Dann ließ die junge Blondine meine Hand los.

Plötzlich trat Hinto, einer der Cherokee, direkt an das Ufer des Bergsees heran. Dann stieß er ein dumpfes Brüllen aus, das wie ein Donnergrollen über die schwarze Wasserfläche hinwegrollte.

Als aber das Echo aus dem Nebel zurückkam, da gefror uns das Blut in den Adern. Unsere Ohren erreichte nämlich ein irrwitzig hoher und schon geradezu unheimlich schriller Schrei.

"Tlanuwa ist da", stellte Annuk, ein anderer Cherokee, hörbar befriedigt fest. "Das heißt: Wir können anfangen."

Erst jetzt sah ich, dass der Bruder seine Schwester am Rollstuhl in der Zwischenzeit mit Riemen festgeschnallt hatte. Als er die Indianer auf sich zukommen sah, da trat er zur Seite.

Vorsichtig schoben die Cherokee den Rollstuhl nun an das Wasser heran. Aus der Nähe konnte ich jetzt ein Becken erkennen. Es war wohl in den Fels hineingemeißelt worden. Das wahrscheinlich, als der Wasserspiegel noch tiefer stand. Denn inzwischen war das Becken völlig überflutet.

Joyce schrie erschrocken auf, als die Indianer ihren Rollstuhl in das Becken stießen. Das kalte Wasser reichte ihr nämlich sofort bis an die Brust.

"Ich weiß, was mir bevorsteht, Vater", sagte sie anklagend, wobei ihre Zähne vor Kälte klapperten. "Ich soll nämlich ertränkt werden. Ersäufen wollt ihr mich, wie eine verkrüppelte Hündin, die man loswerden will. Oder bestreitest du das etwa?"

Ihr eisgrauer Vater stand nun direkt hinter ihr. "Bist du einverstanden, Joyce?", fragte er mit brüchiger Stimme. "Gibst du deine Zustimmung, meine Tochter, damit die Indianer jetzt dein Bad in diesem Ghoul-See vollenden?"

Das Mädchen im Rollstuhl fror inzwischen zum Gotterbarmen. "Ja, ich will sterben, Vater", hauchte sie dann mit Tränen in den Augen. "Denn der Tod durch Ertrinken ist tausendmal gnädiger als dieses Elend im – Rollstuhl!"

Mr. Muholland trat zurück, wobei er sich an die Indianer wandte. "Sie haben es gehört, Gentlemen", sagte er sehr sachlich. "Tun Sie nun bitte das, wofür ich Sie bezahlt habe!"

Die Cherokee nickten und traten vor. Mit vereinten Kräften schoben sie den Rollstuhl dann über den hinteren Beckenrand. Wir sahen Joyce kurz hochwippen. Gleich darauf versank sie im tiefen Wasser.

Erneut stieß sie einen kurzen Schrei aus, bevor ihr Kopf in den Fluten verschwand.

Der Vorarbeiter richtete sogleich seine Stablampe auf die Stelle, an der sie versunken war. Direkt dahinter begann die kompakte Nebelbank.

Eine halbe Minute lang sahen wir weiße Luftblasen an die dunkle Oberfläche steigen. Erst danach wurde die finstere Wasseroberfläche wieder glatt.

Ich hatte ein beklemmendes Gefühl. *Sie ertrinkt, sie braucht Hilfe!* schrie es in mir. *Ein behindertes Mädchen wurde hier umgebracht. Waren wir nicht alle zur Hilfeleistung verpflichtet?*

Doch dann höre ich wieder die Stimme des Unfallopfers, damals in meiner Praxis: *Nicht an den Teufels-See. Wurde im Mai getauft, Sir. Möchte deshalb als Christ sterben. In Frieden, verstehen Sie?*

Die Stimme eines der Cherokee riss mich aus meinen Gedanken. "Wir müssen jetzt gehen", sagte Etu eindringlich. "Und wir dürfen uns auf dem Rückweg nicht umsehen! Auf keinen Fall, Leute! Das ist sehr wichtig!"

Wortlos machten wir uns daraufhin alle an den Abstieg. Der Vorarbeiter ging wieder mit einem der Indianer voran, um uns den Pfad auszuleuchten.

4. OLD MANTIS

Am nächsten Tag, dem Sonntag, da sollte ja die Hochzeit stattfinden. Jake Muholland sollte mit seiner Elizabeth Glenfield in den Ehestand treten.

Die kirchliche Trauung war bereits am Vormittag im engesten Familienkreis vorgenommen worden. Die Feierlichkeiten am späten Nachmittag fanden hingegen im Haupthaus der Esmeralda-Farm statt. Hier war ein Partyservice engagiert worden. Denn es sollte ein festliches Abendessen auf den Tisch gebracht werden.

Das Hauptgebäude lag leicht erhöht. Daher hatte man nach Süden einen schöne Aussicht über das Städtchen Point Pleasant sowie den imposanten Zusammenfluss des Kanawha-River mit dem Ohio-River.

Wir saßen aber auf der Terrasse, die nach Westen gerichtet war. Die Tische standen auf akkurat gefügten Platten aus Quarzsandstein. Diesen folgte eine Rasenfläche, die sich bis zum hinteren Hang fortsetzte. Der sich danach anschließende und sehr abschüssige Bereich war mit einem Wäldchen aus kleinen Bäumen und hohen Büschen bewachsen. Man sah diese am Ende der Wiese als grünes Dickicht in die Höhe ragen.

Ich saß mit dem Rücken zum Gebäude an der langen Tafel. Links neben mir hatte Missy in einem hocheleganten Cocktailkleid Platz genommen. Weiter dahinter sah ich Verwandte in weit fortgeschrittenem Alter – waren das die Großeltern?

Rechts von mir saß Gus, und daneben seine Schwester Gwen Driscoll mit ihrer Tochter Alma.

Die adrett gekleideten Bediensteten des Partyservices servierten bereits die Vorspeise: Ochsenschwanzsuppe mit Weißbrot.

Ich fragte Gus leise, wer die alten Leutchen neben seiner Nichte Missy denn seien. Die Großeltern doch wohl, oder?

Da lachte mein Apothekerfreund, während er sich mit der Serviette einige Tropfen Suppe von der Unterlippe tupfte. Nein, meinte er, denn Missys Mutter habe ihre einzige Tochter erst bekommen, als sie schon hoch in den Vierzigern war. Sein älterer Bruder, also Missys Vater, sei sogar bereits Mitte fünfzig gewesen. Nun sei die Mutter Ende fünfzig, während der Vater schon auf die siebzig zugehe.

Ach, so war das also. Ich sah nach links, worauf Missy mir zulächelte. Hatte sie unser Gespräch etwa mitangehört?

Selbst die vier Cherokee-Indianer waren da. Offenbar wollte sich der alte Farmer für die geleisteten Dienste durch ihre Einladung erkenntlich zeigen.

Allerdings hatte das Quartett es abgelehnt, sich auf den angebotenen Sitzen niederzulassen. Dabei erinnerte ich mich auch gehört zu haben, dass die Indianer stets hockend auf dem Boden zu essen pflegen. Jetzt standen sie hinter uns, mit den Tellern in ihren Händen.

Die Gästeschar setzte sich überwiegend aus engen wie auch weiteren Verwandten der Familien Muholland und Glenfield zusammen. Dass die Tochter des Hauses inwischen im Rollstuhl saß, wussten wohl alle. Doch jetzt erhoben sich laute Stimmen, die nach dem Verbleib von Tochter Joyce fragten.

Da hob der alte Muholland bedeutungsvoll den Zeigefinger. Gleichzeitig war aus dem hinter uns liegenden Gebäude ein seltsames Geräusch zu hören.

Nun bat der reiche Farmer um Ruhe. Als letzten Strohhalm habe man den berühmten Heiler Cuellito Curandero kommen lassen, verkündete er. Dieser werde nun sein Bestes tun, um die arme Joyce von ihrem Rollstuhl zu erlösen. Wie die verehrten Gäste soeben hören konnten, habe dieser seine Arbeit bereits aufgenommen.

Diese Bekanntgabe löste sofort laute Diskussionen aus. Dabei ging es natürlich um die Frage, ob die Heranziehung eines Heilers in einem solchen Fall überhaupt sinnvoll war.

Rauch stieg uns in die Nase. Denn die adretten Leute vom Partyservice hatten inzwischen den Grill angeworfen. Als Hauptgang gab es nämlich Sirloin Steak mit gebackenen Bohnen, Rührei und Bratkartoffeln sowie Salat – also ein typisch amerikanisches Dinner.

Mr. Muholland hatte sich wirklich nicht lumpen lassen. Denn sogar eine Tanzkapelle war bestellt worden.

Nach dem Essen wurde durch den Partyservice in aller Eile abgeräumt. Dann spielte die Kapelle einen flotten Marsch. Und der Kapellmeister verkündete über Mikrofon, dass man erwarte, dass nun das Tanzbein geschwungen werde.

Alles stürmte daraufhin auf die Sandsteinplatten der Terrasse. Die hübsche Elizabeth Glenfield hatte ihr dunkles Haar zurückgebunden. Von ihrem Hochzeitskleid war die Schleppe abgenommen worden. Denn es sollte ja niemand darüber stolpern.

Der Bräutigam war sehr konservativ in schwarz gekleidet. Betont galant und rücksichtsvoll begann er, seine Frau im Takt herumzuführen.

Auch Gus Harper und seine Schwester Gwen Driscoll tanzten. Ebenso Missys betagte Eltern legten los. Alma tanzte mit einem Cousin der Braut.

Erst jetzt sah ich, dass hinter uns zuvor fünf Indianer gestanden hatten. Nitika, die hübsche Schwester des damaligen Unfallopfers, hatte inzwischen den gutaussehenden Hinto geheiratet. Und – man glaubt es kaum -, aber dieses eingeborene Ehepaar hatte sich doch tatsächlich auf die Tanzfläche gewagt!

Und warum auch nicht? Denn die beiden indianischen Tänzer bewegten sich dann erstaunlich gewandt.

Auch Missy war ihren Eltern auf das Parkett gefolgt. Nun bewegte sie sich ganz alleine im Takt der Musik. Ich konnte sehen, wie ein junger Mann sie ansprach. Doch schüttelte sie gleich sehr entschieden den Kopf. Dann sah sie zu mir herüber. Ich schaute zurück. Und da gab sie mir einen kaum wahrnehmbaren Wink, dass ich mich zu ihr gesellen möge.

Von mir aus hätte ich die Dreizehnjährige nicht auffordern dürfen. Das wäre nur einem nahen Verwandten oder aber einem Gleichaltrigen gestattet gewesen. So aber hätte es eine Unhöflichkeit dargestellt, ihrer Geste nicht zu folgen.

Sie lächelte zu mir empor, als wir dann tanzten. Missy trug ein ärmelloses Cocktailkleid, das metallicblau schimmerte und wunderschön war. Dabei bewegte sie sich mit einer Anmut und einem Liebreiz, die ihresgleichen suchten. In den fließenden Bewegungen lag eine Eleganz, die ihre bezaubernde Attraktivität noch unterstrich.

Sie presste beide Fäuste aneinander und tanzte knicksend um mich herum. Dann klatschte sie in die Hände, hob meinen Arm und huschte darunter hinweg. Schließlich legte sie Daumen und Zeigefinger an ihre Hüften, wand sich wie eine Bauchtänzerin und lachte mich dabei an.

Zuerst hatten die bewundernden Blicke noch dem Brautpaar gegolten. Doch inzwischen hatten Missy und ich den beiden die Show gestohlen. Die Dreizehnjährige war ein wunderschönes Mädchen. Und wenn sie mit mir tanzte, dann zogen wir die gesamte Aufmerksamkeit auf uns.

Allmählich war es auf der Terrasse immer dunkler geworden. Nun schaltete sich die Beleuchtung ein. Die Kapelle verstummte, und Mr. Muholland verkündete, dass es nun Fruchteis mit Sahne geben werde.

Daher nahmen wir alle wieder Platz. Missys zartes Gesicht war ganz niedlich gerötet, so sehr hatte ich sie herumgewirbelt. Sie zog ein Taschentuch aus der Brusttasche meines hellen Anzuges. Damit wischte sie sich dann die Schläfen ab. Als ich herüberschaute, da traf mich ein Blick, als hätte ich sie beim Raub der Sabinerinnen ertappt.

Nun kam der Wunderheiler aus dem Haus. Alle sahen ihn sofort erwartungsvoll an. Cuellito Curandero war ein Mexikaner indianischer Abstammung. Er zeigte sich von sehr dunkler Hautfarbe. Auf dem Kopf trug er sein Markenzeichen: Einen viel zu kleinen Sombrero mit der Feder des heiligen Quetzalvogels.

In aller Eile wurde ein Teller mit Fleisch, Bohnen, Kartoffeln und Salat für ihn fertig gemacht. Während wir das Eis genossen, da machte er sich über das Hauptgericht her.

Den Horizont hatte die sterbende Sonne blutrot eingefärbt. Der leuchtende Abendglanz ließ auch die Wiese hinter der Terrasse wie ein Kohlebecken erglühen.

Plötzlich nahm ich hinten am Waldsaum eine Bewegung wahr. Missy hatte es auch bemerkt, denn ich sah, wie sie von ihrem Eis ruckartig aufschaute.

Eine junge Frau kam da zwischen den Bäumen hervor. In anmutigem Lauf bewegte sie sich über die wie von Blut getränkte Wiese auf uns zu.

Als sie näher kam, da erkannte ich das weiße Sommerkleid mit den schwarzen Punkten. Es war klitschnass und flatschte ihr um die weißen Beine.

Am Tisch waren die meisten inzwischen aufgesprungen. Die, welche mit dem Rücken zum Garten saßen, hatten sich herumgedreht. Ein Aufschrei entrang sich den Kehlen der vielen Gäste, denn alle erkannten nun die – Joyce!

Mit dem Grunzen eines Büffels lief der alte Muholland auf seine Tochter zu. Jake, sein Sohn, folgte ihm in seinem schwarzen Anzug.

Es war unfassbar. Joyce lief wirklich wie eine junge Gazelle. Nichts erinnerte mehr an ihr elendes Dasein im Rollstuhl.

Mir kam sofort die Heilung des Gelähmten in den Sinn. Und zwar so, wie sie übereinstimmend in den Evangelien von St. Matthäus, St. Markus und St. Lukas überliefert ist: *Da sprach Jesus zum Gelähmten: Ich sage dir: Steh auf, nimm dein Bett und geh nach Hause!*

Inzwischen war die Joyce von einer riesigen Menschentraube umringt. Alle wollten ihren Körper im nassen Sommerkleid drücken. Und dann ließ ein begeisterter Chor sie hochleben!

Ich sah zu Missy herüber. Ihr hübscher Mund hatte sich geöffnet, und ihre blauen Augen waren vor Erstaunen weit aufgerissen.

Als die erste Begeisterung sich gelegt hatte, da besann man sich auf den Wunderheiler. Der hatte inzwischen seinen Teller leergegessen. Nun beglückwünschten ihn alle. Dann wurde nach Eis gerufen – man möge ihm Eis bringen!

Joyce war sehr blass. Sie zitterte in ihrem klatschnassen Kleid. Ihre frisch verheiratete Schwägerin führte sie behutsam nach oben, damit sie sich umziehen konnte.

Noch am gleichen Abend rief ich meine Frau an. Die hatte sich in Berlin zusammen mit Lara in einer Pension eingemietet. Die Wirtin holte Claudia ans Telefon.

Von unserem Marsch in die Appalachen hoch zum Tlanuwa-See erzählte ich ihr nicht. Denn das kam mir dann doch zu abenteuerlich vor. Stattdessen berichtete ich ihr vom Wunderheiler Cuellito Curandero. Ich sagte ihr auch, dass dieser die Joyce aus ihrem Rollstuhlfahrerdasein erlöst habe. Und dass sie jetzt wieder laufen könne.

Claudia konnte natürlich kaum glauben, was sie da hörte. Aber ganz selbstverständlich freute sie sich auch für das arme Mädchen. Unsere Tochter Lara habe gestern einen herrlichen Tag mit ihrer Großmutter erlebt, erzählte sie weiter. In einer Stunde gehe der Zug, der sie und Lara zurück nach Hamburg bringen würde, meinte sie noch. Ich werde alles noch genau erfahren, wenn sie erst wieder zu Hause seien. Ich käme doch am nächsten Sonntag nach Pittsburgh zum Flugplatz, um sie beide abzuholen, nicht wahr?

Na klar erklärte ich mich dazu bereit.

Eine Woche später harrte ich im Wartebereich des Airports auf das Kommen meiner Familie. Kurz darauf sah ich sie durch die Glaswand an dem Laufband, das ihr Gepäck transportierte.

Schon aus dem ersten Pulk Reisender löste sich ein Mädchen. Es war Annika, die mit wehenden Haaren auf mich zugelaufen kam.

Was für ein Blickfang war sie geworden! Hellblond, mit großen strahlenden blauen Augen und tausend Sommersprossen im Gesicht! Und dazu einer schlanken Figur, welche die hübsche Erscheinung graziös abrundete.

Sie fiel mir um den Hals und bedeckte mein Gesicht mit Küssen. Dann redete sie ununterbrochen. Wie ein Wasserfall quollen ihr die Worte über die roten Lippen. Wahnsinn, das mit Joyce, nicht wahr? Sie habe das Mädchen gleich von Hamburg aus angerufen, sprudelte es aus ihr hervor. Natürlich hätte sie ihr dabei auch gratuliert, ratterte sie weiter. Danach aber habe sie die so wunderbar Geheilte nach dem Logbuch des Kapitän Bremer gefragt, purzelte es als nächstes aus ihr hervor. Ja, und jetzt solle ich genau zuhören, lachte sie dann noch. Denn die Joyce habe sie und mich für den nächsten Sonntag zum Kaffee eingeladen. Dabei wolle sie uns das Buch des Kapitän Bremer auch gern aus der Hausbibliothek heraussuchen, fügte sie zum Schluss noch hinzu.

Also, da verschlug es mir aber wirklich die Sprache! Unglaublich, nicht wahr? Ich meine, dass die Annika sich nach all den Jahren noch an den Kapitän Bremer erinnern konnte!

Die Begrüßung von Tochter Lara fiel dagegen merklich kühler aus. Doch immerhin küsste mich das schöne Kind zum Schluss noch auf die Lippen!

Mit stark pubertierenden Töchtern ist das ja so eine Sache. Mancher mag froh sein, wenn ihn das einst so niedliche Kind überhaupt noch kennen will!

Auch meiner Frau schien der Urlaub gut bekommen zu sein. Sie hatte jetzt etwas Farbe im Gesicht, die ihre Sommersprossen noch hervorhob. Dabei strahlten ihre blauen Augen, so als hätten sie sich mit neuem Leben gefüllt. Überhaupt sah Claudia unserer Tochter Annika mit ihren blonden Haaren sehr ähnlich. Nur war Annika schlanker, während Claudia sich etwas molliger zeigte.

Doch ganz unversehens nahm mich meine Frau beiseite. Unauffällig deutete Claudia auf einen roten Lackkoffer, der sich noch auf dem Gepäckwagen befand.

Meine Mutter sei am Sonnabend vor acht Tagen mit Lara shoppen gewesen, erzählte sie mir leise. Dabei habe sie keine Kosten gescheut, um unsere Tochter neu einzukleiden. Teure Lederstiefel, italienische Pumps und Hochglanzstrumpfhosen hätten dazugehört. Lara würde edle Klamotten im Gesamtwert von bestimmt tausend Dollar im Koffer haben, berichtete sie mir noch unter dem Siegel der Verschwiegenheit.

Da hätte sie, Claudia, natürlich für ausgleichende Gerechtigkeit sorgen müssen, fuhr sie fort, immer noch im Flüsterton. So habe sie die Annika in Hamburg Aquamarinschmuck für sich aussuchen lassen. Die Farbe passe so schön zu ihrem hellen Teint mit den blonden Haaren. Für Kette, Ohrringe, Armband und Fingerring hätte sie dann auch umgerechnet rund 1000 Dollar hingeblättert. Der Schmuck stehe ihr doch gut, oder?

Ja, das fand ich allerdings auch.

Ich fragte Lara, wie es denn bei Oma gewesen sei. Oh, mit der hätte sie sich aber prima verstanden, meinte sie verträumt lächelnd.

Claudia aber war noch nicht fertig mit mir. "Noch etwas, Schatz?", fragt sie mich zärtlich. "Post vielleicht?"

Klar, da kam es mir wieder in den Sinn! Denn wir hatten ja bei der obersten Schulbehörde für Lara eine Befreiung vom Teil des Unterichtes beantragt, der auf den Nachmittag fiel.

Ihre Trainerin hatte diese Eingabe durch ein Kurzgutachten untermauert. Lara war ein vielversprechendes Talent im Eiskunstlauf. Als solches musste sie täglich eine erhebliche Zahl von Stunden trainieren. Das ging natürlich nicht, wenn sie den ganzen Nachmittag in der Schule saß.

Der Befreiungsbescheid des Schulamtes war am Freitag gekommen. Er galt ab sofort. Ich zeigte ihn meiner Frau, und sie freute sich natürlich auch.

Anschließend stiegen wir alle ins Auto und fuhren zurück nach Hause.

Am folgenden Sonntag machten Annika und ich uns dann auf den Weg zur Esmeralda-Farm. Schon den ganzen Tag war ein grauer Nieselregen niedergegangen. Ein böiger Wind trieb unruhige Nebelschwaden um unser Auto herum.

Ich musste am hellichten Tag die Autoscheinwerfer einschalten. Dabei war ich froh, als ich den Wagen endlich vor dem Farmgebäude parken konnte.

"Ich kann es eigentlich noch immer nicht glauben", meinte die Annika, als wir auf den Haupteingang zugingen. "Ich meine, es würde mich nicht wundern, wenn uns die Joyce gleich im Rollstuhl entgegenkäme.”

Auf unser Klingeln öffnete ein Hausmädchen mit Häubchen und fescher Dienstkleidung. Hinter ihr lugte die hübsche Joyce hervor – aufrecht und ohne Rollstuhl, versteht sich.

Sie war allein zu Hause. Ihr Vater nahm an einem Treffen der Vereinigung der Farmer teil. Er war schon am Freitag aufgebrochen.

Zuerst gab es Kaffee und Kuchen. Dabei fragte die Annika die Joyce, wie sie ihre eigene Heilung denn erlebt habe. Hier am Tisch fiel uns zum ersten Mal auf, dass die Joyce anscheinend sehr müde war. Sie gähnte dauernd und hielt sich dann die Hand vor den Mund. Doch, meinte sie, wobei sie wieder ein Gähnen unterdrückte, der Wunderheiler hätte wohl ganze Arbeit geleistet.

Später führte Joyce die Annika und mich dann zur Hausbibliothek. Dabei machte meine Tochter mich verstohlen darauf aufmerksam, wie blass die Tochter des Hauses im Gesicht war. Auch roch die Halle vor der Bibliothek so, als habe die Joyce stundenlang in einer Wanne mit Algenschaum gelegen.

Ich fragte sie direkt danach. Ja, meinte sie, das stimme auch. Aber das sei heute ganz früh gewesen.

Dann stellte die Annika der Joyce eine Frage, die ich zunächst nicht verstand. Sie fragte nämlich, ob die Tochter des Hauses schon wieder Reitstunden nehmen würde.

Die Joyce und Reitstunden? – Annika hatte zu Hause immer sehr viel von ihrer täglichen Zeit auf dem Gestüt erzählt. Aber ich erinnerte mich nicht, dass sie die Joyce dabei überhaupt mal erwähnt hätte.

Gähnend erwiderte die Angesprochene, dass sie dazu noch nicht gekommen sei.

In dem Bibliotheksraum suchte sie uns dann das Logbuch des Kapitän Bremer heraus. Sie legte es auf den Tisch und rückte uns zwei Stühle zurecht. Dann schaltete sie eine Leseleuchte ein.

Inzwischen roch auch die gesamte Hausbibliothek penetrant nach Algen. Schon sitzend, wechselte ich einen verwunderten Blick mit Annika.

Joyce ließ uns diskret alleine. Herzhaft gähnend verließ sie dann die Bibliothek. Außer uns saß etwas weiter weg nur noch ein sehr alter Mann, der in einem dicken Band blätterte.

Kapitän Thomas Bremer kam aus Hamburg. Er entstammte einer alten Seefahrerfamilie. Im Jahre 1677 wollte er mit seinen Ersparnissen ein Haus auf dem Gebiet des heutigen Point Pleasant bauen.

Schon in der Planungsphase aber lernte er den Inder Parviz Gamesh kennen. Der hatte jahrelang mit einer Dhau die Weltmeere befahren. Die beiden teilten die Leidenschaft für das Seefahrerwesen und wurden schon bald Freunde.

Gamesh schlug dem Kapitän vor, seine Ersparnisse in einen Schoner zu investieren. Denn er kenne den Weg zu einer Insel, welche die Inder *Garati* nennen würden. Die Araber aber wüssten ebenfalls von dem Eiland, dessen Name in ihrer Sprache *Abu Jinni* hieß – Vater der Geister. Die Engländer schließlich bezeichneten die Insel als *Old Mantis*.

Sie liege siebzig Knoten östlich der Falkland-Inseln im Südatlantik. Sie sei von lotrechten Felswänden umgeben. Einzige Anlegestelle sei ein in die Felsen gehauener Kanal. Der Zugang aber wäre durch tückische Riffs versperrt. Diese befänden sich dicht unter der Wasseroberfläche. Sie seien so scharfkantig, dass sie jeden Schiffsrumpf in Fetzen reißen würden. Nur wenige kundige Führer könnten diese Riffs sicher überwinden. Dazu gehöre auch er, Parviz Gamesh.

Kapitän Bremer fragte natürlich, was als Lohn für eine solche Unternehmung winke. Gamesh erwiderte, der Piratenkapitän Hank 'The Glasseye' Simon habe im Jahre 1523 den spanischen Dreimaster *Santa Gloria* entführt. Das spanische Schiff sei bis zum Rand mit Gold aus dem Vizekönigreich Peru beladen gewesen. Leider aber hätte die englische Flotte sich bereits an die Fersen der Piraten geheftet. Vor dieser habe Glasseye die *Santa Gloria* im Hafen der Insel Old Mantis versteckt. Da sein Führer aber mit den Jahren ins Gras biss, sei es Glasseye nicht mehr möglich gewesen, das Schiff dort wieder abzuholen.

Annika warf mir an dieser Stelle einen vielsagenden Blick zu. Ich nickte lächelnd zurück. Dann deutete ich wieder auf das Buch.

Dieser Goldsegler könne der Lohn für seine Mühen sein, erzählte Gamesh dem Kapitän grinsend.

Bremer folgte daraufhin dem Rat seines Freundes. Im Hafen von Newark kaufte er den Schoner und heuerte eine Mannschaft an. Am 14. Juni 1689 stach das Schiff schließlich in See.

Gamesh lotste den Schoner *Maria Stuart* auch wirklich sicher durch die tückischen Klippen in den Felshafen der Insel Old Mantis. Man stelle sich aber die Enttäuschung der Besatzung vor, als sie erkannte: Die *Santa Gloria* war nicht da!

Der steinerne Hafen bestand aus einem Becken, an dessen Rändern die schwarzen Felsplatten kaum aus dem Wasser hervorragten. Nur sah man sofort: Die Anlegestelle war leer! Sie wirkte wie blankgeputzt!

Verwirrt begann Kapitän Bremer mit seiner Besatzung daraufhin, die breiten Treppen zur Festung hinaufzusteigen. Gamesh schritt in seinem langen, hellen Gewand neben ihm her. Dabei sagte er leise zum Kapitän, dass die *Santa Gloria* eigentlich auch gar nicht mehr am Kai hätte liegen können. Denn da das Schiff aus Holz gezimmert wurde, habe jetzt, nach über hundert Jahren, der Zahn der Zeit sie gewiss vermodern lassen.

Als die Männer aber wenig später das Gebäude betraten, da wurden sie einer nach dem anderen niedergeschlagen und gefangen genommen.

Kapitän Bremer fand sich am Ende in einer Steinkammer wieder. Das einzige Fenster darin war vergittert. Der Seefahrer blickte auf Felsen, das Meer jedoch konnte er nicht sehen.

Es gab zwei Bottiche. Der eine enthielt frisches Wasser, während der andere offenbar für die Notdurft vorgesehen war.

Als sehr sonderbar erwies sich die Putzkolonne. Schaute man sie nur flüchtig an, so glaubte man, einen Mann und zwei Frauen zu erblicken. Sie trugen helle Leinenkleidung und Hüte aus Stroh, die sie als zur malayischen Landarbeiterschaft gehörend auswiesen.

Heftete man jedoch fest den Blick auf diese Reinigungskräfte, so verschwammen sie. Männer wie Frauen lösten sich einfach auf. Sie wirkten in diesem Fall wie undeutliche Schemen.

Tag für Tag versuchte der Kapitän Bremer sein Glück aufs Neue. Jedesmal sprach er diese Wesen in kühner Weise an. Dabei verlangte er von Montag bis einschließlich Sonnabend bei jeder Gelegenheit, zu den übrigen Mitgliedern seiner Besatzung geführt zu werden.

Leider jedoch ohne Erfolg. Der Reinigungstrupp verrichtete seine Arbeiten wie gewohnt. Dann verließ die Gruppe schweigend die Kammer.

Am Sonnabend endlich drängte sich Bremer einfach hinterher. Er versuchte schlicht, mit den Arbeitern den Raum zu verlassen.

Doch da stellte der Putztrupp sich ihm in den Weg. Dabei spürte der Kapitän ihre Körper nicht. Denn vielmehr waren ihre Leiber wie elastische Gummibänder. Bremer gelang es, diese zu dehnen, doch dann wurde er wieder zurückgeworfen.

Am Sonntag endlich versuchte der Kapitän mal etwas anderes. Als die Arbeiter schon wieder gehen wollten, da bat er, in die Hausbibliothek vorgelassen zu werden.

Erstaunlicherweise wurde ihm dies nun gestattet. Die Arbeiter gaben die Tür ganz unerwartet frei. Dann ließen sie ihn in die Bibliothek gehen.

Er war ganz allein dort. Staunend betrachtete er die langen Reihen dicker Bände in den Regalen. Nur leider gab es keine deutschsprachigen Werke. Viel war in lateinischer Sprache abgefasst, aber es war auch einiges auf Englisch.

Mit einem Mal hatte Bremer das Gefühl, es befinde sich noch jemand im Lesesaal. Tatsächlich saß hinter ihm nun ein junger Mann an einem Tisch. Er hatte sandfarbenes halblanges Haar. Seine Augen waren farblos, die Nase flach, und die Lippen eher dünn. Wie lange war er schon da? – "Ich bin Prinz Galaspor", stellte der Fremde sich mit weicher Stimme vor, die an Samt und Seide erinnerte.

Erstaunt nannte Bremer daraufhin ebenfalls seinen Namen.

Prinz Galaspor erhob sich in der Folge und trat an ein Regal heran. Dann zog der Prinz einen Band aus der Bücherreihe. Zur Überraschung des Kapitäns begann dieses Buch mit heiserer Stimme sehr rasch zu sprechen, nachdem der Adlige es geöffnet hatte.

Der Prinz erklärte mit dünnem Lächeln, dass der Band dem Piratenkapitän Old Slight Squint gehört habe. Der Freibeuter sei mit dem Buch in den Armen gestorben. Dies sei auch der Grund, weshalb die Seiten immer noch erzählen würden. Sie sprächen mit der Stimme des alten Kapitäns. Zum Besten gäben sie dabei Geschichten aus dem Leben des Piraten.

Der Prinz bat Bremer nun, ihm zu folgen. Er führte ihn dann in den hinteren Teil des Gebäudes. Schon auf dem Weg wurde der Kapitän auf die vielen wehklagenden Stimmen aufmerksam. Ein kleiner Garten erstreckte sich zwischen dem Gebäudeabschluss und der dahinterliegenden Felswand.

Zahlreiche Menschenköpfe wuchsen da an schlanken Blumenstielen aus dem Boden. Sie alle klagten und heulten vor Qual und Pein durcheinander.

Der Prinz schien kein Mitleid zu empfinden. Mit unbewegter Miene erklärte er, diese Männer seien Feinde seines Volkes gewesen. Es handele sich um Eroberer, welche die Insel für ihren Herrscher in Besitz nehmen wollten. Als solche aber hätten sie keine Gnade verdient.

Bremer fragte den Adligen nun nach der *Santa Gloria*. Der Prinz schien sofort zu wissen, welches Schiff der Kapitän meinte. “Ah, der Goldsegler?”, meinte er mit seinem dünnen Lächeln.

Der Adlige erklärte, seine Handwerker hätten den Rumpf des Schiffes inzwischen erneuert. Die *Santa Gloria* sei damit also wieder seetüchtig. Sie befinde sich auf der Rückseite der Insel, in einer kleinen Werft.

Dann verblüffte der Prinz den Kapitän Bremer auf einmal mit folgendem Angebot: Und zwar wollte er die Besatzung und auch den Schoner *Maria Stuart* freigeben. Außerdem würde er dem Schoner gestatten, den Dreimaster *Santa Gloria* in Schlepp zu nehmen – und zwar mitsamt der Goldladung.

Bremer konnte kaum glauben, was er da hörte. Mit bebender Stimme fragte er, was der Prinz sich denn als Gegenleistung für seine Großzügigkeit ausbedingen werde.

Mit dem gewohnt dünnen Lächeln erklärte der Adelige, dass die im Schlepp vom Schoner gezogene *Santa Gloria* nur einen Mann als Besatzung haben dürfe: Und zwar am Steuer entweder einen Steuermann oder nach Wahl auch einen Maat.

Außerdem verlangte der Prinz, dass vom Gold der *Santa Gloria* im Wohnort des Kapitäns ein großes Grundstück in seinem Namen erworben werde.

Nachdem Bremer zugestimmt hatte, hielt dann auch der Adlige seinen Teil der Vereinbarungen ein. Die Besatzung des Schoners wurde freigelassen. Anschließend holte man die *Santa Gloria* aus der Werft. Bremer durfte sich überzeugen, dass die Goldladung noch an Bord war. Anschließend nahm der Schoner die Galeere in Schlepp. Der Kapitän bestimmte einen Maat, welcher das Ruder des Goldseglers zu übernehmen hatte.

Anschließend ging es heimwärts.

Das Logbuch verzeichnete nur eine Unregelmäßigkeit: Noch im Südatlantik und in stürmischer See war der Maat am Ruder der gezogenen *Santa Gloria* deutlich zu erkennen. Mit einbrechender Abenddämmerung aber lösten sich die Konturen auf. Eine dunkle Gestalt näherte sich von hinten dem Maat. Bevor man diesen durch Schreie alarmieren konnte, sei der Maat schon überwältigt und fortgezerrt worden. Eine anschließende Durchsuchung des Dreimasters brachte leider kein Ergebnis. Der Maat musste ersetzt werden.

Zurück in der Heimat, kaufte Bremer wie vereinbart ein großes Gelände auf dem Areal der zukünftigen TNT-Fabrik im späteren Point Pleasant.

5. DER EINEN FREUD, DER ANDEREN LEID

Kurz darauf, schon beim Verlassen der Hausbibliothek, da sah Annika mich von der Seite an. “Offenbar besteht eine Verbindung zwischen Old Mantis und dem Auftreten der Motten-Menschen hier in Point Pleasant”, meinte sie nachdenklich.

Dem konnte ich nur zustimmen.

Dann aber fragte ich sie nach Joyce und der merkwürdigen Anspielung auf deren Reitstunden. Da erwiderte meine Tochter, dass Joyce den Reitsport nie ernsthaft betrieben hätte. So sei sie nur ganz sporadisch mal auf dem Gestüt erschienen. Standen Reitstunden an, so hätte ihre Reitlehrerin meist vergeblich auf sie gewartet.

Ja, das erklärte natürlich alles.

Annika engagierte sich jedoch nicht nur im Reitsport. Nein, auch am Piano machte sie unter kundiger Anleitung Fortschritte. Immer öfter durchdrang zu dieser Zeit liebliches Klavierspiel unsere Wohnräume.

Der Eigentümer unserer Wohnung nutzte das warme Sommerwetter, um sein Haus um eine weitere Etage aufzustocken. Das gab natürlich Baugerüste, eine Menge Staub und auch viel Lärm. Das Gebäude gewann dadurch am Ende zwei Geschosse.

Gottlob wurde unser Praxisbetrieb durch die Arbeiten nicht beeinträchtigt. Das war wichtig, denn von den Einnahmen lebten wir ja.

Zudem sicherte ich mir sehr früh einen Mietvertrag auch für die neuen Räume im 2. Obergeschoss.

Oft kam Annika während dieser Zeit abends noch zu mir. Dann schloss sie mich immer sehr fest in ihre Arme. Im September geriet sie schließlich in helle Aufregung. Denn da findet ja das alljährliche Mothman-Festival statt, das Point Pleasant für drei Tage in Atem hält. Für Annika war das natürlich ein Muss – und sie verpflichtete unsere gesamte Familie, mit ihr dorthin zu gehen.

Kurz nach diesem Ereignis machte Annika mir auf der Rückfahrt vom Reiterhof ein Geständnis. Der bestaussehendste und begehrteste Junge an der Highschool, so erzählte sie mir, heiße George McLeod. Dieser tolle Typ habe ihr nun angeboten, seine feste Freundin zu werden. Dafür müsse sie aber auch bereit sein, vom ersten Tag ihrer Beziehung an eine körperliche Liebesbeziehung mit ihm einzugehen.

Ich überlegte nicht lange. Annika wurde in wenigen Tagen siebzehn. Gegen einen festen Freund war in diesem Alter wirklich nichts einzuwenden.

Aber gleich mit ihm ins Bett? Das musste sie schon selbst entscheiden. Fühlte sie sich bereits reif genug dafür? Und falls ja, dann müsse sie wohl mit ihrer Mutter sprechen. Claudia würde mit ihr zum Frauenarzt gehen, damit sie die Pille verschrieben bekam.

Annika erwiderte kläglich und mit dünnem Stimmchen, dass ihr das eigentlich zu schnell gehe. Sie befürchte aber, dass der schöne George sich eine andere nehmen würde, wenn sie selbst Zicken machte.

Da meinte ich, dass George, wenn er sie dann gleich sausen lassen würde, sie auch nicht verdient hätte. Annika nickte düster zu meinen Worten.

So verging dieses Jahr und auch das nächste. Annika wurde nicht die Freundin von George McLeod, soweit ich informiert war. Und ich hätte sicher davon Wind bekommen, wenn es anders gewesen wäre.

Lara war fünfzehn geworden, als es dann um alles oder nichts für sie ging. Es waren die nationalen Eiskunstlaufmeisterschaften im Frühjahr 1995. Zu jener Zeit wurden die Jugendmeisterschaften noch gemeinsam mit dem Turnier für Erwachsene abgehalten.

Lara wollte, dass ich mit ihr hinfuhr. Claudia sei bei solchen Anlässen zu nervös, wie sie meinte. Und das könne sie überhaupt nicht vertragen.

Ich hatte von vornherein ein schlechtes Gefühl. In Point Pleasant schneite es schon seit Tagen. Eine Fahrt im Auto erschien mir unter diesen Umständen als nicht ratsam.

Amtraks nächster Bahnhof war der in Huntington. Bei gutem Wetter konnte man ihn in etwa 30 Minuten erreichen.

Lara war einverstanden, dass wir im Auto zum Bahnhof führen. Und von da dann weiter mit den Zügen von Amtrak, der staatlichen Bahngesellschaft.

Ich befürchtete einen wahren Alptraum. Wahrscheinlich kamen die Jugendlichen erst als Letzte dran. Das hieß also viele Stunden warten, warten und nochmals warten auf wahrscheinlich unbequemen

Sitzgelegenheiten.

Claudia war eine Mitfahrt aber ohnehin unmöglich. Denn sie musste die Annika ja zum Reitunterricht bringen. Der fand bei dieser Witterung natürlich in der Halle statt.

Erst vor wenigen Wochen hatten Claudia und ich unsere Handys bekommen. Es waren die ersten Mobiltelefone, die wir je besessen hatten. So konnten wir wenigstens in Verbindung bleiben.

Gottlob vermochten wir eine Pause im Schneefall zu nutzen, um zum Bahnhof Huntington zu fahren. Von dort ging es dann weiter in Richtung Norden.

Für Lara stand entsetzlich viel auf dem Spiel. Landete sie nicht auf den vordersten Rängen, dann war es mit ihrer Zukunft auf dem Eis vorbei.

Im Zugabteil legte ich meinen Arm um Laras Schultern. Draußen zog die kalte Winterlandschaft an uns vorbei. Kahle Bäume reckten ihre schwarzen Äste in den grauen Januarhimmel, als unser Zug sie mit hohem Tempo passierte.

Dabei konnte ich meine Tochter ja nur bewundern. Wie sie mit diesem wahnwitzigen Druck fertigwurde, der hier auf ihr lastete. Aber wirklich: Hut ab!

Lara kuschelte sich an meine warme Brust. Anscheinend reichte dies, um sie zu beruhigen.

Aber zu schlafen vermochten weder sie noch ich.

Als wir endlich ankamen, da nahmen wir eine Taxe zur Eissporthalle. Dort konnte ich schon bald Francis Sounders begrüßen, Laras Trainerin. Diese äußerte sich nur lobend über unsere Tochter. Das Schwierigste an ihrem Job sei die Motivation, meinte die resolute Rothaarige. Lara habe sie jedoch nie motivieren müssen, sagte sie dann, sich durch die kurzen Strähnen ihres Bubikopfes streichend. Denn vielmehr habe unsere Tochter vom Training kaum je genug bekommen können. Sie sei wirklich ein Naturtalent, schloss sie sehr zufrieden.

Mechanische Ansagen hallten knackend durch die Halle. Wie ich geahnt hatte, waren zuerst die Erwachsenen dran. Das Turnier war bereits in vollem Gange.

Kurz darauf wurde mir die Familie Zemski vorgestellt. Ihr Sohn war der Partner unserer Tochter im Paarlauf. Es waren russische Einwanderer, und der stämmige Vater sah mit seinem grauen Vollbart wie ein Gartenzwerg aus. Die Mutter war eine nervöse Brünette mit spiegelnden Brillengläsern. Ihre Hände schienen mir wie dürre Insekten, die ständig in der Luft unterwegs waren.

Alexander, der Sohn, hatte strähniges blondes Haar und sehr rege, blaue Augen. Für meine Begriffe sah er recht gut aus. Er war natürlich ein Einzelkind und der ganze Stolz seiner Eltern. Lara und er hatten in der Eisporthalle von Charleston oft zusammen trainiert. Ich konnte die Russen aber nie kennenlernen, da es immer Claudia war, welche die Lara hingefahren hatte.

Die Stunden vergingen. Die Lautsprecheransagen schnarrten, aber wir hörten kaum hin. Ich für meinen Teil war auch viel zu nervös, um darauf zu achten.

Claudia rief mich kurz auf dem Handy an. Sie meinte, sie hätte bei starkem Schneefall ewig gebraucht, um die Annika in die Reithalle zu fahren. Ob Lara schon an der Reihe gewesen sei?

Nein, vertröstete ich sie, und es werde wohl auch noch einige Zeit dauern, bis sie dran käme.

Kurz darauf wurde der Beginn des Jugendturniers ausgerufen. Etwa nach einer halben Stunde kam Laras Trainerin. Francis Sounders meinte, dass unsere Tochter sich schon mal umziehen solle. Dafür gebe es unten Kabinen. Also den Body an den Körper und die Schlittschuhe an die Füße.

Ich umarmte Lara nochmal, bevor sie mit der Trainerin ging. Dabei wünschte ich ihr natürlich viel Glück. Miss Sounders zwinkerte mir noch zu, bevor sie unsere Tochter wegführte.

Vorher hatte ich eine nervöse Schläfrigkeit empfunden. Doch jetzt war ich auf einmal hellwach.

Etwa zwanzig Minuten später schreckte ich hoch. Denn die Lautsprecheransage lautete nun: “Girls tournament, free skating. Next one is our Number Seven: Larissa Franck.”

In einem eleganten Bogen kam unsere Tochter auf die Eisfläche geschossen. Dann setzte quäkend die Musik ein, und sie begann ihre Kür. Nach meinem Dafürhalten bewegte sie sich weich, fast wie eine Katze. Die Sprünge kamen alle mit großer Eleganz und sehr sicher. Ehe ich mich versah, da war es schon wieder vorbei.

Nun saß Lara neben ihrer Trainerin auf einer Bank. Die Preisrichter verkündeten dann ihr Urteil. Offenbar wurde die Leistung unserer Tochter sehr gut bewertet.

Alexander Zemski sah ich nicht laufen. Doch etwa eine halbe Stunde später hörte ich die Lautsprecher wieder knacken: “Pair tournament, pair skating, Larissa Frank Number Seven and Alexander Zemski Number Fifteen.”

Die beiden sahen entzückend aus, als sie jetzt über die Eisfläche glitten. Wieder begann die Musik. Zumindest auf mich wirkte es wunderschön, wie die beiden zusammen liefen. Lara hatte ihr Haar hochgesteckt und schien mir herrlich grazil in den Armen des Russen. Für meine Begriffe lieferten sie eine perfekt Vorstellung ab.

Wenig später saßen Lara und Alex nebeneinander auf der Bank, um auf ihre Bewertung zu warten. Diese kam kurz darauf. Offenbar hatte auch das Paar Spitzennoten bekommen.

Eine gute halbe Stunde später folgten dann die Siegerehrungen. Das erste Siegertreppchen galt der Einzelkür der Mädchen. Lara hatte den zweiten Platz errungen und bekam eine Silbermedaille um den Hals gehängt.

Was die Erstplazierte sowie die Dritt- und Viertplazierte anging, so hatte ich diese Mädchen noch nie gesehen.

Ich sah meine Tochter glücklich im Blitzlicht der Fotografen lächeln. Aber ich kannte sie gut genug um zu wissen, dass sie nicht ganz zufrieden war. Sie würde fortan noch härter trainieren, das wusste ich genau.

Dabei fühlte ich eine tiefe Erleichterung. Denn diese Platzierung reichte auf jeden Fall, um Lara als großes Talent auszuweisen. Ihr stand mit dieser Leistung eine erfolgversprechende Zukunft auf dem Eis bevor.

Nun folgte das Siegertreppchen für die Einzelkür der Jungen. Alexander Zemski belegte den vierten Rang. Er gewann Pewter (Zinn) und bekam eine Medaille aus diesem Metall um den Hals gehängt.

Auch das war noch respektabel. Ich sah ihn strahlend in die Linsen der Fotografen grinsen.

Zuletzt kam die Siegertreppe für das Paarlaufen an die Reihe. Lara und Alex errangen den zweiten Platz. Sie wurden beide mit Silbermedaillen geehrt.

Überglücklich winkten die zwei in die Blitzlichter der Presse. Sie waren solch ein schönes Paar, das ihnen fast mehr Aufmerksamkeit zuteil wurde als den Erstplazierten.

Inzwischen hatte mich das Ehepaar Zemski umringt. Der vollbärtige Vater schüttelte mir begeistert die Hand. Seine Frau aber umarmte mich sogar. Sie wirkten außer sich vor Freude und gratulierten mir immer wieder. Wobei ich sie natürlich auch beglückwünschte.

Als die Russen endlich von mir abließen, da kamen Lara und ihre Trainerin herbei. Meine Tochter war noch im dünnen Body, und die Schlittschuhe baumelten von ihrem Hals herab. Ein kurzer Blick nach unten sagte mir, dass sie ihre weißen Sneaker schon angezogen hatte.

Auch die Trainerin gratulierte mir überschwänglich. Anscheinend hätte selbst sie ein solch gutes Abschneiden nie erwartet. "*Oh my God*", rief sie immer wieder, und: "*What a wonderful performance*!"

Und ich, ich dankte ihr natürlich für die geleistete Arbeit. Und das über viele Jahre hinweg.

Eigentlich wollte ich Lara sagen, dass sie sich umziehen solle. Doch da klingelte mein Handy. Es war Claudia.

Das Stimmengewirr in der Halle war sehr laut. Ich musste meine Stimme erheben, um ihr von Laras Erfolgen zu berichten. Nur leider reagierte sie kaum. Bis ich dann endlich merkte, dass sie eine Hiobsbotschaft zu verkünden hatte: "Stefan, die Annika hatte einen schweren Reitunfall. Ja, du hast richtig gehört, einen Reitunfall. Wir sind jetzt im Pleasant Valley Hospital. In der nächsten halben Stunde soll geklärt werden, ob sie in eine Fachklinik verlegt werden muss."

Meine Hand mit dem Mobiltelefon begann zu zittern. "Wie schlimm ist es?", flüsterte ich heiser. "Kann ich sie sprechen?"

"Nein", meinte Claudia, "sie ist im Aufnahmesaal für Unfallopfer."

Lara sah mich inzwischen mit großen Augen an. Dann wollte sie ihre Mutter sprechen. Also gab ich ihr das Handy.

Auch Laras Trainerin Francis Sounders betrachtete mich fragend. Sie hatte den deutsch geführten Telefonaten wohl so viel entnommen, als dass etwas Schlimmes passiert war.

Ich erklärte ihr kurz, dass die ältere Schwester von Lara einen Reitunfall erlitten habe.

Die Trainerin übermittelte mir daraufhin ihre besten Genesungswünsche. Und das Ehepaar Zemski – inzwischen verstärkt durch Sohn Alex – schloss sich sogleich an.

Lara hatte ihre Mutter indessen in eine Art Kreuzverhör genommen. Nachdem sie in scharfem Ton den Unfallhergang in Erfahrung gebracht hatte, interessierte sie nun der anschließende Transport ins Krankenhaus.

So verging eine gute halbe Stunde. Als ich auf die Uhr sah, da erkannte ich, dass wir uns sofort eine Taxe nehmen mussten, um unseren Zug noch zu bekommen.

Auf meine wilden Gesten hin beendete Lara das Telefonat. "Los", drängte ich, "nach draußen. Ich werde uns eine Taxe zum Bahnhof bestellen."

Lara deutete auf ihren hauchdünnen Body. Klar, sie wollte sich umziehen.

Ich legte ihr eine Decke um die nackten Schultern, die ich mitgebracht hatte. Dann telefonierte ich nochmal, wobei ich eine Taxe anforderte.

In aller Eile verabschiedeten wir uns. "Komm", sagte ich anschließend zu

Lara, "zum Umziehen ist keine Zeit mehr. Wir müssen sofort zum Bahnhof, sonst verpassen wir unseren Zug." Und damit zog ich sie aus der Halle.

Wenig später saßen wir in der Taxe. Meine Tochter zitterte vor Kälte selbst unter der Decke. Ich drückte sie an mich, während sie ihre Silbermedaillen in ihren schmalen Fingern hin- und herdrehte. Anscheinend konnte sie den Blick nicht von ihnen lösen.

Am Bahnhof hasteten wir dann die Treppe hinauf. Oben stand unser Zug bereits abfahrbereit am Gleis. In aller Eile hetzten wir den Bahnsteig entlang.

Vereinzelte Schneeflocken tanzten in der kalten Luft, als wir uns durch die Tür drängten. Weißer Kondensnebel löste sich von unseren Lippen.

Ich war froh, als wir unser Abteil erreicht hatten. Ächzend ließ ich mich auf den Fensterplatz fallen. Meine Tochter machte sich sofort lang. Sie streckte ihre schmalen Glieder über die ganze Länge der Bank aus. Ihren Kopf hatte sie dabei auf meinen Schoss gebettet.

Ein kahlköpfiger Mann in Jackett und Jeans drängte sich durch die Tür. Ihm folgte ein dünnes blondes Mädchen, das auch einen Eislauf-Body trug.

Offenbar war den beiden das gleiche Maleur passiert wie uns: Auch bei ihnen reichte die Zeit nicht mehr, dass das Mädchen sich umziehen konnte.

Ich wechselte einen komplizenhaften Blick mit dem kahlköpfigen Vater. Dann nahm er Platz, und seine Tochter streckte sich ebenfalls über die ganze Bank aus.

Lara schnurrte wie ein Kätzchen auf meinem Schoss. Ich streichelte ihr zärtlich über das Haar und über die Wangen. Sie öffnete die grünen Augen und schenkte mir einen dankbaren Blick.

Die Wolldecke war heruntergerutscht und auf den Boden gefallen. Laras schmaler und sehr schöner Körper begann sofort zu zittern. Da fiel mir auf, das zwischen ihren Beinen etwas Rötliches hervorspross. Klar, das war ihre Schambehaarung… *Du Dummkopf, was hattest du denn erwartet? Dass deine Kleine mit fünfzehn noch nicht in der Pubertät ist, du Traumtänzer?*

Fast peinlich berührt hob ich den Kopf. Da erkannte ich, dass bei der blonden Tochter unseres Gegenübers auch etwas zwischen den Beinen hervorwuchs… Nur eben nicht rötlich, sondern sandfarben…

Wieder trafen sich mein Blick und der des anderen Vaters. Eine stille Übereinkunft wurde da zwischen uns ausgetauscht. Da lagen die fast nackten Leiber unserer Töchter, schon fraulich entwickelt, was uns verlegen machte.

Schon beinahe persönlich beschämt zog ich die Wolldecke wieder hoch. Mit nur einer Hand breitete ich sie erneut über die nackten Glieder meines Kindes.

Lara grunzte leise. Offenbar war sie sehr müde. Klar, dieser Tag hatte ihr wirklich alles abverlangt. Nur Sekunden später war sie eingeschlafen.

Kurz darauf läutete wieder mein Handy. Schluchzend berichtete Claudia, dass die Annika per Hubschrauber in die Notfallaufnahme der Medizinischen Abteilung der West Virginia University in Morgantown überführt würde. Der Abflug solle schon in wenigen Minuten stattfinden.

Ich war ehrlich erschüttert. Dabei fragte ich meine Frau, ob es wirklich so schlimm sei. Doch, meinte Claudia weinend, so einen schweren Reitunfall habe man hier am Pleasant Valley Hospital noch nicht erlebt.

Da blieb mir natürlich nur noch, der armen Annika alles Gute zu wünschen.

Lara schlief zum Glück so fest, dass der Klingelton sie nicht aufgeweckt hatte. Darüber war ich froh, denn sie brauchte ihren Schlaf.

Nun fragte mich der Vater des anderen Mädchens, wie unsere Tochter denn abgeschnitten habe. Seine kleine Susan sei auf den 59. Rang gelandet. Und im Paarlaufen habe sie mit ihrem Partner sogar einen 42. Platz erreicht.

Erst an diesem Punkt wurde mir bewusst, dass unsere Tochter heute nicht nur gut abgeschnitten hatte. Nein, denn es war ihr sogar gelungen, etwas Außergewöhnliches zu leisten. *Schlaf in Frieden, mein wunderbares Mädchen!* Liebe und Zärtlichkeit durchströmten mich, während ich ihr schönes Gesicht betrachtete.

Mein Gegenüber wartete immer noch auf meine Antwort. "35. im Einzel sowie 29. Platz im Paarlauf", schwindelte ich mechanisch als Erwiderung zu ihm herüber. Denn neidisch sollte er ja nicht werden, der gute Mann. "Ja, ja", nickte er schicksalsergeben, "dieser ganze Eiskunstlauf ist ein teures und dabei überaus frustrierendes Geschäft!"

Ich stimmte ihm mit einem leichten Kopfnicken zu. *Ja, wenn Sie nur wüssten, guter Mann. Dass ich eine wahre Eisprinzessin hier auf meinem Schoss ruhen habe.*

So raste der Zug mit unseren beiden müden Schlittschuhläuferinnen im späten Januar durch eine stockfinstere Nacht.

Am darauffolgenden Sonntag erfragte Claudia telefonisch die Besuchszeiten der Uni-Klinik. Als wir dann aber zu dritt ins Auto steigen wollten, da erlebten wir eine Überraschung.

Denn plötzlich stand ein riesiger Kerl neben unserem Wagen. Er war dunkelhaarig und hatte einen bläulich schimmernden Dreitagebart. Seine braunen Augen glichen denen eines treuen Hundes, doch ansonsten war er ein Latino-Typ. Einer also, denen die Frauenherzen für gewöhnlich zuflogen.

Ein Seitenblick zu Lara sagte mir, dass sie den jungen Mann voller Interesse betrachtete. Er sah wirklich blendend aus.

Der Typ stellte sich uns unter dem Namen Rodrigo vor. Er habe schon seit Wochen um unsere Tochter Annika geworben, ließ er uns wissen. Gestern früh sei er dann endlich erhört worden. Sie habe da nämlich eingewilligt, seine feste Freundin zu werden. Leider müsse sie zur Reitstunde, wie sie sagte, weshalb sie dann gleich wieder auseinandergegangen seien.

Heute früh habe er dann unter unserem Haustelefon angerufen. Larissa sei rangegangen, wobei sie ihm sofort erzählte, was ihrer Schwester passiert wäre. Ob er mit uns fahren könne, um Annika zu besuchen?

Ja, da waren Claudia und ich natürlich gerührt von so viel Anteilnahme. Und so fuhren wir anschließend dann zu viert nach Morgantown.

Unauffällig betrachtete ich das junge Paar auf unseren Rücksitzen während der Fahrt im Rückspiegel. Lara schien aber noch müde von den gestrigen

Strapazen zu sein. Offenbar schlief sie, denn sie hatte sich mit geschlossenen Augen zurückgelehnt.

Es war eine mehrstündige Fahrt bis Morgantown. Wegen der teilweise überfrorenen Fahrbahn konnte ich auch nicht schnell fahren. Im Uni-Krankenhaus erreichten wir dann allerdings nicht viel. Zu Annika konnten wir nicht, da sie gerade durchleuchtet wurde. Man wünschte natürlich Aufschluss darüber, was ihr genau zugestoßen war.

Immerhin gelang es mir aber, ihren behandelnden Spezialisten zu sprechen. Professor Dr. Gerald Thomas meinte, es habe sie wohl sehr schlimm erwischt. Genaueres könne er allerdings erst zu dem Zeitpunkt sagen, wenn alle Untersuchungen abgeschlossen seien.

So traten wir alle wieder in den grauen Tag hinaus. Wobei wir so schlau waren wie vorher. Unbehaglich blickte ich auf zum kalten frostigen Winterhimmel. *Gott, steh meinem armen Kind bei! Lass es gesund wieder nach Hause kommen!*

Auch Claudia hatte Tränen in den schönen Augen, die sie mit einem Taschentuch trocknete. Ich legte meinen Arm um ihre Schultern und führte sie zum Auto zurück.

Auf der Rückfahrt unterhielten sich Lara und Rodrigo leise im Fond unseres Wagens. Ich beobachtete sie von Zeit zu Zeit im Rückspiegel, während sie miteinander sprachen.

Wir besuchten Annika an jedem Dienstag, am Donnerstag sowie auch am Sonntag. Unsere Tochter Lara fuhr ja wochentags nach der Schule immer in die Eishalle. Waren Claudia und ich mit dem Auto weg, dann musste Alma sie in unserem Zweitwagen zum Training fahren.

Lara kam also nur am Sonntag mit, um ihre Schwester zu besuchen. Rodrigo war allerdings stets dabei.

6. DIE SCHRECKLICHEN FOLGEN EINES REITUNFALLS

Von Professor Thomas erhielten wir leider keine guten Nachrichten mehr. Wie er uns sagte, waren durch den Unfall Nervenstränge im Lendenwirbelbereich durchtrennt worden. An ein Flicken der Nerven sei beim jetztigen Stand der Technik aber noch nicht zu denken. Wenn nicht noch ein Wunder geschehe, dann müsse sich unsere Tochter auf ein Leben im Rollstuhl gefasst machen.

Erstaunlicherweise trafen wir Annika immer guter Dinge an. Offenbar glaubte sie fest daran, dass sie geheilt wieder nach Hause käme. Und Rodrigo ließ sich wohl von dieser Euphorie anstecken.

Erst nach drei Wochen wurde unsere Tochter entlassen. Wir hatten ein extra Zimmer für sie. Und zwar im neuerrichteten 2. Stock unseres Mietshauses. Es war hell und freundlich, und durch das Fenster blickte man auf die Straße.

Leider saß Annika im Rollstuhl. Sie war aber immer noch gut gelaunt und verlangte sofort, mich zu sprechen. Als ich kam, da war sie in ihrem Rollstuhl bis ans Fenster gefahren und schaute hinaus. Sobald sie mich kommen hörte, da wandte sie den Kopf. “Vati”, sagte sie beschwingt, “die Joyce ist doch durch einen indianischen Wunderdoktor geheilt worden, nicht wahr? Cuellito Curandereo, so hieß er doch, oder?”

Was den Namen betraf, so bestätigte ich ihn. Allerdings bestritt ich, dass der Wunderdoktor die Joyce geheilt habe. Er wäre nach seinem Einsatz in sein Heimatland Mexiko zurückgekehrt, wobei seine dortige Adresse unbekannt sei.

Annikas frisches Gesicht verdunkelte sich nach dieser Mitteilung. Aber die Joyce sei doch geheilt worden, schluchzte sie. Und wenn es nicht der Wunderheiler gewesen sei, wem könne es dann geglückt sein?

Darauf erklärte ich wahrheitsgemäß, dass Joyces Vater, der Mr. Muholland, für ein indianisches Ritual eine Million Dollar bezahlt habe. Diese Handlungen hätten am Abend vor ihrer Heilung stattgefunden.

“Und das kostete wirklich eine Million Dollar?”, fragte sie ungläubig.

Ja, da könne sie die Joyce fragen, bestätigte ich. Wobei es aber in den Sternen stehe, ob dieses Ritual wirklich ursächlich für die Heilung gewesen sei.

"Und eine Million Dollar haben wir nicht", stellte Annika mit einer Stimme fest, deren Hoffnungslosigkeit mir schon fast das Herz brach.

Von dieser Stunde an war ihre gute Laune dahin. Ihr Rollstuhl stand fortan stets vor dem Fenster, und sie hielt ihren stumpfen Blick den ganzen lieben Tag lang auf die Straße gerichtet.

Rodrigo hatte sie am ersten Tag nach ihrer Rückkehr noch besucht. Als er sie aber an den Rollstuhl gefesselt sah, da stellte er seine Besuche ein. Und dies völlig kommentarlos.

Für Claudia und mich war das, was nun folgte, schon fast unerträglich. Es schmerzte uns wirklich unsagbar, das Kind vor unseren Augen zugrunde gehen zu sehen.

Dabei versuchte ich, mit der Annika zu sprechen. Ich sagte ihr, dass viele Rollstuhlfahrer zur alten Regsamkeit zurückgefunden hätten. Die meisten entdeckten neue Fähigkeiten in sich selbst und würden diesen nachgehen.

Bei ihr, der Annika, sei nun das Reiten nicht mehr möglich. Aber Klavierspielen könne sie doch immer noch. Ob sie die Herausforderung nicht annehmen wolle, nun eine gute Pianistin zu werden?

Darauf sagte unsere Tochter, dass das Reiten ihr Leben gewesen sei. Nun aber, wo ihr der Reitsport nicht mehr möglich wäre, da habe sie kein Leben mehr. Es sei alles sinnlos geworden.

Und wirklich setzte sie sich nie mehr ans Klavier.

Auch Mr. Connor, der Besitzer des Reithofs, war bestürzt. Er kam mit einem Blumenstrauß, um Annika hier in ihrem Zimmer zu besuchen. Betrübt meinte er, dass er im Laufe vieler Jahre schon gebrochene Arme und Beine gesehen habe. Aber einen so schweren Unfall – also, den hätte er zumindest auf *seinem* Hof noch nie erlebt.

Claudia und ich dankten ihm natürlich für seine freundliche Anteilnahme.

Selbst Gus Harper, unser Apotheker und Nachbar, reagierte zutiefst betroffen. "So ein entzückendes Mädchen", murmelte er immer wieder. "Und so engagiert im Reitsport und am Klavier. Das blühende Leben, und wie ein verbranntes Bild in einem einzigen Augenblick zerstört!"

Das fanden Claudia und ich allerdings auch.

Oben gab es einen stillen Ort. Annika konnte mit ihrem Rollstuhl dort heranfahren und ihren Hintern dann vom Stuhl auf die Brille schieben. Toilettengänge waren ihr also ohne fremde Hilfe möglich.

Anders sah es beim Baden aus. Ich musste sie dann aus dem Rollstuhl heben. Claudia zog sie aus, und wir setzten sie anschließend unten in die Wanne. Claudia seifte sie ab, kleidete sie an, wobei ich sie am Ende wieder nach oben brachte.

An den Mahlzeiten nahm sie nie teil. Stattdessen brachten Claudia oder ich ihr einen Teller Suppe bzw. Essen nach oben. Später räumten wir es dann wieder ab.

Annika hatte immer gerne gelesen. Enid Blyton, Erich Kästner, Karl May – sie verschlang einfach alles. Aber jetzt las sie nichts mehr.

Unsere Lara aber wurde noch weit unausstehlicher. Sie warf meiner Frau nämlich sehr provokant vor, das Rollstuhlfahrerdasein ihrer Schwester verschuldet zu haben. Das habe sie getan, indem sie die Annika nach dem Unfall mit dem Auto ins Pleasant Valley Hospital fuhr.

Hätte sie stattdessen eine Ambulanz oder gar einen Hubschrauber angefordert, so Lara, dann wäre der Annika viel früher geholfen worden. Mit hoher Sicherheit hätte man ihr ein Rollstuhlfahrerdasein in diesem Falle ersparen können.

Es sei unverantwortlich gewesen, meinte Lara, ihre schwerverletzte Schwester bei den schlechten Witterungsverhältnissen im Auto zu transportieren. Ihre Mutter sei folglich schuld daran, dass Annika nun kein Leben mehr habe.

Erstaunlicherweise verteidigte sich meine Frau gegen diese Angriffe nicht. Sie zog sich dann nur in unser Schlafzimmer zurück. Dort weinte sie anschließend still vor sich hin.

Ich versuchte natürlich, sie nach solchen Anwürfen zu trösten. Lara meine das gar nicht so, sagte ich versöhnlich. Sie sei einfach in der Pubertät, und in dieser Phase seien alle jungen Mädchen schwierig. Sie sähen viele Dinge zu eng, wobei sie auch auf den Gefühlen anderer herumtrampelten. Das werde sich mit der Zeit aber wieder geben. Sie, Claudia, werde noch den Tag erleben, an dem ihre Tochter sich für ihre harten Worte entschuldigen komme.

Da fasste meine Frau mich schluchzend am Arm. "Erinnerst du dich denn nicht, Stefan?", hauchte sie. "Wie ich stundenlang an ihrem Bett saß? Ihr Kamillentee mit Honig einflößte, wenn sie wieder ihre Koliken hatte? Mein Gott, wie undankbar ist dieses Kind!"

Es stimmte aber auch nicht, was Lara der Claudia vorwarf. Ein letztes Telefonat mit Professor Thomas ergab nämlich, dass die Ruptur der Nervenstränge mit absoluter Sicherheit schon im Augenblick des Unfalles eingetreten war. Dadurch aber sei es auch zu der Querschnittslähmung gekommen. Der nachfolgende Transport habe daran nichts mehr bessern oder verschlechtern können.

Diese beruhigende Nachricht überbrachte ich natürlich gleich meiner Frau. Claudia aber klagte, sie sei zutiefst enttäuscht von einem Kind, das ihr in dieser schweren Zeit das Leben zur Hölle mache.

Ich nahm der Lara ihr Eintreten für die ältere Schwester aber auch nicht ab. Denn ich habe sie nie in Annikas Zimmer gehen sehen. Sie wünschte ihr weder guten Morgen noch gute Nacht. Sie brachte der Schwester noch nicht mal einen Teller Suppe. Und erst recht kein Essen. Das mussten alles wir machen.

Claudia sagte mir in dieser Zeit mal unter Tränen, dass sie mit der ganzen Situation nicht fertig würde. Auf der einen Seite sei es für sie unerträglich, dass Annika sich vollkommen aufgebe. Auf der anderen Seite aber habe sie das Gefühl, dass sie auch Lara verlieren würde.

Oft konnten wir nach dem Abendessen noch zusammensitzen. Denn meist wurde ich ja erst nachts auf eine Farm gerufen. Manchmal auch gar nicht.

Wir hockten dann alle im Wohnzimmer. Dieses war geräumig, und wir hatten einen großen Fernseher. Obwohl ich Annika anbot, sie herunterzutragen, lehnte sie jedesmal ab. Dafür aber gesellte sich Lara zu uns. Sie war in diesen Fällen immer schon im knappen Negligé.

Sie setzte sich dann stets auf meinen Schoß. Dort schlang sie ihre nackten Arme um meine Hals und küsste mich auf die Wange. Anschließend wandte sie den Kopf und sah zu Claudia herüber. Das wirkte schon fast provozierend. So als wollte sie ihrer Mutter sagen: *Schau, ich liebe meinen Papi, aber du bist mir gleichgültig.*

Laras nur dürftig bekleideter Körper fühlte sich kühl an. Ihre fast makellose und dabei sehr helle Haut war überaus weich. Das seidige Haar duftete schwach nach Lavendelholz.

Solche Zärtlichkeit war natürlich nicht selbstverständlich. Schon gar nicht von Seiten einer fünfzehnjährigen Tochter. Denn gerade in der Pubertät sind Mädchen ja oft sehr zickig und abweisend. Um so mehr genoss ich die Liebe, welche sie mir schenkte. All dies wurde nur getrübt durch das sichere Wissen, dass Claudia unsagbar darunter litt.

Über Wochen ging das so. Ich sah die Erleichterung in den Augen meiner Frau, wenn wir mal gleich nach dem Abendbrot auf eine Farm gerufen wurden. Aber das war ja die Ausnahme. An allen anderen Tagen kuschelte sich Lara an meine Brust.

Einmal, da reckte sie plötzlich den schönen Hals. Und da flüsterte sie mir ins Ohr: "Ich werde dich sehr glücklich machen, mein lieber Papa! Glaub mir, du wirst sogar meinen, das Glück gepachtet zu haben!"

Diese Worte hätte man leicht missverstehen können. Ich wusste aber, dass sie keine sinnliche Bedeutung enthielten. Nein, denn ihre wirkliche Aussage war eine völlig andere. Was aber führte unsere Kleine im Schilde? Was, in Gottes Namen?

Noch in der gleichen Nacht lag Claudia mal wieder weinend in meinen Armen. Dann aber wurde sie plötzlich sehr ernst. Denn nun sagte sie mir, dass sie sich noch ein Baby wünsche. Von Mädchen habe sie allerdings die Nase voll. Deshalb solle es diesmal unbedingt ein Junge werden.

Da schrillten bei mir sofort alle Alarmglocken. Nach meiner Erfahrung nämlich macht es keinen Sinn, sich auf ein bestimmtes Geschlecht zu versteifen. Will man unbedingt ein Mädchen, dann kommt ganz sicher ein Junge. Und wenn man einen Bengel möchte, so stellt sich die Maid ein.

Überdies wurden in meiner mütterlichen Erblinie kaum Jungen geboren. Außer mir weiß ich nur noch von meinem Cousin Loribert. Der ist aber andersherum gepolt und steht nur auf Jungs.

Ansonsten habe ich zahllose Cousinen und Tanten auf Mutters Seite.

Aber Claudia ließ natürlich nicht locker. Ihr Verhütungsmittel – eine Spirale – habe sie vorgestern beim Frauenarzt entfernen lassen, gestand sie mir. So nahmen wir das neue Baby noch in dieser Nacht in Angriff.

Es wurde ein Weihnachtsgeschenk. Denn unsere kleine Luisa erblickte genau am Heiligen Abend 1995 das Licht der Welt.

In den Sommerferien 1996 – Lara war inzwischen sechzehn und Luisa ein halbes Jahr – da wollte die Claudia nach Hamburg fliegen.

Lara und Luisa sollten mitkommen. Die Kleine wollte man stolz in Claudias großem Verwandtenkreis herumreichen. Sie zeigte sich als fröhliches Baby und fremdelte kaum. Zudem hatte sich auch das Verhältnis zu Tochter Lara entspannt. Denn die machte ihrer Mutter jetzt zumindest keine Vorwürfe mehr.

Ich dachte an Laras Geburtstag zurück. Das war Ende November 1995. Unsere Tochter hatte sich nach der Aufstockung das größte Zimmer des 2. Obergeschosses gesichert. Dort legte sie an diesem Tag flotte Musik auf. Jerry, Missy und deren Cousine Alexandra waren gekommen – ihre gleichaltrigen Freunde aus frühen Kindertagen. Dazu noch ein weiterer Bengel namens Benny und zu meinem Erstaunen auch der hochgewachsene Rodrigo.

Claudia und ich hatten die junge Truppe oben vergnügt lachen und tanzen gehört.

Jetzt aber stand der Urlaub in Deutschland an. Lara war nicht so ohne weiteres bereit, da mitzukommen. Stattdessen pokerte sie hoch. Im Bundesstaat West Virginia darf man ja schon mit 16 den Führerschein machen. Also verlangte sie, dass wir ihr gleich nach der Rückkehr aus Deutschland die Fahrschule finanzierten. Und ihr zu ihrem Geburtstag im Herbst dann einen Kleinwagen schenkten.

Nach langem Hin und Her stimmten wir schließlich zu. Denn wenn Annika schon nicht mitkommen konnte, so wollte Claudia auf jeden Fall die Lara mitnehmen. Und das klappte ja dann auch.

Inzwischen hatte auch meine Mutter in Berlin Wind von der Reise bekommen. Sofort lud sie die Lara zu sich ein. Die Sechzehnjährige könne auf der Wohnzimmercouch schlafen, sagte sie am Telefon. Diesmal wolle sie ihre Lieblingsenkelin eine ganze Woche bei sich haben.

Claudia wollte drei Wochen bleiben. Davon sollte Lara die letzte Woche bei ihrer Großmutter väterlicherseits in Berlin verbringen.

Unsere Tochter Lara und Missy Harper waren dicke Freundinnen. Seit der ersten Grundschulklasse saßen sie in der Schule nebeneinander.

Erstaunlicherweise war Lara sehr lieb zu ihrer kleinen Schwester. Luisa hing deshalb an ihr und wollte ständig auf ihren Arm.

Als ich die drei nach Pittsburgh zum Flughafen fuhr, da kam auch Missy Harper mit. Sie wollte es sich nicht nehmen lassen, ihre Freundin vor dem Abflug persönlich zu verabschieden.

Missy war ja inzwischen auch sechzehn. Wegen des warmen Wetters trug sie ein Kleid, das aus einem enganliegenden ärmellosen Body bestand und dann in ein kurzes Tüllröckchen überging. Mit ihren schlanken langen Beinen und der hellblonden Lockenpracht sah sie einfach hinreißend aus. Schon auf dem Flughafen zog sie alle Blicke auf sich.

Claudia tippte mir auf die Nase, bevor sie mich zum Abschied küsste. Halb schelmisch meinte sie dabei zu mir: “Lass bloß deine Finger von diesem Mädchen während der Rückfahrt, großer Meister!”

“Versprochen”, grinste ich schon etwas zu verschmitzt.

Luisa blickte in Laras Armen zu mir zurück, während die drei im Abfertigungsbereich verschwanden. Ich winkte ihr zu, und sie hob unbeholfen den dicken Babyarm, während sie ein schiefes Grinsen versuchte.

Dann fragte ich Missy, ob sie etwas trinken wolle. Wir einigten uns auf einen eiskalten Vanilleshake, den wir am Fastfood-Schalter bekamen.

Im Auto wechselte Missy anschließend auf den Beifahrersitz. Sie lehnte sich in die Tür und schlug die schmalen nackten Beine übereinander. In dieser lasziven Pose betrachtete sie mich ständig, während ich fuhr.

Das verunsicherte mich natürlich ganz gewaltig. Ich hatte alle Mühe, mich unter ihren Blicken noch auf den Straßenverkehr zu konzentrieren.

Kurz bevor wir Point Pleasant erreichten, da sagte sie plötzlich sehr freundlich: "Können Sie es denn noch mitansehen, Dr. Franck? Ich meine das Elend von ihrer Tochter Annika, Sir!"

Ihre Frage überraschte mich natürlich nicht schlecht. Nach einigem Überlegen erwiderte ich, dass daran ja wohl nichts zu ändern sei.

Sie erinnerte mich daraufhin an unseren gemeinsamen Aufstieg zum Tlanuwa-See. Da hätten wir die gelähmte Joyce doch dabeigehabt, oder?

Ja doch, entgegnete ich grimmig. Joyces Vater habe aber auch eine Million Dollar lockermachen müssen. Geld, das er wohl den begleitenden Indianern zahlte.

Ich erwartete eigentlich, dass Missy unter Gespräch fortsetzte. Zu meinem Erstaunen aber sagte sie nichts mehr.

Zwischen dem Dorf Henderson und meiner Praxis lag auf halber Strecke die alte Fischkonservenfabrik. Deren zur Straße liegende Büroetagen waren schon in den sechziger Jahren in Mietwohnungen umgewandelt worden. Es gab zwei Geschosse, und Missy wohnte mit ihren gealterten Eltern im obersten, wie ich inzwischen wusste.

Obwohl meine schöne Mitfahrerin nicht ausdrücklich darum bat, ließ ich sie vor diesem Gebäude aussteigen. Unter einem strahlend blauen Himmel stöckelte sie sehr anmutig die kurze Treppe empor. Die Blondine warf mir noch ein Handküsschen zu, bevor sie hinter der Eingangstür verschwand.

Nachdenklich fuhr ich nach Hause zurück.

Zwei Wochen später, am Sonntag, da hatte ich Geburtstag. Schon am Freitag aber kam abends Gus bei mir vorbei. Der alte Apotheker fragte mich, ob ich auf ein Glas Wein noch zu ihm rüberkäme.

Trotz des warmen, lauen Sommerabends war ich etwas überrascht. Denn obwohl Gus und ich inzwischen Freunde waren, hatte er mich seit Annikas

Unfall kaum noch abgeholt. Das war allenfalls noch ein- oder zweimal vorgekommen.

Erfreut sagte ich daher zu.

Es war ja ein wunderschöner, zugewachsener Winkel, den er da hatte. Ich fühlte mich immer sehr wohl bei ihm. Von der sterbenden Sonne zeugte nach dem heißen Tag nur noch ein blutroter Streif am fernen Horizont.

Die Zikaden zirpten aufdringlich im Waldstreifen hinter seinem Grundstück. Schweigend genossen Gus und ich den schweren Rotwein. Sein markantes Altmännergesicht war im Halbschatten kaum zu erkennen.

Doch plötzlich fing er zu sprechen. Hinter dem Streifen Wald in unserem Rücken, meinte er, begännen die Weiden des Farmers Albert McNick.

Vor einigen Tagen habe er sich dort mal über den Zaun mit einem jungen Farmarbeiter unterhalten. Wie es der Zufall so wollte, handelte es sich dabei um Annuk, den jungen Cherokee-Indianer.

Dabei habe er auch von Annikas Reitunfall erzählt. Daraufhin sei sofort die Frage des Indianers erfolgt, ob das Mädchen die Tochter des Tierarztes sei. Ja, habe er entgegnet, es sei eben diese, welche nun leider im Rollstuhl sitze.

Daraufhin habe ihm Annuk ein Angebot gemacht. Und zwar erklärte er sich bereit, mit seinen Stammesbrüdern über das Mädchen zu sprechen. Tage später sei die Antwort erfolgt, dass sich die Cherokee gegenüber mir als Tierarzt immer noch zu Dank verpflichtet fühlten. Denn sie hatten nicht vergessen, dass ich damals erste Hilfe geleistet hatte. Dies, indem ich seinerzeit die Erstversorgung ihres Stammesbruders Kangee übernahm.

Aus diesem Grunde wollten die Indianer auch kein Geld für einen erneuten Marsch zum Tlanuwa-See haben. Sie würden wieder zu viert kommen. Wie beim letzten Mal wollten sie das Mädchen im Rollstuhl den Berg hinauf tragen. Ganz unverbindlich habe man sich schon mal auf den morgigen Tag geeinigt, also Sonnabend.

Gut schwieg und nahm einen großen Schluck Rotwein. Offenbar wartete er auf meine Antwort in dieser Sache.

Nach einer Weile tiefen Nachdenkens sagte ich zu ihm: "Die Entscheidung darüber muss Annika selbst treffen. Ich werde noch heute Abend mit ihr sprechen, Gus. Wenn ich mich nicht mehr melde, dann ist sie einverstanden."

Gus nickte, wohl ebenfalls in profunde Überlegungen versunken. Ich nutzte die Stille, um selbst den sehr guten Wein zu kosten. Anschließend besprachen wir dann schon einmal die Details der morgigen Unternehmung.

Dabei schlugen wir einen Ton an, so als seien wir sicher, dass diese auch stattfinden würde. Als am Ende alles beredet war, da trat wieder Schweigen ein. Eine Sprechpause, in der wir unsere Weingläser leerten und Gus uns nachschenkte.

Anschließend wechselte der Apotheker ganz plötzlich das Thema. Wie ihm nicht verborgen bleiben konnte, setze seine Nichte gekonnt ihre Waffen ein, meinte er. Missy habe ein Auge auf mich geworfen, schloss er vorwurfsvoll.

Ich erwiderte, nach meinem Dafürhalten sei Missy nur aufmerksam. Was aber könne man dagegen einwenden? Denn Aufmerksamkeit sei ja eine Steigerungsform der Höflichkeit, zumindest meiner Meinung nach.

Er wiegte zweifelnd den Kopf, das Weinglas in der Hand. Dann meinte er sehr eindringlich, ich möge mich nur ja von seiner Nichte in Acht nehmen. Das rate er mir als Freund. Missy habe nämlich einen unheilvollen Einfluss. Denn sie bringe Verderben über alle Männer, die in ihren Dunstkreis gerieten.

Erstaunt bat ich ihn, mir das näher zu erklären.

Gus erzählte daraufhin von leidenschaftlichen Werben eines Doktoranden um seine Nichte. Dieser junge Wissenschaftler von der West Virginia University in Morgantown sei von Missy schließlich erhört worden. Überglücklich habe er das schöne Mädchen dann seinen Eltern vorgestellt, die auch in Morgantown lebten. Selbst seine Großeltern, die in Point Pleasant wohnen, machte er mit Missy bekannt.

Anschließend wurden Hochzeitspläne geschmiedet. Dabei sei der gesamte

Freundeskreis des jungen Doktoranden einbezogen worden. Als der Verlobungstermin schon feststand, da habe Missy plötzlich und aus heiterem Himmel die Beziehung beendet. Sie passten eben nicht zusammen, sei ihre lapidare Begründung gewesen.

Nein, so etwas könne man nicht mehr als Spaß ansehen, rief Gus an dieser Stelle mit erhobenem Zeigefinger aus. Mein Freund schien regelrecht empört zu sein. Der zutiefst enttäuschte Doktorand habe sich nach dem Korb in psychotherapeutische Behandlung begeben müssen. Er sei ernsthaft depressiv geworden und praktisch in ein tiefes Loch gestürzt. Nur seinem sehr erfahrenen Facharzt verdanke er, überhaupt noch am Leben zu sein.

Ich hatte meine Zweifel. "Ist es nicht möglich", fragte ich, "dass der Doktorant sehr eifersüchtig und besitzergreifend war? Wobei junge Mädchen in heutiger Zeit doch sehr selbständig und freiheitsliebend sind. Die fühlten sich in solchen Fällen ja gleich eingeengt, setzte ich dann noch hinzu.

Zu seiner eindringlichen Sprechweise gesellte sich jetzt noch ein warnender Unterton. Missy habe sich an ihrer rechten Fessel zwei kleine Kreuze eintätowieren lassen, meinte er düster. Diese befänden sich direkt nebeneinander. Jedes von ihnen stünde für einen jungen Mann, der sich ihretwegen das Leben genommen hätte. "Es war immer das Gleiche", seufzte Gus. "Die grünen Jungs waren stolz, eine solche Schönheit erobert zu haben. Sie zeigten sie im Freundeskreis herum und gaben mit ihr an. Sie schwadronierten laut in der Gegend rum, dass sie sich bald mit Missy verloben würden. Und als meine Nichte dann ganz unverhofft Schluss machte, da brachten sie sich aus Verzweiflung um."

Ich fragte daraufhin, ob diese Geschichten wirklich stimmen würden. Doch, meinte er, den einen hätte er sogar kennenlernen dürfen. Das sei Jimmy Bouvier, der Sohn des Schmiedes. Der Vater habe ihm tieftraurig erzählt, dass sein Sohn sich wegen einer unglücklichen Liebschaft aufgehängt hätte.

Wer das Mädchen denn gewesen sei, habe er dann noch gefragt. Na, ihre Nichte doch, Mr. Harper, die Missy.

Missy erzähle inzwischen überall, dass sie einen Fußreif um ihre Fessel haben wolle, fuhr der Apotheker in missbilligendem Ton fort. Dafür fehlten ihr also noch zehn weitere, die sich wegen ihr das Leben nehmen würden.

Wir stießen mit den Gläsern an und tranken dann aus. Ich wäre wohl kaum gefährdet, meinte ich schmunzelnd. Denn wie er wisse, sei ich ja glücklich verheiratet.

Als ich an diesem Abend nach Hause kam, da klingelte bereits das Telefon. Es war Claudia, die aus Hamburg anrief. Sehr aufgeregt erzählte sie mir, dass Lara einen sehr vermögenden Brauereierben kennengelernt habe. Der junge Mann sei ihr schon völlig verfallen, er habe sich Hals über Kopf in sie verliebt. Ich müsse die beiden sehen, schwärmte meine Frau weiter, man könne sich wirklich kein schöneres Paar vorstellen.

Ich wandte sofort ein, dass unsere Lara doch erst sechzehn sei. Nun gut, jetzt gebe es also eine Urlaubsbekanntschaft. Zwischen den beiden läge der Atlantische Ozean, und der Brauereierbe werde sicher noch andere Mädchen kennenlernen. Was sie mir denn überhaupt damit sagen wollte, verlangte ich zu wissen.

Nein, nein, es sei viel ernster, rief Claudia sofort. Der junge Brauereierbe habe mit Lara sogar schon zum Standesamt gewollt. Aber auch ihre eigenen Eltern seien dafür, dass auf jeden Fall noch Verlobung gefeiert werde, bevor Lara in die Vereinigten Staaten zurückfliege. In zwei Jahren, wenn unsere Tochter achtzehn sei, dann solle die Hochzeit stattfinden. Anschließend sei geplant, dass Lara nach Hamburg ziehen und da mit ihrem Mann zusammenleben solle.

Ich fragte, ob das Datum der Verlobung denn schon bekannt sei.

Zerknirscht meinte meine Frau daraufhin, dass darin eben die Schwierigkeit läge. Denn morgen würde sie die Lara ja zum Bahnhof bringen. Ob ich vergessen hätte, dass unsere Eisprinzessin die letzte Ferienwoche bei meiner Mutter verbringen würde.

Nein, das hatte ich natürlich noch auf dem Schirm. “Eben”, meinte Claudia traurig, “und wenn sie am Wochenende danach zurückkommt, dann müssen wir doch sofort alle zum Flughafen Fuhlsbüttel. Denn es heißt ja dann: Zurück in die Staaten. Für eine Verlobung bleibt da leider keine Zeit mehr."

"Leider", wiederholte ich mit leichter Ironie.

Aber man könne ja auch noch beim Abflug Verlobung feiern, ließ sie noch spitzbübisch folgen. Vorausgesetzt, der Brauereierbe habe die Ringe dabei, wenn er zwecks Verabschiedung mit zum Flughafen käme. Dann mal flugs die Verlobungsringe ausgetauscht, und das Ding wäre unter Dach und Fach.

Ich gab darauf nur noch ein unverständliches Gemurmel von mir.

7. NOCH EINE WUNDERSAME HEILUNG

Nach dem Telefonat ging ich dann noch nach oben, in Annikas Zimmer. Es war dunkel, und ich sah ihren Rollstuhl am Fenster stehen. Der Untergang der Sonne war ja auf der anderen Hausseite zu bewundern gewesen. Hier starrte Annika nur noch in die blaugraue Nacht hinaus.

Ab und zu blitzten die Scheinwerfer eines Wagens in der Dunkelheit auf. Meist kam er von rechts und damit von Henderson. Der Motorenlärm wurde lauter und ebbte dann wieder ab, worauf erneut Nacht eintrat. Das Auto verschwand dann lautlos in Richtung Ashton und Huntington.

Hinter der Straße war das dunkle Bett des Ohio River nur mehr noch zu ahnen.

Jetzt erst bemerkte Annika mein Eintreten. "Ach, du bist es, Papi", meinte sie matt, ohne sich umzusehen.

Ich umarmte sie von hinten. "Wie geht es dir, meine Liebe?", fragte ich zärtlich.

"Ach Paps!" Ihre Antwort klang so hoffnungslos. "Das weißt du doch!"

Da gab ich ihr einen Kuss auf die Wange. "Vielleicht lässt sich an deinem Schicksal jetzt etwas ändern", murmelte ich.

Nun ging ein Ruck durch ihren mageren Körper. Denn natürlich wollte sie wissen, was ich damit meine.

Also erzählte ich es ihr.

Als ich fertig war, da wurde es für einige Minuten still. Anschließend fragte sie: "Und ich kann danach wieder laufen? Werde in der Folge nie wieder einen Rollstuhl brauchen?"

Ich bremste ihren Eifer, indem ich sagte, dass die Indianer sie ertränken würden. Wobei keine Macht auf Erden ihr garantieren könne, dass ihr danach auch nur noch ein einziger Atemzug gelänge.

"Mit Joyce Muholland habt ihr es aber genauso gemacht, nicht wahr?"

"Das ist richtig."

Annika holte daraufhin tief Luft. "Dann will ich es auch", sagte sie im Anschluss überraschend entschieden.

Am nächsten Tag war es dann soweit. Diesmal fuhren wir mit zwei Autos. Auch Missy war wieder mit von der Partie. Gus wollte es zwar nicht. Mit ihrem Liebreiz wickelte sie ihn aber schnell um den Finger.

Sie trug auch heute Cargohose, Hoodie und feste Schuhe. Das lange Haar hatte sie sich nach hinten gebunden.

Ich machte die Indianer darauf aufmerksam, dass Annika sitzen konnte. Dabei hob ich meine Tochter aus dem Rollstuhl und schob sie dann auf die Rückbank meines Wagens. Der Rollstuhl ließ sich zusammenklappen. Es war anschließend kein Problem, ihn im Kofferraum zu verstauen.

Die Cherokee schlugen daraufhin vor, dass einer von ihnen das Mädchen tragen würde. Dafür solle dann ein anderer den zusammengeklappten Rollstuhl nehmen.

Ich fragte sie, ob wir den überhaupt brauchen würden. Könnte man meine Tochter nicht auch ohne Rollstuhl versenken?

Nein, erwiderten sie daraufhin sehr ernst. Denn auch von dem Rollstuhl dürfe nach dem Bade nichts mehr übrig sein. Halbe Sachen könne man sich in solch feierlichen Angelegenheiten keinesfalls erlauben.

Missy war auch diesmal gut in Form. Sie habe ihr Schwimmtraining in letzter Zeit erheblich ausgeweitet, verriet sie mir. Leider sei die Konkurrenz in dieser Sportart riesig. Von einem zweiten Platz wie Lara bei den Nationalen Meisterschaften im Eiskunstlauf könne sie daher nur träumen.

Auch bei diesem Marsch waren Gus und ich in denkbar schlechter Form. Stolperten wir, so johlten die Indianer erneut "Huhhh!" oder "Holla!"

Sie wechselten sich ab. Mal trug einer von ihnen meine Tochter, dann wieder der andere. Und auch den Rollstuhl hatte mal der erste und später der zweite.

Unangenehm war der sehr feine Nieselregen. Dieser hatte uns schon auf der Hinfahrt begleitet. Während des Aufstieges verstärkte er sich sogar noch.

Einmal rutschte ich auf einem nassen Stein weg. Doch Missy stützte mich gleich. "Keine Überhastung, Doktor", flüsterte sie fürsorglich. "Immer mit der Ruhe, dann klappt das auch!"

Gus wäre auch einmal fast gefallen. Ihn hielt der Cherokee Etu, welcher neben ihm ging.

Ich war froh, als wir den Tlanuwa-See endlich erreichten. Wie schon beim letzten Mal, zeigte sich seine schwarze Oberfläche auch diesmal in Nebel gehüllt.

Mich fröstelte. Mein Wollmantel war durch den ständigen Regen klamm und feucht geworden.

Annika hatte inzwischen wieder im Rollstuhl Platz genommen. Einer der Indianer – Hintu – wollte sie zum Wasser schieben. Aber sie sagte, dass sie nun plötzlich Angst habe. Sie brauche noch fünf Minuten um sich zu besinnen, meinte sie mit bebender Stimme. Dünn und verängstigt saß sie da, in ihrem weißen Kleid.

Frierend schritt ich am Seeufer entlang. Hinter mir hörte ich noch jemanden gehen. Als ich mich umdrehte, da materialisierte sich aus dem

Dunst die zierliche Gestalt von Missy.

Ich fragte sie nach den Neuigkeiten aus Hamburg. Ob sie bereits von Laras Brauereierben gehört habe? – Aber natürlich, sie hatte.

Nächstes Wochenende solle ja wohl eine Blitz-Verlobung stattfinden, fuhr ich lebhaft fort. Zwischen Lara sowie dem Erben. Und zwar auf den letzten Drücker, schon auf dem Flughafen Fuhlsbüttel.

Da schlug sie mir lachend auf die Schulter. Es werde keine Verlobung geben, erklärte sie mir dann hörbar amüsiert.

Überrascht blickte ich in ihre Augen. Diese glänzten silbern im fahlen Schein des Mondes, der gerade aufging. "Ja, richtig verstanden, Herr Doktor", kicherte sie keck. "Lara wird dem Erben noch vor dem Abflug erklären, dass sie nicht zusammen passen. Und dass sie sich deshalb nicht mehr sehen können."

Jetzt verschlug es mir vollends die Sprache! - "Hat sie dir das gesagt?", stieß ich nach einer Weile mühsam hervor.

Missy nickte. "Ja, am Telefon", bestätigte sie.

"Und das fällt meiner Tochter erst im allerletzten Augenblick ein, wo Abschied genommen wird?"

"Besser spät als nie, Herr Doktor!"

Hinter uns war jetzt ein schwacher Ruf zu hören. "Das ist Annika", sagte Missy sofort. "Kommen Sie, Herr Doktor, wir müssen zurück. Ihre Tochter braucht uns!"

Eilig trabten wir durch den kalten Nieselregen zu dem Platz, wo die Gruppe noch beisammen stand. Sie schauten uns schon alle entgegen, als wir kamen.

Annika war bereits unten, am Wasser. Sie saß im Rollstuhl und verlangte nach mir. "Sie wollen mich in dem Ding festgurten, Paps!", beschwerte sie sich.

Ich erwidere, das müsse leider sein. Bei der Joyce hätten sie es auch so gemacht. Daraufhin winkte sie dem Etu. Der Cherokee kam auch gleich heran und schnallte sie fest.

Es konnte aber immer noch nicht losgehen. "Muss ich ertrinken, Papi?", wollte Annika mit kläglichem Stimmchen wissen. "Ich meine, so mit Wasser schlucken, keine Luft mehr bekommen und so weiter?"

Da empfahl ich ihr, den Mund am besten fest geschlossen zu halten. Denn vielleicht kam es in diesem Fall ja gar nicht zum Ertrinken, oder?

Meine Tochter nickte auf meine Worte hin beklommen.

Plötzlich kam der Indianer Hinto sehr rasch das Steilufer hinunter. Als er schon am Wasser stand, da legte er beide Hände an den Mund. Anschließend stieß er einen fürchterlichen Schrei aus.

Gebannt starrten wir alle in den Nebel. Er schien in Bewegung zu geraten, als Hintos Gebrüll ihn durchquerte.

Wie schon beim letzten Mal, so kam auch heute ein ganz irrwitzig hohes Gekreische zurück.

"Tlanuwa ist da", sagten daraufhin die vier Cherokee im Chor. "Wir können anfangen."

"Papa!", flüsterte Annika angstvoll.

"Sei stark, Schatz!", tröstete ich sie. "Und vergiss nicht: Es kann nur besser werden!"

Tapfer sah ich meinen Tochter daraufhin nicken. Sogleich kamen die vier Indianer herbei. Sie schoben den Rollstuhl in das flache Becken. Doch schon gleich darauf drückten sie ihn über die Schwelle.

Ich sah Annikas blonde Haare fliegen, während sie hochschnellte. Dann versank sie im tiefen Wasser, wobei sie einen Arm nach oben streckte. Luftblasen erschienen auf der Oberfläche, und ihre Hand winkte noch.

Gleich darauf waren ihre Finger verschwunden, und auch das Wasser wurde wieder glatt.

Jemand fasste meinen rechten Arm. Ich wandte den Kopf, und es war Missy. "Gott helfe ihr", flüsterte sie hörbar ergriffen.

"Ja", schluchzte ich, während ich die Hand der Blondine drückte.

Etu berührte nun unsere Schultern. "Wir müssen jetzt gehen", entschied er, "und bitte daran denken: Nicht nach hinten schauen!"

Wir nickten. Dann machten wir uns wieder an den Abstieg.

Später am Abend rief Claudia noch an. Sie sagte, sie habe Lara heute zum Bahnhof gebracht. Unsere Tochter hätte sich wirklich auf das Wiedersehen mit der Oma in Berlin gefreut. Der Brauereierbe sei übrigens auch mitgekommen. Lara und er hätten sich auf dem Bahnsteig zum Abschied sehr leidenschaftlich geküsst.

Dieses durchtriebene Biest! ging es mir durch den Kopf.

Dann aber schloss ich mich Claudias Hoffnungen für einen schönen Berlin-Aufenthalt unserer Tochter an. Von Tochter Annika und unserem heutigen Aufstieg zum Tlanuwa-See erzählte ich ihr jedoch nichts.

Am Folgetag, dem Sonntag, da war ja mein Geburtstag. Fred Muholland hatte gestern kurz nach dem Gespräch mit Claudia noch angerufen. Dabei bot er an, meine Feier bei ihm auf der Esmeralda-Farm auszurichten. Das lehnte ich dankend ab, denn auf unserer Terrasse sitzt man ja auch sehr schön. Und das mit Wiese und Obstgarten im Hintergrund.

Das Wetter war deutlich wärmer als am Vortag. Auch war der Tag trocken, und es regnete nicht.

Ich hatte einen Party-Service beauftragt. Als die Gäste kamen, da wunderte ich mich allerdings nicht schlecht. Hatte ich wirklich so viele Freunde? Oder waren es allesamt Kunden, die nur mit meinen Leistungen als Tierarzt zufrieden waren?

Der ganze riesige Muholland-Clan war aufgekreuzt. Dazu auch ein Großteil der Familie Glenfield, deren Tochter Elizabeth ja in die steinreiche Farmer-Familie eingeheiratet hatte.

Missy saß wie selbstverständlich rechts neben mir. Sie trug ein kleines

Schwarzes. Dessen dunkle Farbe kontrastierte auf faszinierende Weise mit der sehr hellen Haut ihrer nackten Glieder. Unter den Trägern ihres knappen Kleidchens trug sie ein ärmeloses und keineswegs blickdichtes Netzshirt. Durch den transparenten Stoff schimmerten ihre festen Jungmädchen-Brüste. Unweigerlich zogen sie meinen Blick an.

Missy hatte ihr blondes Haar zu Zöpfen geflochten. Das sah süß aus und machte sie deutlich jünger. Sie bemerkte meinen Blick und schaute zu mir auf. Dann lächelte sie, und ich grinste zurück.

Sie sah zauberhaft aus und war dabei schon fast unerhört sexy. Man stelle sich nur vor, es hätte sich in diesem Augenblick ein Prophet vor mir aufgebaut. Dieser würde mir nun eine zweite Hochzeit vorhersagen. Wobei es dieses hinreißende Geschöpf sei, welches schon im übernächsten Jahr mit mir die Ehe eingehen würde – also, ich hätte ich ihn schallend ausgelacht.

Links von mir hockte die Joyce. Dadurch hatte ich gleich wieder den Duft nach Algen-Schaumbad in der Nase. Als ich zu der Muholland-Tochter herübersah, da gähnte sie grade sehr herzhaft.

Die Cherokee hatte ich über Gus einladen lassen. Annuk bat die Indianer jedoch zu entschuldigen. Sie seien zu einem Stammesfest geladen, hieß es.

An eine Tanzkapelle hatte ich auch gedacht. Gleich nach dem Dinner ging es los. Joyce wollte wohl mit mir tanzen, doch Missy war schneller. Auch diesmal zogen wir alle Blicke auf uns, als wir uns im Takt der Musik bewegten.

Später gab es noch Nachtisch – heiße Apfeltaschen mit Vanilleeis.

Es fehlte nicht viel, und Missy und ich hätten uns wie zwei verliebte Vögelchen gefüttert. Viele entferntere Mitglieder des Muholland-Clans, die mich nicht näher kannten, hielten die Blondine bestimmt für meine junge Ehefrau.

Elizabeth, die Schwiegertochter der Muhollands, hatte eine Woche vor mir Geburtstag gehabt. Da hatte sie einen kleinen Rehpinscher geschenkt bekommen. Der musste jetzt mal, und so führte Elizabeth ihn im hinteren Teil des Obstgartens zum Gassigehen.

Plötzlich hörten wir sie laut und gellend aufschreien. Erschrocken schauten wir auf. Die, welche uns gegenüber saßen, die drehten sich jetzt ruckartig um.

Die Abenddämmerung hatte bereits eingesetzt. Hinten, rechts neben der Elizabeth, da blitzte in diesem Moment etwas Weißes zwischen den dunklen Stämmen der Obstbäume auf.

Irgendjemand brüllte: "Schaut mal da!"

Neben mir hörte ich die Missy hauchen: "Es ist soweit!"

Eine helle Gestalt löste sich jetzt aus der Obstpflanzung. Ich erkannte meine Tochter, und ihr nasses Kleid klebte wie eine zweite Haut an ihr.

Auch ihre blonden Haare waren noch feucht. Ohne dass ich es gemerkt hatte, war ich auf die Beine gesprungen. Mit einem erstickten Aufschrei stürmte ich um den Tisch herum. Dann rannte ich ihr entgegen.

Sehr anmutig kam sie über die Wiese gelaufen. Der Saum ihres nassen Kleides klatschte ihr um die nackten Beine. "Papa!", hörte ich sie schreien. Dann lagen wir uns auch schon in den Armen. Da war er wieder, dieser penetrante Geruch nach Algenschaumbad. "Papa, ist das nicht toll?", rief sie. "Hast du es gesehen? Ich kann wieder laufen wie ein Reh!"

"Ja!", schluchzte ich mit erstickter Stimme. Dabei bedeckte ich ihr nasses Haar mit Küssen und beglückwünschte sie. Mein gestreiftes Hemd war völlig durchnässt, so durchweicht war ihr Kleid.

Missy und Joyce waren mir gefolgt. Nacheinander umarmten sie Annika jetzt ebenfalls. Gleich darauf kam Elizabeth, und dann auch ihr Mann Jake.

Viele entferntere Mitglieder der Familien Muholland und Glenfield mussten an dieser Stelle erst einmal aufgeklärt werden. Sie hatten Annika noch nie gesehen und wunderten sich über das laute Hallo um ein klatschnasses Mädchen.

Auch Gus, seine Schwester Gwen Driscoll sowie deren Tochter Alma waren jetzt unter den Gratulanten. Alma hatte ihren Verlobten Hugh im Schlepptau.

Annika gestand mir kurz darauf, dass sie sehr erschöpft sei. Sie fühle sich, als hätte sie nicht nur den Abstieg vom Tlanuwa-See zu Fuß bewältigt, wie sie mir sagte. Nein, denn auch die ganze Strecke von den Appalachen bis hier zu unserem Haus musste sie wohl zurückgelegt haben, wie sie weiter erzählte.

Sie nannte es den langen Marsch. Wir waren daher froh, als die Gäste sich schließlich verabschiedeten. Der alte Fred Muholland meinte grinsend, ein schöneres Geburtstagsgeschenk hätte ich mir als Vater doch sicher nicht wünschen können, oder?

Ja, erwiderte ich langsam, ein gesundes Kind sei wohl immer das beste Geschenk für die Eltern.

Erstaunlicherweise wollte Annika an diesem Abend nichts mehr essen. Sie bestand allerdings darauf, dass ich sie ins Bett brachte. "Lass bitte das Fenster auf", gähnte sie nach dem Gute-Nacht-Kuss. "Weißt du, ich brauche nachts immer frische Luft!"

Eine Woche später fuhren wir nach Pittsburgh. Annika wollte sich eigentlich neben mich auf den Beifahrersitz schieben, doch Missy war auch diesmal schneller. Sie schwang sich elegant an meine Seite, wobei Annika mit der Rückbank vorlieb nehmen musste.

Missy fragte mich, ob das mit Annika eine Überraschung sei. Oder ob ich meiner Frau davon schon am Telefon erzählt hätte?

Nein, meinte ich, die Claudia würde sich bestimmt wundern, die Annika so gesund und munter wiederzusehen. Und sie, die Missy? Hatte sie ihrer Freundin Lara vielleicht am Telefon was erzählt?

Nein, das hatte sie auch nicht.

Nervös hielt ich auf dem Flughafen Ausschau nach meiner Familie. Das Flugzeug war pünktlich gelandet, und so müssten sie jeden Augenblick kommen.

Da, da nahten sie auch schon. Claudia trug das Handgepäck, und Lara hatte die kleine Luisa auf dem Arm.

Meine Frau war ganz blass, und ihre Unterlippe zitterte. “Mit Lara habe ich mich auf dem gesamten Rückflug herumgezankt”, verriet sie mir aufgeregt. “Weißt du, was dein Fräulein Tochter sich geleistet hat, Stefan? Du, da begleitet der Brauerreierbe sie noch so nett zum Flughafen, stell dir nur vor. Und was macht unser Fräulein Tochter? Du glaubst es nicht, aber sie hat nichts anderes zu tun, als dem armen Kerl den Laufpass zu geben!”

“Na, das ist ja ein Ding!”, rief ich aus. Das allerdings ohne jede Überraschung. Denn ich wusste es ja schon.

“Und das vor meinen Eltern!”, fuhr Claudia ärgerlich fort. “Der war am Boden zerstört, der arme Kerl! Wie ein Baby hat der geweint, ich schwöre es dir!”

Nun drehte ich mich zu unserer Tochter herum und sah sie an. Sie begegnete meinem Blick mit ihren klaren grünen Augen. “Warum, Lara?”, fragte ich sie eindringlich. “Warum, in Gottes Namen?”

“Wir passten halt nicht zusammen”, murmelte sie, während sie sich mit dem Baby an mir vorbeischob. Dann hob sie den Kopf. “Ach, da ist ja auch meine liebe Freundin, die Missy!”

Doch nun ging ein Ruck durch Claudia. Verblüfft blickte sie an Missy vorbei. “Und wer ist das andere Mädchen…” Dann stieß sie plötzlich einen heiseren Schrei aus, denn sie hatte die Annika erkannt. Vor Überraschung entglitt ihr die Reisetasche. “Kind”, rief sie fassungslos aus, “du kannst ja wieder gehen!”

Dann rannte sie, um unsere Tochter zu umarmen. Lara reichte mir die kleine Luisa. Anschließend folgte sie ihrer Mutter, um die Schwester ebenfalls zu begrüßen.

Luisa zog in meinem Arm zuerst ein Schüppchen. Offenbar missverstand sie das freudige Gebrüll nämlich gründlich. Jedenfalls begann sie nun zu weinen.

“Geben Sie mal her, Doktor”, sagte Missy, während sie mir die Luisa aus den Armen zog. “Na, da braucht man doch nicht zu weinen, kleine Miss”, sagte sie dann zärtlich zu dem Baby. “Wenn die große Schwester wieder Laufen gelernt hat – also, das ist doch eine Freudennachricht!”

Ja, das fanden wir allerdings auch!

Auf der Rückfahrt herrschte dann die beste Stimmung. Der Streit zwischen Claudia und Lara schien vergessen. Die Freude um Annikas wunderbare Genesung überstrahlte nun alles.

Meine Frau wollte natürlich wissen, wie Annika geheilt worden sei. Ich erklärte, ein indianischer Medizinmann habe sie mit heiligem Wasser behandelt. Und nach dem Bade sei sie dann wieder imstande gewesen zu laufen.

Beim Einladen des Gepäcks hatte ich gefragt, ob es wieder einen roten Koffer gebe. Nein, diesmal wäre es der graue, meinte Claudia da. Aber Lara sei auf jeden Fall erneut so fürstlich beschenkt worden wie beim letzten Mal.

Wir waren kaum zu Hause, als auch schon das Telefon klingelte.

Es war Albert McNick, der benachbarte Farmer. Seine beste Milchkuh war trächtig, und sie bekamen das Kalb nicht raus. "Na siehst du", sagte ich grinsend zu meiner Frau. "Da hast du noch nicht mal den Koffer auf, und schon müssen wir los!"

Sie schmiegte sich eng an mich. "Hauptsache, wir sind wieder zusammen", schnurrte sie, während sie nach dem Arzneikoffer griff.

Eine Woche später bekam unsere kleine Tochter Luisa zum ersten Mal Koliken. Claudia fuhr mit ihr gleich zu Dr. Marx, dem Kinderarzt. Der verordente beruhigende Lutschtabletten. Bis zum Freitag war es aber so schlimm geworden, dass Luisa ins Pleasant-Valley-Krankenhaus eingewiesen werden musste. Claudia erhielt ebenfalls ein Bett, so dass sie mit der Kleinen in ein Mutter-Kind-Zimmer ziehen konnte.

Zusammen mit Lara und Missy besuchte ich sie dort. Meine Frau war ganz grau im Gesicht. Luisa hatte ja alle Nächte hindurch gebrüllt. Die Kleine schien wirklich wahnsinnige Schmerzen zu haben. Claudia war deshalb völlig erschöpft. Sie meinte aber, nach einer Injektion habe Luisa in der vergangenen Nacht bessser geschlafen.

"Na, das ist ja eine Nachricht, die Hoffnung macht", sagte Lara, als wir schon wieder gingen. “Hoffentlich ist die Kleine rasch wieder über dem Berg!”

“Dein Wort in Gottes Ohr”, schloss sich darauf auch die Missy an.

8. ZWEI SEHR GUTE FREUNDINNEN BESTREITEN EINEN RINGKAMPF

Ich besuchte Claudia und Luisa natürlich auch am Samstag und am Sonntagvormittag. Es stand nach wie vor ernst um die Kleine. Und sie brauchte weiter Injektionen, welche die Koliken unterdrückten.

Als Lara und ich am Sonntag wieder nach Hause fuhren, da war es sehr heiß. Die Sonne stand noch gar nicht so hoch. Und doch brannte sie schon unbarmherzig vom blitzblauen Sommerhimmel.

Ich setzte mich in unser Wohnzimmer und stützte den Kopf in meine rechte Hand. Ich hatte großes Mitleid mit Luisa. Es tat mir sehr weh, dass die Kleine mit ihren erst sieben Monaten schon so leiden musste.

Lara kam herein. Ich sah gleich, dass sie sich umgezogen hatte. Sie trug einen knielangen, grauen Rock und ein ärmelloses schwarzes Top.

Sie setzte sich mir gegenüber. Der Rock rutschte dabei über ihre Knie, wobei ich sah, dass sie keinen Slip trug. “Schließ die Beine”, sagte ich ärgerlich, “denn du hast ja da drunter nichts an.”

Draußen hupte es. Lara stand auf, während sie mich ernst mit ihren grünen Augen fixierte. Wortlos verließ sie dann das Zimmer.

Ich hing weiter meinen trübseligen Gedanken nach. Bis Lara nach einer Weile wieder hereinkam. “Willst du hier weiter trauern, Paps?”, fragte sie ohne jedes Lächeln. “Das hilft der kleinen Luisa aber auch nicht, und das weißt du selber. Pack die Badehose ein, denn wir fahren an einen See, in dem man schwimmen kann.”

Sie hielt ihren ernsten Blick auf mich gerichtet und wartete. Ich aber überlegte kurz. Lara hatte natürlich recht. Es half niemandem, dass ich hier zu Hause saß und Trübsal blies.

Also holte ich meine Bade-Shorts sowie die Flip-Flops. Mein Handy nahm ich auch mit. Ich hatte es für den Fall dabei, dass ein Farmer anrief.

Vor unserem Haus wartete ein Pick-up mit laufendem Motor. Von der kleinen Ladefläche aus winkten Missy, ihre Cousine Alex, der Jerry sowie noch ein Mann, den ich nicht kannte.

Doch dann dachte ich an Annika. Ich hatte sie heute Morgen nicht wach bekommen. Also waren Lara und ich ohne sie zum Krankenhaus gefahren.

Meine Tochter sah mich an. "Deine Schwester", begann ich unschlüssig.

Ich erkannte sofort, dass Lara widersprechen wollte. Doch dann besann sie sich wohl eines Besseren. Denn sie drehte sich um und lief zurück ins Haus.

Kurz darauf kam sie mit der Annika zurück. Unsere Neunzehnjährige trug dabei das weiße Kleid, in dem wir sie im Tlanuwa-See ersäuft hatten.

Ich fragte Lara nach dem Mann am Steuer. Er hatte eine prominente Nase und offenbar blühende Akne. "Das ist Bennie", meinte die Sechzehnjährige, während sie sich auf den Beifahrersitz schwang.

Annika und ich kletterten indessen auf die Ladefläche. Missy reichte mir eine Hand und half mir hoch. Sie trug offenbar einen atemberaubenden Tanga, wobei nur ein rosa Strandkleid ihre sehr hellen Glieder bedeckte.

Jerry stimmte seine Gitarre. Ich erinnerte mich noch gut an den Fünfjährigen, der vor Zeiten in unserem Garten mit den kleinen Mädchen spielte. Jetzt war er sehr abgemagert und trug einen wilden Lockenkopf zur Schau.

Wie war das noch? Gus hatte es mir doch damals erzählt. Jerrys Vater war wohl behindert, erinnerte ich mich. Soweit ich wusste, hatte man ihn auch hoch zum Tlanuwa-See gebracht. Von dort kam er geheilt zurück. Er heiratete, und seine Frau brachte den kleinen Jerry zur Welt. Doch stimmte irgendetwas nicht mit ihm, und seine Frau verließ ihn daher. Daraufhin erschoss sich Jerrys Vater, soweit mir noch bewusst war.

Aber was war mit ihm? Der kleine Jerry hatte doch mal was erzählt. Wie waren noch damals seine Worte? *Mein Vater hatte Fügel und konnte fiegen.* Ja, genau, das war es.

Missys Cousine Alexandra und der Jerry bestürmten inzwischen die Annika mit Fragen. Denn von ihrer wundersamen Genesung hatten sie zwar gehört. Glauben konnten sie es aber bislang nicht.

Nun ging es endlich los. Bennie fuhr bis Henderson, in das Dorf kurz vor Point Pleasant. Von dort steuerte er den Ford auf die Silver-Memorial-Brücke.

Unter uns floß jetzt der Ohio River. Auf der anderen Seite liegt Gallipolis, das schon zum benachbarten Bundesstaat Ohio gehört.

Der Fahrtwind war erfrischend an diesem heißen Tag. Von Gallipolis ging es über den Highway nach Jackson und weiter nach Chillicothe. Direkt dahinter verließ Bennie die Hauptstraße. Schon wenig später erreichten wir den Badesee.

Er lag lauschig hinter einem Wäldchen, mit einem schmalen Sandstrand.

Unser Fahrer stellte den Ford auf dem kleinen Waldparkplatz ab. Jerry und Bennie nahmen die beiden Picknickkörbe. Die Mädchen rannten inzwischen schon ausgelassen runter zum Wasser.

Ich schritt neben dem vierten Herrn der Schöpfung in unserer Gruppe. Obwohl er noch jung war, war sein Haar schon weit zurückgewichen, wodurch die Stirn etwas Fliehendes angenommen hatte. Ich brauchte keine Minute, um zu erfahren, wen ich hier vor mir hatte. Das war der Doktorand aus Morgantown, der sich mit Missy verloben wollte. Er hieß Philipp Washington und wohnte derzeit in Point Pleasant bei seinen Großeltern.

Die Mädchen hatten sich indessen nackt ausgezogen und in die Fluten gestürzt. Ihre spärliche Bekleidung lag zu drei Häufchen aufgetürmt im Sand. Missy winkte mir ausgelassen aus dem Wasser zu. Offenbar wollte sie, dass ich mich zu ihr gesellte.

In der Deckung eines Busches legte ich meine Kleidung ab. Dann schlüpfte ich in die Schwimm-Shorts.

Das Wasser war angenehm erfrischend. Die Mädchen spritzten mich gleich nass. Dadurch verkürzte sich das Abkühlen natürlich enorm.

Missy tauchte, wobei sie wohl Lara am Fuß zog, die daraufhin quiekend versank. Danach kam ihre Cousine Alex an die Reihe, die auch auf Tauchgang gehen musste. Spritzend und prustend kam sie jedoch gleich wieder hoch.

Anschließend nahm die Blondine mich aufs Korn. Sie bewegte sich wirklich wie ein Fisch im Wasser. Wieder tauchte sie – und dann hörte ich sie hinter mir. Mit beiden Händen nahm sie meinen Kopf und drückte ihn lachend unter die aufgewühlte See-Oberfläche.

Eine Weile balgten wir uns wie Kinder herum. Als Leistungsschwimmerin war Missy mir im Wasser hoffnungslos überlegen. Sie hätte mich ersäufen können, doch das tat sie natürlich nicht. Aber sie tauchte völlig unerwartet auf, kniff mich in den Hintern und auch in die Nase. Dabei lachte sie jedesmal aus vollem Halse.

Die drei anderen Männer trauten sich gar nicht ins Wasser. Offenbar hatten sie Angst, von Missy der Lächerlichkeit preisgegeben zu werden.

Ich machte das Spiel jedoch mit. Dabei spritzte ich Missy Wasser in die Augen, bis sie abtauchen musste. Aus Rache versuchte sie dann, mir die Schwimm-Shorts runterzuziehen. Das konnte ich aber gerade noch verhindern.

Als wir das Wasser verließen, da war ich völlig erschöpft. Als ich den Strand erreichte und mein volles Gewicht wieder spürte, da wäre ich fast umgekippt. Missy war aber gleich da, um mich zu stützen.

Ächzend ließ ich mich in den heißen Sand fallen. Missy stand vor mir, in ihrem winzigen königsblauen Tanga. Dabei sah sie einfach hinreißend aus. "Na", fragte sie mit ihren blitzenden blauen Augen, "schon geschlagen gegeben, der Herr?"

Da packte ich blitzschnell ihre Fesseln und zog ihr die Beine weg. Worauf sie das Gleichgewicht verlor und der Länge nach in den Sand fiel. “Nur wer zuletzt lacht, der lacht am besten”, meinte ich befriedigt.

Aber sie war noch nicht am Ende. Stattdessen wollte sie sich wie eine Wildkatze auf mich stürzen. Ihre Cousine Alex und meine Töchter stellten sich aber dazwischen, so dass sie nicht an mich herankam.

Als Lara die verbissen angereifende Missy zurückstieß, da zog sie sich den Zorn der Blondine zu. Blitzschnell legte sie ihren Arm um Laras Hals und nahm sie in den Schwitzkasten. Meine Tochter ließ sich aber gleich zur Seite fallen, wobei sie die Missy mit umriss.

Nun lagen sie beide auf dem Boden. Inzwischen wurden die zwei Mädchen von allen Anwesenden umringt. Lara und die Blondine kamen fast gleichzeitig wieder hoch. Doch sehr reaktionsschnell zog meine Tochter ihr die Beine weg.

Missys Körper war zweifellos durch das ständige Schwimmtraining gehärtet. Aber Lara war dünner und sehniger als sie, wobei sie über stählerne Flechsen zu verfügen schien. Das verdankte sie wohl dem täglichen Eissport. Jetzt umschlang sie die blonde Freundin mit ihren mageren Gliedern. Ihr schmaler Körper war elastisch wie eine Sprungfeder. Sie zwang die Missy unter sich und hielt sie unnachgiebig am Boden.

Doch völlig unerwartet bekam die Blondine auf einmal das rechte Bein frei. Sie stemmte es auf den Sandboden und schnellte mit dem Körper hoch, um die Gegnerin abzuwerfen. Aber so leicht ließ sich die Lara nicht abschütteln. Denn unverändert umklammerte sie die Missy wie eine Liane. Mit dem linken Fuß zog sie ihr das Bein weg, so dass der Blondine das Aufbäumen unmöglich wurde. Dann schlang sie ihr eigenes Bein darum, so dass Missy sich nicht mehr darauf stützen konnte.

Endlich drückte Lara die Hände ihrer Gegnerin links und rechts neben deren Kopf in den Sand. Sie brachte ihren Kopf sehr nah an Missys Gesicht, wobei ich sie leise zischen hörte: “Und was machst du jetzt, Hexe?”

Missy wollte sich nicht geschlagen geben, das konnte ich sehen. Unter Aufbietung aller Kräfte versuchte sie, sich auf die Seite zu drehen. Damit war sie bestrebt, sich unter Lara hinwegzuwinden. Verbissen presste sie die

Zähne zusammen, wobei sie jeden einzelnen Muskel anspannte. Beim ersten Anlauf hätte sie es fast geschafft, wobei meine Tochter sich so eben noch oben halten konnte. Beim zweiten Mal drückte sie wie verrückt, doch Lara saß jetzt sehr fest im Sattel. Der letzte Versuch fiel nur noch schwach aus, weil Missy offenbar die Kräfte ausgingen.

Völlig erschöpft streckten sich schließlich ihre weißen Glieder. Ich hörte Lara fragen, ob Missy sich ergebe. Die nickte schließlich mit hochrotem Gesicht.

Dann stieg meine Tochter ab.

Ich aber nahm meine Wasserflasche. Damit ging ich zu Missy, die immer noch schwer atmend im Sand lag. Ich kniete mich neben sie und hob ihren Kopf ein wenig an. Dann ließ ich sie aus der Flasche trinken.

Gierig schlürfte sie das kalte Wasser. Als ihr Durst nach einer Weile gestillt war, da sah sie mich an. "Danke, Doktor", flüsterte sie hörbar gerührt.

Missys gut trainierter Körper erholte sich rasch. Als sie schließlich aufstand, da war ich zur Abwechslung einmal der, welcher sie stützte.

Ich führte sie in den Schatten der Bäume neben dem Sandstreifen. Dort half ich ihr, sich niederzusetzen. Dann nahm ich an ihrer Seite Platz.

Oberhalb des Strandes gab es einen Volleyballplatz. Die anderen aus unserer Gruppe hatten sich inzwischen dort versammelt. Offenbar wurde darüber diskutiert, wie zwei Manschaften zusammengestellt werden sollten.

Missy strich indessen ihr zerzaustes Haar glatt. Es war noch nass vom Schwimmen und ließ sich also leicht ordnen. Dann blickte sie still vor sich hin.

Ich lachte dabei leise in mich hinein. So hatte ich die Blondine noch nie erlebt. Offenbar war sie mit mächtig Oberwasser hier an den See gekommen. Beim Schwimmen stellte sie dann auch gleich klar, dass sie der Chef im Ring war. Als sie es zu doll trieb, da warf ich sie in den Sand. Das schrie natürlich nach Rache. Doch als Missy es mir heimzahlen wollte, da trat Lara ihr in den Weg. Eine hervorragende Gelegenheit, auch die beste Freundin mal in ihre Schranken zu weisen. Leider verlor Missy aber dann den folgenden und sehr erbittert geführten Ringkampf.

Bei pubertierenden Jungen dienen Kloppereien meist der Festigung von Rangordnungen innerhalb der Gruppe. Zuweilen wird natürlich auch um ein Mädchen gestritten. Fast immer aber wird dadurch klargestellt, wer in der Clique fortan das Sagen hat.

Bei Mädchen ist das anderes. Auch in Mädchengruppen gibt es Individuen, die innerhalb der Gemeinschaft bestimmen. Sie sind oft durch eine besondere soziale Kompetenz bzw. viel Phantasie gekennzeichnet. Kämpfe entscheiden bei Mädchen nie darüber, wer in der Gruppe das Sagen hat. Durch geschicktes Sichern von Mehrheiten wird die Freizeitgestaltung festgelegt, wird für Gruppenspiele optiert oder auch was für die Schule getan.

Im Falle von gemischten Gruppen von Jungen *und* Mädchen wird besondere Rücksicht auf die Wünsche der letzteren genommen. Beispiel: Zu einem Baseballspiel wären Missy, Alex und Lara heute sicher nicht mitgekommen, aber zum Badesee natürlich schon.

Missy wurde neben mir jetzt unruhig. Als ich sie ansah, da meinte sie, dass sie mal müsse. Ich fragte, ob ich sie ein Stück begleiten solle. Doch war sie der Meinung, schon wieder über dem Berg zu sein.

Ich sah ihr nach, als sie abzog. Ihr Gang war wieder katzenhaft geschmeidig und dabei sehr weiblich, so wie ich ihn kannte. Ihr langes Haar umspielte die schmalen Schultern, und in dem knappen Tanga war sie eine wahre Augenweide. Ich folgte ihr mit den Augen, bis sie zwischen den Bäumen verschwunden war.

Die Sonne war höher gestiegen und ließ nun auch meinen zuvor noch im Schatten liegenden Platz sehr hell erstrahlen. Doch plötzlich verdunkelte ein Schatten ihr gleißendes Licht. Als ich aufsah, da erkannte ich Philipp Washington, den Doktoranden. Er fragte höflich, ob er sich zu mir setzen dürfe. Ich erwiderte, ich würde mich über seine Gesellschaft freuen.

Ächzend ließ er sich neben mir in den Sand fallen. Dann blickte er mir durch die schwarzen Gläser seiner Sonnenbrille in die Augen. “Das blonde Mädchen, Herr Doktor”, begann er, “das eben noch hier saß und welches inzwischen wohl Ihre Freundin ist…”

“Sie ist nicht meine Freundin, Mr. Washington”, widersprach ich sofort. “Haben Sie zufällig das Mädchen gesehen, welches die Missy vorhin im Ringkampf besiegt hatte?”

Er kicherte heiser vor sich hin. “Geschieht ihr ganz recht”, prustete er. “Ich meine, dass jemand die Schöne mal von ihrem hohen Ross herunterholt!”

“Die Gewinnerin ist meine Tochter Lara”, stellte ich klar. Dann deutete ich hoch, zum Volleyballplatz. “Sehen Sie die Blonde da bei der Gruppe? Die jetzt grade ihren Arm in die Höhe reißt?”

Trotz der Sonnenbrille beschattete er seine Augen mit der Hand, während er zum Volleyplatz blickte. “Meinen Sie die im grünen Bikini, Doktor?”

“Genau die”, bestätigte ich. “Das ist die ältere Schwester meiner Lara. Sie ist auch meine Tochter und heißt Annika!”

Nun starrte er mich mit offenem Munde an. “So sind Sie gar kein Paar”, brach es aus ihm hervor. “Und weil Sie doch ständig zusammensitzen, da hatte ich gedacht…”

“Falsch gedacht”, unterbrach ich ihn grinsend. Wobei ich ihn dann davon in Kenntnis setzte, dass ich sehr glücklich verheiratet sei.

Lang und breit sprach er jetzt von seiner Liebschaft mit Missy. Wochenlang habe er nur noch auf Wolken gewandelt. Es sei sogar schon über eine Verlobung gesprochen worden. Und dann habe Missy die Beziehung ganz plötzlich und aus heiterem Himmel beendet.

Ich fragte, ob er geklammert habe. Davon wollte er aber nichts wissen.

Schon fast schluchzend erklärte er dann, die Missy immer noch bis zum Wahnsinn zu lieben. Ob ich denn nicht mal mit der Schönen sprechen könne?

Da hakte ich nach, mit welcher Begründung die Missy denn mit ihm Schluss gemacht habe. Nachdenklich betrachtete er auf diese Frage hin seine sehr gepflegten Fingernägel. Sie habe gesagt, sie sähe keine Basis mehr, da sie beide nicht zusammen passten, erklärte er dann mit tonloser Stimme.

Ich schüttelte den Kopf. Da müsse etwas vorgefallen sein, beharrte ich. Ob er vielleicht eifersüchtig sei, wollte ich noch wissen.

Durch die dunkle Brille starrte er mich an. “Klar war ich eifersüchtig”, räumte er schließlich kleinlaut ein. “Wer wäre das denn bei einer solchen Granate nicht gewesen, Doktor, he? Ich war ja stolz wie Oskar, dass ich sie endlich hatte! Aber ich habe ihr weder eine Szene gemacht, noch gab es Verhöre, falls Sie das meinen, verstehen Sie?”

Ich nickte langsam. Aus einer Eingebung heraus fragte ich noch, ob sich Missy mal über seine Eifersucht beschwert habe. Daraufhin überlegte er sehr lange. “Doch”, meinte er am Ende seiner Gedankengänge, “sie sagte mal, dass ich ihr ständig hinterher telefonieren würde.”

“Dann war es das”, meinte ich wie aus der Pistole geschossen. “Sie fühlte sich von Ihnen eingeengt, da liegt der Hase im Pfeffer.”

Misstrauisch sah er mich daraufhin an. “Meinen Sie wirklich?”, fragte er unsicher. “Ich hatte meine Telefonate aber sofort zurückgefahren, nachdem sie das sagte. Und sie machte ja auch erst drei Wochen später Schluss.”

Nach einer Weile sagte er leise: “Könnten Sie nicht nochmal mit der Missy reden, Herr Doktor? Ich meine, wo Sie sich doch so gut mit ihr verstehen?”

Ich schüttelte den Kopf. “Sie bekam in dieser Beziehung keine Luft mehr, da bin ich ganz sicher, Mr. Washington. Wahrscheinlich waren da noch mehr Dinge. Ein Mädchen macht sich eine solche Entscheidung nicht leicht, das weiß ich von meinen Töchtern. Und wenn sie am Ende doch einen Entschluss fasste, so ist dieser endgültig. Deshalb macht es auch keinen Sinn, dass ich mit ihr spreche, verstehen Sie? Aber Sie selbst können es natürlich probieren. Da drüben kommt sie übrigens, Mr. Washington. Nur zu, versuchen Sie ihr Glück!”

Tatsächlich sahen wir Missy nun wieder zwischen den Bäumen auftauchen. Philipp Washington aber sprang wie von der Tarantel gestochen in die Höhe, als er sie erblickte. Mit langen Schritten ging er dann nach oben, zu der Diskussionsgruppe am Volleyballplatz.

Missy ließ sich wieder an meiner Seite nieder, nachdem sie zurück war. “Was wollte der Phil?”, fragte sie misstrauisch. “War es etwa sein Ziel, Sie irgendwie einzuspannen, Doktor?"

"Aber nein", schwindelte ich. "Es ging um rein Geschäftliches."

Doch nun scholl Laras Stimme vom Volleyballplatz herunter. Sie fragte mich sehr laut, ob Missy wieder so fit sei, dass sie am Volleyballspiel teilnehmen könne.

Ich gab die Frage an die Blonde an meiner Seite weiter. Missy aber betonte daraufhin recht würdevoll, dass sie sehr wohl spielen könne.

Dies kommunizierte ich anschließend wieder nach oben.

Dort wurde weiter diskutiert. Doch schon nach kurzer Zeit riefen sie uns, weil man anfangen wollte. Also begaben Missy und ich uns den Hang empor, zum Volleyballplatz.

Zu meiner Mannschaft gehörten meine Tochter Annika, die Missy, der Bennie und ich. Auf der anderen Seite spielten Philipp Washington, der Jerry, die Alex sowie meine jüngste Tochter Lara.

Annika wie auch Missys Cousine Alex hatten auf der Highschool das Volleyballspiel gelernt. Das Gleiche galt auch für Bennie und Jerry.

Philipp Washington und ich erwiesen uns als brauchbare, aber doch zuverlässige Spieler.

Die Asse aber waren Lara und Missy. Dabei war meine Jüngste am Netz eine furchterregende Erscheinung. Sie konnte ungewöhnlich hoch springen und schmetterte den Ball dann steil nach unten. Missy war da zwar nicht ganz so durchsetzungsfähig, zeigte am Netz aber dennoch eine gute Präsenz.

Erstaunlicherweise erwiesen sich die beiden Mannschaften als fast gleichwertig. Wir spielten den ganzen Nachmittag hindurch. Mal gewann unser Team, dann wieder das andere. Zum Schluss hielten sich Siege und Niederlagen wohl auf beiden Seiten in der Waage.

Als die Sonne sich schon blutrot auf die Oberfläche des Badesees senkte, da waren wir alle stehen K.O. Außerdem stellte sich Hunger bei uns ein.

Somit wurden nun die beiden Picknickkörbe ausgepackt. Es gab Pasteten, teils mit Käse, teils aber auch mit gewürztem Hackfleisch gefüllt. Dazu waren Thermoskannen mit eiskalter Limonade sowie auch Bier vorhanden.

Ich ließ mich unter den Bäumen nieder, und Missy gesellte sich zu mir. “Na, wie schmecken Ihnen meine Pastetchen, Herr Doktor?”, fragte sie schmunzelnd.

Ja, die waren nun wirklich hervorragend. Wir hatten allerdings nur einen Becher. Dieser ging, mit Limonade gefüllt, dann zwischen uns hin und her.

Missy trug ja immer noch ihren denkbar knappen Tanga. Schon auf dem Volleyballplatz war sie in dem dürftigen Teil der absolute Blickfang gewesen.

Der zweiteilige Badeset in Königsblau bestand aus einem winzigen Dreieck für die Scham. Die Spitzen ihrer Brüste wurden hingegen von zwei kleinen Herzchen bedeckt.

Ich hätte schwul sein müssen, um da nicht hinzugucken. Es gab einfach nichts Faszinierenderes als diesen festen Mädchenbusen, der sich unter ihren Atemzügen sanft hob und senkte. Sie schaute zu mir hoch, als sie meinen Blick bemerkte. Wie zufällig berührte sie dabei meine linke Hand. Diese drückte sie dann einmal ganz kurz. Anschließend blickten wir uns lange in die Augen, wobei wir ihre Pastetchen kauten.

Die ferne Sonne war inzwischen mit der glühenden Seeoberfläche verschmolzen. Eine unangenehm kühle Brise fegte daraufhin den Strand entlang. Sofort wurde es kalt. Ich zog mir daraufhin gleich mein Hemd über den Oberkörper. Aber auch Missy fröstelte. Sie stand zähneklappernd auf und schlüpfte in ihr Strandkleid.

Mittlerweile waren alle mit dem Essen fertig. Da ertönte vom Waldparkplatz her auf einmal lautes Motorengedröhn. Offenbar waren dort gleich mehrere Fahrzeuge aufgefahren. Alle aus unserer Gruppe drehten sich sofort herum.

Als nächstes war Türenschlagen zu hören, dem ein lautes Gelächter folgte.

Dann kam eine große Gruppe Jugendlicher den Strand hinunter. Ein

Kleiner, der entsetzlich dürr war, führte den Trupp wohl an. “Na, was ist das denn?”, rief er mit einer hohen Fistelstimme aus, “da haben die aufgegessen, ohne auf uns zu warten! Was sagt ihr dazu, Freunde?”

Nun erhob sich ein unwilliges Gemurre. Irgendjemand sagte, dann würde man eben die Weiber auf den Spieß ziehen und grillen. Wieherndes Gelächter folgte auf diesen irren Vorschlag.

Wie einen Turm sah ich den riesigen Latino die Gruppe überragen. Dabei beobachtete ich, wie Rodrigos Augen von einem zum anderen wanderten. Erst streifte sein Blick Missy und mich, dann Jerry, Bennie, Alex und Lara, die gerade die fettigen Pappteller einsammelten. Zum Schluss blieb er an Annika und Mr. Washington hängen, die nach leeren Plastikbechern suchten.

Ja, nun gaffte er aber! Da lief meine Tochter über den Strand, so als hätte sie noch nie in einem Rollstuhl gesessen! Und das mit fließenden Bewegungen, wobei ihr blondes Haar in der frischen Brise wehte.

Da, jetzt hatte Annika ihn gesehen und schaute zurück. Da aber kam der Latino bereits den Sandstrand hinunter.

Gleich darauf standen sie beisammen und unterhielten sich. Ja, da hatte der Rodrigo wohl so einige Fragen an seine Liebste. *Ich sage dir, sprach der Erlöser zum Gelähmten, steh auf, nimm dein Bett und geh nach Hause!*

Doch nun nahm der Latino die Annika an der Hand. Er zog sie mit sich fort. Ihr grüner Bikini hob sich dabei in faszinierender Weise von ihren sehr weißen Gliedmaßen ab. Ich sah sie am gegenüberliegenden Waldrand emporgehen. Annikas blonde Haare wehten dabei in der Brise.

Mit offenem Mund folgte ich den beiden. Ja, die wollten doch wohl nicht etwa… Dabei dann auch noch hier, vor aller Augen…

Und ob die wollten! Denn jetzt schlugen sie sich in die Büsche. Schon gleich darauf hatte sie der Wald verschluckt.

Mein Mund war trocken, und ein krächzender Laut entrang sich meiner Kehle. Sofort legte Missy ihre Hand auf meinen Oberarm. “Schmerzt sie das, Herr Doktor?”, fragte sie mitfühlend. “Ich meine, dass Annika und

Rodrigo es jetzt im Gebüsch miteinander treiben?"

Ich machte eine unbestimmte Handbewegung. Dann erinnerte ich sie an die Tatsache, dass Annika seit einigen Tagen zwanzig war. "Damit ist sie volljährig", schloss ich. "Als Vater kann ich ihr vielleicht noch Ratschläge erteilen. Was aber ihre Entscheidungen angeht, so muss sie diese künftig schon selber treffen."

Das schien der Missy einzuleuchten. Offenbar verstand sie den Zusammenhang, denn ich sah sie nicken.

Unsere Leute kannten anscheinend einige Mitglieder der anderen Gruppe. Jedenfalls zogen jetzt alle los, um diese zu begrüßen. Auch Missy erhob sich an meiner Seite und schloss sich ihnen an.

Unter den Neuankömmlingen gab es nur ein einziges Mädchen. Dieses hieß Molly, wie ich sehr schnell mitbekam. Zumindest im Deutschen machte sie ihrem Namen auch alle Ehre. Denn der kleine Rotfuchs war wirklich recht mollig.

Auch der schöne George war bei der neuen Gruppe. Vor Jahren hatte er sich ja mal um Annika bemüht. Mir war sein langes Gesicht aufgefallen, als er sie jetzt mit dem Latino abziehen sah.

9. DER KELCH GING BEIM FLASCHENDREHEN AN MIR VORBEI

Die neu eingetroffene Gruppe hatte wohl Schwimmen gehen wollen. Dem stand aber die böige und kühle Brise entgegen, die ständig über den Strand hinwegfegte.

Dem schönen George fielen jetzt wohl unsere Mädchen auf. Missy, Lara und Alex kippten soeben die letzten Essensreste in den Müllsack. Alex sah dabei von hinten der Missy sehr ähnlich. Man musste näher herangehen, um ihre unreine Haut und das deutlich weniger ansprechende Gesicht zu erkennen.

Grinsend schlug George vor, dass man doch Flaschendrehen spielen könne.

Der dürre Kleine, den sie nur Cricket (Grille) nannten, stimmte ihm sofort begeistert zu. Und schon johlten auch alle anderen Mitglieder der Gruppe ihre gewichtige Unterstützung zu diesem Vorschlag.

Der Kleine namens Cricket verlangte nun, dass unsere Gruppe darüber abstimmen möge. Zu meiner Überraschung waren alle dafür. Die einzigen, die sich gegen den Vorschlag aussprachen, waren Philipp Washington und meine Wenigkeit. Damit galt er als angenommen.

Die vielen Leute bildeten nun einen Kreis im Sand, wobei alle im Schneidersitz Platz nahmen. Eine leere Bierflasche wurde in der Mitte auf den einzigen Porzellanteller gelegt, den Missy mitgebracht hatte.

Molly stand auch in der Mitte des Kreises. Die Rothaarige war beauftragt worden, auf Zuruf die Flasche einmal kräftig auf dem Teller zu drehen.

Da wir doch um einiges von der Pulle entfernt saßen, gab es ein Problem. Es würde nämlich nie klar sein, auf wen der Flaschenhals jeweils genau zeigte.

Aus diesem Grund zeichnete der kleine Cricket jetzt Linien in den Sand. Sie begannen beispielsweise bei mir in Form eines Pfeiles, der auf meine Person wies. Vom Ende dieses Pfeiles liefen die Linien dann trichterförmig auseinander, bis sie mit einer Breite von vielleicht 20 cm die Molly erreicht hatten.

Missy setzte sich wieder neben mich. Ich für meinen Teil hatte aber ein mulmiges Gefühl. Tatsächlich hoffte ich, dass dieser Kelch an mir vorübergehen würde. Ich hielt es nämlich mit meiner Stellung als Tiermediziner für kaum vereinbar, mich hier vor der Rotte auszuziehen.

Der schöne George brüllte der Molly etwas zu. Diese kniete darauf in der Mitte des Kreises neben dem Teller nieder. Anschließend begann sie, die Bierflasche einmal kräftig um sich selbst zu drehen.

Eine Weile rotierte die Pulle sehr rasch auf dem glatten Porzellan. Allmählich aber wurde sie langsamer, und schließlich blieb sie stehen. Ich atmete auf, denn ihr Hals wies eindeutig in die Gegenrichtung.

Es war Jerry, der sich ausziehen musste. Verlegen stand er auf. Anscheinend schämte er sich unter seinem wilden Lockenkopf. Mit eingezogenen Schultern schlich er dann in die Mitte des Kreises.

Molly half ihm, seine Jeans und sein T-Shirt abzulegen. Dann stieg er aus seinen Schwimm-Shorts.

“Drehen”, brüllte der kleine Cricket. “Und zwar einmal um dich selbst!”

Das tat der Jerry jetzt auch. Und dann sahen wir die Bescherung.

Er hatte nämlich einen winzigen Lümmel. Das Ding flog wie ein Schnipsel Papier in der Drehbewegung vorbei. Dabei war es nicht größer als der kleine Finger eines Knirpses.

Die Mädchen im Kreis waren so verblüfft, dass sie sich die Augen rieben. Die Jungen aber begannen vor Begeisterung laut zu johlen und zu trampeln.

Verschämt zog der Jerry Hemd und Hose wieder an. Dann lief er eilig durch den Sand, um seinen Sitzplatz zu erreichen.

Die Jungs prusteten immer noch. Auch die Mädchen tuschelten jetzt und lachten dabei herzlich. Inzwischen hatte der George die Molly aber angewiesen, die Flasche erneut zu drehen.

Zu meinem Schrecken deutete der Hals der Pulle diesmal in unsere Richtung. Der kleine Cricket folgte sogleich den Linien. An deren Ende identifizierte er dann die Missy als die Nächste, welche an der Reihe war.

Die Blonde begab sich ohne Widerrede auf die Strip-Bühne. Dort wollte Molly ihr helfen, doch Missy schob sie weg. Sehr elegant schlüpfte sie dann aus ihrem Strandkleid. Anschließend löste sie die Bänder von Ober- und Unterteil ihres Tangas. Beides ließ sie ebenfalls zu Boden fallen.

Nun stand sie splitternackt da. Missy schien sich dabei überhaupt nicht zu schämen. Dazu hatte sie auch keinen Grund, denn sie war wunderschön. Fast andächtig betrachteten die vielen Jungs ihre festen, sehr hübsch gerundeten Brüste. Auch ihr pralles Hinterteil hatte genau die richtige Größe. Sehr anmutig drehte die Blonde sich einmal um sich selbst. Dabei flog ihr langes Haar, so dass es eine Lust war. Man hätte bestimmt lange suchen müssen, um solch ein hinreißendes Mädchen noch einmal zu finden.

Anschließend brandete Beifall auf. Missy verzichtete indessen darauf, den Tanga wieder anzuziehen. Stattdessen streifte sie nur das Strandkleid über, bevor sie zu mir zurückkam.

“Sehr schön, aber wirklich”, sagte ich anerkennend. Sie lächelte von oben auf mich herab, ehe sie sich neben mir in den Sand fallen ließ.

Molly drehte inzwischen wieder die Flasche. Die nächsten, die blank ziehen mussten, waren aber drei Jungs aus der anderen Gruppe. Als Mann fand ich es wenig erbaulich, mir die behaarten Körper meiner Geschlechtsgenossen anzusehen. Daher drehte ich mich meist um. Dabei genoss ich die blutrote Sonne, die grade hinter dem See versank.

Als Molly die Flasche erneut drehte, da traf es meine Tochter Lara. Die trug inzwischen ein hellbraunes Strandkleid über ihrem zitronengelben Bikini. Enschlossen erhob sie sich und schritt zur Mitte.

Dort ließ sie sich von Molly aus dem Kleid und aus dem Bikini helfen.

Sie hatte ihr glattes rotbraunes Haar zu einem Pferdeschwanz nach hinten gebunden. Ihr Gesicht war sehr schmal. Ihre großen und smaragdgrünen Katzenaugen stachen daraus natürlich hervor. Aber auch ihre Nase war in faszinierender Weise gemeißelt. Der Mund war sehr klein, mit eher dünnen Lippen.

Im Gegensatz zu ihrer durchaus hübschen Schwester Annika würde ich Lara schon ohne jedes Zögern als schön bezeichnen.

Nun drehte sie sich im Kreise. Ihr Körper war schmaler und knabenhafter als der von Missy. Die Brüste waren fest und zeigten leicht nach oben. Das Hinterteil war prall und rundlich. Insgesamt waren Busen wie Po aber ein wenig kleiner als bei der Missy, die schon fraulicher wirkte.

Offenbar fanden die Zuschauer sie auch schön. Denn es gab jetzt lauten und lang anhaltenden Beifall. Ich sah, dass Lara vor Stolz errötete. Anschließend ließ sie sich von Molly wieder in ihre Strandkleidung helfen. Dann lief sie sehr anmutig zu ihrem Platz zurück.

Gab es noch ein Highlight? Nun, es entblätterten sich noch zwei weitere Jungs. Erst dann war endlich der schöne George an der Reihe.

Na, jetzt guckten aber alle Mädchen! Ganz gemessen legte der Blonde Trainingshose und Muskelshirt ab. Molly half ihm dann, seine Schwimm-Shorts herunterzuziehen.

Anschließend spannte dieses Prachtstück von einem Kerl den Bizeps an. Gleich war mir klar, dass er seinen Körper im Kraftraum gestählt hatte. Seine Haut war sonnengebräunt. Und als er sich dann im Kreis drehte, da hingen nicht nur alle Mädchenaugen an ihm. Das blonde Haar flog, und sein gewinnendes Lächeln war siegesgewiss.

So spendeten wir ihm den Beifall, den er ja auch verdient hatte.

In diesem Augenblick kamen Annika und ihr Latino Hand in Hand aus dem dunklen Wald. Die blonde Mähne meiner Tochter war dabei völlig zerzaust.

Beide setzten sich in den Kreis, so als sei dies das Natürlichste auf der Welt.

Missy brachte ihren Mund ganz dicht an mein linkes Ohr. "Deine Tochter Lara hätte sich mit dem Rodrigo auch gern mal in die Büsche verdrückt", verriet sie mir leise. "Wobei meine Cousine Alex sich das auch vorstellen könnte. – Hat sie mir jedenfalls gesagt", fügte sie dann noch hinzu, so als hätten Zweifel in meiner Miene sie zu dieser Beteuerung veranlasst.

Ich lachte kaum hörbar auf. Dann fragte ich, wie es denn mit ihr stehen würde. Ob sie es auch gerne mal in den Büschen getrieben hätte, wollte ich amüsiert wissen.

Sie sah mich von der Seite an, und ich schaute zurück. "Schon", meinte sie schließlich, bloß um dann klarzustellen: "Aber natürlich nur mit dem Richtigen."
Molly hatte inzwischen die Flasche nochmals gedreht. Dabei war sie aber wieder beim Jerry stehengeblieben. Der hatte sich aber schon ausgezogen. Deshalb wurde beschlossen, das Flaschendrehen an dieser Stelle zu beenden.

Plötzlich rief der kleine Cricket mit seiner schrillen Stimme: "Schaut mal da!"

Dabei wies er mit dem Finger zum See hinunter. Erschrocken fuhren wir alle herum.

Die Sonne war inzwischen untergegangen. Das Schilf am jenseitigen Ufer schimmerte fast schwarz. Allein auf der Mitte des Gewässers lag noch ein blutroter Glanz.

Von rechts her kam nun eine Gestalt. Sie schritt direkt am Ufer entlang. Einzelheiten waren kaum noch zu erkennen. Denn dazu war die Dämmerung bereits zu weit fortgeschritten. Offenbar handelte es sich aber um einen Mann.

Fragend sah ich die Missy an. “Das ist der Moony Loonie”, flüsterte sie beklommen. “Angeblich hat der schon drei Menschenleben auf dem Gewissen. Man konnte es ihm am Ende wohl nicht beweisen. Er saß aber trotzdem lange in der Psychiatrie.”

In unseren beiden Gruppen war es totenstill geworden. Alle starrten das sonderbare Gerippe an, welches sich unten am Wasser entlangbewegte.

Unsere Blicke folgten ihm, bis er hinter den Bäumen des linken Waldstreifens verschwunden war. Erst dann entspannte sich die Stimmung wieder. Viele tuschelten nun miteinander, und nur wenige scherzten.

Regelrecht kalte Böen fegten in immer kürzeren Abständen über den dunklen Strand. “Mir ist kalt”, klagte die Missy an meiner Seite. “Lassen Sie uns nach Hause fahren, Doktor!”

Offenbar froren auch die anderen Mädchen, denn nun erhoben sich alle. Unsere Leute schnappten sich die Picknickkörbe. Dann ging es geschlossen hoch zu den Autos.

Lara schob sich wieder neben Bennie auf den Beifahrersitz des Ford. Wir anderen mussten mit der kleinen Ladefläche vorlieb nehmen. Auch Rodrigo schwang sich hoch, denn er wollte mit uns fahren.

Auf der Straße war es bereits sehr dunkel. Geisterhaft strichen die Scheinwerfer des Pick-up über den glänzenden Asphalt.

Jerry stimmte auf seiner Gitarre wieder ein Lied an. Seine kratzige Stimme erinnerte dabei an einen zugekifften Bob Marley. Das klang aber irgendwie faszinierend. Denn er gab selbstkomponierte Songs zum Besten, die an John Denver erinnerten. Dessen berühmte *Country Roads* besangen ja die Schönheit West-Virginas (*Almost Heaven*, also schon fast der Himmel). Mit solch melodischen Schnulzen unterhielt der Jerry uns also auf der Rückfahrt.

Dabei musste Bennie zuerst noch nach Point Pleasant hineinfahren. Denn Philipp Washington wohnte dort ja bei seinen Großeltern. Aber auch Annikas geliebter Latino Rodrigo war dort zu Hause.

Missy ruhte indessen in meinen Armen. Sie war dort friedlich eingeschlafen.

Sie zählte ja erst sechzehn Lenze. Aber was hatte sie heute nicht alles erlebt!

Im Wasser war sie zunächst sehr dominant aufgetreten. Das erbitterte Ringen mit Lara endete aber damit, dass sie schmählich unterlag. Im Volleyball konnte sie wenig später wieder Boden gut machen. Und das als eine der beiden stärksten Spielerinnen. Im Anschluss fanden auch ihre Pastetchen einhelligen Zuspruch. Selbst beim finalen Flaschendrehen machte sie eine gute Figur. Dies sogar im Evaskostüm! Jetzt aber schlummerte sie völlig erschöpft in meinen Armen.

Ihr Onkel vertrat ja keine gute Meinung von ihr. Ganz im Gegenteil, denn ich hatte die Warnungen meines Apothekerfreundes Gus ja immer noch in den Ohren. Sie sei eine Gefahr für jedes männliche Wesen, hatte er gesagt. Aber war ihr Charakter wirklich so schlecht? Ich blickte in ihr schönes Gesicht, dass sie an meine Brust geschmiegt hatte. So unschuldig wie ein Engel sah sie aus, als sie dort schlummerte.

Eine laute Verabschiedung schreckte mich auf. Es war Annika, die ihren Rodrigo abküsste, der jetzt mit Philipp Washington aussteigen musste.

“Wenn ich sie nicht zurückgewinne”, hörte ich den Doktoranden klagen, “dann werde ich mit meinem Leben abschließen.”

Ich fragte ihn trocken, ob er wirklich als Tätowierung enden wolle.

Sein Umriss ragte neben dem Wagen auf, und doch verstand er mich nicht.

Ich hob Missys Unterschenkel an und zeigte ihm jene in die Fessel eintätowierten Kreuze im Licht der Straßenlaterne. “Für Sie stünde dann das dritte Kreuz”, ergänzte ich, “das ständig an Ihren Selbstmord erinnern würde.”

Er meinte daraufhin, ich hätte ja gut lachen. Denn dass Missy in mich verliebt sei, das habe doch heute jeder sehen können.

Ich fragte zurück, ob es ihm Ernst sei. Ob er wirklich vorhabe, sein Lebensglück an den flüchtigen Gefühlen einer erst sechzehnjährigen Göre festzumachen.

Da wurde er sehr still.

“Andere Mutter haben bestimmt nettere Mädchen für Sie”, sprach ich dann ganz behutsam weiter. “Und irgendwann werden Sie darüber lachen, ihre Gefühle an die sprunghaften Launen einer Jugendlichen verschwendet zu haben.”

Doch da warf er mir vor, ich würde es so darstellen, als wenn Missy nur eine von vielen sei. “Sie ist einzigartig”, jammerte er, “und ich werde nie wieder ein Mädchen finden, das auch nur im Entferntesten so schön ist wie sie.”

“Aber vielleicht stoßen Sie auf eine, mit der Sie sich weitaus besser verstehen”, gab ich noch zu bedenken.

Doch da schüttelte er nur stumm den Kopf.

Mit lautem Quietschen wurde nun das Beifahrerfenster heruntergekurbelt. Laras Kopf erschien, die ungeduldig zischte: “Wie lange braucht ihr denn noch für eure Konferenz, ihr beiden?”

Philipp Washington verabschiedete sich hastig, während ich nach vorne rief: “Wir können, Lara!”

Kurz darauf rollte der Pick-up wieder. Wir verließen Point Pleasant und passierten wenig später das Dorf Henderson. Wie eine futuristische Konstruktion erstrahlte dort die Brücke über den Ohio-River im Mondlicht.

Nächster Stopp war die ehemalige Konservenfabrik. Hier dauerte es, bis wir die völlig verschlafene Missy wach bekamen. Jerry und ich halfen ihr dann von der Ladefläche des Ford herunter. Gähnend sahen wir sie anschließend auf das dunkle Gebäude zutappen.

Gleich darauf fuhr der Bennie wieder an. Einige Minuten später erreichten wir das zweistöckige Gebäude, in dem sich meine Praxis und unsere Wohnräume befanden. Während Lara selbständig durch die Beifahrertür aussteigen konnte, musste ihre Schwester Annika geweckt werden. Lara und ich nahmen sie zwischen uns, als wir auf das Wohnhaus zugingen. Sie gähnte, während wir sie mit uns zogen, und ihre Augen waren nur noch Schlitze.

So nahm dieser Sonntag am Badesee seinen Ausklang.

Am darauffolgenden Dienstag wurde unsere kleine Tochter Luisa aus dem Krankenhaus entlassen. “Um das Mädchen steht es nicht gut”, sagte Claudia bedrückt, als ich die beiden abholte. “Der Doktor meinte, wenn es schlimmer würde, dann müssten wir sie wieder herbringen.”

"Hoffentlich nicht", murmelte ich trübselig.

Die Kleine war jedoch wieder guter Dinge, als wir nach Hause kamen. Dafür hatten wir es an diesem Abend mit Tochter Lara zu tun. Die hatte sich bei einer Fahrschule angemeldet und präsentierte mir nun die Rechnung.

Zähneknirschend erklärte ich mich bereit, zu zahlen. Denn wir hatten es der Lara ja nun einmal versprochen. Außerdem mussten meine Frau und ich eine Einverständniserklärung unterschreiben. Denn unsere Tochter war ja noch minderjährig.

Claudia fragte dann noch, wie sie die Fahrstunden mit ihrem Eislauftraining unter einen Hut bringen wolle. Doch Lara meinte, dann werde sie das Training eben dreimal pro Woche zurückfahren. Es sei ja nicht für lange, fügte sie noch hinzu.

Und was war mit Annika? – Nun, ihr Rodrigo hatte im Frühjahr zum 20. Geburtstag einen mächtigen Range-Rover geschenkt bekommen. Mit diesem imposanten Wagen fuhr er jeden Tag schon kurz nach dem Frühstück bei uns vor. Immer holte er Annika dann ab und brauste mit ihr davon.

Erst zur Abendbrotzeit hörten wir erneut Motorengebrumm. Der Latino kam dann zurück und setzte Annika vor unserem Haus wieder ab.

Es dauerte volle zwei Wochen, bis Claudia und ich endlich rafften, was da los war.

Ernesto und Maria Orozco, die Eltern des Rodrigo, besaßen in Point Pleasant ein Haus mit Ladengeschäft. Dort führten sie wirklich alles: Verpackte Lebensmittel, Süßigkeiten, Getränke (auch in Kisten sowie gekühlte), Kinderkleidung, Spielzeug, Schreibwaren, Werkzeug, Putzmittel, Gartenbedarf, rezeptfreie Arzneimittel sowie Zeitschriften und Bücher.

Maria Orozco, die Mutter, konnte seit einem Bandscheibenvorfall nur noch wenige Stunden im Laden arbeiten. Ernesto Orozco war nach einem Gehirnschlag halbseitig gelähmt. Er machte aber noch die vorbereitende Belegerfassung für den Steuerberater.

Annika stand dort als Verkäuferin hinter der Ladentheke. Und das über den ganzen Tag hinweg, bis das Geschäft abends dichtmachte!

Rodrigo verkaufte zwar auch. Das aber nur im Notfall, wenn es gar nicht anders ging. Ansonsten nämlich machte er gerne auf Dandy. Mit schwarzer Sonnenbrille saß er dann hinter dem Steuer seines Range-Rover und kurvte durch die Stadt!

Nur durch Zufall erfuhren Claudia und ich des Weiteren, dass Annika und Rodrigo sich inzwischen verlobt hatten.

Eigentlich hatten wir uns Annikas Zukunft ja ganz anderes vorgestellt. Dabei erinnerte ich sie daran, dass der Reitsport doch immer ihre große Leidenschaft gewesen sei. Annika aber sagte, dass sie sich nicht mehr aufs Pferd trauen würde. Und Claudia gab ihr recht. Einen weiteren Reitunfall, meinte sie, könnte Annika wohl kaum überleben.

Leider konnten wir sie auch nicht fürs Klavierspiel begeistern. Denn an das Piano setzte sie sich ebenfalls nicht mehr.

Gottlob hatte Annika im Sommer vor ihrem Reitunfall noch den Highschool-Abschluss gemacht. Unsere Älteste sprach jetzt oft davon, dass sie gern Tiermedizin studieren wolle. Damit würde sie ja in meinen Spuren wandeln.

Allerding hatten Claudia und ich da schwerste Bedenken. Denn abends, da saßen wir ja immer noch alle in unserem Wohnzimmer zusammen. Lara hopste in diesen Fällen meist auf meinen Schoss. Aber auch Annika kam aus ihrem Zimmer herunter, um uns Gesellschaft zu leisten. Das Wohnzimmer roch dann immer gleich, als sei eine Wanne mit Algenschaumbad in den Raum geschoben worden.

Leider musste man sich da ständig mit ihr unterhalten. Tat man das nicht, etwa weil eine interessante TV-Sendung lief, so war Annika schon nach kurzer Zeit eingeschlafen. Doch selbst wenn man mit ihr redete, so gähnte sie ständig. Dabei hielt sich stets die Hand vor den Mund.

Claudia meinte daraufhin, dass das Studium in ihrem Fall eine sinnlose Geldverschwendung sei. "Sie wird die Vorlesungen regelmäßig verpennen", prophezeite meine Frau. "Verrate mir doch mal, wie sie dann durch die Klausuren kommen will."

Sie hatte natürlich recht. Aber wie hielt sich Annika dann in Orozcos Laden? Roch es dort nicht nach Algenschaumbad?

Lara hatte ihre Schwester mal während der Arbeit besucht. Uns erzählte sie dann, im Laden hätte es sehr wohl nach Algen gerochen. Auch würde Annika dauernd gähnen. Zum Schlafen aber käme sie nicht, denn dazu sei zu viel Betrieb. Das Geschäft wäre gut besucht, und an der Kasse warteten regelmäßig mehrere Kunden. Annika müsse ununterbrochen arbeiten, weshalb an Schlaf nicht zu denken sei.

Erst nach Monaten – Lara hatte inzwischen ihren Führerschein in der Tasche – erfuhren Claudia und ich, dass Annika für ihre Arbeit gar kein Geld bekam.

Das aber sei ein Unding, meinte auch meine Frau empört. Daher schärften Claudia und ich unserer Tochter ein, gleich am nächsten Arbeitstag nach ihrem Lohn zu fragen.

Nur durch diese Forderung erhielten wir dann eine weitere Hiobsbotschaft. Die Annika erzählte uns nämlich schon am Folgetag, dass die Orozcos die Hochzeit zwischen ihr und Rodrigo auf den 6. Dezember – und damit auf den Nikolaustag – festgesetzt hätten.

Ja, da schauten Claudia und ich uns natürlich blöde an! – Was aber war nun mit ihrem Lohn?

Frau Orozco habe gesagt, begann Annika stockend, dass es sich bei dem Laden doch um ein Familiengeschäft handeln würde. Wenn Rodrigo mal zum Aushelfen bereit sei, dann läge es ihm doch auch fern, dafür Geld zu verlangen. Das gleiche gälte aber auch für Annika als Schwiegertochter. Man erwarte eben von jedem Familienmitglied, dass es seine Tatkraft in das Erwerbsgeschäft einzubringen bereit sei.

Annika musste zugeben, dass Frau Orozco täglich einige Stunden im Laden arbeiten würde. Allerdings räume sie dann meist Ware in die Regale und versehe sie mit Preisschildern – Tätigkeiten, für die unsere Tochter an der Kasse natürlich keine Zeit hatte.
Claudia und ich konnten uns damit aber nicht abfinden. Somit fragten wir die Annika, wie sie denn darüber denke? Wäre es nicht besser, die Hochzeit abzublasen, statt da weiter umsonst im Laden zu schuften?

Kunststück – es war unserer Tochter gar nicht möglich, die Hochzeit abzusagen! Mal ganz davon abgesehen, dass sie ihren Kerl auch noch liebte!

Sie musste in jedem Fall heiraten. Denn sie war – schwanger!

“Wir müssen schon bald mit ihr los”, seufzte Claudia schicksalsergeben.

“Denn sie braucht ein Hochzeitskleid!”

Ich nickte verdrießlich.

Am 23. November 1996 wurde Missy siebzehn Jahre alt. Und genau eine Woche später, am 30. November, da hatte unsere Lara Geburtstag!

Schon einen ganzen Monat vorher klapperten wir mit unserer Tochter die Autohändler der Umgebung ab. Lara erinnerte uns ständig an das ihr gegebene Versprechen. Danach stand ihr ein Kleinwagen zu. Nur leider konnte sich unsere Eisprinzessin nicht entscheiden. Deshalb wuchs sich das Ganze nach und nach zu einer echten Sisyphusarbeit aus.

Schließlich sollte es ein roter Toyota RAV 4 sein, für den wir eine Menge Geld lockermachen mussten.

Der einzige Vorteil war, dass Lara jetzt nicht mehr gebracht werden musste. Denn sie konnte ja nun selbst zum Eislauftraining fahren.

Der zweite Kostenfaktor war Annikas Hochzeitskleid. Zwar kann man Hochzeitskleider auch tageweise günstig mieten. Unsere Tochter aber meinte, am wichtigsten Tag ihres Lebens wolle sie sich nun wirklich nicht mit Notlösungen zufrieden geben.

Also musste es das teuerste Kleid sein, das sie im Laden hatten. Für Laras Auto und Annikas Hochzeitsausstattung blieb mir dann nichts anderes übrig, als an unsere Rücklagen ranzugehen.

10. UNSERE EHEMALS GELÄHMTE TOCHTER HEIRATET

Rodrigos Eltern hatten mit ihrem Sohn übrigens das gleiche Kreuz zu tragen wie wir mit unserer Tochter Annika. Genau wie diese war ihm vor zwei Jahren der Highschool-Abschluss gelungen.

Schon zur Geburt ihres Sohnes hatten sie einen Studien-Sparvertrag abgeschlossen. Dieser war nun fällig, und Rodrigo hätte sorgenfrei studieren können.

Das wollte Sohnemann aber nicht. Stattdessen gefiel er sich lieber in der Rolle des zukünftigen Geschäftsmannes. So fuhr er im Range-Rover durch die Gegend und gabelte Freunde auf. Manchmal ging er mit diesen ins Kino, und zuweilen auch in einen Vergnügungspark. So genoss er sein junges Leben in vollen Zügen. Er war ein Einzelkind und schon als Baby verwöhnt worden. Seine Eltern widersprachen ihm nie.

Lange Zeit befürchteten Claudia und ich, dass er bei diesen Spritztouren auch andere Mädchen treffen würde. Um aber bei der Wahrheit zu bleiben: In Hinblick auf eine solche Romanze habe ich nie einen Hinweis gefunden. Ich nahm auch Freunde von Rodrigo ins Verhör, aber ebenfalls ohne Ergebnis. Offenbar war er in dieser Hinsicht wirklich ein Ehrenmann.

Es gab nur einen Tag in der Woche, an dem der Latino mit unserer Tochter etwas unternahm. Und das war der Samstagabend.

Unsere kleine Luisa musste noch zweimal wegen ihrer Koliken ins Krankenhaus. Zum letzten Mal geschah das am Tag vor Nikolaus.

Meine Frau war richtig traurig. "Da heiratet endlich eine unserer Töchter", klagte Claudia niedergeschlagen. "Und einen solchen Freudentag verbringe ich im Mutter-Kind-Zimmer bei unserer Kleinen im Pleasant Valley Hospital!"

Es war aber nun einmal nicht zu ändern.

Für die Hochzeit ihres Sohnes mit unserer Tochter hatte die Familie Orozco eine Halle in Point Pleasant gemietet.

Frühmorgens war Annika noch beim Friseur gewesen. Dann ging es zur kirchlichen Trauung in die Sacred Heart Church in Point Pleasant. Da beide Katholiken waren, gab es keine Probleme.

Dann fuhren wir erst mal wieder nach Hause. Lara hatte dort Pizza vorbereitet, die nun in den Ofen kam. Anschließend aßen wir alle zusammen.

Später kamen auch Missy und ihre Cousine Alexandra. Nun hatte ich im

Hause den reinsten Hühnerstall. Denn alle Mädchen warfen sich jetzt in ihre schicksten Kleider. Wobei Annika sich natürlich wieder in das Hochzeitskleid zwängen musste. Danach wurde geschminkt, gepudert, Lidschatten sowie Lippenstift und auch Wangenrot aufgetragen – und alles unter wildem Gegacker.

Wir fuhren dann in Laras Auto los. Ich saß neben meiner Eisprinzessin auf dem Beifahrersitz. Annika und die beiden anderen Mädchen teilten sich die Rückbank.

Es war schon sehr voll, als wir eintrafen. Bombastische Musik dröhnte durch den Saal, denn die Orozcos hatten eine Blaskapelle angeheuert.

Livriertes Personal eines Hochzeitsservices liefen mit Pasteten und Salzgebäck herum. Andere hatten Gläser mit Schampus oder Limonade auf ihren Tabletts.

Rodrigo begann mit Annika zu tanzen, und alle machten es schon bald dem Hochzeitspaar nach.

Missy trug ein auberginefarbenes Abendkleid, das in metallischem Glanz verführerisch schimmerte. Es ließ ihre nackten Schultern und Arme frei. Ihr blondes Haar war hochgesteckt, und an den Füßen hatte sie hochhackige Pumps. Sie war der Kracher des Abends und sah einfach zauberhaft aus.

Der schöne George wollte sie in seinem weißen Anzug zum Tanz auffordern. Sie aber schüttelte das niedliche Köpfchen. Dann sah sie sich nach mir um.

Ich trug immer noch schwarz, so wie am Morgen in der Kirche. Sehr souverän hob ich die Hände, und Missy reichte mir die ihren. Gemeinsam legten wir dann eine flotte Sohle aufs Parkett.

Als wir mal eine Pause einlegten, da trat der alte Ernesto Orozco an mich heran. Ob ich meine Ehefrau gegen einen jüngeren Jahrgang eingetauscht hätte, wollte er neugierig wissen.

Da erzählte ich ihm erst mal von den Leiden unserer kleinen Luisa. Klar, dass er da verstand, dass Claudia am Krankenbett meiner Jüngsten bleiben musste.

So nickte er und wankte unsicher davon. Denn andere Wissbegierige warteten sicher schon dringend auf seine Botschaft.

Missy lächelte amüsiert, während sie wieder nach meinen Händen griff. Gleich darauf wiegten wir uns erneut miteinander im Takt der Musik.

Meine junge Tanzpartnerin war auf jeden Fall das atemberaubendste Mädchen im Saal. Wieder einmal stahlen wir dem Hochzeitspaar die Schau. Denn alle Augen hingen nur an uns beiden.

Auch meine Tochter Lara trug ein sehr schickes Abendkleid. Es war Missys sehr ähnlich, schimmerte aber smaragdgrün. Und mit wem tanzte sie?

Das war doch der Bennie, welcher uns mit seinem Pick-up zum Badesee gefahren hatte. Ja, genau der mit dem riesigen Zinken von einer Nase und der an einen Streuselkuchen erinnernden Akne. In seinem grauen Anzug und der Fliege am Hals sah er ungewöhnlich förmlich aus.

Hatte unsere Lara etwa was mit ihm? Also, gut sah der Typ doch wirklich nicht aus. Aber bei Frauen kann man ja leider nie wissen…

Nun spielte die Kapelle ein ruhiges Stück. (*Love is blue,* von Paul Mauriat). Sofort legte Missy ihre nackten Arme um meinen Oberkörper, und wir tanzten eng umschlungen.

Dann sah ich den schönen George in seinem hellen Dress vorbeitanzen. Offenbar hatte er Missys Cousine Alex im Arm. Diese trug ein weinrotes Kleid, in dem sie auch sehr apart aussah. Am auffälligsten war ihre blonde Lockenmähne, die stark an Missys erinnerte.

Schließlich folgte wieder ein schnelleres Stück. Meine Tanzpartnerin bot dabei einen so hinreißenden Anblick, dass die übrigen Gäste jetzt eine Schneise bildeten. Sie klatschten zu unserer flotten Einlage, und das in ganz unverhohlener Bewunderung.

Danach ging die Kapelle wieder zu sanfteren Takten über.

Der Sektkellner schob sich mit seinem Tablett an uns vorbei. Missy nahm sich ein Glas und reichte mir das andere. "Wollen wir uns setzen?", fragte sie mit süßem Lächeln. "Denn ich glaube, auf unseren vier Buchstaben verschütten wir weniger Rebensaft, Herr Doktor."

Das hatte was für sich. Daher war ich einverstanden. Und so gingen wir in den hinteren Teil des Saales, wo die Tische standen.

Nachdem wir Platz genommen hatten, da stießen wir miteinander an. "Auf uns", sagte Missy mit kokettem Augenaufschlag.

Wir saßen Seite an Seite. Auf dem Tisch stand eine Schale mit Salzgebäck. Doch Missy winkte dem Kellner, gleich nachdem wir ausgetrunken hatten.

Mit frisch gefüllten Gläsern prosteten wir uns dann nochmals zu.

Anschließend richtete ich meinen Blick wieder auf die Tanzfläche. Schon während ich mit Missy tanzte, war mir mein Apothekerfreund aufgefallen. Gus hatte sich gerade mit seiner Schwester Gwen an uns vorbeigeschoben. Ihre hageren Gestalten steckten beide in schwarzem Zwirn. Er im feinen Anzug, und sie im langen Abendkleid, das graue Haar zum Dutt nach hinten gebunden.

Jetzt sah ich auch Gwens Tochter Alma. Die stand mir ja schon seit Jahren als Gehilfin in der Praxis zur Seite. Ich wusste aus ihren Erzählungen, dass sie ihren Liebhaber vor einigen Wochen geheiratet hatte. Ich war sogar eingeladen und auch kurz dort gewesen. Nun hopsten die beiden vorbei, sie ganz in Silber und er in Anthrazit.

Eine Berührung am rechten Arm ließ mich herumfahren. Es war Missy, die inzwischen auf rührende Weise beschwipst war. Ihr zartes Gesicht zeigte sich leicht gerötet, und in den Augen erkannte ich den Silberblick. Niedlicher ging es nun wirklich nicht mehr. Sie umarmte mich halb und sprach mit schwerer Zunge: "Ich habe einen si - - sitzen, Herr Doktor!"

Natürlich musste sie dann gleich mal dringend. Ich bot an, sie zum stillen Örtchen zu führen. Doch da lachte Missy in ihrer unvergleichlich glucksenden Weise hell auf. Sie tippte mir auf die Nase und meinte: "Das bekomme ich wohl so grade noch selbst hin, Doc!"

Tatsächlich hielt sie sich ganz gut, während sie auf hohen Hacken an den Tanzenden vorbei schritt. Ich sah ihr nach, bis sie hinter all dem vergnügungssüchtigen Volk verschwunden war.

Ein Schatten verdunkelte das Licht der Deckenstrahler. Als ich aufsah, da erkannte ich meinen Nachbarn. Der schwarze Anzug an der hageren Gestalt – das war Gus, der Apotheker.

Hinter ihm erschien seine Schwester, wie schon gesagt auch dunkel gekleidet. Mein Freund fragte mich, ob wir kurz hinausgehen könnten. Er wolle mir nämlich etwas zeigen.

Ich erwiderte, dass ich nicht allein sei. Vielmehr habe ich mit Missy am Tisch gesessen, die nun los zum stillen Ort wäre.

Das verstand der Gus natürlich. Und so meinte er, dass seine Schwester sich an unseren Tisch setzen würde. Wenn Missy zurückkäme, dann könne sie sich mit ihrer Tante unterhalten, bis ich zurück sei.

Gwen Driscoll, die Schwester, nickte mir freundlich zu. Gleich darauf nahm sie auf dem Stuhl Platz, den ich vorher belegt hatte.

Unmittelbar darauf ging mein Freund zum Ausgang. Ich folgte ihm auf dem Fuße. Draußen war es feucht und kühl, aber gottlob nicht windig. Wir setzten uns auf eine Mauer, die von einer Straßenlaterne erhellt wurde.

Ich fröstelte. Rechts von uns, ein Stück weiter, war ein zweiter Mauerabschnitt. Dort saßen mehrere Jugendliche im Dunkeln. Ich sah nur die Spitzen ihrer Zigaretten in der Finsternis glühen.

Gus zog einen ausgeschnittenen Zeitungsartikel aus der Tasche und hielt ihn mir hin. Er stammte aus der *Gallipolis Daily Tribune*, wie ich sofort sah.

"*Teacher pleads guilty to Nash Farm murder*", lautete der Titel der Meldung. (Deutsch: Lehrer bekennt sich schuldig in Hinblick auf den Mord auf der Nash Farm).

Fragend sah ich meinen Freund an. Denn ich wusste nicht recht, was das mit uns zu tun haben sollte.

Gus erklärte es mir leise. Der Vorfall hatte sich im letzten Sommer ereignet. Randolph (Randy) Nash, ein siebzehnjähriger Farmersohn, hatte bei einem Tanzvergnügen ein gleichaltriges Mädchen kennengelernt. Er verliebte sich Hals über Kopf in das schöne Kind. Angeblich konnte er die Angebetete auch überreden, seine Freundin zu werden.

In der Schule saß er neben Willie Craigh, dem Sohn eines seiner Lehrer. Mit diesem war er auch bereits recht lange befreundet.

Offenbar kam er aber schon bald dahinter, dass sein Freund auch etwas mit dem Mädchen hatte. Glühend vor Eifersucht lockte Randy den Willie daraufhin an den Ohio-River. Rasend vor Wut schlug er ihn dort auf den Kopf und ertränkte ihn anschließend im flachen Wasser. Seine Leiche wurde erst am Folgetag aus dem Fluss gefischt.

Willies Vater, der Lehrer, drehte durch, als er vom Tod seines einzigen Sohnes hörte. Wie, der Randy nahm ihm sein geliebtes Kind? Einfach mal so, indem er seinen Willie ertränkte?

Mit seinem Jagdgewehr machte er sich auf den Weg. Er erreichte die Nash-Farm nur kurz vor der Polizei, die auch dorthin unterwegs war. Kochend vor Zorn ging er vor dem Hauptgebäude in Stellung. Als er den Jungen rief, da kam der Randy gleich aus dem Haus. Denn seinen Lehrer kannte er ja. Craigh jagte ihm zwei Schüsse der großkalibrigen Munition durch die Brust. Der Farmerssohn war sofort tot.

Gus sah mich an, nachdem er seinen Bericht beendet hatte.

Ich nickte. “Das US-amerikanische Rechtssystem kann Selbstjustiz sicher genausowenig dulden wie das deutsche”, meinte ich. “Damit wird der Lehrer wohl lange einsitzen müssen.”

Mein Freund pflichtete mir bei. “Du sagst es”, bekräftigte er stirnrunzelnd. “Aber dreimal darfst du jetzt raten, wer das Mädchen war, um das es da ging.”

Ich blickte ihm in die wässrigen Augen. “Etwa Missy?”, wagte ich einen Tipp.

Er nickte düster. Missy habe in Gallipolis eine Freundin namens Anne, erzählte er. Diese kenne sie vom Leistungsschwimmen her. Die beiden Mädchen hätten oft miteinander trainiert. In den letzten Sommerferien sei Missy dann von ihrer Freundin für eine Woche zu sich eingeladen worden.

Die Finger meines Freundes zitterten. Nervös zündete er sich eine Zigarette an. Den Rauch in die kühle Nachtluft blasend, meinte er anschließend: “Der Fall schlug natürlich Wellen. Zwei tote Jugendliche und ein Lehrer unter Tötungsverdacht, stell dir nur vor. Und weil es bei dem Streit wohl um ein Mädchen ging, da hätte die Polizei dieses natürlich gerne mal befragt. Nur leider war die Schöne in der Zwischenzeit abgereist.”

Ich sah ihn wieder an. Er grinste. “Drüben ist Ohio, und hier ist West Virginia”, meinte Gus, wobei er erneut eine Rauchwolke in die Luft blies. “So schickten sie eine Anfrage an die hiesigen Beamten. Mein Bruder ist bereits hoch in den Siebzigern. Er und seine Frau sind alte Leutchen. Du kannst dir sicher die Aufregung vorstellen, als da plötzlich die Polizei vor der Tür stand.”

Ich meinte beiläufig, dass die doch wohl nur eine Auskunft haben wollten.

Gus stimmte mir zu. Missy habe zwar eingeräumt, mit dem Randy getanzt zu haben. Von ihr sei jedoch alles Weitere bestritten worden. Vor allem also, dass sie jemals ein Liebesverhältnis mit dem Jungen begonnen hätte. Den Freund Willie – also den Sohn des Lehrers – habe sie noch nie im Leben gesehen. Da könnten die Beamten auch gerne ihre Freundin Anne fragen. Denn diese sei ja bei dem Tanzvergnügen dabei gewesen.

Mit der Anne hatte die Polizei jedoch bereits gesprochen. Diese habe ebenfalls verneint, dass Missy während des Aufenthaltes in ihrem Hause einen Freund gehabt hätte. Zudem seien sie und ihre Freundin die ganze Zeit zusammen gewesen.

“Die Beamten fragten natürlich noch”, fuhr Gus fort, “wie Missy sich denn die plötzliche Wut ihres Tanzpartners Randy auf seinen Freund Willie erkläre. Denn dieser sei ja wohl außer sich vor Eifersucht gewesen. Missy räumte daraufhin ein, dass der Randy sehr gut ausgesehen habe. Vermutlich seien also auch andere Mädchen an ihm interessiert gewesen. Da reiche es ja dann, wenn eine von ihnen aus verletzter Eitelkeit ein entsprechendes Gerücht gestreut hätte.

Das fanden die Beamten dann auch plausibel.

Erneut fiel mir auf, dass mein Freund mich von der Seite ansah. Nach einigem Überlegen meinte ich, dass hier ja wohl alles für Missys Version der

Geschichte spräche.

Gus wiegte den Kopf, während er wieder an der Zigarette zog. "Oder auch dagegen", sagte er gewichtig. "Nämlich dass sie ein perfides Spiel in Szene setzte und die verhängnisvollen Gerüchte selbst streute."

Nun blieb mir die Luft weg. Auch die Freundin habe doch bestätigt, dass Missy nichts mit einem Jungen gehabt habe, erinnerte ich ihn. Wie er seiner Nichte denn dann eine solche Böswilligkeit unterstellen könne? drang ich in zunehmender Empörung in ihn. Und vor allem auch: Ohne einen Beweis zu haben, der zwingend wäre?

Ärgerlich schleuderte Gus seinen Zigarettenstummel in die nächste Pfütze. "Nichts für ungut, Steve", sagte er dumpf. "Aber meine Nichte klebt doch schon den ganzen Abend an Ihnen. Glauben Sie mir, Doktor, die ist dabei, Sie um ihren Finger zu wickeln. Die verdreht Ihnen den Kopf, das merken Sie gar nicht! Sie sind der nächste auf ihrer Liste, das sage ich Ihnen als Freund!"

Da versuchte ich, abzuwiegeln. Gus wusste natürlich, dass Claudia mit unserer Kleinen im Krankenhaus war. Und so sagte ich, dass es doch nur um ein harmloses Tänzchen gehe. Auf der Hochzeit unserer Tochter, wohlgemerkt. Und dagegen könne man nun wirklich nichts einwenden.

Eine lange Zeit schwiegen wir dann.

Am Ende brummte mein Freund, dass er mir die Hochzeit auf keinen Fall verderben wolle. Aber ich solle mich vor seiner durchtriebenen Nichte in Acht nehmen, fügte er dann noch düster hinzu.

Als wir die Halle wieder betraten, da sah ich im hinteren Teil Gwen und Missy beisammen sitzen. Die Tante stand jedoch sofort auf, als sie uns kommen sah. Sie nahm ihren Bruder bei der Hand und führte ihn zurück auf die Tanzfläche.

Mit einer Geste bedeutete mir Missy, mich neben sie zu setzen. Sie hatte die Beine übereinandergeschlagen, und ihr nacktes Knie schimmerte hell im Licht der Deckenstrahler. Durch ihre wilde Lockenmähne sah sie mich forschend an. "Was habt ihr da draußen bequatscht?", fragte sie misstrauisch. "Mein Onkel hat doch die ganze Zeit über mich hergezogen, stimmt's?"

Verwundert blickte ich zurück. Sollte ich sie auf den Lehrer ansprechen, der ihren Tanzpartner Randy erschossen hatte? Allerdings würde ich ihren Argwohn durch eine solche Frage nur verstärken. Zudem bekäme ich von ihr mit Sicherheit die Antwort, die sie ja schon der Polizei gab.

Ich merkte, wie ich unter ihrem zwingenden Blick rot wurde. So schwindelte ich, dass ich mit Gus über ihre Cousine Alma gesprochen hätte. Sie wisse doch, dass diese mir als Tierarzthelferin zur Seite stehe? Natürlich war der Missy das bekannt. Nach ihrer Hochzeit könne die Alma aber jederzeit schwanger werden. Dann hätte ich ein ernstes Problem. Früher habe ja auch Claudia in der Praxis mitgeholfen. Seit der Geburt unserer dritten Tochter Luisa aber sei das vorbei. Denn meine Frau kümmere sich jetzt nur noch um diese. Ich wüsste also nicht, wie ich noch klar käme, falls Alma mal ausfiele.

Besorgt hielt ich den Blickkontakt mit Missys schönen Augen. Hatte sie meine kleine Flunkerei geschluckt? Zu meinem Glück – oder Unglück – gab es das Problem ja wirklich. Fiel Alma aus, so stand ich in jedem Fall auf dem Schlauch.

Missy sagte nichts. Stattdessen schaute sie mir weiter ganz tief in die Augen. Um das Thema zu wechseln, da fragte ich schließlich ungewollt verlegen: "Und ihr beiden? Du und deine Tante, Missy? Über was habt ihr denn gesprochen, während ich mit Gus draußen war?"

Da meinte sie, ihre Tante habe sie ins Gebet genommen. Sie – Missy – wisse doch, dass ich verheiratet sei und Kinder habe. Wieso sie mir dann nicht von der Seite weiche? Viele Hochzeitsgäste hielten sie bestimmt für meine Ehefrau. Denn schließlich benähme sie sich ja auch so.

Amüsiert fragte ich die Missy, was sie darauf geantwortet habe.

Sie und ich seien doch wohl alt genug, um zu wissen, was wir täten, das habe sie gesagt, zischte sie ärgerlich. Und Missys schöne Augen blitzten, als sie dann noch meinte, dass sie der Tante auch ganz gehörig die Leviten gelesen habe. Indem sie dieser nämlich über den Mund fuhr, sie solle sich gefälligst um ihren eigenen Mist kümmern. Und der stänke bekanntlich mehr zum Himmel als ihr eigener, habe sie zum Schluss noch hinzugefügt.

Missy biss sich sofort erschrocken auf die Unterlippe, nachdem ihr dieser letzte Satz entschlüpft war. Besorgt schaute sie zu mir auf.

Schlagartig fiel mir etwas ein, als sie dies sagte. In meiner knappen Stunde auf Almas Hochzeit war mir nämlich etwas Merkwürdiges zu Ohren gekommen.

Es fing damit an, dass ich die Braut zum Tanz bat. Der Bräutigam war damit gleich einverstanden. Denn dem Chef und Arbeitgeber seiner Angetrauten konnte er eine solche Bitte natürlich nicht abschlagen.

Alma hatte bereits zwei Sektgläser zuviel genossen, als sie mit mir tanzte. Stark angeheitert presste sie sich an mich. Ihr langes Brautkleid fegte über den Boden, als ich sie herumwirbelte.

Ganz plötzlich aber wurde sie sentimental. Vollkommen unvermittelt kam sie darauf zu sprechen, ja früher immer mit ihren jüngeren Cousinen Ferien gemacht zu haben.

Wo das denn gewesen sei, wollte ich sogleich wissen.

In den Appalachen, an einem Bergsee, meinte sie mit schwerer Zunge. Ihre Eltern besäßen dort eine Jagdhütte. Im Beisein ihrer schönen Cousinen Alex und Missy sei sie sich immer wie das hässliche Entlein vorgekommen.

Das träfe aber keinesfalls zu, tröstete ich sie wahrheitsgemäß. Wie sei sie denn damals darauf gekommen? Meinte sie vielleicht einen bestimmten Vorfall?

Da nickte sie, unter Tränen. Da habe es einen nahen Reitstall gegeben, schluchzte sie. Die Besitzer seien zwei Brüder gewesen. Missy und Alex hätten damals erst dreizehn Lenze gezählt, weinte Alma hemmungslos, und sie selbst schon 25. Da hätten die beiden Brüder angeboten, ihre Cousinen zu entjungfern. Das Schäferstündchen mit Missy und Alex sei ihnen dabei insgesamt 600 Dollar wert gewesen, heulte Alma. Das habe sie als wahnsinnig verletzend empfunden. Die Brüder würdigten sie selbst bei diesen Verhandlungen nämlich keines Blickes. Sie hätten nur die beiden unreifen Mädchen im Visier gehabt. Sie selbst, die ja schon eine Frau gewesen sei, wäre dabei für die Brüder nur Luft gewesen.

Durch ihre verheulten Augen sah Alma mich dann beim Tanz an. Ob ich mir nicht vorstellen könne, wie ihr zumute war, wimmerte sie völlig aufgelöst. Denn schließlich waren ihre Cousinen den Brüdern ja 600 Dollar wert. Sie selbst den beiden aber nicht mehr als der Schmutz an ihren Stiefeln.

Ich sah aber ein ganz anderes Problem. Denn die Reitstallbetreiber hatten den minderjährigen Mädchen ja strafbare Angebote gemacht. Ob sie, die Alma, denn mal mit ihrer Mutter über diese Sache gesprochen habe?

Unter Tränen schüttelte sie den Kopf. Sie könne ihre Cousinen nicht in die Pfanne hauen, meinte sie, sich ein Schluchzen verbeißend. Dass sei eine Ehrenvereinbarung zwischen ihr, der Missy und der Alex.

Nicht in die Pfanne hauen, hatte sie gesagt? Ja, waren ihre Cousinen denn etwa auf dieses unmoralische Angebot eingegangen?

Leider kam ich nicht zu weiteren Fragen. Denn der Bräutigam forderte jetzt seine beschwipste Braut zurück. Schon wenig später verabschiedete ich mich wieder.

Ein Griff nach meinen Händen holte mich in die Gegenwart zurück. Es war Missy, die meine Finger nun in die ihren nahm.

“Was war mit der Jagdhütte am Bergsee?”, fragte ich ungewollt rau.

Sie sah mich überrascht an. “Hat mein Onkel dir davon erzählt?”, fragte sie deutlich besorgt.

Ich nickte. Und dann erzählte sie mir, dass ihre Eltern früher immer zum Badeurlaub nach Florida gefahren seien. Ihr selbst wäre das aber zu langweilig gewesen. Immer nur schwimmen und dann in der Sonne braten – das könne sie ja mit ihrer hellen Haut ohnehin nicht.

Onkel Gus und Tante Gwen hätten hingegen eine Jagdhütte in den Bergen. Da wäre es viel spannender zugegangen. Ihre Cousine Alex sei auch immer dabei gewesen. Onkel Gus habe sie auf den Wiesen zur Rebhuhnjagd mitgenommen. Alma sei täglich mit ihr und Alex auf den See gerudert, um dort zu angeln. Und wenn sie alle drei mal ausreiten wollten, so habe es gar nicht weit weg auch ein Pferdegestüt gegeben.

Ich fragte, wie alt sie war, als sie da mit Onkel und Tante in die Ferien fuhr.

Vom zehnten bis zum vierzehnten Lebensjahr sei sie mitgereist, erzählte sie mir. Schon die Aussicht wäre dabei atemberaubend gewesen – ein stiller und verwunschener Bergsee vor den mit Nadelwäldern bedeckten Abhängen. Insgesamt fünf Sommer habe sie dort verbracht. An einigen Tagen sei es ihr auch möglich gewesen, dort Leistungsschwimmen zu praktizieren. In aller Ruhe habe sie dann im See ihre Bahnen gezogen. Ob ich mir nicht vorstellen könne, wieviel Spaß sie da immer gehabt hätten?

Mich aber interessierte etwas ganz anderes. Also fragte ich, ob es dort zwischen ihr und der Tante mal Streit gegeben habe?

Missy druckste eine Weile herum. Dabei betrachtete sie lange ihre rotlackierten Fingernägel.

Schließlich meinte sie, die Tante wäre hinter ein Geheimnis gekommen, das sie und Alex miteinander gehabt hätten. Sie erinnere sich noch, dass die Tante dann gedroht habe, das alles ihren Eltern zu erzählen. Da aber sei ihr der Zufall zu Hilfe gekommen. Denn im Alter von vierzehn Jahren habe sie von einer Ungeheuerlichkeit erfahren. Mit der Drohung, dieses schreckliche Familiengeheimnis weiterzuerzählen, habe sie die Tante dann schließlich zum Schweigen gebracht.

11. EIN WEITERER SCHLIMMER REITUNFALL

Missy war sehr blass geworden, während sie sprach. Ich wusste, ich musste sie jetzt in die Zange nehmen, solange sie so aufgewühlt war. Nur in diesem Zustand konnte ich ihr entlocken, was damals passiert war.

“Du hast mit dreizehn deine Unschuld verloren”, stieß ich anklagend hervor. “Und zwar auf dem Reiterhof, Missy! Davon wollte Tante Gwen deinen Eltern erzählen! Was aber war es, was du dann über sie herausgefunden hattest?”

Ich war mir fast sicher, dass sie nun alles abstreiten würde. Stattdessen aber drückte sie fest meine Hände, wobei sie sich an mich schmiegte.

Leise schluchzend erzählte sie mir, dass ihre Eltern meist noch in Florida weilten, während sie mit Onkel und Tante schon heimkehrte. Sie durfte dann für die restliche Zeit im Haus ihres Onkels schlafen. Alex sei zu ihren Eltern nach Hause gegangen, während sie noch einige Tage beim Onkel blieb. Alma sei immer früh los, zur Arbeit bei mir in die Praxis. Onkel und Tante brachen auch zeitig auf, da sie die Apotheke aufschließen mussten.

So sei sie dann im Hause ihres Onkels den ganzen Tag lang allein gewesen. Schon mit dreizehn habe sie einen Karton entdeckt, der alle Korrespondenz ihrer Tante enthielt. Dabei fiel ihr ein ärztliches Gutachten in die Hände. Diesem konnte sie entnehmen, dass James Driscoll, der geschiedene Mann ihrer Tante, zeugungsunfähig war.

In den nächsten Ferien, schon mit vierzehn, habe sie dann den ganzen Karton durchwühlt. Dabei sei sie auf den Schriftsatz eines Anwaltes gestoßen. Dieser habe ihre Tante seinerzeit durch die Scheidung von James Driscoll begleitet. Um den Scheidungsantrag zu untermauern, hätte der Anwalt geschrieben, James Driscoll sei impotent und zeugungsunfähig. Seine Mandantin wünsche sich aber Kinder, so der Anwalt weiter. Daher sei ihr ein Festhalten an der Ehe leider nicht mehr zumutbar.

Fast atemlos sah die Missy mich nun an. Ob ich begreife, was das alles zu bedeuten habe, fragte sie mich erregt. Denn wenn Driscoll zeugungsunfähig gewesen sei, dann käme er doch gar nicht als Vater von der Alma in Betracht, oder?

Ich zuckte gleichmütig die Achseln. Ihre Tante könne doch gleich nach der Scheidung wieder einen Liebhaber gehabt haben, warf ich in die Waagschale. Und dann sei die Alma eben aus diesem Verhältnis hervorgegangen.

Missy schüttelte daraufhin entschieden den schönen Kopf. Sie habe bei weiterem Wühlen im Karton die Kopie einer Geburtsurkunde von der Alma gefunden, teilte sie mir aufgeregt mit. Und wer sei dort als Vater angegeben? *Unbekannt*, hätte es dort geheißen!

Missy starrte mir sehr intensiv in die Augen. “Ich habe Alma gefragt”, meinte sie in steigender Nervosität. “Die hat mir gesagt, dass ihre Mutter nach der Scheidung keinen Freund mehr hatte. Alma meinte noch, dass sie auch ihren Onkel gefragt habe. Der habe aber auch gebrummt, dass es ihm wohl kaum entgangen wäre, wenn seine Schwester noch mal was mit einem Kerl gehabt hätte."

Irgendetwas drängte mich, ihr zu widersprechen. "Es könnte doch auch ein One-Night-Stand gewesen sein", platzte ich heraus. "Verstehst du, was ich meine? Eine Kurzbeziehung deiner Tante, von der niemand je erfuhr."

"Aber auch dann fragt man nach dem Namen des Partners", sagte Missy ärgerlich. "Und diesen Namen hätte die Tante in jedem Fall angegeben. Dann wäre er aber auch in Almas Geburtsurkunde aufgenommen worden. Denn es geht ja auch um Unterhalt für das Kind, verstehst du?"

Ich wusste, worauf sie hinauswollte. Sie sprach die Ungeheuerlichkeit eines Inzestverhältnisses zwischen meinem Freund Gus und seiner Schwester an.

In diesem Zusammenhang fiel mir mein Gespräch mit Alma auf deren Hochzeit wieder ein. Auch sie hatte – vom Schampus stark benebelt – Gwen und Gus als ihre Eltern bezeichnet, daran erinnerte ich mich genau.

"Nun?", fragte Missy, die wohl das Ende meiner Grübeleien abgewartet hatte. "Als ich meiner Tante schließlich ins Gesicht sagte, dass sie die Alma von meinem Onkel hat, da wurde sie kreidebleich und gab keine Antwort mehr. Ja, was sagst du dazu?"

"Wann war das?", fragte ich.

"Damals, mit vierzehn!"

Wieder überlegte ich eine Weile. Dann nahm ich ihre rechte Hand, die sie grade weggezogen hatte, und drückte sie sehr intensiv. "Diese hässlichen Familiengeheimnisse auszukramen hilft wirklich niemandem", wiegelte ich leise ab. "Sie ziehen nur viel Bitterkeit und Leid nach sich, wenn sie ans Licht gezerrt werden. Wäre es dann nicht besser für alle, wenn sie für immer begraben blieben?"

Missys schöne Augen blitzten. "Ich bin schon siebzehn", erinnerte sie mich aufgebracht. Um dann empört zu zischen: "Und da soll sie mir nicht mehr so frech vorschreiben, was ich zu tun und zu lassen habe, verstehst du?"

"Ich bin sicher, dass sie das nicht mehr tun wird", beruhigte ich sie. "Jedenfalls, nachdem du ihr heute deine Meinung gegeigt hast. Und dass hast du doch getan, und nicht zu knapp, oder?"

Sie nickte verkrampft. "Ja, richtig, das habe ich."

Wir umarmten uns aus einer spontanen Eingebung heraus. Dann führte ich Missy wieder auf die Tanzfläche.

Zwei Tage später wurde unsere kleine Luisa aus dem Krankenhaus entlassen. Ihr behandelnder Arzt meinte, derartige Koliken seien bei Kleinkindern sehr häufig. Gottlob verschwänden sie nach dem ersten Lebensjahr meist so plötzlich, wie sie gekommen seien.

Weihnachten 1996 war lustig. Erst wenige Tage vorher hatte Luisa Laufen gelernt. Nun tapste sie mit großen Augen zwischen den Geschenkpaketen herum. Immer wieder fiel sie dabei nach hinten. Dann plumpste sie aber stets auf ihren gut gepolsterten Windelpopo.

"Aua!", grinste sie dann immer über beide Backen. "Lulu – nich – wei!"

"Nein", meinte Claudia da lächelnd, "denn du bist ja ein großes Mädchen, nicht wahr? Und eine junge Dame, die weint ja nicht!"

Das Mäulchen der jungen Dame war indessen schon braun verschmiert von klebrigem Lebkuchenbrei.

Lara lachte aus vollem Halse. "Komm tanzen, Lulu, komm tanzen!", rief sie ausgelassen.

Aber Lulu wollte nicht tanzen. Denn die vielen Geschenkpakete, die waren ja viel aufregender…

So ging auch dieses Jahr zu Ende.

Für mich waren auch die ersten Monate des neuen Jahres sehr arbeitsreich. Nachts musste ich oft raus. Claudia aber begleitete mich nicht mehr. Auch Alma riss nur ihre acht Stunden in unserer Praxis ab. Damit musste ich nun stets allein auf die Farmen, wenn es Problemgeburten beim lieben Vieh gab. Ganz recht war mir das nicht. Denn ich wurde ja bedeutend schneller fertig, wenn eine Helferin schon mal Spritzen gab oder Verbände anlegte.

Einen der ersten warmen Tage im Monat Mai werde ich nie vergessen. Da kam nämlich eine neue Kundin in unsere Praxis. Sie hatte ihre Katze dabei. Eine grau gestreifte Mieze von durchschnittlichem Aussehen. Die besaß sie noch gar nicht lange. Jetzt aber hatte sich das Tier einen langen Splitter in die rechte Vorderpfote getreten. Dieser war gar nicht mehr zu sehen, so tief saß er unter dem Fell.

Die Katzenbesitzerin gab Alma ihre Personalien an: "Alice Jeanette Harper, geboren am 7. März 1935."

Verblüfft blickte ich auf. Die Dame war also schon 62. Dabei hatte sie aber immer noch große blaue Augen. Mit ihrem hübschen Gesicht und den vollen Lippen war sie auch in ihrem Alter noch eine attraktive Frau.

Erstaunt fragte ich sie, ob sie vielleicht die Mutter von der Missy Harper sei. Diese wäre nämlich schon mit unserer Tochter Lara befreundet gewesen, als die beiden Mädchen erst fünf waren. Seit der ersten Klasse hätten die zwei in der Schule Seite an Seite gehockt.

Das Gesicht der Dame war voller Verwunderung, als sie mich jetzt ansah. Ja, die Lara kenne sie natürlich, meinte sie dann wohlwollend. Und es stimme auch, dass Missy ihre Tochter sei.

Alma fragte indessen nach der Narkosedosis für die Katze. Ich nannte ihr den Wert.

Mrs. Harper fragte anschließend, ob sie beim Eingriff zugegen sein dürfe. Ich wechselte daraufhin einen kurzen Blick mit Alma. Die hatte aber auch nichts dagegen. Zwar gab es zu jeder Zeit Kunden, die bei einer blutigen Operation ihrer Lieblinge in Ohnmacht fielen. So sah Mrs. Harper allerdings nicht aus.

Kaum war die Katze eingeschlafen, da öffnete ich die Pfote auch schon mit meinem Skalpell. Mit einer langen Pinzette zog ich dann den Splitter heraus.

Ich zeigte ihn Mrs. Harper. Die schaute aber kaum hin. Stattdessen sprach sie die ganze Zeit. Ihre Tochter Missy sei in den Osterferien in New York gewesen, erzählte sie, und zwar bei ihren – also Mrs. Harpers - Eltern. Dort habe man sie reich beschenkt. Sie sei mit einem ganzen Koffer voller teurer Designerklamotten zurückgekommen, fügte die Dame noch hinzu.

Alma war in der Zwischenzeit schon fleißig gewesen. Zunächst hatte sie die Wunde mit Jod desinfiziert. Gleich darauf nähte sie die Ränder zusammen. Jetzt war sie gerade dabei, die Vorderpfote der Katze zu verbinden.

“Sehr gut”, lobte ich. Alma war wirklich eine Meisterin im Flicken von Wundrändern. Im besten Fall sah man hinterher noch nicht mal eine Narbe.

Mrs. Harper plapperte indessen munter weiter. Wie ihr zu Ohren gekommen sei, habe unsere Tochter Lara ja wohl schon viele Medaillen im Eislauf gewonnen, rief sie laut aus. Ihre Tochter Missy trainiere ja auch so fleißig. Leider aber habe sich das Schwimmtraining bei ihr nicht bezahlt gemacht, fügte sie dann noch traurig hinzu.

Das glaubte ich aber besser zu wissen. “Wieso”, meinte ich, “hier in West Virginia kann ihr doch zumindest im Kraulen keiner das Wasser reichen, oder bin ich da falsch informiert?”

Mrs. Harper machte eine wegwerfende Handbewegung. Ein paar gewonnene Bänder reichten nicht, meinte sie trübselig. Und wenn man bei Olympia dabei sein wolle, dann müsse man schon zu den Besten gehören. – Und zwar nicht zu den Ersten des Bundesstaates, sondern landesweit, ließ sie dann noch sehr nüchtern folgen.

Kurz danach nahm Alma ihre Kreditkartendaten auf. Und als die Katze dann wieder wach wurde, da verabschiedete sich Mrs. Harper mit dem Tier.

Ich atmete tief durch, nachdem sie gegangen war.

Alma grinste matt. “Wir hätten sie besser im Wartezimmer sitzen lassen”, meinte sie. “So laut, wie die hier redete, da empfand ich ihre Gegenwart doch eher als störend. Und das, obwohl sie ja meine Tante ist.”

Ich nickte düster. “Hauptsache, sie kommt wieder”, brummte ich. “Denn du weißt ja, wie sehr man in diesem Geschäft auf Stammkunden angewiesen ist!”

Am darauffolgenden Sonntag fuhr meine Frau ins Krankenhaus. Tochter Annika hatte dort in der vergangenen Nacht ein gesundes Mädchen zur Welt gebracht.

Eigentlich wäre auch der Rest der Familie mitgekommen. Luisa fieberte jedoch seit gestern, weshalb Claudia sie in meiner Obhut zurückließ.

Ich hatte der Kleinen Fencheltee mit Honig eingeflößt. Danach setzte ich mich mit ihr ins Wohnzimmer. Dort schlief sie schon nach kurzer Zeit in meinen Armen ein.

Bald darauf gesellte sich Lara zu uns. Annika war ja nach ihrer Heirat mit Rodrigo in das Haus ihrer Schwiegereltern gezogen. Jetzt fragte ich Lara, ob die beiden dort ein gemeinsames Schlafzimmer hätten.

Meine Tochter winkte sofort ab. Der würde doch nachts einen ganzen Wald absägen, so sehr schnarche er, der Rodrigo. Aus diesem Grund sei ihre Schwester schon in der Hochzeitsnacht in ein getrenntes Zimmer gezogen.

Na, das waren ja interessante Neuigkeiten!

Lara bedachte ihre kleine Schwester mit einem liebevollen Blick. Luisa hatte die Augen geschlossen, während sie sich einem unruhigen Schlaf hingab. Das fiebernde Kind war in meinen Armen so heiß wie eine Wärmeflasche.

Kurz darauf reichte Lara mir einen Zettel. Ich machte eine Hand frei und langte zu.

Es war die Fotokopie eines Zeitungsausschnitts. Der obersten Zeile konnte ich entnehmen, dass der Beitrag aus der Morgantown Area News stammte. Und an den schwarzen Balken erkannte ich schon auf den zweiten Blick, dass es sich um eine Traueranzeige handelte:

"*Wir trauern um unseren Sohn, Bruder, Neffen und Enkel, der am vorigen Dienstag unter tragischen Umständen völlig unerwartet von uns ging.*

Philipp Washington, geboren am 05.08.1970 und gestorben am 19.05.1997.

In tiefer Trauer verbleiben: Hugh Washington und Margareth Washington, geb. Cramer; Susan Washington; David George Cramer; Arthur Washington und Carol Washington, geb. Pearson; Randolph Washington und Barbara Washington, geb. Craigh.

Die Beisetzung findet am kommenden Freitag, dem 22.05.1997, um 10.00 Uhr a.m.

auf dem East Oak Grove Cemetery statt."

Betroffen sah ich von der Fotokopie auf. Meine Augen begegneten dabei den ebenfalls grünen Augen meiner Tochter. "Er hat sich im Keller seines Elternhauses aufgehängt", sagte Lara. "Und zwar mit dem Kabel der Glühbirne, die von der Decke hing. Dafür war er natürlich zu schwer. Somit riss er noch einen ganzen Sturz herunter, bevor er tot zu Boden fiel."

"Unglaublich", brach es aus mir hervor. "Da ist der junge Wissenschaftler der ganze Stolz seiner Familie. Und dann legt er Hand an sich selbst, einfach so…"

Lara nickte langsam, während sie mich unverwandt ansah.

Doch plötzlich wurde ich misstrauisch. "Hast du die Fotokopie etwa von deiner Freundin Missy?", fragte ich argwöhnisch.

Meine Tochter schaute mich weiter starr an. Schließlich aber schüttelte sie langsam den Kopf. "Nein, von Molly", erklärte sie.

In mein Gesicht schlich sich nun zweifellos Verwirrung. "Von Molly?", wiederholte ich verständnislos. "Etwa von der Flaschendreherin vom Badesee?"

Rothaariges Mädchen, ziemlich pummelig, wie ich mich noch erinnerte.

Lara half mir sogleich. "Sie wohnt in Point Pleasant", klärte sie mich auf. "Und zwar in dem gleichen Mietshaus, in dem auch Philipps Großeltern leben. Als Molly den Großvater in Trauerkleidung sah, da fragte sie sofort, was denn los sei. Randolph Washington erzählte es ihr. Da fiel die Molly natürlich aus allen Wolken. Denn sie hatte sich mit dem Philipp nach dem Treffen am Badesee noch mehrmals im Treppenhaus unterhalten. Als sie herzliches Beileid wünschte, da drückte ihr der Großvater die Fotokopie in die Hand."

Mich packte aber jetzt auf einmal eine unheimliche Wut. Was war das für ein Jammerlappen, dieser Philipp Washington! Da absolvierte er ein Bilderbuch-Studium und griff bereits nach den höchsten akademischen Ehren! Wurde hochgeachtet und erfuhr die Anerkennung und Bewunderung seiner Familie! Und dann ließ er sich von den Launen einer

Teenie-Göre so beeindrucken, dass er seinem vielversprechenden Leben ein Ende setzte. Einfach so!

Tatsächlich hatte er mir dies ja schon angekündigt. Damals, im Sommer, auf der Rückfahrt vom Badesee. Aber nie hätte ich es für möglich gehalten, dass er wirklich so etwas Durchgeknalltes täte!

“So ein Blödmann”, knirschte ich, während ich Luisa in meinen Armen wiegte. Die Kleine hustete und schien kurz vorm Aufwachen zu sein. “Da macht er alles richtig in seinem Leben”, fuhr ich ärgerlich fort. “Studiert erfolgreich, nimmt seine Promotion in Angriff, scheint das Glück gepachtet zu haben. Und dann klappt mal was nicht, und schon bringt er sich um?”

Lara seufzte und stand auf. Sie meinte, sie wolle noch kurz zu ihrer Freundin Missy. Vielleicht brauche die ja ihren Beistand. Denn immerhin sei der Philipp ja ihr Ex-Lover gewesen.

Das konnte ich mir kaum vorstellen. Ich meine, dass die Missy sich jetzt Gedanken um den Philipp Washington machte. Aber das sagte ich meiner Tochter natürlich nicht.

Sie ging, und ich blieb mit dem kranken Kind allein zurück.

Das Jahr schritt voran. An einem Sonnabend im Juni war es dann auch abends noch warm. Gus hatte mich eingeladen, noch auf ein Glas Wein bei ihm vorbeizuschauen.

Unsere kleine Luisa war längst wieder gesund. Allerdings brauchte sie ein Schlaflied, um abends einschlummern zu können. Claudia rief mich nach oben, weil die Eineinhalbjährige das Lied von mir hören wollte. Es war meine tiefe Stimme, die unsere Jüngste müde machte.

Als ich endlich zu Gus aufbrach, da war es bereits stockdunkel. Vorsichtig tastete ich mich über unsere Grundstücksgrenze zu seinem lauschigen Winkel.

Man sah die Hand nicht vor den Augen, so finster war es. Als ich mich dem runden Tisch näherte, da sah ich jedoch gleich zwei Zigarettenspitzen in der Dunkelheit glühen.

Gus hat also Besuch, dachte ich überrascht.

Beide erhoben sich, als ich an den Tisch trat. "Mr. Connor kennen Sie doch noch, nicht wahr, Doktor?", fragte Gus wohlwollend.

Klar kannte ich den Reitstallbesitzer. Bis zu ihrem schweren Unfall hatte unsere Annika dort ja viele Jahre lang trainiert.

Mr. Connor fragte auch gleich nach unserer Tochter. Er habe gehört, dass sie wieder gesund geworden sei. Sie wäre doch solch ein vielversprechendes Talent gewesen, meinte er. Ob sie denn nicht weitermachen wolle?

Nein, sie habe zuviel Angst vor einem weiteren schweren Unfall, gab ich zurück.

Dagegen konnte der Gestütsbesitzer natürlich nichts sagen. Und so kamen er und Gus jetzt auf das zu sprechen, weswegen Mr. Connor hier war.

Sharon, die jüngere seiner beiden Töchter, habe einen Hengst geritten, den man Cavendish nenne, erzählte der Eigentümer des Reithofs. Sie sei Kunstreiterin, und das Tier habe sich für diese Disziplin besonders geeignet. Bei den olympischen Sommerspielen 1996 habe sie mit Cavendish die Bronzemedaille gewonnen.

"Alle Achtung!", rief ich daraufhin anerkennend aus.

Gus' Schwester Gwen Driscoll kam mit noch einer Flasche Wein sowie einem weiteren Glas aus dem Haus. "Zum Wohl die Herrschaften", wünschte sie freundlich. Danach verschwand sie wieder im dunklen Bauwerk hinter ihr.

Kaum war sie weg, da fuhr Mr. Connor mit seinem Bericht fort. Man könne sich das Leid seiner Familie vorstellen, meinte er, wenn man höre, dass seine Tochter gestern einen schweren Reitunfall hatte.

"Ist sie etwa verletzt?", fragte ich erschrocken.

Doch da schüttelte Mr. Connor den grauen Kopf. Nervös zog er an seiner Zigarette. Nein, Sharon sei zum Glück nichts passiert. Noch nicht mal ein Kratzer, sagte er. Man könne wirklich an ein Wunder glauben.

Er schürzte die Lippen und blies den Rauch in den dunklen Himmel. Leider sei Cavendish nicht so gut davongekommen, fügte er dann düster hinzu. Er befürchte nämlich, dass Nervenstränge im Rückgrat durch den Sturz durchtrennt wurden. Möglicherweise seien auch einzelne Wirbel gebrochen.

Ich wollte sofort wissen, ob sich ein Veterinär das Tier schon angesehen habe.

Das verneinte der Reitstallbesitzer jedoch. "Ist auch nicht nötig", brummte er, während seine Zigarettenspitze im Dunkeln aufglühte. "Das Tier liegt auf einer groben Decke und kommt nicht hoch. Die Beine sind's aber nicht, die habe ich schon abgetastet. Der Hengst ist gelähmt, das sieht selbst ein Laie."

Ich fragte den Mann eindringlich, wie er sich das denn vorstelle. Denn er könne Cavendish doch nicht einfach so liegen lassen. Wenn er keine Behandlung wünsche, dann müsse es eben der Gnadenschuss sein.

Finster brütete Mr. Conner vor sich hin. Nach einer Weile stieß er mühsam hervor: "Der Unfall ist eine Katastrophe, Freunde. Denn dieses Tier dürfen wir nicht verlieren. Es muss sofort wieder auf den Parcours."

Im Haus wurde in diesem Moment Licht gemacht. Ein heller Schein fiel durchs Fenster und erleuchtete als schmaler Streifen unseren Tisch.

Ratlos suchte ich nun Blickkontakt mit Gus. Der zog ebenfalls nervös an seiner Zigarette. "Hinter dem Waldgürtel in meinem Rücken", meinte er, "da beginnt ja die Farm vom Albert McNick. Heute früh stand ich dort am Weidezaun und wartete. Als schließlich ein Farmarbeiter ein paar Rinder vorbeitrieb, da sprach ich ihn an. Ich fragte, ob Annuk noch auf der Farm tätig sei."

Ich fuhr auf. "Willst du etwa …", begann ich voll dunkler Vorahnungen.

Er aber unterbrach mich sogleich. Annuk hätte Weidezäune repariert, habe der Farmarbeiter gesagt. Als er mit der Arbeit fertig war, da sei er entlohnt worden. Anschließend müsse er den Grundbesitz wohl verlassen haben.

"Mir ist von dem Tlanuwa-See in den Appalachen berichtet worden", sagte Mr. Connor zu mir. "Ihre Tochter Annika sowie die Joyce Muholland saßen doch beide in Rollstühlen, Doktor. Alle zwei wurden durch ein Bad im See von ihrem Elend erlöst. Die springen beide inzwischen ja wieder wie junge Rehe durch die Gegend, nicht wahr? Verstehen Sie da nicht, dass wir uns Hoffnungen machen? Dass wir Cavendish auch gerne unversehrt zurück hätten? Aus diesem Grund würde ich ihn am liebsten an den See karren lassen."

Fragend sah ich den Gus an. Der entließ den Zigarettenrauch stoßweise durch seine dünnen Lippen. Ich erinnerte ihn daran, dass ich ja jedesmal dabei war. Also sowohl beim Bad von Joyce als auch bei dem von Annika. Beide seien jedoch im Sitzen ersäuft worden. Und zwar in ihren Rollstühlen. Darauf hätten die Indianer ja auch jedesmal bestanden. Ob das denn eine Voraussetzung für die Prozedur sei, wollte ich wissen.

Gus wiegte zweifelnd den Kopf. Die Tradition sei ja alt, gab er zu bedenken. Rollstühle hätten die Cherokee frühreR aber gar nicht gekannt. Gelähmte habe es jedoch auch da schon gegeben. Etwa nach Jagdunfällen oder kriegerischen Auseinandersetzungen. Diese seien dann auf Tragegestellen heimgeschleppt und später im Tipi darauf gebettet worden. Für Festlichkeiten habe es auch Sitzgestelle gegeben. Vermutlich sei ein Bad im Tlanuwa-See damals also in diesen erfolgt.

Ich schüttelte den Kopf. Wie er sich das denn vorstelle, drang ich in ihn. Wie das schwerverletzte Pferd denn jemals diesen holprigen Geröllpfad hinauf geschleppt werden sollte, hakte ich weiter nach.

Gus zuckte die Achseln. Er würde nochmals versuchen, einen seiner Bekannten vom Stamm der Cherokee zu erreichen, meinte er rauchend. Denn bevor wir weiter planten, da müssten wir erstmal herausbekommen, was überhaupt gehe. Und was im Endeffekt auch angepackt werden könne.

Das fanden Mr. Connor und ich allerdings auch. Ich rang dem Reitstallbetreiber dann noch ab, mir den Hengst gleich morgen früh mal ansehen zu können. Anschließend verabschiedete er sich und ging.

Gus blickte mir ins Gesicht. Da erzählte ich ihm, dass Missys Mutter kürzlich in meine Praxis kam. Dabei habe sie berichtet, dass ihre Tochter in den Osterferien in New York war, bei den Großeltern. Von dort hätte Missy einen Koffer voll teurer Designerklamotten mit nach Hause gebracht.

"So, hat sie das?", fragte Gus sichtlich angewidert.

Es gab eine Pause, während derer er wieder an seiner Zigarette zog. Dann meinte er: "Diese Großeltern, das sind die Eltern von Missys Mutter. Von denen weiß ich nur, dass der Vater Nachtwächter war. Bis vor fünf Jahren hatte er wohl noch gearbeitet. Danach mussten sie ihr Auto verkaufen, weil er nur eine kleine Rente bekommt, wie ich hörte. Der Wagen wäre aber wichtig, weil sie nicht gesund ist. Oft hat sie Termine bei Spezialisten am anderen Ende der Stadt, zu denen sie eigentlich gefahren werden müsste."

Wieder hatten wir Blickkontakt. Gus runzelte die Stirn. Die Frau sei früher Friseurin gewesen, brummte er noch. Jetzt schneide sie Leuten aus ihrem Bekanntenkreis zu Hause die Haare für kleines Geld, um überhaupt noch über die Runden zu kommen.

"Die Großeltern können ihr das teure Designerzeug also nicht gekauft haben", schloss ich.

Gus nickte zustimmend. "Sie sagen es, Doktor", pflichtete er mir bei.

Dann klatschte er dreimal in die Hände. Kurz darauf kam seine Schwester Gwen mit einer Petroleumleuchte aus dem Haus. Sie war bereits angezündet, und die alte Dame stellte sie vor uns auf den Tisch.

Gus wartete, bis sich die Haustür wieder hinter ihr schloss. Dann zog er ein Blatt Papier aus der Jackentasche und reichte es mir.

Es war ein Artikel aus der New York Times vom Dienstag nach Ostern 1998.

"*Beim Brooklyn-Giftmord ging es wohl um ein Mädchen*", lautete die Überschrift.

Und weiter: *"Frank Booseman hatte seinem Freund Michael McRoscoe zum Abendbrot Rattengift in die Spaghetti gemischt. Als dem Freund schlecht wurde, da lachte der Giftmörder, dass er nun zur Hölle fahren werde. Daraufhin lief der Freund in die Küche, holte einen Fleischhammer und schlug dem Giftmörder damit den Schädel ein. (die New York Times berichtete). Der Giftmörder Frank Booseman ist gestern im Koma im Brooklyn Hospital Center verschieden, weshalb nun alle zwei Männer nicht mehr am Leben sind. Wie Freunde der Toten inzwischen aussagten, sei es beim Streit der jungen Männer um ein Mädchen aus West Virginia gegangen."*

Verblüfft sah ich von dem Artikel auf, in Gus' ernstes Gesicht. "M-i-s-s-y?", formte ich lautlos mit den Lippen.

Gus nickte. Wie ich sehen könne, habe seine Nichte in New York nicht nur Designer-Modestücke eingekauft, meinte er bitter. Nein, denn sie habe sich auch wieder als intrigante Hexe betätigt.

Ich fragte, ob es mit Sicherheit feststünde, dass es sich bei Missy um das Mädchen aus West Virginia handele.

Gus hüstelte und hielt sich die Hand vor den Mund. "Auch die New Yorker Polizei schickte ein Amtshilfeersuchen an die hiesigen Behörden", meinte er abfällig. "Daraufhin tauchten die Cops einmal mehr bei Missys Eltern auf."

"Und was meinte Missy zu den Todesfällen?", wollte ich wissen.

Die hübsche Blondine habe wieder den Unschuldsengel gespielt, knurrte Gus. Anschließend sei den Beamten dann die gleiche Geschichte aufgetischt worden, wie sie es schon beim Lehrer, der den Farmersjungen erschoss, getan hatte. Missy räumte ein, dass Frank Booseman sie bekniet habe, mit ihm auszugehen. Das hätte sie aber abgelehnt. Denn sein Freund, der Michael McRoscoe, also, der habe ihr ja viel besser gefallen. Somit sei sie mit diesem losgezogen. Für weitere Treffen wäre dann aber keine Zeit mehr gewesen, da sie abreisen musste. "Meine Nichte fährt frohgemut nach Point Pleasant zurück", schloss Gus bedeutungsvoll, "und hinterlässt eine Blutspur mit zwei Toten in ihrer Fährte."

"Und die Cops?", hakte ich nach. "Gaben die sich mit dieser Erklärung zufrieden?"

Nein, nicht ganz, meinte Gus. Die Polizei habe wissen wollen, ob Missy dem Boosemann gesagt habe, dass sie statt seiner mit dem McRoscoe ausgehen wolle.

Das aber sei von seiner Nichte bestritten worden, setzte Gus noch hinzu. Die habe beteuert, dem Booseman unter dem Vorwand abgesagt zu haben, sie hätte etwas mit ihren Großeltern vor. Als der McRoscoe dann später anrief, da habe sie sich mit diesem einen schönen Abend gemacht.

"Das reichte den Polizisten natürlich", schloss Gus. "Denn Verabredungen mit jungen Männern sind siebzehnjährigen Mädchen ja wohl nicht verboten."

Das fand ich allerdings auch.

12. EIN GEISTERPFERD BEREITET EINER GEBURTAGSPARTY EIN FRÜHES ENDE

Am Folgetag fuhr ich wie vereinbart noch vor Praxisöffnung zum Reitstall von Mr. Connor. Die noch kraftlose Sonne lugte eben erst über die rote Horizontlinie, als ich bei dem Gestüt eintraf.

Wir mussten beide gleichzeitig gähnen, der Mr. Connor und ich. "Kommen Sie, Doktor", meinte er gleichmütig. "Ich zeige Ihnen den Patienten."

Cavendish tat mir sofort leid. Wie schon vom Reitstallbesitzer angekündigt, lag er seitlich ausgestreckt auf einer Pferdedecke. Mit gebrochenen Augen schaute er zu mir auf.

Schon nach kurzer Untersuchung hatte ich meine Diagnose. "Das Verschrauben gebrochener Wirbel macht hier keinen Sinn", urteilte ich betroffen. "Wie Sie schon sagten, Mr. Connor: Die Nervenstränge sind höchstwahrscheinlich durch."

"Will heißen?", fragte der alte Gestütsbesitzer.

Ich sah ihm ins wettergegerbte Gesicht. "Lassen Sie mich dem Tier eine Spritze geben, Mr. Connor. Und die Leiden Ihres Hengstes so auf sanfte Art beenden."

Voller Sorge begegnete er meinem Blick. "Sie wollen ihn töten, Doktor, nicht wahr?"

"Ja, so ist es besser."

Mr. Connor wandte sich ab. "Geben Sie Gus noch zwei Tage", sagte er leise. "Ich will mir später nicht vorwerfen müssen, dass ich nicht alles versucht habe."

"Diese zwei Tage bedeuten für das Tier unerträgliche Schmerzen", warnte ich ihn.

"Schon", nickte er heftig, "aber vergessen Sie bitte meine Tochter Sharon nicht, mein verehrter Doktor. Das arme Kind liegt im Bett und heult sich die Augen aus dem Kopf. Cavendish war ihr absoluter Liebling, müssen Sie wissen."
Ich nickte, schicksalsergeben. "Gut, noch zwei Tage", gestand ich ihm notgedrungen zu.

Unsere Tochter Lara ging an jedem Samstagabend aus. Und zwar mit Bennie, dem Fahrer des Pickup, der uns im Sommer zum Badesee kutschiert hatte.

Wie ich schon sagte, war der Bengel keine Augenweide. Mit seiner Karl-Malden-Knolle aus *Die Straßen von San Francisco* und der blühenden Akne wirkte er eher zum Abgewöhnen.

Dabei sagt das Äußere natürlich nichts über die inneren Werte eines Menschen aus. Jedoch erschien mir dieser Bennie auch nicht als besonders geistreich. Da verstehe einer mal die Frauen. Und unsere Lara war ja schließlich auch eine.

Beiläufig erzählte mir die Lara mal ein paar Worte. Der Vater vom Bennie sei Vertreter für Kältetechnik. Für einen Kühlanlagenhersteller würde er im ganzen Land herumfahren. Dabei bestehe seine Arbeit darin, Verträge für seinen Auftraggeber zum Abschluss zu bringen.

Im Frühjahr habe ihn seine Tätigkeit auch nach New York geführt, berichtete Lara weiter. Und dabei hätte er sogar Missy getroffen, die ja über Ostern zu Besuch bei ihren Großeltern war.

Wie bitte? Missy? Wo denn, und unter welchen Umständen?

Aber Lara meinte, da solle ich den Bennie doch mal selbst fragen.

Die Gelegenheit ergab sich gleich am nächsten Sonnabend. Unsere Tochter duschte noch, als Bennie aufkreuzte, um sie abzuholen.

Ich bat ihn kurz ins Wohnzimmer. Dort nahm ich ihn dann in die Mangel.

Sein Vater sei über Ostern in einem New Yorker Hotel abgestiegen, meinte der picklige Jüngling. Als er abends in der Lobby nach dem Speisesaal fragte, da sei ihm ein Mädchen aufgefallen. Sie habe ganz hinten gestanden. Im Halbdunkel lehnte sie an einem Pfeiler. Und da hätte er sie erkannt und angesprochen.

“Und?”, fragte ich atemlos. “Was hat sie dann geantwortet?”

“Missy trug einen knielangen grauen Rock und eine weiße Bluse”, fuhr Bennie fort. “Sie war nur leicht geschminkt – etwas Wangenrot und einen Hauch von Lippenstift. Mein Vater fragte, was sie denn hier im hintersten Winkel der Lobby mache. Da erwiderte sie, dass sie auf eine Freundin warte.”

“Auf eine Freundin!”, wiederholte ich mechanisch, dabei schon tief in Gedanken versunken.

Bennie sah mich befremdet an. “Ja, seltsam, nicht wahr?”, meinte er leise.

Kurz darauf entschuldigte er sich. Denn er hatte Laras Stimme gehört, die ihn von oben her rief.

Ich bekam kaum mit, als die beiden wenig später eng umschlungen unser Haus verließen. Auch ihre Abschiedsgrüße erwiderte ich ganz automatisch.

Dabei wusste ich, dass es sogenannte Escort-Dienste gab. Dort sind leichte Mädchen beschäftigt, die auf Geschäftsreisende spezialisiert sind. Werden sie gebucht, so holen sie die Passagiere vom Flughafen oder auch vom Bahnhof ab. Sie fahren dann mit ihnen ins Hotel. Dort speisen sie mit ihnen und versüßten ihnen die Nächte. Sie benehmen sich wie die feste Freundin des Kunden und werden manchmal sogar zu Geschäftsessen mitgenommen.

Im puritanischen Amerika nehmen die Behörden es mit der Kontrolle solcher Dienste sehr genau. Ein Mädchen muss daher volljährig sein, um dort arbeiten zu können. Missy war allerdings erst siebzehn. Damit galt sie noch als minderjährig. Kein Escort-Service hätte eine Minderjährige eingestellt.

Missy hätte aber auch so in einer Hotellobby auf Freier lauern können. Spräche ein Gast sie dort an, so würde sie dann mit ihm den Preis für ein Schäferstündchen aushandeln.

An der Rezeption weiß man, dass es solche Mädchen gibt. Das Personal hat daher strikte Anweisung, jede Dirne gleich aus dem Hotel zu weisen. Geht sie nicht freiwillig, so wird die Polizei hinzugezogen.

Natürlich hätte Missy sagen können, sie warte auf eine Freundin. Das klappt aber in jedem Fall nur *einmal*.

Stand sie am nächsten Tag wieder in der Lobby, so wäre für die Rezeption alles klar gewesen.

Missy könnte aber zugute gekommen sein, dass es in einer Großstadt wie New York sehr viele Hotels gibt. Damit war es ihr möglich, täglich zu wechseln. Manchmal sogar an ein und demselben Tag. Also erst mit einem Freier in einem Hotel und später mit einem zweiten Kunden in einem anderen. In keinem der Häuser erregte sie dabei Aufsehen. Denn sie stand ja in jeder Lobby nur einmal.

Das würde auch ihre Einkäufe erklären. Denn wie sagte die Mutter denn noch bei mir in der Praxis? Sie sei mit einem Koffer voll teuerer Designerklamotten heimgekommen – das waren ihre Worte.

Wie gesagt, so *könnte* es gewesen sein. Einen handfesten Beweis, dass es wirklich *so war*, den hatte ich freilich nicht. Denn dafür hätte ich auf einen der Freier stoßen müssen, mit denen sie in einer Lobby verhandelt hatte.

Abends holte mich Gus dann wieder auf ein Glas Wein ab. Ich wusste schon, was er mit mir besprechen wollte.

Und wirklich hatte ich mich nicht getäuscht. Es war ihm nämlich inzwischen gelungen, zwei der Cherokee-Indianer zu sprechen. Diese hätten allerdings strikt abgelehnt, ein Pferd im Tlanuwa-See zu versenken. Keiner ihrer Stammesbrüder würde an einer solch verwerflichen Aktion mitwirken.

Ich fragte daraufhin, wie nun verfahren werden solle. Denn eigentlich komme ja nur noch der Gnadenschuss in Frage.

Verdrießlich meinte der alte Apotheker da, dass Mr. Connor dennoch an der Unternehmung festhalten wolle. Er habe seine Leute bereits angewiesen, einen breiten Holzkarren zusammenzunageln. Auch sei es ihm schon gelungen, Maultiere zu besorgen, die das Gefährt den Hang hinaufziehen sollten. Zwei Stallburschen wolle er dabei vorausgehen lassen, um die größten Gesteinsbrocken aus dem Weg zu räumen.

Ich aber hatte noch einen Einwand. Die Indianer, so gab ich zu bedenken, hätten den Geist doch immer gerufen. Erst wenn dessen Antwort gekommen sei, wäre auch das Okay der Cherokee erfolgt. *Tlanuwa ist eingetroffen*, hätten diese dann gesagt, nur um dann festzustellen: *Wir können anfangen!*

Gus nickte. Zwischen zwei Schlucken aus seinem Weinglas meinte er: "Sie haben natürlich vollkommen recht, Doktor. Und so konnten wir die Squaw Nitika für unsere Unternehmung gewinnen."

Ja, jetzt war ich natürlich baff! Ich ertappte mich selbst beim Stottern, als ich ihn dann fragte, ob die Indianerin den Tlanuwa-Ruf denn beherrsche.

Da meinte Gus, dass Nitika kürzlich beim Ertränken eines gelähmten Sattlers dabeigewesen sei. Dabei habe man sie auch mit dem Schrei betraut. Dieser sei ihr letztendlich zur Zufriedenheit aller gelungen.

Ich nickte düster vor mich hin, während ich mein Glas austrank.

Gus sah mich eindringlich an. Nitika werde uns nicht wegen des Hengstes begleiten, verriet er mir dann. Tatsächlich sei sie nämlich inzwischen seit zwei Jahren mit Hinto verheiratet. Trotz aller Bemühungen habe sich in dieser langen Zeit noch kein Baby eingestellt. Auch Hinto meine daher, dass sie den Tlanuwa-Geist in dieser Sache um Hilfe bitten solle. "Mr. Connor besteht darauf, dass Sie als Tierarzt mitkommen müssen", fügte er am Ende noch hinzu. "Denn er sagt, dass ein Tiermediziner bei dieser gefährlichen Unternehmung unbedingt dabei sein solle."

Das leuchtete mir ein. Somit fragte ich noch, für welchen Tag der Aufstieg denn geplant sei.

Freitag, erwiderte Gus. Das allerdings hielt ich für unverantwortlich. Denn es bedeutete ja, die Leiden des armen Hengstes noch weiter zu verlängern.

Mein Freund erinnerte mich jedoch daran, dass Mr. Conner einen mittleren LKW zu besorgen habe. "Und zwar mit offener Ladefläche", fügte er noch bedeutungsvoll hinzu. "Denn wir müssen den Holzkarren und das Pferd ja in die Appalachen transportieren."

Das so etwas nicht von heute auf morgen ging, das war mir natürlich auch klar. "Am Sonnabend hat Connors Tochter Sharon übrigens Geburtstag", klärte Gus mich noch auf. "Und wenn alles gut läuft, dann stellt sich auf der

Party vielleicht sogar der genesene Hengst ein. Das wäre selbstredend das schönste Geschenk für das arme Kind. - Sie und Ihre Frau, Herr Doktor, sind natürlich auch eingeladen", fügte er dann noch hinzu. "Mr. Connor wäre sogar sehr böse, wie er mir sagte, wenn Sie nicht kämen."

Am besagten Freitag ließ ich Alma um 13.00 Uhr allein in der Praxis zurück. Wenn sie Glück hatte, dann standen lediglich Verbände und Spritzen an. Und sowas konnte sie ja selbst.

Die Unternehmung begann unter keinem guten Stern. Es regnete nämlich in Strömen, als wir aufbrachen. Einer der beiden Stallburschen rutschte auf dem nassen Untergrund weg. Sein rechter Fuß geriet dabei unter die Hinterreifen des LKW, die ihn überrollten. Der arme Kerl musste sofort ins Krankenhaus, wo Connors Frau ihn hinfuhr.

Connor forderte indessen ungerührt einen weiteren Stallburschen an. Es war dann aber ein Problem, das verletzte Pferd auf die Ladefläche zu hieven. Man benutzte dazu eine kleine Seilwinde. Auch die Maulesel waren störrisch. Über eine kleine Rampe bekamen wir sie am Ende aber doch noch hinauf. Anschließend ging es los.

Missy nahm in ihrem gelben Regencape auf meinem Beifahrersitz Platz. Sharon und Nitika teilten sich die Rückbank. Die drei jungen Frauen hatten sowohl beim Ausbalancieren des Hengstes als auch beim Anlocken der Maultiere geholfen.

Als wir die Appalachen erreichten, da schüttete es bereits wie aus Kübeln. Alle mussten mithelfen, um das Pferd, die Maulesel und den Karren von der Ladefläche des LKW herunterzubekommen.

In strömendem Regen erklommen wir dann den Hang. Wie von Mr. Connor vorgesehen, gingen die zwei Stallburschen voraus. Sie räumten die Steine aus dem Weg.

Die Maultiere zogen derweil den Karren, auf dem das verletzte Pferd lag. Das Gefährt holperte entsetzlich auf dem unebenen Pfad. Dabei quietschte der Wagen sehr bedrohlich, so als wolle er jeden Augenblick auseinanderfallen.

Als wir uns endlich dem Gipfel näherten, da zerriss plötzlich ein greller Blitz den finsteren Himmel. Durch die große Höhe knatterte er bedrohlich ganz tief über unsere Köpfe hinweg. Es krachte und roch brenzlig, als er hinter uns in einen der Wacholderbüsche hämmerte.

“Gott steh uns bei!”, hörte ich den Gus hinter uns stöhnen.

Gleich darauf hatten wir den Bergsee erreicht. Finster erstreckte sich die dunkle Wasserfläche vor unseren Augen.

Dann brach wieder ein sprühender Blitz durch die düsteren Regenwolken. Für Sekundenbruchteile war die Szene taghell erleuchtet. Doch diesmal ging die feurige Entladung hinter dem kegelförmigen Gipfel des Berges nieder.

Angstvoll nahm Missy meine Hand. Die ihre fühlte sich klein und weich an zwischen meinen Fingern.

Nitika war inzwischen ganz nah an das Wasser herangetreten. Vom Ufer aus rief sie zunächst ihre Bitten wegen der gewünschten Geburt eines Babys über den wolkenverhangenen See hinweg. Das Echo kam sehr klar wieder zurück, was sie als gutes Omen deutete.

Es regnete nach wie vor unablässig. Ungeduldig fuhr Mr. Connor die Nitika an: “Wir haben keine Zeit zu vertrödeln, Indianer-Squaw. Rufe jetzt bitte den Geist, okay?”

Die Eingeborene nickte, während sie vortrat. Durch das Rauschen des Regens ließ sie nun ihren schrillen Ruf über das dunkle Wasser hallen.

Zurück kam jedoch ein finsteres Grollen. Es hörte sich fürchterlich an und erinnerte stark an das Rollen eines fernen Donners.

Nitikas braune Augen waren schreckgeweitet. “Das war kein gutes Omen”, warnte sie besorgt.

Wieder spaltete ein phosphorezierend heller Blitz die schwarzen Wolken. Für einen Augenblick waren wir in geisterhaftes Licht getaucht. Und erneut sahen wir die gezackte Entladung jenseits der Bergkuppe niedergehen.

“Los, vorwärts”, brüllte Mr. Connor, der nichts auf die dunklen Worte der Indianerin zu geben schien. Wie ein Besessener prügelte er auf die Maultiere los. Die zogen den Karren mit dem Hengst jetzt in das vordere Wasserbecken. “Weiter”, drängte der Gestütsbesitzer, während er gnadenlos den Lederriemen schwang.

In diesem Moment überwanden die Maultiere den Rand des Beckens. Gleich darauf schwammen sie im tiefen Wasser. Der Wagen mit dem

Hengst aber bäumte sich kurz auf. Dabei sah ich, dass sie Cavendish in ein Lattengestell gefügt hatten. Durch den Aufprall wurde das Pferd aus dem Karren geschleudert. Kurz sah ich es noch in seinem Gestell. Dann folgte ein verzweifeltes Wiehern, während das Tier im Wasser aufschlug.

Einer der Stallburschen war den Maultieren ins tiefe Wasser gefolgt. Nun schnitt er sie los. Dadurch wurde er natürlich über und über nass. Gleichzeitig kamen die beiden Maulesel zum Ufer zurückgeschwommen.

Wieder hörten wir das schrille Wiehern des ertrinkenden Hengstes. Undeutlich hob es sich vom Rauschen des starken Regens ab. Nochmals wieherte Cavendish. Denn in dem Holzgestell konnte er ja auch nicht schwimmen. So sahen wir seinen Kopf schon bald im dunklen Wasser verschwinden.

Der pudelnasse Stallbursche hatte inzwischen das Ufer erreicht. Sein Kollege hüllte ihn sofort in eine Pferdedecke. In deren Schutz musste er das klamme Zeug ausziehen. Dann wurde die Decke um seine nackten Glieder gegurtet.

“Kommt, bloß weg hier”, entschied Mr. Connor, dem das Schicksal seines Karrens jetzt gleichgültig zu sein schien.

Eilig trieben wir die Maulesel wieder den Pfad hinunter. Es regnete immer noch heftig, und hinter uns sahen wir auch Blitze zucken.

Ich war froh, als jeder von uns am Ende wohlbehalten sein Zuhause erreicht hatte.

Am nächsten Tag, dem Sonnabend, da fand ja dann die Geburtstagsparty statt. Wir schlossen die Praxis um 14.30 Uhr. Anschließend machten wir uns für die Feier fein. Lara und ihr Freund Bennie kamen auch mit.

Connors Haus lag an einer sanften Erhebung links vom Ohio-Fluss. Von der Veranda aus blickte man über einen sandigen Parcours. Dahinter lag Wiese, und ein Stück weiter folgte ein Wäldchen.

Das Wetter war bedeckt. Doch geregnet hatte es an diesem Tag noch nicht.

Ein Party-Service mit weißbefrackten Kellnern kümmerte sich um das leibliche Wohl der Gäste. Diese ließen sich schon bald von der blendenden Laune des Geburtstagskindes anstecken. Sharon wurde heute neunzehn Jahre alt. Und natürlich wartete sie gespannt auf ihren geliebten Hengst.

Claudia wunderte sich natürlich über die allgemeine Hochstimmung auf der Party. Dabei hatte sie aber schon mitbekommen, dass es wohl um das Pferd Cavendish ging. "Das Tier war doch nach einem Sturz gelähmt, nicht wahr?", fragte sie mich leise.

Ich nickte. Dann erklärte ich ihr, eine indianische Heilerin habe sich um das unglückliche Tier gekümmert.

Claudia erkundigte sich daraufhin sofort nach Annika. Ob es die Person sei, die auch unsere Tochter aus ihrem Rollstuhldasein erlöst habe?

Das wären zwar auch Indianer gewesen, gestand ich ihr zu. Allerdings sei es keine Frau gewesen, sondern vier Männer, die der Annika seinerzeit zur Seite standen.

Claudia nickte. In gespannter Erwartung blickte sie dann über den sandigen Parcours hinweg. Klar, das Ergebnis einer Wunderheilung hätte wohl selbst noch die Künste eines Zauberers, der ganze Legionen von Karnickeln aus seinem Zylinder zerrte, gleich um Längen geschlagen.

Auch an der Kapelle hatte Mr. Connor nicht gespart. Die Musiker waren gerade dabei, ihre Instrumente zu stimmen.

Sharon, Connors Tochter, war im letzten Highschool-Jahr. Insofern waren wahnsinnig viele Oberschüler auf der Party. Es wimmelte nur so von ihnen. Lara und Benny kannten offenbar eine Menge von ihnen. Jedenfalls kamen sie aus dem Begrüßen gar nicht mehr heraus.

Jetzt war die Kapelle fertig und spielte zum Tanz auf. Claudia war nach zwei Gläsern Erdbeerbowle so euphorisiert, dass sie mich gleich auf die Tanzfläche zog. Sie sah hübsch aus in ihrem knielangen Cocktailkleid. Es schillerte smaragdgrün und saß so eng wie eine zweite Haut. Ihr langes blondes Haar schwang ganz apart hin und her, während wir tanzten.

Trotz unserer drei Töchter hatte meine Frau sich eine halbwegs schlanke Figur bewahren können.

Auch eine Menge von Connors Reitschülern waren mit ihren Familien da. Die meisten folgten nun unserem Beispiel und kamen ebenfalls auf die Tanzfläche.

Luisa tappte heulend zwischen den stampfenden Beinen herum. Sie suchte natürlich ihre Mutter. Lachend nahm ich die Kleine auf meinen Arm. Sie schluchzte noch, und die Tränen liefen ihr über die Backen. Dann tanzten wir weiter.

Einen Augenblick hatte ich das Gefühl, mit Missy zu tanzen. Aber die war auf ihrem Stuhl sitzen geblieben. Ich sah, dass sie uns beobachtete. Mehrere Oberschüler hatten sie bereits aufgefordert. Mir war aber nicht entgangen, dass sie jedes Mal den Kopf schüttelte.

Lara tanzte auch, doch nicht mit Bennie. Stattdessen wiegte sie sich mit einem hübschen Latino im Takt der Musik. Ich hatte den jungen Mann schon mal gesehen, und er sah Rodrigo sehr ähnlich. *Möglicherweise ein Cousin*, überlegte ich fasziniert.

Bennie stand mit rotem Kopf am Rande der Tanzfläche. Ich sah, wie er die Fäuste ballte. Offenbar schäumte er vor Wut über die Zurücksetzung.

Auch Gus Harper war unter den Gästen, mein Apothekerfreund. Ich sah ihn mit seiner Schwester Gwen tanzen. Beide waren wieder sehr dunkel gewandet.

Alma sah ich natürlich auch. Die trug ihr lockiges blondes Haar immer recht kurz geschnitten. Sie tanzte mit ihrem Göttergatten. Ob sie wirklich ein Inzest-Kind war? Möglicherweise entsprungen aus der geschwisterlichen Liebe von Gus und Gwen?

Endlich hatte der Party-Service den langen Tisch gedeckt. Die Musik brach ab, und das lärmende Volk verteilte sich über die vielen Sitze.

Doch war das Glück heute nicht auf unserer Seite, wie ich schon sagte. Wir waren gerade mit dem Hauptgang fertig, als ein greller Blitz die dunklen Wolken über unseren Köpfen zerriss. Ein überlauter Donnerschlag folgte auf dem Fuße. Er sprengte uns fast das Trommelfell.

Fast gleichzeitig begann es, wie aus Eimern zu schütten. Der Regen hämmerte auf die Tische, auf die Teller und auf den Verandaboden. Dabei mischte sich ein schon fast sphärisch fernes Wiehern in das dumpfe Trommelfeuer.

Schreiend und fluchend sprangen die vielen Gäste in die Höhe. Gleich darauf drängelte sich alles vor der Tür, die in die lange Glasfront eingelassen war.

Plötzlich war der schwarze Hengst da. Fürchterlich sah er aus, von einem Blitz wie in silbernen Glitter getaucht. Mehrere Musiker traten dem wildgewordenen Tier entgegen. Wild fuchtelten sie mit den Armen. Das Pferd aber hatte sich auf die Hinterbeine erhoben. Mit wildem Schlag der Vorderhufe vertrieb es die Mitglieder der Kapelle.

Wieder ertönte das Wiehern des mächtigen Tieres. Erneut blitzte es, und der Donnerschlag erstickte die Laute des Hengstes. Der bearbeitete inzwischen den langen Tisch mit seinen Hufen. Dieser kippte um, worauf Teller, Schüsseln, Schalen und Gläser scheppernd zu Boden fielen.

Viele schrien inzwischen vor Angst. Vor der einzigen Tür herrschte ein heilloses Gedrängel.

Sharon, die ein kurzes Regenbogen-Glitzerkleid trug, baute sich jetzt vor dem Pferd auf. Sie sah sehr jung aus mit ihrer Pferdeschwanz-Frisur. "Lieber Cavendish", hörte ich sie schluchzen, "bitte tu es nicht! Bitte, bitte nicht!"

Doch der Hengst war bereits an ihr vorbei. Mit einem schrecklichen Wiehern schlug er jetzt mit den Hinterhufen aus. Scheppernd ging die lange Glasfront vor dem Wohnzimmer daraufhin zu Bruch. Ein riesiger Scherbenregen stürzte zu Boden.

"Martha!", hörte ich Mr. Connor, den Hausherrn, wütend brüllen. "Meine Jagdbüchse, aber schnell!"

In Panik versuchten die Gäste sich jetzt in Sicherheit zu bringen. Viele balancierten mit großer Vorsicht über die Scherben in das Innere des Hauses.

Der Hengst nahm inzwischen die verwaiste Kapelle auseinander. Ich sah, wie er ausschlug. Mit lautem Geklapper stürzten die Instrumente auf den Terrassenboden.

"Habt ihr mein Gewehr?", hörte ich den Hausherrn aufgeregt fragen. "Ah, gut, da ist es! Na warte, mein Früchtchen, jetzt geht es dir an den Kragen!"

"Cavendish!", rief seine Tochter Sharon jetzt verzweifelt, "Cavendish, hörst du mich?"

Erstaunlicherweise hielt der Hengst jetzt in seiner Zerstörungswut inne. Er wandte den prächtigen Kopf, um zu dem Mädchen hinüberzuschauen.

“Bring dich in Sicherheit!”, rief Sharon, deren helle Stimme sich jetzt fast überschlug. “Lauf weg, sie wollen dich töten, renn, so schnell du kannst!”

Das Tier antwortete mit einem lauten Wiehern. Dann drehte es sich um und galoppierte davon. Claudia und ich blickten ihm nach, während es im strömenden Regen verschwand. “Mein Gott”, flüsterte meine Frau zutiefst beeindruckt. “Der ist ja wirklich wieder im Vollbesitz seiner Kräfte, nach der Wundheilung!”

“Das kannst du laut sagen!”, bestätigte ich mit schiefem Lächeln.

Mr. Connor hatte uns inzwischen erreicht. “Wo ist das Mistvieh?”, knirschte er grimmig, das Gewehr im Anschlag. “Wo ist dieser verdammte Gaul?”

“Weg”, sagte ich. “Der hat sich noch rechtzeitig vom Acker gemacht, Sir.”

“Ich werde ihn erwischen”, knurrte der Hausherr, während er zurück ins Haus ging. “Früher oder später kriege ich ihn, das schwöre ich euch!”

Ich drehte mich um. “Wo ist Mutti?”, rief ich Lara zu, die uns jenseits der Scherben aus dem Wohnzimmer zuwinkte. Und das jetzt wieder im Beisein von Bennie.

“Die musste mal kurz zum stillen Ort”, schrie meine Tochter durch den Lärm zurück.

Dann fühlte ich Missys Hand in der meinen. “Hat dich das Tier etwa erwischt?”, fragte sie besorgt.

Tatsächlich war mein rechter Socken rot von Blut. Das musste aber von einer der Scherben stammen, die mich wohl dort ritzte. Gemerkt hatte ich davon allerdings nichts.

Also beruhigte ich die Schöne an meiner Seite. Sie lächelte erleichtert und drückte mir einen Kuss auf die Wange.

13. EIN PREISGEKRÖNTER HENGST VERFÄLLT DEM WAHNSINN

An dem auf diese Feier folgenden Sonntag verließ meine Frau sehr früh unser Haus. Dabei nahm Claudia unsere Luisa mit. Sie fuhr in ihrem Kleinwagen nach Point Pleasant. Dort fieberte die Maria und verweigerte das Fläschchen. Es handelt sich dabei um das neugeborene Mädchen, das unsere Tochter Annika kürzlich zur Welt gebracht hatte.

Es war ja der einzige Tag, wo ich mal ausschlafen konnte. Daher schlummerte ich bis nach zehn.

Als ich dann aufstand, da stellte ich fest, dass ich allein zu Hause war. Auch Lara war ausgeflogen, so wie es aussah.

Es war ungewohnt, nur für mich allein das Frühstück zuzubereiten. Wenigstens hatte der Regen endlich aufgehört. Ich ließ mir Eier mit Speck schmecken.

Später, nach dem Abwasch, da rief ich meinen Apothekerfreund an. Ich wollte natürlich hören, ob es schon Neuigkeiten von Cavendish gab.

Er sei wohl auf der benachbarten McNick-Farm gewesen, meinte Gus. Dort habe das Tier offenbar einen Stall demoliert. Als Bewaffnete auftauchten, da sei er in einen nahen Wald entkommen.

Das Tier scheine ja mit einer fast menschlichen Intelligenz ausgestattet zu sein, scherzte ich.

Ja, meinte mein alter Freund sehr ernst. Das könne man in der Tat so sehen.

Am frühen Nachmittag rechnete ich bereits fest damit, auch das Mittagessen allein einnehmen zu müssen.

Da wurde an unserer Tür plötzlich Sturm geklingelt.

Wer mochte das sein? Alle Familienmitglieder hatten doch Schlüssel. Und was Gus anging, so konnte er wohl kaum etwas so Dringliches haben.

Voller düsterer Vorahnungen öffnete ich die Tür zur Straße.

Vor mir stand Bennie, Laras Freund. Sein dunkelblondes Haar war arg zerzaust. Er schien völlig durcheinander zu sein. Es sei etwas Fürchterliches passiert, stammelte er verwirrt.

Zunächst wurde ich aus seinem übernervösen Gebrabbel nicht schlau. Doch ganz allmählich kristallisierte sich dann Folgendes heraus: Missy, Lara und Alex hatten den kleinen Cricket heiß gemacht. Jawohl, den vom Badesee. So war er mit ihnen zu einer alten Kohlemine in die Appalachen gefahren, die Black Hole hieß. Unser Trio von Grazien hatten ihm dort nämlich einen flotten Dreier versprochen.

Schluchzend und stotternd berichtete Bennie dann weiter, dass leider auch der gefährliche Moony Loonie dort anwesend gewesen sei. Er habe mit eigenen Augen gesehen, wie dieser Irre der Missy ein Messer ins Herz gestoßen habe. Diese sei daraufhin wie ein Stein zu Boden gestürzt.

Lara habe den Wahnsinnigen daraufhin von hinten angegriffen. Sehr gewandt hätte er meine Tochter aber mit einem Faustschlag zu Boden gestreckt.

Als er dies erzählte, da kamen dem Bennie die Tränen. “Hoffentlich lebt die Lara noch”, schluchzte er verzweifelt.

Das reichte mir. “Lass uns losfahren”, drängte ich. Denn plötzlich hatte eine wahnsinnige Sorge von mir Besitz ergriffen.

Bennie sagte, sein Wagen stehe vor der Tür. Also liefen wir beide eilig die Treppe hinunter. In Bennies Pick-up schwang ich mich dann auf den Beifahrersitz. Er ließ den Motor an, und gleich darauf rollten wir.

Während der Fahrt sah ich ihn von der Seite an. War er in seinem Zustand überhaupt in der Lage, den Wagen zu lenken? Sein Gesicht wirkte starr, wie eine Maske. Offenbar hatte er die Zähne ganz fest zusammengebissen. Am Steuer war es ihm wohl gelungen, einen Teil seiner Souveränität zurück zu gewinnen.

Eine andere Frage war seine Rolle beim Angriff des Moony Loonie. Nach seinen Beobachtungen zu urteilen war er ja da zugegen. Wenn der Irre aber ungehindert unter den Mädchen wüten konnte, dann war sein Auftritt doch bestimmt alles andere als rühmlich.

Ich verkniff mir dennoch jede diesbezügliche Bemerkung. Denn es brachte sicher nichts, den Bennie nun so aufzuwühlen, dass er am Ende die Kontrolle über den Wagen verlor.

Schon nach kurzer Zeit verfiel ich in eine tiefe Grübelei. Lara hatte wohl nach einem Faustschlag des Verrückten das Bewusstsein verloren. Hoffentlich blieb sie liegen und hielt die Augen geschlossen. Denn wenn sie die Tote mimte, dann könnte sie wohl auch noch leben.

Beim Gedanken an Missy aber krampfte sich mein Herz zusammen. Hatte das Schwein sie wirklich abgestochen? Bennie behauptete ja, genau dies beobachtet zu haben.

Ich erwischte mich dabei, dass ich ein stummes Gebet sprach. Nein, denn Missys Schicksal war mir ganz und gar nicht egal. *Bitte, Herrgott*, hörte ich mich untertänig flehen, *sei doch so gut und gib, dass mein schönes Mädchen überlebt hat!*

Mit Tränen in den Augen erinnerte ich mich an Sharons Geburtstagsfeier. Da war sie doch tatsächlich in Sorge wegen eines Kratzers an meinem Unterschenkel! Wobei ich gleich darauf die Erleichterung in ihren schönen Augen gesehen hatte. Eine Last schien von ihr abgefallen, als sie hörte, dass es nur ein harmloser Schnitt war. Und dabei bloß ein ganz kleiner.

Gütiger Herr im Himmel, erhalte mir dieses wunderbare Geschöpf!

Bennie war bislang so gefahren, als wollten wir zum Tlanuwa-See. Kurz vor den Bergen setzte er aber den Blinker und bog nach links ab. Das Symbol eine Kohlehalde bedeutete uns, dass wir nun Kurs auf die Minen nahmen.

Missy hatte ja eine harmlose Erklärung für die Blutspur geliefert, die sie in der Nähe von Gallipolis (Ohio) und Brooklyn (New York) hinterließ.

Dabei war die Eifersucht der beteiligten jungen Männer aber bis zur Weißglut aufgestachelt worden. Und das in beiden Fällen!

Missy hatte bestritten, in irgendeiner Weise dafür verantwortlich zu sein.

Wem aber waren die verhängnisvollen Gerüchte dann zuzurechnen? Missy nannte ausgebootete Mädchen, die sich ebenfalls für die Jugendlichen interessiert hätten.

Die Polizei konnte jedoch in keinem Fall klären, wer die tödlichen Hinweise in die Welt gesetzt hatte.

Falls Missy es selbst war (*Du, dein bester Freund macht mir eindeutige Angebote*), so spielte sie allerdings ein gefährliches Spiel. Denn wenn der Eifersüchtige sich vor der Bluttat noch jemandem anvertraute (*Denk dir nur, aber meine Freundin hat mir heute gesteckt, dass dieses Schwein von einem Freund…*), so hätte die Polizei ja einen Zeugen für Missys unrühmliche Rolle bei den Tötungsakten gehabt.

Diesen konnte sie aber wohl in beiden Fällen nirgendwo auftreiben.

Missy bestritt ja überhaupt, auch nur die Freundin eines der Beteiligten gewesen zu sein. Sie wäre lediglich mit einem der jungen Männer mal ausgegangen, mehr nicht.

Da zieht ein Mädchen mit einem Jungen um die Häuser. Und dann gibt es gleich Mord und Totschlag?

Aber auch andere Manöver musste ich ausschließen. Wenn sie einem Straßenjungen ein paar Dollar gegeben hätte (*Dafür gibst du dem Typen dahinten bitte diesen Zettel hier*) oder vielleicht lieber anonyme Anrufe mit verstellter Stimme führte (*Weißt du, was die Spatzen von den Dächern pfeifen? Das Mädchen, mit dem du gestern unterwegs warst, das ist jetzt mit deinem Buddy zusammen*), so wäre selbst das wieder brandgefährlich gewesen. Denn auch diesmal galt: Vertraute sich der Düpierte vor seiner Gewalttat einem Dritten an (*Weißt du, was mir heute über dieses Schwein von einem Freund zugetragen wurde?*), so hätte die Polizei in Gestalt dieses Dritten erneut einen wertvollen Zeugen gehabt. Und Missy wäre gefragt worden, ob sie den Straßenjungen beauftragt habe bzw. die anonyme Anruferin gewesen sei.

Aber auch einen solchen Zeugen konnten die Beamten in beiden Fällen nicht präsentieren. Denn derartige Fragen wurden Missy ja wohl nicht gestellt.

Entweder ging die Schöne also beim Streuen von Gerüchten unglaublich clever vor. Oder aber sie war für diese fatalen Infos tatsächlich nicht verantwortlich.

Ein verblichenes Holzschild wies nach rechts. Auf ihm konnte man mit einiger Mühe noch entziffern: "*Black Hole Shutdown Coal Mine 2 miles*".

Wieder setzte Bennie den Blinker und bog ab. Dabei warf er mir von der Seite einen bedeutungsvollen Blick zu.

Etwa zehn Minuten später waren wir da. Offenbar war der Eingang zur Mine durch einen Bretterverhau vernagelt worden. Einige Latten hatte man jedoch inzwischen entfernt, und dahinter gähnte ein finsteres Loch.

Bennie parkte den Wagen, und unsere Türen flogen auf. Mit einem Satz war ich aus dem Auto und rannte auf den Mineneingang zu.

Während ich durch das Loch kletterte, da hörte ich Bennie hinter mir folgen. Offenbar hatte er eine Stablampe dabei, denn ich sah den Lichtkegel, der die Dunkelheit wie ein heller Finger durchstach.

Nun standen wir im Tunnel. Gleich fielen mir Schritte auf, die in der Ferne zu hören waren. Sie kamen rasch näher. Bennie richtete den Strahl seiner Lampe auf den Unbekannten. Es war der kleine Cricket, der uns entgegengerannt kam.

Sein entsetztes Gesicht schimmerte kalkweiß im Licht der hellen Leuchte. Der rechte Ärmel seines Hemdes war zerfetzt und hing blutig herunter. "Die drei sind tot", stammelte er panisch, "dieser Irre hat sie alle auf dem Gewissen…"

Er stolperte an uns vorbei, auf den Eingang zu. Als wir uns umdrehten, da sahen wir ihn durch den Verhau ins Freie klettern.

"So ein Mist!", hörte ich den Bennie niedergeschlagen zischen.

Langsam bewegten wir uns wieder vorwärts. Dabei ärgerte ich mich über meine Dummheit. Ich hätte mich selber ohrfeigen können, denn warum hatte ich keine Waffe mitgenommen?

Da lebst du schon in einem Land, in dem Erwerb und Besitz von Waffen legal ist. Und da gehst du unbewaffnet auf eine Rettungsmission!

Rechts öffnete sich ein Durchgang. Eine Gestalt, bleich und blass wie ein Geist, kam uns entgegengetappt. Bennie hob sofort seine Stablampe.

Wirr hing das lange blonde Haar dem Mädchen ins Gesicht. An der Stirn hatte es eine blutige Platzwunde. “Ich … hatte das Bewusstsein verloren”, flüsterte es wie aus weiter Ferne. “Wo …wo ist…”

Ihr helles Sommerkleid war völlig verdreckt. Ich aber hätte vor Erleichterung laut aufschreien können, denn es war – Missy!

“Liebe Missy”, sagte ich zärtlich. “Gott sei Dank, du lebst. Ich bin es, der Doktor!”

“Doktor Franck!” – Sie fiel mir in die Arme. Dabei zitterte sie am ganzen Leibe.

“Sir”, meldete sich Bennie leise hinter mir. “Kommen Sie, wir haben keine Zeit!”

Missy drehte sich daraufhin halb herum. Dabei deutete sie hinter sich, wo sich ein weiteres Gewölbe öffnete: “Da! Da drin sind sie!”

Völlig automatisch nahm ich die Hand der Schönen. Voller dunkler Vorahnungen durchquerten wir dann den schmalen Durchlass.

Als Bennie mit der Lampe folgte, da sahen wir, wie klein die Kammer war.

Links erkannte ich Lara, die auf dem Boden lag. Offenbar war sie besinnungslos. Verkrustetes Blut an ihrer Schläfe schimmerte schon fast wie Rubinsplitter im Lampenschein.

Rechts war Missys Cousine Alexandra auf dem Boden ausgestreckt. Sie lag auf dem Rücken. Ihr junges Gesicht war totenbleich. Zu meinem Entsetzen sah ich, dass in ihrer Kehle ein Messer steckte.

Sofort war ich bei ihr. Sie atmete noch, wie ich gleich feststellte. Daraufhin holte ich erstmal tief Luft. Hätte das Messer die Luftröhre, die Halsschlagadern oder auch das Halsmark durchschnitten, so wäre das Mädchen jetzt tot. So aber bestand noch eine gewisse Hoffnung…

Ich wusste aber, dass ich das Messer nicht herausziehen durfte. Wäre nämlich eine Vene durchtrennt, so käme es durch das Entfernen der Stichwaffe zu lebensbedrohlichen Blutungen.

Ein erstickter Ruf des Bennie ließ mich herumfahren. Mit irrem Blick war der Moony Loonie in die Gruft getreten. Er hielt eine Eisenstange in den Fäusten. Schützend hob Laras Freund seine Arme über den Kopf. Bennie schrie auf, als die Stange auf seine Unterarme schlug. Dann kippte er seitlich weg.

Mich packte daraufhin eine schier unglaubliche Wut. Dabei griff ich nach hinten, und meine Finger schlossen sich um einen schweren Stein.

Nun kam der Wahnsinnige auf mich zu. Wieder hob er die Stange. Ich sah sie kommen und rollte mich zur Seite. Der Irre hatte für seinen Schlag den Oberkörper nach vorn gebeugt, und ich gewahrte seinen kahlen Schädel vor mir. Da holte ich aus und hämmerte ihm den Stein gegen die Schläfe. Sofort fiel er wie ein gefällter Baumstamm zu Boden. Er ächzte, während seine muskulösen Glieder sich streckten. Dann lag er still.

Im Hintergrund sah ich Lara aufsitzen. Sie stöhnte, während sie sich den schmerzenden Kopf hielt. "Was…was…?", hörte ich sie leise seufzen.

"Lara, mein Kind, du lebst!", rief ich erleichtert aus. "Ich bin es, dein Dad!"

"Oh Papa!", schluchzte sie. "Es war ja alles so furchtbar, so wahnsinnig grausam!"

Auch Bennie kam jetzt wieder hoch. Er hatte sich gegen den Schlag ja mit den Armen geschützt. Offenbar fehlte ihm auch weiter nichts. "Hilf mir, die Alexandra aus der Grube zu tragen", sagte ich, während ich das Mädchen unter den Achseln nahm und anhob. "Schnapp du dir die Füße, Bennie!"

Er nickte, und so ging ich voran. Gemeinsam trugen wir Missys Cousine in Richtung Ausgang, während meine Tochter und die Blondine uns folgten.

Am Verhau mussten wir aufpassen, als wir ins Freie kletterten. Denn wir durften die Alexandra ja um keinen Preis fallen lassen. Überhaupt mussten wir beim Tragen sehr vorsichtig sein.

Draußen rief ich mit meinem Handy gleich die Notaufnahme des Pleasant Valley Hospitals an. Als ich erzählte, dass die Alex ein Messer im Hals stecken habe, da sagten sie, wir sollten uns nicht von der Stelle rühren. Sie würden sofort den Hubschrauber schicken, meinten sie. Ob ich die Polizei denn schon verständigt hätte?

Das tat ich dann gleich als nächstes. Natürlich fragten sie noch am Telefon, wer der Alex denn das Messer in die Kehle gerammt hätte. Das sagte ich, dass meine Begleiter erzählt hätten, dass es der Moony Loonie gewesen sei.

Mit Bennies Hilfe trug ich die Alexandra gleich darauf an den Rand des großen Platzes. Denn auf dem sollte ja schon bald der Helikopter landen.

Missys Cousine war immer noch bei Besinnung. Offenbar bekam die Alex jedoch schlecht Luft. Sie stöhnte und leckte sich dabei die Lippen. Aus ihren blauen Augen las ich die pure Verzweiflung.

Tatsächlich warteten wir dann grade mal zehn Minuten. Nicht mehr.

Wie ein riesiges Insekt – eine überdimensionierte Libelle oder Ähnliches – tauchte auf einmal der Hubschrauber über unseren Köpfen auf. Ich ruderte mit den Armen wie ein Irrer, um ihn auf uns aufmerksam zu machen.

Ein starker Windstoß erfasste uns, als der Helikopter schließlich sehr langsam in der Mitte des Platzes aufsetzte.

Die Türen öffneten sich, und zwei Sanitäter sprangen heraus. Mit einer Krankentrage kamen sie auf uns zugelaufen.

Ihnen folgte der Notarzt. Er sah sich die Alex kurz an. Dann befahl er seinen Leuten, das Mädchen auf der Trage festzuschnallen.

Missy sah so schlecht aus, dass der Arzt fragte, ob sie auch mitkommen wolle. Doch sie meinte, sie habe nur eine Beule und könne deshalb problemlos mit uns fahren.

Inzwischen war die Alexandra in das Innere des Hubschraubers verfrachtet worden. Nachdem auch der Arzt und die Sanitäter eingestiegen waren, da begann der Rotor sich wieder zu drehen.

Der Helikopter hob ab und schraubte sich in den grauen Himmel. Wieder fegte ein heftiger Windstoß über den Platz. Wir sahen dem Heli nach, als er sich in östlicher Richtung sehr geräuschvoll davonbewegte.

Kurz darauf trafen auch zwei Streifenwagen ein. Staunend hörten sich die vier Officers unseren Bericht an. Cricket, der Kleine vom See, hatte inzwischen leider eine Fliege gemacht. Lara und Missy erzählten die Geschichte auch etwas anders. Sie hätten in der Höhle picknicken wollen und seien dabei vom Moonie Loony überrascht worden, schwindelten sie.

Einer der Beamten blieb bei uns. Seine drei Kollegen aber begaben sich finster entschlossen und mit gezogenen Dienstwaffen in die Kohlemine.

Zwanzig Minuten später waren sie wieder zurück. Sie hatten Blut auf dem Steinboden gefunden, aber keinen Moonie Loony.

Unsere beiden Mädchen sahen so mitgenommen aus, dass die Polizisten sie nach Hause bringen wollten. Missy musste in den einen Streifenwagen einsteigen und Lara in den anderen. Ich nahm wieder neben Benny in seinem Pick-up Platz. Anschließend ging es dann gleich los.

Meine Tochter Lara hatte eine blutige Schwellung an der rechten Schläfe. Zu Hause tupfte ich die Wunde erstmal vorsichtig ab. Danach kühlten wir die Stelle über einen langen Zeitraum hinweg mit Eis, das wir in ein Tuch gewickelt hatten. Zuletzt legte ich ihr einen fachgerechten Verband an, der wie das Stirnband einer Indianerin aussah.

Am späten Nachmittag kam dann auch Claudia mit unserer kleinen Luisa zurück. Als sie Lara mit der Bandage sah, da fragte sie natürlich gleich, was passiert sei. Meine Tochter und ich erzählten ihr daraufhin die Picknick-Version der Geschichte.

Meine Frau war stinkwütend. Sie war ja mit Luisa bei Annika gewesen, um dieser bei der Versorgung ihrer kranken Tochter zu helfen. Annika sei dann aber gleich mit dem Rodrigo verschwunden. Später hatte Claudia erfahren, dass sie zusammen Essen waren und sich einen schönen Tag gemacht hatten.

Claudia fand das unmöglich. Denn erst einmal musste sie Luisa ständig von dem Baby fernhalten. “Du weißt doch, wie unsere Kleine ist”, zischte meine Frau. “Wenn Lulu sich angesteckt hätte, dann hieße das für uns doch wieder: Schlaflose Nächte noch und nöcher!”

Aber auch Annikas Verschwinden war für Claudia nicht okay. Sie habe ihrer

Tochter doch mit dem kranken Baby helfen wollten, meinte sie ärgerlich. Hieß also, Kamillentee mit Honig fertigmachen und solche Dinge. Den habe die kleine Maria auch brav getrunken. Aber dass sich ihre Tochter dann einen schönen Tag mit ihrem Liebsten machte, das sei doch keine Art und Weise. "Nie wieder", schnaubte meine Frau wütend. "Das nächste Mal kann sie sich alleine um ihr krankes Gör kümmern!"

Ich nahm sie tröstend in meinen Arm. Sie zitterte am ganzen Körper vor Aufregung und Wut. Als sie sich dann nach einer Weile beruhigt hatte, da fragte sie nach Cavendish. Ich erzählte ihr daraufhin von meinem Telefonat mit Gus. Und natürlich auch, dass der Hengst inzwischen noch einen Stall demoliert habe.

"So ein durchgeknalltes Vieh", sagte Claudia, während sie sich mit dem Handrücken noch die letzten Tränen abwischte. "Das ist ja richtig schade für die süße Sharon, meinst du nicht auch, mein Schatz?"

Ja, da stimmte ich ihr natürlich zu.

Offenbar hatte Bennie seine Freunde schmählich im Stich gelassen, als der Moony Loonie auftauchte. Denn von Lara erfuhr ich am Folgetag, dass sie mit ihrem Freund Knall auf Fall Schluss gemacht habe.

Der arme Kerl litt wohl ganz entsetzlich unter der Trennung. In seiner Verzweiflung wandte er sich schließlich sogar an Claudia. Ganz unterwürfig bat er diese um Vermittlung. Nur leider war mit Lara nicht zu reden. Der Bennie sei ein falscher Fuffziger, meinte diese ärgerlich. Und so einer gehöre abserviert. Und zwar eiskalt.

Somit hatte Claudia keine guten Nachrichten für ihn, als sie den Bennie zurückrief. Kopf hoch, Junge, denn nette Mädchen gibt es doch wie den berühmten Sand am Meer, tröstete sie ihn.

Das mochte zwar stimmen. Und dennoch: So ein schönes Kind wie die Lara hat man nur einmal. Entweder macht man alles richtig. Oder man versaubeutelt es, so wie der Bennie jetzt. Das aber ist natürlich schon bitter.

Sein Liebesschmerz ließ dem armen Jungen keine Ruhe. So war unsere Annika als nächstes an der Reihe. Wie Claudia bald erfuhr, lag Bennie ihr in den Ohren, sie solle doch mal mit ihrer Schwester reden.

Nur hatte Annika ja noch weniger Einfluss auf ihre Schwester als meine Frau. Aus dem Laden rief sie Claudia sogar an und fragte, was sie wohl tun solle. Als Lara dann ins Geschäft kam, das sagte Annika, dass der Bennie um eine zweite Chance bitte. Das könne er knicken, schnaubte unsere Lara da gleich wutentbrannt. “Lass ihn das gefälligst wissen, Schwester, ja?”

Der arme Junge aber wurde seines Lebens nicht mehr froh. Er konnte es einfach nicht verwinden, unsere Lara verloren zu haben.

Am darauffolgenden Sonntag suchte uns das Schlechtwetter dann wieder heim. Claudia brachte gerade das Abendessen auf den Tisch, als es draußen zu blitzen und zu donnern begann.

Lara kam die Treppe herunter. Sie war jetzt im vorletzten Highschool-Jahr. Immer noch war sie wegen des Eislaufs vom Nachmittagsunterricht befreit. Sie tat jetzt abends immer sehr viel für die Schule. Ich konnte sie dennoch nur bewundern. Denn es war zweifellos ein Spagat, in der Schule mitzukommen und gleichzeitig im Eislauf immer auf den vordersten Plätzen zu landen.

Ein Blitzschlag erleuchtete unsere Fenster taghell. Dann ließ ein schweres Donnergrollen das ganze Haus erzittern.

Draußen rauschte der Regen vom Himmel nieder. Für einen Augenblick hatte ich durch die Scheibe den Hengst Cavendish gesehen. Er war durch den Blitz in weißes Licht getaucht, und auf seinem mächtigen Rücken saß unsere kleine – Luisa!

Jetzt durchschnitt ein schrilles Wiehern das Prasseln des Regens.

14. DIE POLIZEI WARNT VOR EINEM TOLLWÜTIGEN GAUL

Claudia kam totenbleich auf mich zu. “Schatz, unser kleines Mädchen”, flüsterte sie mit weit aufgerissenen Augen.

Ich packte sie an den Schultern. “Wo ist sie?”, fragte ich heiser.

Vor einem halben Jahr war eine alleinerziehende Mutter mit ihrer kleinen Tochter zur Untermiete bei Gus Harper und Gwen Driscoll eingezogen. Dabei war die Gloria mittlerweile auch knapp eineinhalb, wie unsere Luisa. Mit diesem Mädchen war unsere Tochter noch im Garten, zum Spielen.

Claudia zitterte am ganzen Körper. Ihre Unterlippe bebte, als sie dann stammelte: “Schatz, sie ist da draußen. Du musst sie holen, hörst du?”

Wieder war das schrille Wiehern zu hören. Dann blitzte es ein weiteres Mal, und das Rollen des Donners folgte gleich darauf.

Lara wollte mitkommen, aber Claudia hielt sie zurück. “Kind, es reicht, wenn einer patschnass wird”, sagte sie aufgeregt.

Ich riss die Tür zum Garten auf. Draußen war es dunkel, und der Regen schlug mir ins Gesicht. Langsam ging ich die Treppe hinunter. Schon Sekunden später war ich klatschnass.

Da war das Pferd – schwarz und schrecklich, auf seinen Hinterbeinen stehend. Aber rechts davon war auch ein weißes Etwas, das jetzt auf mich zugerannt kam. “Daddy”, hörte ich Luisas helle Stimme rufen, “Daddy!”

Ich nahm ihren nassen Leib in meine Arme. “Wo ist Gloria?”, fragte ich hektisch.

“Nach… Hause”, lautete die gepiepste Antwort.

In diesem Augenblick hörte ich unsere Terrassenbrüstung splittern. Cavendish hatte mit den Hinterbeinen ausgeschlagen und sie zerstört. “Komm”, sagte ich eilig zu Luisa, während ich sie an der Hand die kurze Treppe hinaufzog. “Komm rein ins Warme, zu Mami!”

Claudia hielt uns die Tür auf, und wir stolperten gemeinsam herein. Das Wasser tropfte von unseren Kleidern auf den Boden.

Wieder krachte es hinter uns.

“Was war das?”, fragte ich mit eingezogenen Schultern, die Kleine immer noch an der Hand.

“Unsere Terrassenstühle und der Tisch”, hauchte Claudia entsetzt. “Der irre Gaul macht grade Kleinholz daraus, Liebling!"

Hinter uns wurde es taghell, und schon wummerte auch wieder ein Donnerschlag vom Himmel nieder.

"Komm, Lulu", sagte Lara zärtlich, während sie Luisas kleine Hand nahm. "Wir gehen nach oben und ziehen dir trockenes Zeug an, ja?"

"Tocke Zeuch!", krähte unsere Jüngste. Dann stapfte sie mit der großen Schwester die Treppe hinauf.

Liebevoll nahm Claudia meine Hand. "Du musst dich auch umziehen, mein Schatz, hörst du?", gurrte sie. Anschließend zog sie mich in unser Schlafzimmer.

Fünf Minuten später versammelten wir uns alle wieder im Wohnzimmer. Das Gewitter war vorüber, doch es regnete immer noch. Luisa und ich hatten jetzt trockene Sachen an. Da klingelte mein Handy. Es war Gus. "Wir haben das Krachen gehört", rief er. "Was ist denn da bei euch los?"

Da informierte ich ihn, dass Cavendish uns einen Besuch abgestattet hatte.

"Soll ich mit der Büchse kommen?", fragte er so laut, dass ich unwillkürlich das Mobiltelefon weiter weg hielt. "Ich glaube, du kämest zu spät", bremste ich seinen Elan. "Denn wie üblich scheint dem Unruhestifter ein eleganter Abgang gelungen zu sein, bevor es für ihn brenzlig werden konnte."

"Rufen *Sie* das nächstemal an, Doktor", bellte er noch, bevor er auflegte. "Und zwar schon dann, wenn er am Horizont auftaucht!"

Als das Gespräch beendet war, da fragte meine Frau, weshalb der Gus denn so laut gesprochen habe. "Du, dem juckten wohl mächtig die Finger", meinte ich daraufhin grinsend, "um dem Pferd mal eine Ladung über den Pelz zu brennen!"

Doch stellten sich meine Frau und Tochter Lara daraufhin vorsichtig auf die Seite Cavendishs. "Gut, dass er noch lebt", flüsterten sie in seltener Einigkeit.

Plötzlich krähte Luisa laut in die folgende Stille hinein: "Lulu Pferd reite."

Tiefes Schweigen folgte dieser Aussage. Claudia sah erst mich und dann unsere Jüngste an. Diese begegnete dem Blick der Mutter mit dem ganzen Ernst ihrer grünen Augen. "Wie bitte?", fragte meine Frau heiser.

Doch blieb die Kleine bei ihrer Behauptung: "Lulu Pferd reite!"

"Du spinnst doch!", rief Claudia empört.

Auch Lara war skeptisch: "Der Gaul ist doch riesig", gab sie zu bedenken. "Wie soll die kleine Lulu denn da hoch gekommen sein?"

Da schlug die Luisa ärgerlich mit den kleinen Fäusten auf den Tisch. "Lulu Pferd reite!", schrie sie ungeduldig.

"Hör auf zu schwindeln, Fräulein!", fuhr Claudia sie entnervt an. "Das gehört sich nicht, schreib dir das hinter die Löffel, ja?"

Luisa zog sofort ein Schüppchen, und die Tränen kullerten ihr über die Wangen.

Für einen Sekundenbruchteil hatte ich wieder meine Vision vor Augen. Jawohl, den Blitzschlag, das riesige, wie in sprühende Funken getauchte Pferd und unsere Kleine auf seinem Rücken…

Aber das konnte einfach nicht sein. Denn als ich aus der Tür trat, da kam mir die Lulu ja schon entgegen. Und zwar zu Fuß.

Luisa öffnete ihre kleine Patschhand und schloss sie wieder. Dann begann sie kläglich: "Lulu…"

Doch Claudia unterbrach sie sofort. "Ich will von solchen Flunkereien nichts mehr hören, junge Dame!", rief sie aufgebracht. "Deine filmreifen Geschichten kannst du für dich behalten, hörst du?"

Lulu zog einen Flunsch und sagte nichts mehr.

Dann klingelte auf einmal Laras Handy. Erstaunt zog sie es aus der Tasche und sah aufs Display. "Was ist, Bennie?", fauchte sie dann ärgerlich.

Anschließend hörte sie eine Weile zu. Schließlich zischte sie wütend: "Du kannst mir keine Angst machen, Bennie!"

Nun schloss Lara die schönen Augen. Dann lauschte sie den Worten des Ex-Freundes noch eine Weile ohne jede Regung.

Am Ende rief sie: “Du spinnst doch total, Bennie!” – Danach drückte sie das Gespräch weg.

Claudia sah sie fragend an. “Was hat er denn gewollt?”, wollte sie neugierig wissen.

Lara machte eine wegwerfende Geste. “Ach Mutti”, sagte sie dann künstlich gelangweilt. “Der hat gedroht, er bringt sich um, wenn ich nicht zu ihm zurückkehre, stell dir nur vor! Aber damit kann er mich nicht erschrecken, dieser Blödmann!”

Belustigt wollte ich ihr schon die Nummer von Missys Tätowierer nennen. Damit sie sich auch ein Kreuz in die Fessel stechen lassen könne, falls Benny Hand an sich legen würde. Aber im letzten Moment hielt ich mich doch noch zurück. Denn ein solch makabrer Witz war hier wohl kaum angebracht.

Claudia hielt immer noch Blickkontakt mit Lara. “Und wenn er seine Drohung wahr macht, Liebes?”, fragte sie mit gefurchter Stirn. “Was ist dann?”

“Soll er doch!”, rief Lara ärgerlich. Wobei ihre grünen Augen aber nicht so sicher dreinblickten, wie ihre heftigen Worte geklungen hatten. “Aber das meint er ja auch nicht ernst”, fügte sie dann noch deutlich kleinlauter hinzu.

Meine Frau zuckte die Achseln. “Das kann man nie wissen”, brummte sie leise.

Am darauffolgenden Sonnabend rief unsere Tochter Annika noch spätabends an. Ihrer kleinen Maria gehe es wieder schlecht, erzählte sie meiner Frau aufgeregt. Ob die Mami wohl nochmals kommen könne?

Gutmütig, wie meine Claudia nun mal war, ließ sie sich natürlich auch diesmal breitschlagen. Luisa wollte sie dabei wieder mitnehmen. Denn ich hätte ja jederzeit auf eine Farm gerufen werden können. Träte dieser Fall ein, so wüsste ich natürlich nicht, wohin mit der Kleinen.

Diesmal waren es Lara *und* ich, die lange ausschliefen. Am späten Vormittag frühstückten wir dann zusammen.

Anschließend schlug meine Tochter vor, ihre Freundin Missy abzuholen. Mit dieser wollten wir dann deren Cousine im Krankenhaus besuchen.

Alexandras Zustand sei die ganze Woche hindurch kritisch gewesen, erzählte Lara. Erst am Wochenende wäre eine Besserung eingetreten, so dass ab heute Besuche erlaubt seien. Das habe sie eben erst von Missy erfahren.

Wir fuhren dann eine halbe Stunde später in Laras Wagen los. Ich saß neben meiner Tochter auf dem Beifahrersitz. Vor dem Haus ihrer Freundin stoppte Lara kurz, damit Missy hinten einsteigen konnte.

Die Blondine war züchtig gekleidet – karierter Wollrock und weiße Bluse, das lange Haar zurückgebunden. Im Arm hielt sie einen bunten Strauß Blumen. "Grade noch im Garten frisch geschnitten", grinste sie errötend.

Der Himmel war bedeckt, doch es regnete nicht. Lara stellte den Wagen auf dem Krankenhausparkplatz ab. Anschließend fragten wir uns zu Alexandras Station durch.

Missys Cousine lag in einem Zweibett-Zimmer. Von ihrer Bettnachbarin war nur der dunkle Haarschopf zu sehen. Offenbar schlief sie tief und fest.

Alexandra saß aufgerichtet, die Knie unter der Bettdecke angewinkelt. Um ihren Hals trug sie einen weißen Druckverband.

Neben ihrem Bett stand ein älteres Ehepaar. Missy kannte die beiden und begrüßte sie sofort. Es waren ihre Tante Joan und deren Ehemann Mark. Missy stellte uns diese Dame als die Schwester ihrer Mutter vor. Das Ehepaar trage den Namen Singer, fügte sie noch hinzu.

Die Ähnlichkeit der Mrs. Singer mit Missys Mutter, die ja mit ihrer Katze erst kürzlich in meiner Praxis war, erschien mir unverkennbar. Früher sicher eine wunderschöne Blondine, war sie auch jetzt noch sehr schlank und attraktiv.

Sie hatte allerdings einen beherrschenden Zug um den Mund. Auch ihre

Tochter Alex war ein Einzelkind, genau wie Missy. Der einzige Bruder war noch im Kleinkindalter bei einem Verkehrsunfall ums Leben gekommen.

Der Stationsarzt kam und gab seine Einschätzung ab. Er habe gehört, dass die Patientin eine Karriere als Sängerin anstrebe, fragte er. Ja, die Alex hätte kürzlich beim Vorsingen im Radio ein Angebot erhalten, bestätigte Mrs. Singer sichtlich stolz. Darauf sagte der Arzt, dass durch den Messerstich die Stimmbänder der Patientin in Mitleidenschaft gezogen worden seien. Aber, so fügte er scherzhaft noch hinzu, bei der berühmten Bonny Tyler habe sich so was Ähnliches ja als Segen erwiesen. Man könne schließlich nie wissen, nicht wahr?

In der Tat krächzte die Alexandra wie ein Rabe. Sie hoffte aber auch, dass sich das wieder geben würde.

Der Arzt meinte dann noch, dass die Patientin sehr großes Glück gehabt hätte. Abgesehen von der Einschränkung mit den Stimmbändern stehe einer vollständigen Genesung somit nichts im Wege.

Wir bedankten uns, und dann ging er.

Missy war kurz aus dem Zimmer gegangen. Nun kam sie mit einer Vase zurück, für die Blumen.

Kurz darauf standen wir alle auf dem Flur. Da sagte Mrs. Singer plötzlich sehr streng: “Missy, ich will jetzt endlich die Wahrheit wissen. Was ist da tatsächlich passiert, in dieser Kohlemine namens Black Hole?”

Missy errötete sofort unter ihrer hellen Haut. “Liebe Tante”, begann sie dann verlegen. Nur um dann wieder die Picknick-Geschichte zu erzählen.

“Das ist eine Lüge”, stellte Mrs. Singer sofort kategorisch fest. Dann drehte sie sich abrupt zu Lara herum. “Nicht wahr?”, fragte sie diese in herausforderndem Ton.

Meine Tochter erschrak sichtlich, als sie so angefahren wurde. Hilfesuchend sah sie sich dann nach Missy um. Sie war bis unter die Haarwurzeln rot geworden.

“Es ist eine Lüge”, wiederholte Mrs. Singer, die sich nun wieder zu ihrer

Nichte drehte. “Und nun, Fräulein, will ich von dir die Wahrheit wissen!”

Missy wand sich jetzt förmlich vor Verlegenheit. “Es war ein Spaß, Tante”, brach es dann auf einmal aus ihr hervor. “Ein alberner, blöder Spaß, wie ich zugeben muss.”

“Erzähl mir alles”, verlangte die Tante unnachgiebig. Dabei stützte sie herausfordernd die Arme in die Hüften.

Missy fing Laras warnenden Blick noch auf. Sie rang mit sich selbst, und man konnte es hinter ihrer jungen Stirn arbeiten sehen. “Missy!”, ermahnte sie die Tante sehr streng. Doch dann brach ihre Nichte zusammen. “Wir… wir haben einen Bekannten in … die Mine gelockt”, räumte die Blondine endlich schluchzend ein. “Dabei… dabei haben wir ihm einen flotten Dreier … versprochen. Also… Geschlechtsverkehr zu dritt…”

“Geschlechtsverkehr zu dritt!”, wiederholte die Tante fassungslos.

“Das meinten wir natürlich nicht ernst”, stellte die Blondine rasch klar. Ihre Stimme zitterte, als sie dann noch sagte: “Es war ein Vorwand, um ihn zum Schluss … zum Schluss in der Mine einschließen zu können!”

“Und dann muss wohl dieser Irre aufgetaucht sein”, stöhnte Mark Singer, Alexandras Vater. “Der hatte natürlich nichts anderes im Sinn, als unserer Tochter gleich den Dolch in die Kehle zu rammen!”

“Gott sei Dank ist es ja nochmal gut gegangen”, wagte Lara noch hinzuzufügen.

Tante Joan aber hob warnend den Zeigefinger. “Damit ist nun Schluss!”, fauchte sie wütend. “Alexandra wird nie wieder mit dir und deinen Freunden losziehen, Missy, hast du das gehört? Denn wir wollen unsere Große nicht auch noch verlieren, nach dem kleinen Davy-Bear!”

Missy und Lara nickten zerknirscht. Ich sah aber, wie die Missy ihrer Tante hinter deren Rücken einen Vogel zeigte.

Klar, ein siebzehnjähriges Mädchen würde sich von den Eltern nichts mehr vorschreiben lassen. Allerdings hatte ja auch der Arzt gesagt, dass die Alex nur mit viel Glück so glimpflich davongekommen sei. Erschien das Verbot der Mutter unter solchen Umständen aber nicht verständlich?

Eine Woche später erreichte uns eine Postwurfsendung der örtlichen Polizei. In dem Schreiben wurde die Bevölkerung vor einem durchgegangenen Hengst gewarnt. Das aggressive Tier höre auf den Namen Cavendish und sei möglicherweise tollwütig. Es werde daher um Vorsicht gebeten und auf Kinder sei gut acht zu geben. Eine Telefonnummer war abgedruckt, unter der man bei Sichtung des Pferdes die Behörden benachrichtigen möge.

Drei weitere Wochen vergingen, bis wir erneut von Cavendish hörten. Dann aber mussten wir erfahren, dass der Hengst ein weiteres Mal zugeschlagen hatte. Bei dieser Gelegenheit traf es den reichsten Farmer der ganzen Region. Das Tier zerstörte einen Heuschober auf dem Besitz von Mr. Muholland. Durch das Wüten knickte auch der Stützpfeiler eines angrenzenden Kuhstalles weg. 150 Rindviecher brachen daraufhin durch die entstandene Lücke aus. Gottlob landeten sie auf der angrenzenden Weide, so dass kein weiterer Schaden entstand.

Ein aufmerksamer Stallknecht rief per Handy gleich bei der Polizei an. Wegen der einbrechenden Dunkelheit konnte erst am nächsten Morgen eine Hundestaffel zusammengestellt werden. Die Suche endete aber wieder mal ohne Ergebnis.

Lara ging ja ab und an in Orozcos Laden, um ihre Schwester zu sehen. Dort erfuhr sie Folgendes: Annika machte auch nach der Geburt der kleinen Maria weiter die Kasse des Geschäftes. Bekam die Tochter nun aber Hunger, so nahte die Schwiegermutter mit dem Kind. Annika konnte es dann hinten stillen, während Frau Orozco sich solange um die Kasse kümmerte.

In den Sommerferien wollte meine Frau wieder nach Hamburg, zu ihren Eltern. Am liebsten hätte sie dabei alle Kinder mitgenommen. Denn insbesondere die Annika hatten die Großeltern ja schon seit Jahren nicht mehr gesehen. Unsere Tochter konnte aber nicht weg, weil sie sich um die Kasse des Orozco-Ladens kümmern musste. Außerdem gab es ja auch noch ihre kleine Tochter, die sie brauchte.

Auch Lara war es diesmal nicht möglich mitzukommen. Denn schon in gut einem halben Jahr fanden ja die Olympischen Winterspiele in Nagano (Japan) statt. Lara war für das US-Eiskunstlaufteam nominiert worden. Sie und ihre Trainerin strebten dort auf jeden Fall eine Medaille an. Dafür aber wollte unsere Tochter in diesen Ferien mit dem Intensivtraining beginnen.

Somit konnte meine Frau nur unsere jüngste Tochter Lulu mitnehmen. Es war klar, dass ich die beiden in Claudias Kleinwagen zum Flughafen Pittsburgh bringen würde. Lara wollte mit ihrem Wagen folgen. Denn Annika käme mit der kleinen Maria auch mit, sagte sie, und außerdem noch Missy und ihre erst kürzlich aus der Klinik entlassene Cousine Alex.

So fuhren wir an einem verregneten Sonntag los. Trotz der unaufhörlichen Niederschläge erreichten wir den Flughafen problemlos. Claudia zeigte deutlich ihren Unmut darüber, dass Lara diesmal nicht mitflog. Auch ihre Mutter sei bitter enttäuscht gewesen, fügte sie noch bedauernd hinzu.

Es gehe nicht, wie sie wisse, und zwar wegen der Winterspiele, erwiderte Lara kurz und bündig. Anschließend verabschiedeten wir alle meine Frau und die kleine Luisa. "Lulu Ambu", krähte unsere Jüngste, die völlig aufgedreht war.

Dann ging es zurück zu den Autos. Wenigstens hatte der Regen inzwischen aufgehört. Wir einigten uns darauf, dass Lulu mit *Ambu* Hamburg meinte.

Lara informierte mich, dass die Mädchen bei mir mitfahren würden. Daraufhin schoben sich Annika und Alexandra auf die Rückbank von Claudias Kleinwagen. Meine Tochter hielt dabei die kleine Maria im Arm.

Missy aber öffnete die Beifahrertür und schwang sich auf den Sitz neben mir.

Die Blondine trug eine knallenge und dabei stark ausgebleichte lange Jeanshose. Über ihren Oberkörper hatte sie ein ärmelloses Top in Schwarz gezogen. Das Haar zeigte sich heute zu Zöpfen geflochten. Diese Frisur ließ sie immer jünger und dabei sehr unschuldig aussehen.

Auf der Rückfahrt fuhr Lara voraus, und wir folgten. Die Straße war noch nass, aber gut befahrbar.

Missy hatte sich auch diesmal tief in die Tür gelehnt. Ihre Slippers hatte sie ausgezogen, und das linke Bein angewinkelt. Ihr kleiner Fuß im geringelten Söckchen ruhte am äußersten Rand des Sitzes zur Mitte hin.

Wie beim letzten Mal, so betrachtete sie mich auch heute schweigend, während ich fuhr.

Im Inneren des Wagens roch es sehr stark nach Algenschaumbad, seit Annika eingestiegen war. Der Duft war so penetrant, dass ich schließlich das Seitenfenster öffnete. Klare, kühle Luft strömte herein.

Meine Tochter und die Alexandra kicherten die ganze Zeit auf der Rückbank herum. Zwischendurch sagte mal eine was mit leiser Stimme, und dann lachten sie wieder los. Offenbar ging es dabei um mich. Jedenfalls kamen die beiden aus ihren Heiterkeitsausbrüchen gar nicht mehr heraus.

Irgendwann reichte es mir dann. Schon eine Spur zu scharf fragte ich die Missy an meiner Seite, was mit den dummen Gänsen denn los sei.

Ich schenkte meiner Beifahrerin einen kurzen Blick, um zu sehen, ob sie mir den Ton vielleicht krumm genommen hätte. Sie aber schaute so unschuldig und lieb zurück, dass sich mein Herz sofort zusammenkrampfte.

Missy ließ wieder ihr glucksendes Lachen hören, das für sie so typisch war. Sehr ruhig erzählte sie mir dann, dass meine Tochter Annika letzte Nacht einen Albtraum gehabt habe.

Das sei aber doch nicht lustig, entfuhr es mir. Annika antwortete nicht, denn sie stillte gerade ihre Kleine. Das konnte ich im Rückspiegel erkennen.

Alexandra sprang für sie ein. Sie trug immer noch ein Verbandspflaster an der Kehle. Mit heiserer Stimme erklärte sie, dass die Annika geträumt habe, dass ich meine Ehefrau Claudia schon bald durch ein schlimmes Unglück verlieren würde.

Wütend brüllte ich, dass so etwas doch absolut nicht zum Lachen sei!

Beschwichtigend legte mir Missy daraufhin sofort die Hand auf den Oberarm.

Plötzlich kam mir ein schrecklicher Gedanke. Daher fragte ich, ob in dem Traum etwa ein Flugzeugabsturz zu sehen gewesen sei. Denn dann würde ich ja wohl beide verlieren – Claudia *und* die kleine Lulu!

Auf der Rückbank gab Alexandra die Frage an die Annika weiter. Aber die meinte gleich, dass in ihrem Traum bestimmt kein Flieger vorgekommen sei.

Dumpf brütete ich während des restlichen Teils der Fahrt vor mich hin. Aber auch sonst wurde im Auto kein Wort mehr gesprochen. Selbst das Kichern auf der Rückbank hatte aufgehört.

Ich fuhr noch nach Point Pleasant hinein, um Annika und Maria vor dem Geschäft der Orozcos abzusetzen. Aber auch Alexandra stieg dort aus. Meine Tochter hatte nämlich morgen – am Montag – einen Termin beim Kinderarzt. Und deshalb sollte die Alex bei ihr schlafen, um sie morgen früh dann an der Kasse vertreten zu können.

Als nächstes hielt ich vor dem Haus von Missys Eltern. Deren schöne Tochter drückte mir noch ein Küsschen auf die Wange, bevor sie ausstieg.

Zu Hause parkten Lara und ich die Autos dann nebeneinander ein. Als wir sie abgeschlossen hatten, da sagte meine Tochter ganz beiläufig: "Du, Paps, meine Freundin Missy hat sich übrigens in dich verknallt!"

Ich gab auf das Ganze ungefähr so viel, als hätte Lara gesagt: "He, Daddy, also im Zoo, da hat das alte Borstenschwein jetzt die *Wacht am Rhein* pfeifen gelernt!

Zwei Wochen später – auch am Sonntag -, da kam dann der große Knall. Ich saß noch am Frühstückstisch, als Lara die Annika herankarrte. Auch Missy hatten sie mitgebracht. Meine Tochter hielt die kleine Maria im Arm, als sie zu mir durch die Tür kamen.

Sie alle wünschten mir guten Appetit. Ich solle erst mal in Ruhe aufessen, meinten sie gutmütig.

Während ich noch kaute, da erfuhr ich Folgendes: Die Mädchen hatten schon gestern bei Mr. Connor angerufen, dem Reitstallbesitzer. Heute Vormittag sollten sie kommen, damit Annika dort zu Pferde ein paar Runden drehen könne. Falls sie dabei keine Schmerzen habe, so wolle sie ihr Training wieder aufnehmen.

Eines war mir sofort klar: Wenn meine Tochter sich dem Reitsport erneut zuwenden würde, so könnte sie bei Orozcos nicht mehr hinter der Ladenkasse stehen. Dazu aber müsste sie dort ausziehen. Das würde bedeuten, dass sie mit ihrer kleinen Tochter wieder in ihrem alten Zimmer wohnen würde!

Irgendetwas war folglich bei den Orozcos passiert. Aber was? Ein Streit, ein Zerwürfnis? Mit Rodrigo vielleicht? Oder mit seinen Eltern?

Na, das wäre ja eine Überraschung für die Claudia! Ich meine, wenn meine Frau nach Hause käme und fände die verlorene Tochter hier vor!

Unsere große Küche roch schon wieder nach Algenschaumbad. Da fragte ich, was ich selbst eigentlich bei dieser Aktion zu suchen hätte? Aus welchem Grund ich wohl mit zu Mr. Connor kommen solle?

Aber klar doch: Ich sollte die kleine Maria halten, während Annika ihre Runden auf dem Pferd drehte. Und auch noch, wenn die möglicherweise darauffolgenden Verhandlungen mit Mr. Connor anstanden.

Keine halbe Stunde später standen wir alle am Gatter von Mr. Connors Reitplatz. Der Reitstallbesitzer hatte Annika behutsam auf den Rücken eines gutmütigen Braunen geholfen. Nun reichte er meiner Tochter die Gerte und gab dem Tier dann einen Klaps aufs Hinterteil.

Der Hengst trottete daraufhin mit Annika im Sattel los. Mr. Connor kam dann gleich zu uns zurück. Er stand bei uns, aber innen, während wir außen an den Planken lehnten. Auch Sharon und Ariel, Mr. Connors Töchter, deren Mutter sowie Annikas frühere Reitlehrerin standen bei uns.

Unauffällig schielte ich nach rechts. Mr. Connor hatte inzwischen die gesamte Glasfront hinter der Veranda erneuern lassen, wie ich gleich erkannte.

Gebannt betrachteten wir dann alle die hübsche Blondine, die nun Runde um Runde drehte. Annika saß dabei sehr aufrecht im Sattel und machte eine gute Figur.

Die kleine Maria heulte die ganze Zeit auf meinem Arm. Den Schnuller wollte sie nicht. Auch das Milchfläschchen lehnte sie ab. Sie fuhr sich durch die schmutzigblonden Locken, und der Rotz lief ihr aus der Nase. Klar, sie war nicht an mich gewöhnt und vermisste ihre Mami. Unglücklich blickte sie durch ihre Tränen zu der Reitbahn hinüber.

Missy kam heran. “Na, als Ersatzpapi wohl nur bedingt tauglich, oder?”, fragte sie neckisch. Dann zog sie ein Taschentuch aus ihrem Handtäschchen. Damit putzte sie der Kleinen dann die Laufnase.

Ich sah an Missy herab. Sie trug bei dem warmen Wetter eine extrem kurze Hose in Gold, die glänzte, als sei sie frisch lackiert. Die weite graue Netzbluse hatte sie über dem Nabel verknotet. Ihre schmalen Beine wirkten dabei stark verlängert. Sie schimmerten so hell wie ihr nackter Bauch, so als wären sie aus Elfenbein.

Missy ließ das Taschentuch in einen Müllbehälter fallen. Dann sah sie zu mir auf, und unsere Blicke trafen sich. Ich grinste, und sie lächelte ganz süß zurück.

Inzwischen hatte Annika ihre letzte Runde gedreht. Sie trug einen grauen Jogginganzug, und ihre langen Haare waren die ganze Zeit geflogen. “Nun, wie sieht es aus?”, rief Mr. Connor freundlich zu ihr herüber.

Annika lachte strahlend. “Überhaupt keine Schmerzen mehr”, vermeldete sie.

Lara, Missy, Sharon, Ariel, deren Mutter, die Reitlehrerin und Mr. Connor brachen daraufhin in Jubel aus. Sie freuten sich, als hätte die Annika eine Medaille gewonnen.

“Und du willst wieder anfangen, kleine Schönheit?”, rief der Gestütsbesitzer zu meiner Tochter herüber.

“Am liebsten gleich morgen”, lautete Annikas Antwort.

Nun kam Mr. Connor zu mir herüber. Die kleine Maria warf sofort die dicken Ärmchen vor das Gesicht. Sie hatte die Mutti erwartet, und nun dieser fremde Mann. Das war in jedem Fall zuviel!

Der Reitstallbesitzer nickte mir freundlich zu. “Selbstverständlich gilt der Sonderpreis noch, den ich der Annika versprach, als sie noch klein war”, meinte er großzügig. "Wobei es mich doch sehr überrascht hat, dass Ihre Tochter ihre Meinung so plötzlich änderte!"

Ich deutete auf das heulende Mädchen in meinem Arm. "Ja, da verstehe einer mal die Frauen", brummte ich verschmitzt.

Mr. Connor lachte. Kurz darauf kam auch meine Tochter Annika, um ihre Kleine wieder zu nehmen. "Ach komm, du kleiner Heulfratz", sagte sie zärtlich, während sie das Kind an sich drückte. Wobei es gleich nach dem Erscheinen meiner Tochter wieder nach Algen roch, dass es eine Lust war.

15. GESCHENKE FÜR EINEN HELDENHAFTEN EINSATZ

Plötzlich hörten wir alle ein hässliches Krachen und Splittern. Erschrocken fuhren die Anwesenden herum.

Da stand Mr. Connors Pferdeanhänger am Rande des Reitplatzes. Aber anscheinend waren die Scheiben soeben eingeschlagen worden. Ein furchterregendes Wiehern drang nun zu uns herüber. "Mein Gott, Cavendish", schrie Sharon, die schon losrannte. "Tu es nicht, mein Lieber, lass es sein, du Lausejunge!"

Wieder schlug der Hengst aus. Blech krachte und gab dann knirschend nach.

"Margaret", rief Mr. Connor zu seiner Frau hinüber, "ruf die Polizei an, aber schnell!"

Die nickte, während sie ihr Handy hervorzog.

Cavendish schien völlig von Sinnen zu sein. Unter schrillem Wiehern schlug er immer wieder aus und demolierte den Anhänger dabei mehr und mehr.

Sharon hatte das Tier inzwischen erreicht. Hektisch langte sie nach dem Hals des Pferdes. Doch der Hengst bewegte den Kopf beim Austreten so rasch, dass sie ihn nicht zu fassen bekam.

Mr. Connor packte nun das blanke Entsetzen. "Sharon!", brüllte er panisch. "Bist du lebensmüde? Komm da weg, Mädchen, aber ganz fix!"

"Nein, nein!", weinte Sharon. "Sie wollen dich erschießen, Cavendish!"

Anscheinend war das Tier nun fertig mit dem Anhänger. Es sah sich um und erblickte einen Geräteschuppen, der am anderen Ende des Reitplatzes stand. Gleich stürmte der Hengst los. Wieder erfüllte ein grelles Wiehern die Luft, worauf er sich den Schuppen vornahm.

Sharon war ihm nachgerannt. Sie musste sich aber nun vor den wirbelnden Hufen in acht nehmen. "Liebling", rief ihre Mutter besorgt, "bleib doch von dem irren Gaul weg! Komm zurück, Mädchen, aber schnell!"

Die Bretterwände krachten unter den Hufschlägen. Dann splitterte es, und ein großer Riss tat sich auf.

Mr. Connor hielt es nicht mehr aus. "Sharon, bist du verrückt?", schrie er wütend. "Muss ich dich etwa noch holen, du blödes Huhn?"

Mit diesen Worten stürmte er los. "Sei bloß vorsichtig!", rief seine aufgeregte Frau ihm noch nach.

Im gleichen Augenblick waren unten auf der Straße Polizeisirenen zu hören. Sie kamen rasch näher. Dann vernahmen wir Türenschlagen und kurze, im Befehlston gegebene Kommandos.

Cavendish hatte indessen den Schuppen auseinandergenommen. Irgendwie war es Sharon gelungen, ihren rechten Arm um seinen Hals zu schlingen. Als sich das Tier jedoch auf die Hinterbeine erhob, da schwebte das Mädchen auf einmal in der Luft. Ihre Beine strampelten hilflos im blauen Dunst, und wir sahen die Panik in dem jungen Gesicht.

Vergeblich langte Mr. Connor nach ihren Füßen, um sie herunterzuziehen.

Noch im selben Atemzug trafen die Polizisten bei uns ein. Sie hatten einen Scharfschützen mitgebracht. Er trug ein Gewehr mit Zielfernrohr, das er nun in Stellung brachte.

Doch schon war Margaret Connor bei ihm. "Seien Sie bitte vorsichtig", warnte sie den Schützen besorgt. "Denn mein Mann und meine Tochter stehen vor dem Pferd!"

Der nickte. Er hatte das Gewehr auf das Gatter gestützt und blickte nun durch das Zielfernrohr.

Irgendwie war es Sharon gelungen, sich auf den Rücken des Hengstes zu schwingen. Nun schlug sie ihm die Hacken in die Weichen, während sie schrie: "Hüh, Cavendish, lauf! Renn so schnell du kannst!"

Tatsächlich stürmte das Tier jetzt davon. Sharons lange Haare flogen im Wind, als das Pferd hinter dem stark zerstörten Schuppen verschwand.

"Sharon!", schrie ihr der Vater zornig hinterher. "Komm sofort zurück!"

"Verdammt", fluchte der Scharfschütze, der immer noch angestrengt durchs Rohr schaute. "Ich kann nicht schießen, solange das Mädchen auf dem Gaul sitzt!"

Mr. Connor kam nun zurück. Er war hochrot im Gesicht. Als er die Polizisten erreichte, da sagte er: "Ich muss mich leider für das Betragen unseres Fräulein Tochter entschuldigen, meine Herren!"

Als wir Cavendish wieder sahen, da jagte er mit Sharon auf dem Rücken am fernen Waldrand entlang. Kurz darauf kam eine Biegung, und schon waren Ross und Reiter verschwunden.

Margaret Connor kam herbei. Zärtlich legte sie ihrem Mann eine Hand auf die Schulter. "So ist es besser, glaub mir", sagte sie leise. "Denn die Hauptsache ist doch, dass keiner von uns verletzt wurde."

Doch nun meldete sich der Einsatzleiter zu Wort. "So geht das aber nicht, Mr. Connor", sagte er barsch. "Erst ruft man uns an und sagt, das Pferd wütete wie toll undd solle abgeschossen werden. Rücken wir aber an, so lassen sie ihre Tochter auf dem Tier davonreiten!"

"Unsere Sharon hängt so schrecklich an dem Hengst", rechtfertigte sich der Reitstallbesitzer zerknirscht. "Glauben Sie mir bitte, aber es war nicht im Sinne von meiner Frau und mir, dass sie einfach auf dem Pferd davonjagte."

"Ihre Tochter könnte ernste Schwierigkeiten bekommen", warnte der

Einsatzleiter noch, "falls das Tier weitere Zerstörungen anrichtet oder sogar Menschenleben gefährdet. Denn dann würde das Mädchen wegen seines leichtsinnigen Verhaltens dafür zur Verantwortung gezogen."

Er fuhr herum, als Margaret Connor ihn sehr heftig am Arm packte. "Oh, malen Sie den Teufel nicht an die Wand, Officer!", rief sie entsetzt aus.

Der schüttelte nur den Kopf. Wenig später zogen die Polizisten ab. Nicht ohne ihren Unmut noch mit deutlichen Worten kundgetan zu haben.

"Diese dumme, einfältige Gans", schimpfte Mr. Connor, sobald sie weg waren. "Da tut man alles für sein Kind und erntet nur Undank!"

Lara sah Missy und mich vielsagend an. "Ich glaube, es ist besser, wenn wir uns jetzt aus dem Staube machen", meinte sie leise.

So verabschiedeten wir uns und gingen. Annikas Reitlehrerin kam noch kurz an unser Auto, um mit ihrem Schützling die nächsten Reitstunden zu terminieren. Die kleine Maria war zum Glück in Annikas Arm eingeschlafen.

Danach fuhr ich los. Lara und Missy wollten Annikas Sachen noch im Hause Orozco abholen. Also sollte es weiter nach Point Pleasant gehen.

Erstmal stoppte ich aber vor unserem Haus. Dort ließ ich Annika mit der Kleinen aussteigen. Denn Lara meinte auch, dass die Orozcos ihre Schwester nicht gehen lassen würden, sobald sie erst mal wieder in deren Haus wäre.

Ich sah Annika nach, wie sie ihre schlafende Tochter in unser Haus trug.

"Nun mach schon, Papi", drängte Lara ungeduldig von hinten.

Als ich vor Orozcos Geschäft in Point Pleasant stoppte, da stiegen Missy und Lara aus. Der Laden war heute, am Sonntag, natürlich geschlossen. Aber ich sah die beiden Mädchen im Seiteneingang verschwinden.

Ich drehte eine Runde, weil ich im Halteverbot stand. Als ich wieder zurückkam, da waren die Mädchen noch nicht da. Daher umrundete ich noch zweimal den Block. Als ich nach der letzten Schleife aber wieder vorfuhr, da glaubte ich zunächst nicht, was ich sah.

Cavendish kam mir nämlich entgegengaloppiert, mit Sharon auf dem Rücken.

Als das Connor-Mädchen mich sah, da schrie es: "Doktor Franck, kommen Sie! Mein Hengst ist völlig durchgedreht! Bitte helfen Sie mir runter!"

Na, das war natürlich leichter gesagt als getan. Geistesgegenwärtig öffnete ich die Fahrertür und stieg aus. Das Pferd musste meinem Auto ausweichen und würde genau auf mich zukommen. Daher breitete ich neben dem Wagen die Arme aus.

Der Schlag der Hufe auf dem Asphalt wurde immer lauter, je näher der Hengst kam. Dann tauchte er groß und bedrohlich vor mir auf.

Leider machte er keine Anstalten, sein Tempo zu verlangsamen, als er mich vor sich sah. Daher musste ich zur Seite – in Richtung meines Autos – ausweichen.

Ich sah Sharons linkes Bein vor mir und packte zu. Irgendwie gelang es mir, sie vom Pferderücken runterzuziehen. Kreischend stürzte sie zu Boden.

Als der Hengst fast an uns vorbei war, da schlug er nach hinten aus. Ich sah den Huf kommen und konnte nicht mehr ausweichen. Denn Sharon klemmte in der Lücke zwischen mir und dem Auto. Sie strampelte wie wild und schrie dabei aus Leibeskräften.

Ich fühlte einen dumpfen Schlag, als der Hinterhuf meine linke Schläfe traf. Ein Blitz explodierte vor meinen Augen, dann wurde es dunkel.

Offenbar war da Wasser. Der Himmel über mir war schwarz. Ich sah schaumgekrönte Wellen. Etwas weiter weg erkannte ich eine Rettungsinsel. Ich konnte Claudia unterscheiden, die in meine Richtung deutete. Über den Luftschlauch lehnte sich jetzt Lulu. "Daddy, Daddy", hörte ich sie brabbeln.

Irgendjemand ohrfeigte mich. Widerwillig schlug ich die Augen auf. Über mir war Missys schönes Gesicht. "Gott sei gedankt, er lebt", hörte ich sie flüstern.

Sie kniete, und mein Kopf ruhte auf ihren nackten Oberschenkeln. Ihre langen Haare kitzelten mein Gesicht. Ich musste niesen, wider Willen.

Ich sah Tränen in Missys blauen Augen. Dann näherte sich ihr süßer Mund, und sie drückte mir einen Kuss auf die Lippen.

"Versuch mal, ob er aufstehen kann", hörte ich Lara sagen.

Missy erhob sich vorsichtig. Beide Mädchen fassten mich dann unter den Armen. Als ich stand, da ließen sie mich einige Schritte auf- und abgehen.

"Alles in Ordnung?", fragte Missy fürsorglich.

Ich nickte. Dann erkundigte ich mich: "Wo ist Sharon?"

Lara meinte, dass diese von der Polizei mitgenommen worden sei. "Zum Verhör", fügte sie noch erklärend hinzu.

Die beiden Mädchen halfen mir auf die Rückbank, wo Missy neben mir Platz nahm. Annikas Gepäck lag auf dem Beifahrersitz, und Lara übernahm das Steuer.

Ich spürte Schmerzen an der linken Schläfe und langte mit der Hand dorthin. Es war feucht – offenbar von halb getrocknetem Blut.

Wieder wurde mir schwarz vor Augen. Mein Kopf sank auf Missys Schoß, und ich fühlte, wie sie mir zärtlich übers Haar strich.

Dann war da wieder die Szene auf dem Ozean. Es war immer noch sehr dunkel. Offenbar war ein Orkan aufgezogen. Eine schwere Dünung bewegte die unheilverkündende See. Die Rettungsinsel war anscheinend schon sehr weit weg. Denn ich sah sie nur noch, wenn sie von einem fernen Wellenkamm in die Höhe gehoben wurde. Claudia und Lulu waren nur noch zwei Punkte über den bunten Luftkissen. Irgendwie war da eine Bewegung. So wie ich waren wohl auch sie inzwischen in Panik geraten.

Wieder wurde ich unsanft geweckt. "Wir müssen raus, Doktor", hörte ich Missy flüstern.

Lara und sie halfen mir aus dem Wagen. Ich hörte die Haustür und schaute hoch. Annika kam aus dem Gebäude. Auf Laras Frage sagte sie, die Kleine mache einen Mittagsschlaf. Dann gab Lara ihr den Wagenschlüssel, wobei sie meinte, Annika solle ihre Sachen holen und das Auto dann abschließen.

Währenddessen führten Missy und Lara mich ins Haus. Im Erdgeschoss ging es weiter in das Schlafzimmer von Claudia und mir.

Beide halfen mir aus Hose, Hemd und Schuhen sowie danach in meinen blauen Pyjama.

Missy ließ sich von Lara Jod geben. Sie bekam den Hausapotheken-Kasten und setzte sie sich damit in Kopfhöhe an meiner Bettseite auf einen Schemel.

Sehr vorsichtig begann die Blondine nun, meine Schläfenwunde mit einem Lappen zu reinigen. Ich biss die Zähne zusammen, als sie diese anschließend mit Jod desinfizierte. Denn es brannte höllisch, muss ich sagen. Zum Schluss legte sie mir noch sehr gekonnt einen kleinen Verband an.

Lara fragte bereits lauthals aus dem Obergeschoss, ob Missy fertig sei. Dann möge sie nämlich helfen kommen, um Annikas Zimmer herzurichten.

Missy zog die Vorhänge des Schlafzimmers zu. Sie drückte mir noch einen Kuss auf die Lippen, bevor sie in ihren kurzen Hosen ging.

Ich war so benommen, dass ich sofort einnickte. Es war ein tiefer, traumloser Schlaf. Denn diesmal fehlte es an den vorigen Visionen, so dass ich friedlich schlummerte.

Als ich schließlich mit einem Ruck erwachte, da war es dunkel. Dann – schon die Bettdecke zurückschlagend - ließ ein stechender Schmerz mich innehalten. Erst jetzt erinnerte ich mich an meine Schläfenwunde.

Seufzend erhob ich mich. Missy hatte meine Pantoffeln nebeneinander vor das Bett gestellt. Ich lächelte gerührt, während ich mit meinen Füßen hineinschlüpfte.

Langsam schlurfte ich zur Tür. Als ich sie öffnete, da sah ich im Wohnzimmer Licht. Sonores Gemurmel verriet mir, dass der Fernseher lief.

Es kam mir wie eine kleine Ewigkeit vor, bis ich die Wohnzimmertür erreichte. Sie stand offen. Ich sah Lara und Annika, die sich einen Krimi anschauten. Der Fernseher flimmerte, und der penetrante Algengeruch erfüllte den gesamten Raum. Neben Annikas Sessel stand die Babywiege. Offenbar schlief die kleine Maria.

Missy konnte ich nirgends entdecken. Lara drehte sich um und traf meinen Blick. "Sie ist nach Hause gegangen", sagte sie, so als hätte sie mir die Frage von der Stirn gelesen. "Bevor sie ging, da nahm sie noch Abschied", erzählte Lara weiter. "Sie hat dir wieder einen Kuss auf die Lippen gedrückt, Paps. Hast du es nicht gemerkt?"

"Leider nicht", murmelte ich. "Da schlief ich wohl noch."

"Sie ist wirklich sehr verliebt in dich", fügte meine Eisprinzessin noch mit Nachdruck hinzu.

Ja, wie nahm ich diese Verkündung auf? – Doch wieder etwa so, als hätte sie gesagt: "Paps, im Zirkus Hollipoppi hat der Bär das Tanzen gelernt!"

Wie konnte ich mir diesen Luxus leisten? Den Luxus, die Gefühle dieses wunderbaren Wesens ganz einfach zu ignorieren?

Es lag an dem Geheimnis einer Ehe in glücklicher Zweisamkeit. An dem perversen Hang, alles hinter der Muschel der Geborgenheit in stiller Bescheidenheit noch Schimmernde zu verschwenden.

Schon gleich am folgenden Montag begann Annika mit ihrem Reitunterricht. Sie war bereits früh um acht bei Connors auf dem Gestüt. Dort hatte sie dann bis 12 Uhr Mittag Reitstunden unter Anleitung ihrer Lehrerin.

Oft passte während dieser Zeit Tochter Sharon auf die kleine Maria auf. Manchmal kümmerte sich auch Mutter Margaret oder Ariel um das Mädchen.

Anscheinend hatte Annika mit ihrem Mann keinen Streit. Der kam nämlich immer schon am frühen Nachmittag. Nach einer Weile fuhr er dann mit Frau und Kind davon. Auf Nachfrage wurde mir zugetragen, dass Rodrigo seine Annika in diesen Fällen hinter die Ladenkasse stellte. Nach Feierabend kutschierte er Weib und Baby dann wieder zu uns nach Hause.

Zwei Wochen später ging es erneut nach Pittsburgh. Denn meine Frau Claudia kam mit Klein-Lulu aus Hamburg zurück.

Wie schon auf der Hinfahrt, so fuhren wir auch diesmal mit zwei Wagen. Neben Lara, die ihr eigenes Auto steuerte, kamen noch Annika mit Tochter Maria sowie Missy und Alexandra mit.

Claudia wirkte schon gradezu wunderbar erholt. Ihre blauen Augen strahlten, und sie hatte auch etwas Farbe bekommen. Das stand ihr sehr gut, wie ich fand. Sie lachte laut und erzählte ununterbrochen von ihren Eltern sowie den Besuchen bei weiteren Verwandten.

Klein-Lulu war im deutschen Norden wohl ordentlich gepäppelt worden. Ihre grünen Augen leuchteten über den dicken Apfelbacken. Ärmchen und Beinchen waren richtig stämmig geworden. Mit ihrem rotblonden Lockenköpfchen und den süßen Mausezähnchen sah sie einfach zum Anbeißen aus.

Mir fiel Annikas Traum wieder ein. Claudia sah aber nun wirklich nicht so aus, als würde sie gleich vom Fleische fallen und elend dahinsiechen. Sie war vielmehr das blühende Leben, eine Frau und Mutti in den besten Jahren.

Lulu flog gleich in Laras Arme. "Lieba Lala", krähte sie, während sie der großen Schwester einen dicken Schmatz auf die Wange drückte.

Dann ging es zurück, nach Hause. Und Claudia wunderte sich nicht schlecht, als Annika auch bei uns ausstieg. "Sie wohnt wieder daheim", erklärte ich ihr mit schelmischem Lächeln.

Na, da da grinste meine Frau natürlich vor Freude wie das berühmte Hongigkuchenpferd!

Was war eigentlich geschehen im Hause Orozco? Wie üblich erfuhr ich es von Lara und nicht von Annika. Letztere hatte wohl energisch eine Bezahlung ihrer Dienste verlangt. Als Mutter Orozco dies wieder einmal ablehnte, da packte Annika ihre Sachen.

Jetzt stand Frau Orozco vormittags hinter der Kasse. Am frühen Nachmittag karrte Rodrigo ja dann wieder Annika herbei, die dann die

Spätschicht übernahm. Sie war eben ein gutmütiges Schaf, unsere Tochter.

Zwei Wochen später – es war Sonnabend – da lud mich Gus abends mal wieder auf ein Gläschen Wein zu sich ein. Ungewöhnlich war, dass Claudia diesmal mitkommen sollte. Zwar war das in all den Jahren auch schon zwei- oder dreimal passiert. Jedoch meinte Gus, das heute Abend auch seine Schwester Gwen sowie deren Tochter Alma nebst Gatten kommen würden.

Claudia trug ein leichtes Sommerkleid aus durchsichtigem Tüll, als wir bei Gus aufkreuzten. Ich sah gleich, dass außer der Familie meines Apotheker-Freundes noch vier weitere Personen anwesend waren. Es handelte sich um Mr. Connor, seine Frau Margaret sowie die Töchter Sharon und Ariel.

Margaret Connor übergab meiner Frau gleich einen großen Blumenstrauß. Für mich hatte Mr. Connor ein erlesenes Geschenk: Eine Flasche Wild Turkey Rare Breed Whiskey, der volle 12 Jahre im Fass gereift war.

Wie kamen Claudia und ich zu solchen Ehren? – Nun, die Connors wollten sich mittels dieser Gaben für meinen Einsatz in Point Pleasant bedanken. Denn dort hätte ich ihrer Tochter ja in einer gefährlichen Situation das Leben gerettet, wie sie meinten. Auch Sharon bedankte sich bei mir nochmals persönlich.

Claudia war natürlich sehr überrascht. Zwar hatte ich ihr die Begebenheit kurz geschildert, als sie mich nach meiner Schläfenwunde fragte. Diese war inzwischen natürlich verheilt. Aber dass ich hier als Held und Lebensretter gefeiert wurde, dass kam für sie auch unerwartet.

Alma hatte mir ja heute Vormittag noch in der Praxis zur Seite gestanden. Jetzt kuschelte sie sich an ihren Göttergatten. Er war eine ehrliche Haut, der sein Geld wohl im Holzhandel verdiente.

Doch plötzlich krachte es im Wäldchen hinter uns. Dann zerriss ein schrilles Wiehern das stille Bild der friedlichen Abenddämmerung. Die Familien Connor und Harper schossen daraufhin in die Höhe. Entsetzen spiegelte sich in ihren langen Gesichtern.

Anschließend teilte sich das Dickicht in meinem Rücken. Auch Claudia und ich waren inzwischen auf den Beinen. Cavendish erschien, riesig und bedrohlich, und ein erneutes Wiehern gellte in unseren Ohren.

“Gwen”, schrie Gus, “meine Flinte! Sie lehnt am Kamin und ist geladen!”

“Bin schon unterwegs”, rief seine Schwester, wobei sie ins Haus stürmte.

“Cavendish, nein!”, kreischte Sharon in höchstem Entsetzen.

Wir alle wichen zurück, als der Hengst mit seinen Vorderhufen Verandastühle zu Kleinholz verarbeitete. Ängstlich hielt Claudia ihre Blumen und ich meine Flasche Whiskey.

Mr. Connor hatte sein Handy aus der Tasche gezogen. Ich konnte hören, wie er die Polizei benachrichtigte.

Gwen kam nun wieder aus dem Haus gelaufen. Sie hielt das Gewehr in die Höhe. Als Gus ihr entgegenkam, da reichte sie ihm die Flinte.

Mein Apothekerfreund wirbelte daraufhin herum, die Waffe im Anschlag.

Ein weiteres schrilles Wiehern erreichte unsere Ohren. Doch dann fiel mir etwas auf.

Da saß ein kleines Wesen auf dem Rücken des völlig durchgedrehten Gaules. Verblüfft kniff ich die Augen zusammen. “Stefan”, hörte ich Claudia neben mir erschrocken hauchen. Ja, nun hatte sie es auch gesehen. Ich konnte es kaum glauben, aber es war unsere Lulu, die dort auf dem Rücken des Hengstes hockte!

Erneut erhob er sich drohend auf seine Hinterbeine. Ich sah, wie sich unsere Kleine verzweifelt an die borstige Mähne des Tieres klammerte. Denn ansonsten wäre sie wohl heruntergefallen.

“Gus”, brüllte ich in höchster Not, “schieß nicht, mein Freund! Schau, da sitzt unsere kleine Tochter auf dem Rücken des Hengstes!”

“Hol mich der Teufel, Doktor!”, knirschte mein Apothekerfreund grimmig. “Nehmen Sie ihr Kind da runter, damit ich schießen kann, Sportsfreund!”

Auch das war zweifellos leichter gesagt als getan. Wir waren mittlerweile noch weiter zurückgewichen. Denn Cavendish hatte sich in diesem Augenblick den runden Verandatisch vorgenommen. Mit einem dumpfen Bums brach die massive Marmorplatte, als der Tisch am Boden aufschlug.

Da erinnerte ich mich an etwas. Mit allen unseren Sprösslingen hatte ich im Kleinkindalter etwas Bestimmtes gespielt. Dabei setzte ich das kleine Mädchen auf eine Mauer oder auf einen Ast. Und dann rief ich: "Spring!"

Die Kinder ließen sich dann fallen, und ich fing sie auf. Sie hatten keine Angst, da Paps ja bereit stand, um sie in seinen Armen weich landen zu lassen.

Ich trat vor, bis ich neben dem Pferd stand. Cavendish tobte und wütete, während seine Vorderhufe wirbelten. Der Schaum löste sich in Flocken von seinem offenen Maul. Stechender Schweißgeruch erreichte meine Nase.

"Spring, Lulu", rief ich nach oben. "Lass dich einfach fallen, mein Schatz!"

Unsere Kleine zögerte keine Sekunde. Schon kam der zarte Leib angeflogen, und ich fing sie auf. Erleichtert drückte ich sie an mich.

"Stefan, zurück!", hörte ich Claudias Warnruf. "Bringt euch in Sicherheit, ja?"

Instinktiv gesellte ich mich mit meiner Tochter wieder zu den anderen.

"Cavendish, lauf!", hörte ich Sharons schrille Stimme rufen. "Sonst stirbst du, hörst du? Lauf!"

Doch es war schon zu spät. Zwar hatte sich der Hengst halb herumgedreht, um auf Sharons Ruf zu lauschen. Aber in diesem Augenblick hörten wir das Krachen des Schusses meines Apothekerfreundes.

Das Pferd erstarrte in seiner Bewegung, als hätte ein Blitz es getroffen. Dann begannen seine Beine zu zittern. Klein-Lulu presste in meinen Armen die Fäustchen vor die Augen, um alles Weitere nicht sehen zu müssen. Cavendish keuchte noch ein letztes Mal. Anschließend fiel er auf die Seite. Wir hörten den dumpfen Aufprall, als sein Körper auf den Boden hämmerte.

Ich hatte erwartet, dass Sharon jetzt ein Drama veranstalten würde. Doch das Gegenteil war der Fall. Stumm schritt sie auf den Leichnam des Pferdes zu.

Neben dessen Kopf kniete sie dann nieder. Sie strich über die Nüstern des

Tieres, über seine Stirn und über die Mähne. Es war ihre Art, Abschied zu nehmen. Jawohl, adieu zu sagen in aller Stille und Bescheidenheit. Denn der Cavendish, den sie so sehr liebte – der war schon viel früher gestorben. Und zwar schon damals, als wir ihn im Tlanuwa-See ertränkt hatten.

Deshalb machte sie Gus jetzt auch keinen Vorwurf. Sie ging nur zu ihm und drückte dann stumm seine Hand, in der noch die Flinte rauchte. Hinter ihr hörte ich Mutter Margaret leise flüstern: “Gottlob ist der Albtraum jetzt zu Ende!”

Das fanden wir allerdings auch. Wir warteten dann noch alle auf die Polizei, um unsere Erlebnisse den Beamten zu Protokoll zu geben.

Wieder zu Hause, da fragte ich unsere Tochter Lara natürlich gleich, ob sie Klein-Lulu vielleicht auf den Pferderücken geholfen habe? Nein, das hatte sie selbstverständlich nicht getan. Sie konnte sich auch nicht erklären, wie ihre kleine Schwester auf das große Tier gelangt war.

Von unserer Lulu war erst recht nichts zu erfahren. Im zarten Alter von einem Jahr und acht Monaten konnte sie noch keine vollständigen Sätze bilden. Sie plapperte zwar viel. Aber näher kamen wir der Wahrheit dadurch auch nicht.

Für Claudia und mich war klar, dass nur ein Erwachsener unsere Lulu auf Cavendishs Rücken gehoben haben konnte. Aber wer, in Gottes Namen?

Meine Frau und ich einigten uns schließlich auf den großen Unbekannten. Doch eine Beruhigung war diese beklemmende Vorstellung ganz bestimmt nicht.

16. MEINE EISPRINZESSIN GEWINNT BEI OLYMPIA DIE GOLDMEDAILLE

Der Sommer ging vorbei, und es wurde Herbst. Gegen Ende des Monats Novemer feierten Lara und Missy, um nur eine Woche zeitversetzt, beide ihren 18. Geburtstag.

Ich habe nie erfahren, was die beiden Freundinnen sich gegenseitig schenkten. Von uns hatte sich Lara eine Musikanlage für ihr Auto gewünscht. Diese ließen wir dann in einer Fachwerkstatt einbauen.

Weihnachten war natürlich ein Fest für Klein-Lulu. Sie war jetzt zwei und half fleißig beim Schmücken des Lichterbaumes. Bei der Bescherung sahen wir sie mit derartigem Eifer beim Auspacken, dass sie auch Geschenkpakete aufriss, die nicht für sie waren. Und wehe, man versuchte sie zurückzuhalten. Da war sie fürchterlich in ihrem kindlichen Zorn.

Neujahr feierten wir mit Gus und seiner Familie. Für die Erwachsenen hatten Gus und ich einen Karton Silvesterraketen besorgt. Klein-Lulu durfte Wunderkerzen abbrennen. Sie betrachtete das sprühende Feuer mit einer Ehrfurcht, so als sähe sie einen Heiligenschein strahlen.

Im Februar 1998 standen dann die Olympischen Winterspiele im japanischen Nagano an.

Eigentlich hatten wir als Ehepaar fliegen wollen, um unsere Tochter Lara zu unterstützen. Claudia war aber im Januar auf vereister Fläche sehr schwer gestürzt. Noch im Februar wurde sie am rechten Knie operiert, weshalb sie mich nicht begleiten konnte.

Es war mir aber auch nicht möglich, mit Lara zu fliegen. Denn diese reiste mit ihrem Olympia-Team.

So buchte ich nur für mich einen Flug nach Tokyo. Von dort ging es dann mit dem Schnellzug nach Nagano. Mein dortiger Taxifahrer sprach sehr gut Englisch. Er kannte den Weg zu der Halle, wo der Eiskunstlauf stattfand.

Vor der Halle sprach ich kurz mit Laras Trainerin. Diese zeigte sich sehr beeindruckt vom Trainingsfleiß meiner Tochter im letzten Halbjahr.

Ja, da bewunderte ich meine Lara natürlich auch. Tatsächlich hatte sie eine schier unglaubliche Willenskraft an den Tag gelegt.

In der Halle begrüßte mich das russische Einwandererpaar Zemski. Ihr Sohn Alexander war ja Laras Partner im Paarlauf.

Die Halle war völlig überfüllt. Zehntausende von Stimmen riefen und brüllten durcheinander. Dazu gab es monotone und blechern klingende Lautsprecherdurchsagen. Irgendwie ließ ich mich von der hektischen Stimmung anstecken. *Jetzt geht es um die Wurst*, dachte ich nervös.

Lara hatte mir mal gesagt, dass sie beim Eislaufen meine Blicke auf ihrem halbnackten Körper wie Insektenbeine kribbeln fühle. Diese Berührung, hatte sie seinerzeit noch hinzugefügt, sei immer das Zaubermittel gewesen, um sie bei ihrer Kür zu beruhigen.

Ob sie mich hier im Getümmel aber schon entdecken konnte? Anscheinend war jetzt erst mal die Einzelkür der Herren an der Reihe.

Ich war zu aufgeregt, um mich darauf zu konzentrieren. Da waren drei Eisläufer, die auf den vorderen Rängen gelandet waren. Ihre Namen waren mir allerdings nicht vertraut.

Wie konnte Lara nur mit diesem Druck zurechtkommen! Das war ja der schrille Wahnsinn! Ich hätte jetzt Beine wie Gummi gehabt, wenn ich an ihrer Stelle gewesen wäre. An Eislauf wäre nicht mehr zu denken gewesen.

Anscheinend waren nun die Mädchen dran. Mit tränenverschleiertem Blick verfolgte ich die ersten Läuferinnen. Die Ansagen knarrten immer erst auf Japanisch und dann auf Englisch aus den Lautsprechern.

Da, da war sie! Das war meine geliebte Lara, die jetzt wie ein Blitz auf die Eisfläche hinausgeschossen kam. In ihrem goldfarbenen Body, das Haar hochgesteckt.

Mein Gott, wie sie sich bewegte! Das war Lara, die Katze. Ihre Begleitmusik dröhnte aus den Lautsprechern. Ich hielt jedesmal den Atem an, wenn sie zum Sprung anhob. Doch Lara setzte immer völlig sicher wieder auf. Für meine Begriffe lieferte sie eine fehlerlose Kür ab. Beifall brandete auf, als sie fertig war.

Offenbar bekam sie dann auch durchgehend die Maximalnote.

Noch eine ganze Weile ging es so weiter. Anschließend waren die Paarläufer an der Reihe.

Mein Blick war völlig verwässert. Paar um Paar betrat die Eisfläche. Manche machten mehr Fehler, andere weniger.

Aber da, da kamen sie! Lara wieder im goldfarbenen Body, und Alex im dunkelblauen Anzug. Wie ein Götterpaar glitten sie über das Eis.

Als Alex meine zarte Tochter in die Luft schleuderte, da jubelten die Zuschauer. Für meine Begriffe war die Kür auch großartig, die sie als Paar ablieferten.

Anscheinend sah die Jury das ebenfalls so.

Eine Weile glitten noch Paare über das Eis. Dann war Schluss.

Aufregung und eilige Vorbereitungen nun dort unten. Im Anschluss sollten wohl die Medaillen verliehen werden.

Zuerst waren die Herren in der Einzelbewertung dran. Ich sah die drei Exemplare ihres Geschlechts auf dem Siegertreppchen stehen. Gold, Silber und Bronze. Den Alexander konnte ich allerdings nicht unter ihnen entdecken.

Nun waren die Mädchen an der Reihe. Nicht die Junioren, sondern die Volljährigen. Ich sah, wie sie das Siegertreppchen erklommen. Und meine Lara stand ganz oben!

War das zu glauben? Mein Mädchen hatte die Goldmedaille gewonnen!

Nun hielt mich nichts mehr. Ich kämpfte mich durch die Zuschauer auf den Rängen. Als ich den Mittelgang erreichte, da stürmte ich die Treppe hinunter.

Als ich zu dem Siegertreppchen wollte, da hielten mich IOC-Mitarbeiter zurück. "Sir, Sie können hier nicht durch!"

"Ich bin der Vater", keuchte ich, "der Vater der Goldmedaillengewinnerin!"

Ich riss meine Identity-Card aus der Tasche und zeigte sie ihm. "Sehen Sie, Sir? Stefan Franck, der Vater der Siegerin!"

Sie ließen mich immer noch nicht an das Siegertreppchen heran. Aber wenigstens durfte ich mich zu den Fotografen gesellen. Es war vielleicht drei Meter vom Treppchen entfernt, wo ich schließlich meine Spiegelreflex-Kamera zückte.

Bronze und Silber waren schon verliehen worden. Nun schmetterte die amerikanische Nationalhymne aus den Lautsprechern. Mein Herz füllte sich mit Stolz und väterlicher Liebe. Denn Lara wurde jetzt von einer IOC-Mitarbeiterin die Goldmedaille um den Hals gehängt!

Ich knipste wie ein Wahnsinniger. Die Bilder musste ich meiner Mutter nach Berlin schicken! Was für ein irrer Augenblick!

Lara lächelte ganz süß in das Blitzlichtgewitter. Ob sie mich in der Masse der Fotografen unterscheiden konnte?

Was für ein grandioser Erfolg! Weit mehr als ein Jahrzehnt täglicher Plackerei bei hohen Kosten hatte sich nun endlich ausgezahlt! Lara war die Siegerin in der Einzelkür, sie war mit Gold honoriert worden!

Jetzt sah sie mir direkt in die Augen. Wieder lächelte sie. Lara war so wunderschön, mit dem schlanken Hals und in ihrem goldenen Body.

Ein Tusch ertönte, und dann mussten wir Fotografen abtreten.

Kurz danach erfolgte die Siegerehrung der Paare.

Mein Hals war völlig trocken gewesen. So hatte ich an einem Erfrischungsstand eine Limondade getrunken.

Als ich mich jetzt zurückkämpfte, da wurden soeben die Paare geehrt. Bronze und Silber waren auch hier schon verliehen worden.

Wieder wurde erlaubt, dass ich mich unter die Fotografen mischte. Ja, das gab es doch gar nicht! Die Sieger waren Alex und Lara!

Ein weiteres Mal dröhnte die amerikanische Nationalhymne aus den Lautsprechern. Dann kam ein IOC-Mitarbeiter. Sehr würdevoll legte er Alex und Lara ihre Goldmedaillen um den Hals. Beifall scholl von den Rängen zu uns herüber.

Beide lächelten und winkten glücklich in das Blitzlichtgewitter hinein. Auch ich knipste, was das Zeug hielt. Unglaublich, aber auch die beiden hatten

Gold gewonnen! Im Paarlaufen hatten sie die höchste Ehrung erhalten!

Erneut begegneten sich Laras und mein Blick. Auch Alex schaute jetzt zu mir herüber. Die grünen Augen meiner Tochter aber wirkten so froh, so wahnsinnig glücklich und stolz!

Ich kam nicht mehr dazu, mit Lara zu sprechen. Als ich mich aber umdrehte, da nahm mich das Ehepaar Zemski in Beschlag.

Er, der vollbärtige Gartenzwerg, hatte offenbar schon ein paar Wodka zuviel intus. Beide waren in strahlender Laune. Alexanders Vater schüttelte mir mit schon übertriebenem Eifer die Hand. Es war die zügellose Fanatik des Angetrunkenen. Die Mutter aber lachte in einem fort vor Glück. "Gold, Gold, Gold!", rief sie immer wieder. "Was für ein wundervoller Tag!"

Das fand ich allerdings auch.

Jedoch war Alexander im Herreneinzel das Glück nicht hold gewesen. Denn da musste er sich mit einem undankbaren vierten Platz zufrieden geben.

Gold hatte er nur zusammen mit meiner Lara gewonnen, in der Doppelkür.

Draußen, schon vor der Halle, da holte mich Laras Trainerin ein. Natürlich bedankte ich mich sofort für die erfolgreiche Betreuung. "Nein, ich habe zu danken", rief die Dame überglücklich. "Einmal ein solches Goldmädchen trainiert zu haben – das entschädigt für alle Mühen und Frustrationen!"

Sobald ich allein war, da rief ich Claudia an. Sie und Annika schwebten zuhause im siebenten Himmel. Meine Frau meinte, das Fernsehen habe die normale Olympia-Übertragung unterbrochen, als klar wurde, dass Amerikaner die Goldmedaillen im Einzellauf der Damen sowie im Paarlauf auf dem Eis gewonnen hatten. Da sei gleich ins Eisstadion umgeschaltet worden, und sie hätten voller Begeisterung die Verleihung der Medaillen verfolgen können.

"Ja, nicht?", rief ich freudig aus. "Was für ein fantastischer Tag für unsere Familie, Claudia! Welch wundervoller Erfolg für unsere talentierte Tochter Lara!"

Meine Frau lachte, unsere kleine Lulu würde im Wohnzimmer einen wahren Indianertanz veranstalten. Sie habe sich von der allgemeinen Ausgelassenheit anstecken lassen, ohne in ihrem zweijährigen Köpfchen schon zu verstehen, was los war.

Ich winkte indessen bereits einer Taxe, die mich zum Bahnhof bringen sollte. Von dort ging es dann im Eiltempo nach Tokio. Und von da zurück in die Vereinigten Staaten.

Lara konnte ich dabei leider nicht mitnehmen. Denn die flog ja wieder mit ihrem Olympia-Team in die ferne Heimat.

Für unsere Tochter wurde es in den nächsten Wochen hektisch. Eine große Frauenzeitschrift lud sie für eine Fotoserie ins Studio und für ein Interview in die Redaktion. Die neue Eisprinzessin sollte in Hochglanzaufnahmen dem amerikanischen Publikum vorgestellt werden.

In Point Pleasant gab es einen Sektempfang beim Bürgermeister. Ein Fernsehsender bereitete eine Sondersendung mit dem Wundermädchen auf Schlittschuhen vor. Gezeigt wurde ein Interview mit Lara, Ausschnitte aus der Medaillenverleihung sowie auch altes Bildmaterial: Unsere gerade mal fünfjährige Tochter beim ersten Training auf dem Eis, mit zehn Jahren beim Paarlauf mit Alexander Zemski sowie dann fünfzehnjährig beim Gewinn ihrer ersten Silbermedaille.

Der Gouverneur von West Virginia lud unsere Eisprinzessen mitsamt ihrer Familie in das Gästehaus seines Amtssitzes in Charleston ein. Lara trug ein traumhaftes Abendkleid mit Schärpe in Schwarz und Ocker im Fluss. Claudia und Tochter Annika hatten sich stattdessen für knielange Cocktailkleider entschieden, die hauteng waren. Meine Frau hatte ein knallrotes am Leibe, und die Mutti der kleinen Maria trug Giftgrün.

Lulu, im gelben Kleid mit schwarzen Punkten, stromerte leise plappernd zwischen den tausend Beinen der geladenen Gäste herum.

Auch Annikas Gatte Rodrigo machte im dunklen Smoking eine gute Figur.

Der Gouverneur ließ es sich nicht nehmen, die berühmte Landestochter persönlich zu beglückwünschen. An der Seite seiner Frau gratulierte er unserer Lara sehr herzlich. Diese stellte dann Claudia und mich als ihre

Eltern vor, die hinter ihr warteten.

In Deutschland heißt der Gouverneur eines Bundesstaates ja salopp Landesvater oder förmlich Ministerpräsident. Für die verschiedenen Ressorts stehen ihm die Minister zur Seite. Ein US-amerikanischer Gouverneur umgibt sich dagegen mit State Secretaries – Staatssekretären.

Einer dieser Staatsekretäre war durch eine vorteilhafte Heirat unermesslich reich geworden. Sein jüngster Sohn hieß Paul Vincent und sah sehr gut aus. Dieser Sproß wurde seit frühester Jugend nur "Vince" gerufen.

Claudia und ich versuchten unsere Lara für diesen Jungen zu interessieren. Er war zwei Jahre älter als sie und zu diesem Zeitpunkt schon zwanzig. Und wirklich tanzte die Eisprinzessin Larissa Franck den ganzen Abend mit dem hübschen Paul Vincent.

Ich ließ die in Nagano geschossenen Bilder entwickeln und schickte sie zusammen mit fotokopierten Zeitungsartikeln an meine Mutter nach Berlin.

Zurück kam ein begeistertes Glückwunschtelegramm. Lara wurde von ihrer Oma in den Sommerferien zu sich eingeladen.

"Ich werde sie besuchen", erklärte unsere Tochter daraufhin entschlossen.

Lara nahm nun keine Eislaufstunden mehr. Sie dankte ihrer langjährigen Trainerin und beendete den Trainingsvertrag.

Sie kehrte auch nicht mehr auf das Eis zurück. Denn nun trudelten Vertragsangebote der großen Modehäuser ein. Diese wollten unsere schöne Eisprinzessin für den Laufsteg haben. Es war ihr Bestreben, Lara als hochbezahltes Fotomodell unter ihre Fittiche zu nehmen.

Für unser Mädchen ging damit ein Traum in Erfüllung. Allerdings wollte sie sich erst nach den Sommerferien entscheiden, für welches Label sie nun laufen würde.

Denn bis zu den Ferien war ja noch Schule angesagt. Mehr noch: Lara musste sich verdammt auf den Hintern setzen, um verpassten Stoff aufzuholen und ihren Highschool-Abschluss hinzubekommen.

Aber auch so blieb ihr Leben sehr bewegt. Denn ständig klingelte bei uns das Telefon. Mal sollte Lara Ehrengast auf einer Charity-Veranstaltung sein. Dann wurde im Norden ein neues Eisstadion eingeweiht, wobei man unsere Tochter neben den Honoratioren einlud. Als ein Schauspielerkind an Blutkrebs erkrankte, da wünschte es sich einen Besuch unserer Eisprinzessin in der Klinik sowie ein Video von ihrer Kür bei Olympia 1998.

Daneben musste ich meinen Praxisbetrieb managen. Recht häufig wurde ich nach wie vor auch auf Farmen gerufen, um Problemgeburten beim lieben Vieh zu begleiten.

So kam der Sommer 1998 heran. Claudia wollte natürlich wieder nach Hamburg.

Klein-Lulu zeigte sich als Fall für sich. Sie war inzwischen zweieinhalb. Uns fragte sie Löcher in den Bauch: "Was ist das? Und das?" – Auch Lara und Annika waren vor ihr nicht sicher. Claudia wollte sie auf jeden Fall mit nach Deutschland nehmen, damit ihre Eltern sich an ihr erfreuen konnten.

Aber auch Lara sollte ja mitkommen. Leider war meine Mutter in Berlin kürzlich sehr schwer gestürzt. Daraufhin musste sie wegen eines mehrfachen Beckenbruches wiederholt operiert werden. Wegen des letzten Eingriffs lag sie derzeit immer noch im Krankenhaus.

Lara hatte nach mörderischem Lerneinsatz einen passablen Highschool-Abschluss erreicht. Für die Sommerferien stand ihr der Sinn daher nach Erholung. Mit Krankenbesuchen wollte sie die Freizeit jedoch nicht verbringen. Daher war sie auch nicht bereit, Claudia nach Deutschland zu begleiten.

Annikas kleine Tochter Maria lernte gerade Laufen. Darüber hinaus war unsere Tochter aber auch wieder schwanger, wie sich diese Tage erst herausgestellt hatte.

Annikas Schwiegermutter schaffte das vormittägliche Stehen hinter der Kasse nur mit Mühe. Daher wurde unsere Tochter im Laden nachmittags dringend gebraucht. Sie konnte also auch nicht mit nach Deutschland kommen.

Paul Vincent, Laras Tanzpartner im Gästehaus des Gouverneurs, schickte ihr eine Glückwunschkarte. Darin gratulierte er ihr launig zu ihrem erfolgreichen Highschool-Abschluss. Und gab der Hoffnung Ausdruck, sie schon bald wiedersehen zu können.

Wie schon im vorigen Jahr, so verabschiedete ich auch diesmal wieder nur Claudia und Klein-Lulu am Flughafen in Pittsburgh. Unsere Jüngste schnitt mir laufend Fratzen auf dem Arm ihrer Mutter. Langsam entfernten sich die beiden durch die Kontrollen, wobei ich ihnen noch nachwinkte.

In der Woche managte ich den üblichen Praxisbetrieb. Alma stand mir dabei zuverlässig zur Seite.

Am ersten Sonntag nach Claudias Abflug schlief ich lange aus. Als ich schließlich aufstand, da sah ich Annika. Sie half gerade ihrer kleinen Maria die Treppe hinunter.

Gemeinsam mit meiner Tochter bereitete ich dann das Frühstück zu. Lara hatte anscheinend schon früh das Haus verlassen. Wir aßen dann zu dritt, wobei die kleine Maria es mit dem Honig hatte. Sie veranstaltete eine ordentliche Sauerei damit.

Später hörte ich Annika oben mit dem Handy telefonieren. Ich stand schon an der Tür zum Wohnzimmer und hielt inne, um zu lauschen. Offenbar sprach sie mit Rodrigo. Wahrscheinlich würde meine Tochter gleich kommen. Sie würde mir bestimmt die Kleine aufhalsen wollen, um sich mit ihrem Mann dann einen schönen Tag zu machen. Seufzend setzte ich mich ins Wohnzimmer.

Plötzlich schneite Lara herein. Sie fragte, ob ich eine Badehose unter meiner Jeans trüge. Nein, erwiderte ich, aber eine Shorts, die als solche durchgehen könne.

Sie steckte in kurzen Hosen, einem bauchfrei-Top in Rot und hatte das Haar zurückgebunden. Energisch fasste sie meine Hand und zog mich mit sich.

Draußen war herrliches Sommerwetter. Die Sonne lachte vom blitzblauen Himmel.

Vor unserem Haus stand Bennies alter Pick-up der Marke Ford. Jawohl,

Laras Verflossener war vorgefahren. So als wenn nichts gewesen wäre, schwang sich meine Tochter gleich neben ihrem Ex auf den Beifahrersitz.

Auf der Ladefläche glaubte ich neben Jerry auch Missy an ihrer blonden Mähne zu erkennen. Beide trugen kurze Hosen und verblichene T-Shirts. Als die zwei mir aber hochhalfen, da sah ich, dass es nicht Missy, sondern deren Cousine Alexandra war.

Gleich darauf brauste der Bennie los. Er fuhr aber nicht weit, denn schon vor dem Haus von Missys Familie hielt er wieder.

Die Schöne trug hochhackige weiße Sandalen, einen schwarzen Rock, der dünn wie ein Gürtel war, sowie ein ärmelloses Top, das sich gleichfalls weiß und bauchfrei zeigte. Sie hielt einen Picknickkorb in der rechten Hand.

So kam sie angestöckelt, und wir drei zogen sie auf die Ladefläche.

Während wir weiterfuhren, da zückte der Jerry seine Gitarre. Sodann stimmte er seine so rauen wie auch extrem gehörgängigen Lieder an.

Missy kuschelte sich gleich an mich. Das war ungeheuer erregend, da sie ja kaum was am Leibe hatte. Offenbar spürte sie, wie mein Atem sich beschleunigte. Denn sie hauchte mir dann ins Ohr, ob sie wohl unter dem nur gürtelbreiten Rock etwas trüge.

Ich schlug ein süßes Nichts in Form eines sehr schmalen String-Tangas vor.

Sie tippte mir lächelnd auf die Nasenspitze. “Bingo”, grinste sie schelmisch.

Meinen Arm ausstreckend, winkelte ich ihr nacktes rechtes Bein an, indem ich den Fuß zu mir zog. An ihrer Fessel bildeten die eintätowierten Kreuze nun ein durchgehendes Band um den ganzen Unterschenkel herum.

Sie hatte meine Aktion sehr ernst verfolgt. Nun sah sie fragend mit ihren blauen Augen zu mir empor.

Zwei der schwarzen Kreuze waren etwas verblasst. Das waren die ältesten, wie mir gleich klar wurde. Das dritte schien mir ein wenig aus der Reihe nach oben zu stehen. Unmerklich nur, und allenfalls um den Bruchteil eines Zentimeters. “Ist das Philipp Washington, der Doktorand aus dem schönen Morgantown?”, erkundigte ich mich neugierig.

Sie nickte. Dann meinte sie, dass er nun in ihrem Fleisch weiterleben würde. Und zwar so lange, wie sie selbst durch diese Welt gehen könne.

Ein schwacher Trost für den Unglücksraben, dachte ich ernüchtert.

Bennie hatte inzwischen das Dorf Henderson erreicht. Nun steuerte er den Ford auf die Silver Memorial Brücke, die sich über den Fluss spannte.

Es ging also wohl zu dem Badesee in Ohio, den wir schon einmal aufgesucht hatten.

Meine Vermutung bestätigte sich schon bald darauf. Da lag der weiße Sandstrand vor uns im hellen Sonnenschein. Und etwas oberhalb der Volleyballplatz, auf dem wir seinerzeit gespielt hatten.

Wir ließen uns nur wenige Meter unterhalb des Spielfeldes nieder. Missy und Alexandra breiteten Strandmatten aus. Beide schoben sich anschließend dunkle Sonnenbrillen über die Nasen.

Auch Lara trug bereits eine. Bennie schleppte dafür die Kühlbox mit den Getränken. Die beiden waren kein Paar mehr, wie jetzt deutlich zu sehen war.

Ich zog meine Jeanshose aus. Dann legte ich mich neben die anderen in die Sonne. Mein blaues T-Shirt behielt ich dabei an, um meine helle Haut nicht zu verbrennen.

Lara beugte sich über die Box mit dem Essen. Ich sah, wie Benny daraufhin ihre langen Beine bewunderte. "Wir müssen die American Cookies jetzt verputzen", gab meine Tochter bekannt. "Denn die Schokoladenfüllung fängt schon an, in der Hitze zu schmelzen."

"Dann gib mal her", schnurrte Missy neben mir schläfrig.

Lara ließ daraufhin einen Pappteller mit den Keksen herumgehen.

Plötzlich hörten wir Motorenlärm, der sehr schnell lauter wurde. Gleich danach sahen wir mehrere Fahrzeuge auf den kleinen Parkplatz fahren.

Türenschlagen, grölende Männerstimmen. Beunruhigt erhoben wir uns. Wir alle nahmen jetzt eine sitzende Stellung ein. Besorgt schauten wir uns dann um.

Abgehacktes Lachen war auf einmal zu hören. Die ersten Halbstarken kamen nun in Shorts, T-Shirts und Flip-Flops den Strand hinunter. Ihnen folgten weitere, die auch Kühlboxen schleppten.

Alle starrten uns ungeniert an, während sie an uns vorbei trotteten. Etwas weiter unten, zwischen uns und dem Wasser des Sees, da rollten sie dann ihre Strandmatten aus.

Ich strengte meine Augen an, um sehen zu können, ob ich einen von ihnen kannte. Es waren bestimmt zwanzig Typen im Alter meiner Begleiter. Ein Mädchen konnte ich allerdings nicht unter ihnen ausmachen.

Nach längerem Hinüberschauen glaubte ich, zwei Männer erkannt zu haben.

Der eine war jener Latino, der dem Rodrigo so sehr ähnlich sah. Wieder kam mir der Gedanke, es müsse sich wohl um einen Cousin von Annikas Gatten handeln. Stolz und hochmütig stellte er eine fette Goldkette zur Schau.

In dem anderen glaubte ich den kleinen Cricket zu erkennen. Jenen Bengel, den die Mädchen damals in die Kohlemine gelockt hatten, in der es dann zur Katastrophe kam.

Zwei, drei Kerle rannten nun prustend und spritzend ins Wasser. Die anderen aber hatten sich alle zu uns herumgedreht. Schamlos suchten sie den Blickkontakt zu unseren Mädchen.

Plötzlich legte der Latino beide Hände an den Mund. “Ihr habt etwas, was wir nicht haben”, brüllte er rau zu uns herüber.

“Nämlich schöne Mädchen”, ergänzte Cricket sogleich mit seiner hohen Fistelstimme.

“Nicht mehr hingucken”, warnte Lara mit leiser Stimme. Dann drehte sie sich weg. Wir anderen folgten ihrem Beispiel.

“Hol mal das kalte Bier raus”, sagte ein Rothaariger zum Cricket. “Das wäre jetzt bei der Hitze genau das Richtige!”

“Ob die da drüben auch Bier haben?”, hörte ich Cricket fragen.

Der Latino legte daraufhin wieder die Hände an den Mund. “Habt ihr auch Bier?”, trompetete er zu uns herüber.

Jerry erwiderte, wir hätten nur einen Sechserpack.

Missy kuschelte sich in meinen Arm. Fürchtete sie sich?

Cricket fragte nun, ob wir mit ins Wasser kämen. “Auf keinen Fall”, zischte die Alex leise. “Dort tauchen sie uns dann sofort unter!”

“Danke, aber wir waren vorhin schon schwimmen”, rief Lara laut zurück.

Bei der anderen Gruppe wurden nun geöffnete Bierflaschen herumgereicht.

Der Latino aber hatte eine Spiegelreflexkamera zum Vorschein gebracht. Mit dieser kam er nun auf uns zu.

Wir sahen ihn durch den Sand latschen. Dann blieb er direkt vor Missy und mir stehen. “Darf ich deine schöne Freundin mal knipsen, Sir?”, fragte er mich mit ausgesuchter Höflichkeit.

Missy flüsterte mir sofort ins Ohr, dass ich es ihm erlauben solle. “Ja, das geht in Ordnung”, antwortete ich daher zögernd.

Er forderte die Blondine daraufhin auf, sich zu erheben. Dann sollte sie sich links von unserer Gruppe vor dem Volleyballplatz aufstellen.

Missy folgte diesem Verlangen nach kurzem Überlegen. Den schwarzen Rock und das Top hatte sie ausgezogen, bevor sie sich zum Sonnen hinlegte. Nun stand sie im nur mehr zu ahnenden Tanga-Dreieck und dem winzigen Oberteil fast nackt da. Ihre blassen Glieder schimmerten bleich im hellen Schein der Sonne. Eine Windbö fegte ihr die blonde Mähne vors Gesicht.

Der Latino knipste einige Bilder. Anschließend fragte er die Missy, ob sie mit ihm Schwimmen gehen wolle. Doch die Schöne entschuldigte sich und flunkerte ebenfalls, dass wir ja eben erst alle Baden gewesen seien.

Einer der Jungs brachte nun einen riesigen Ghettoblaster zum Vorschein.

Die Musikanlage platzierte er etwas oberhalb von uns.

Schon bald dröhnte laute Popmusik über den Strand – die aktuellen Hits.

Daraufhin war es der kleine Cricket, welcher seine Hände an den Mund legte. “Wollen eure Mädchen nicht tanzen?”, schrie er zu uns herüber.

“Komm”, sagte Missy daraufhin, die immer noch stand. Ich erhob mich, und sie nahm meine Hand. Wir näherten uns langsam der Musikanlage. Ich sah, dass Lara und Bennie uns folgten. Und als ich mich umdrehte, da gewahrte ich, dass Alexandra und Jerry auch hinter uns hertrotteten.

Wir drei Paare begannen uns nun im Takt der Musik zu bewegen.

Plötzlich war oben auf dem Parkplatz wieder Motorengebrumm zu hören. Türen wurden erneut geschlagen, und laute Stimmen ließen sich vernehmen.

Gleich darauf wurde der Motor abgestellt. Ein junges Paar kam nun den Strand hinunter. Sie gingen Hand in Hand. Dabei fiel mir das Mädchen auf. Es war noch sehr jung, so wie es aussah.

Lange, dunkelbraune Haare umrahmten das hübsche Gesicht. Die Kleine erschien mir entsetzlich dünn in ihrem weißen Bikini. Das Gesicht war so schmal, dass die braunen Augen darin riesig wirkten – wie die eines Tierchens aus dem Nachtierhaus des Zoos.

Das Paar ließ sich in unmittelbarer Nähe von uns nieder. Besorgt äugten die beiden zu der Gruppe hinüber.

In dieser wurde weiter kräftig gezecht. Anscheinend gab es auch Whisky, denn zwei oder drei der Jungs hatten wohl bereits schwer Schlagseite.

Im großen Trupp machte sich offenbar allmählich Frustration breit. Die letzte Hoffnung hatte wohl darin bestanden, mit unseren Mädchen tanzen zu können. Mit denen tanzten nun ja aber wir. So rüstete die ganze Gruppe jetzt langsam zum Aufbruch. Wir waren froh, als sie endlich weg waren.

17. MEINE TOCHTER LARA WIRD ZUM

SCHEIDUNGSGRUND

Anschließend wurde gegessen. Dabei konnten wir uns wieder an Missys köstlichen Pastetchen erfreuen. Das kalte Bier und die Limonade schmeckten dazu prima.

Wir gaben auch dem fremden Pärchen etwas ab. Die beiden bedankten sich daraufhin sehr herzlich bei uns.

Als wir fertig waren und aufgeräumt hatten, da dämmerte es bereits. Jerry nahm wieder seine Gitarre zur Hand. Schon bald stiegen seine rauhen Töne vor dem blutroten Horizont in den rauchgrauen Himmel empor.

Die Mädchen begannen dann gleich, sich im Takt der Musik zu wiegen. Auch das fremde Mädchen schloss sich Lara, Alex und Missy an. Mit verträumtem Gesichtsaudruck mischte es sich ebenfalls unter die Tanzenden.

Bennie, Laras Ex, hatte sich neben unserem Barden niedergelassen. Er wippte den Takt mit, während Jerry die Saiten zupfte und dazu mit rauer Kehle sang.

Der fremde junge Mann aber suchte meine Gesellschaft. Ächzend ließ er sich neben mir in den Sand fallen.

Im Halbdunkel der fortschreitenden Dämmerung drehte er sein Profil zu mir. Undeutlich gewahrte ich, wie er sich das struppige dunkle Haar aus dem Gesicht strich. "Sie sind doch der Lover von der schönen Blondine, nicht wahr, Sir?", fragte er mich.

Ich sah wieder zu den Tanzenden herüber. Die dunklen Silhouetten der vier Mädchen wanden sich wie beschwörte Schlangen im Takt der Musik. In der zunehmenden Dunkelheit wirkten die beiden Blondinen Alex und Missy wie Zwillinge. "Welches der zwei blonden Mädchen meinen Sie denn?", fragte ich deshalb. "Dieses wunderschöne Ding in dem knappen Tanga", lautete die Antwort.

"Sie ist *eine* Freundin, aber nicht *meine* Freundin", stellte ich klar. "Schauen Sie, ich bin verheiratet, und das Mädchen im roten Top ist eine meiner drei

Töchter."

Dumpf brütete er nun vor sich hin. Im grauen Zwielicht der Dämmerung sah ich, wie sich sein Brustkorb beim Atmen hob und senkte. "Aber die Missy ist wirklich schon eine sehr gute Freundin von mir", räumte ich dann doch noch leise ein.

Wieder fuhr er sich erregt durch die wilde Frisur. "Ihre Missy hat meiner Angie erzählt, dass sie im Ace of Spades an einem Tag 600 Dollar verdient hätte", brach es aus ihm hervor. "Seitdem ist meine Kleine völlig von der Rolle, Sir", fuhr er dann etwas lauter fort. "Schauen Sie, das Mädchen ist erst 16, und da setzt Ihre Freundin ihm so einen Floh ins Ohr."

Von dem Ace of Spades hatte ich bereits munkeln hören. Angeblich war es ein neu eröffneter Swingerklub auf der grünen Wiese an der Straße zwischen Point Pleasant und St. Albans. Missys sechshundert verdiente Dollar ließen allerdings mehr an ein Bordell denken. Im puritanischen Amerika ist eine Konzession für ein solches jedoch kaum zu bekommen. Warum das Ding dann nicht einfach als Swingerklub tarnen?

Mein fremder Gesprächspartner hatte wohl versucht, mir die Gedanken von der Stirn zu lesen. Dies war allerdings in der schon fast vollständigen Dunkelheit kaum noch möglich. Nun sagte er düster: "Die nehmen im Ace of Spades nur Volljährige. Stellen Sie sich vor, die Angie hat jemanden gefunden, der das Geburtsdatum in ihrem Führerschein gefälscht hat. Verstehen Sie, Sir? Das sieht jetzt so aus, als wäre sie schon 18. Ich habe ihr gesagt, wenn sie sich da wirklich hinlegt, dann sind wir geschiedene Leute."

Prüfend sah ich ihn an. "Und Ihre Kleine?", fragte ich. "Was hat Angie dazu gesagt?"

Er zuckte im Dunkeln mutlos die Achseln. "Sie wurde sehr sauer", gab er zerknirscht zu. "Und sie stellte in scharfem Ton klar, dass ich mich zum Teufel nicht in ihren Privatkram einzumischen hätte."

Ich nickte, verstehend.

Ein dunkler Umriss tauchte vor uns auf. Es war Angie, die auf ihren langen Beinen auf uns zu gestaktst kam. "Gehen wir, Schatz?", gurrte sie. "Denn es ist doch inzwischen zu dunkel zum Tanzen."

Der Fremde verabschiedete sich hastig von mir und stand auf. Hand und Hand schlenderten er und Angie anschließend davon. Ich sah ihr langes Haar im Nachtwind wehen.

Sein *Good-Bye* waren die letzten Worte, die ich von ihm hörte. Denn ich sollte diesen Menschen nie in meinem Leben wiedersehen.

Oben heulte wenig später der Motor ihres Wagens auf. Gleich darauf stachen Lichtfinger durch die Dunkelheit. Nur wenig später verebbte der Lärm, und auch auf dem Parkplatz wurde es wieder düster.

Schon im nächsten Moment stellte Jerry sein Gitarrenspiel ein. Mit den Mädchen kamen er und Bennie dann zu mir herüber. Jawohl, es war nun höchste Zeit, nach Hause zu fahren.

So begann für mich wieder eine neue Arbeitswoche in der Praxis. Claudia rief fast jeden Abend von Hamburg aus an. Sie meinte, ihrem Vater ginge es gesundheitlich schon nicht mehr so gut. Dennoch hätten ihre Eltern die kleine Lulu sogleich gefressen. Die fänden unsere Jüngste wahnsinnig süß.

Auch am folgenden Sonntag schlief ich wieder lange aus. Als ich um halb elf schließlich erwachte, da fand ich mich allein zu Hause wieder. Offenbar hatte Rodrigo seine Annika mit der kleinen Maria abgeholt. Gemeinsam waren die drei dann wohl weggefahren. Aber auch meine Tochter Lara war nicht zu Hause.

Zum ersten Mal seit langem frühstückte ich daher wieder allein.

Später wollte ich es mir dann im Wohnzimmer gemütlich machen. Doch da wurde plötzlich an der Haustür Sturm geklingelt.

Ich befürchtete sofort das Allerschlimmste. Sollte es etwa wie beim letzten Mal der hakennasige Bennie sein? Und auch an diesem Tag wieder mit einer Hiobsbotschaft?

Genauso war es! – Denn vor der Tür stand der picklige Jüngling und zitterte am ganzen Leibe. Missy und Lara hätten eine Wette verloren, erzählte er mit stockender Stimme. Bleich und käsig fuhr er dann fort, dass sie nun im Ace of Spades seien. Dort würden sie für Geld ihre jungen Körper an Freier verkaufen.

Ich zögerte keine Sekunde. Rasch fuhr ich in meine Sneakers. Anschließend folgte ich dem Bennie aus dem Haus.

An der Straße parkte sein Ford Pick-up. Er warf sich gleich hinter das Steuer, während ich hektisch auf der Beifahrerseite einstieg.

Der Himmel war leicht bedeckt, doch war es trocken. Bennie lenkte den Ford zuerst in Richtung Point Pleasant. Kurz vor der Stadt wechselte er dann auf die Landstraße nach St. Albans. Offenbar kannte der picklige Jüngling die Strecke gut. Denn schon nach wenigen Minuten bog er auf einen Feldweg ab. Hinter einigen imposanten Ulmen sahen wir dann bereits den niedrigen Flachbau namens Ace of Spades.

Auf dem Wiesenparkplatz standen schon einige Autos. Bennie stellte seinen Ford neben einem Chevrolet Impala ab und zog den Schlüssel.

Gleich hinter dem Eingang stießen wir auf die Rezeption. Ein unsäglich fettes Weib mit Damenbart musterte den Bennie und mich geringschätzig. Ich sagte, dass wir in den Club wollten.

Einen Kaugummi schmatzend, erklärte die Dicke, dass der Eintritt 120 Dollar pro Person koste. Zähneknirschend blätterte ich also 240 Dollar für Bennie und mich hin.

Daraufhin sagte die Rezeptionistin, wir sollten beide unsere rechte Hand auf das hölzerne Desk legen. Zögernd kamen wir dieser Aufforderung nach. Die Dicke legte uns dann je ein Funkarmband um das Handgelenk. “Für das Geld kann sich jeder von euch beiden mit maximal drei Mädchen vergnügen”, gab sie uns dann noch mit auf den Weg. “Natürlich nicht gleichzeitig, sondern nacheinander. Anhand der Funksignale eurer Armbänder kann ich dann sehen, bei welchen Mädchen ihr wie lange gewesen seid.”

Ich nickte. Anschließend schob ich den Bennie gleich in den Club hinein.

Im Inneren des Ace of Spades war es sehr dunkel. Offenbar lagen die Mädchen in flachen Betten. Diese waren so tief in den Boden eingelassen, dass sie kaum daraus hervorragten.

Von überall hörten wir die Dirnen gurren: “Hier zu mir, Sir!” – “Nein, zu mir, ich mach's dir schön, mein Freund!" – "Nicht ablenken lassen, sondern gleich zu mir, mein Bester, hier winkt das Paradies!"

Langsam tappten wir an den finsteren Lagern vorbei. Bis ich nach einigen Schritten den Bennie verlor. Man sah wirklich kaum die Hand vor den Augen.

Plötzlich war es mir, als hätte ich vom nächsten Lager aus Missys Stimme gehört. Offenbar war das Mädchen vor mir völlig nackt. Kurzentschlossen schlüpfte ich aus Jeans und T-Shirt. Undeutlich sah ich, wie sie Arme und Beine öffnete.

Vorsichtig legte ich mich auf sie. Ihre Glieder fühlten sich kühl an. Unter der weichen Haut ertastete ich stählerne Flechsen. Ich wusste, dass die blonde Schwimmnixe sich in den letzten Monaten mächtig reingehängt hatte. So wie meine Lara, nur leider ohne Hoffnung auf eine Medaille. "Missy?", fragte ich.

Ein glucksendes Lachen war die Antwort. "Ja, ich bin es", flüsterte sie geheimnisvoll.

Inzwischen war ich stark erregt. Ich spürte, wie sie meine völlig versteifte Männlichkeit in ihre schmalen Finger nahm. Dann führte sie mich in Richtung ihrer Pflaume. "Missy, weißt du denn auch, wer ich bin?", keuchte ich.

Im Dunkeln fühlte ich ihre Kopfbewegung. Wahrscheinlich nickte sie. "Ja, Sie sind der Doktor", hörte ich sie leise antworten.

"Darf ich denn auch mit dir schlafen, Missy?", hakte ich vorsorglich nach.

Sie zögerte. Dann hauchte sie: "Eigentlich nicht, Doktor. Doch da Sie ja der Vater meiner besten Freundin sind, da mache ich natürlich gerne mal eine Ausnahme."

Nun führte sie meinen Lümmel bei sich ein. Sie stöhnte, während sie mich wie eine Liane umschlang. Ihre Lippen suchten die meinen, und schon küssten wir uns mit größter Leidenschaft.

Es war wunderschön mit ihr. Wir erreichten dann beide gleichzeitig den

Höhepunkt, und sie krümmte sich dabei vor Lust in meinen Armen.

Als wir schließlich fertig waren, da sagte ich: "Wir sollten jetzt gehen, Missy. Ich habe den Bennie bei mir. Wir müssen euch sofort hier rausholen!"

Ich spürte Missys Nicken im Dunkeln, während sie sich anzog. "Wir dürfen die Lara nicht vergessen", meinte sie noch. "Ich glaube, sie liegt hier drei Lager weiter."

Ich nahm Jeans und Shirt unter den Arm und machte mich auf den Weg. Als ich drei Lager abgezählt hatte, da hörte ich eine wohlbekannte Stimme sagen: "Komm zu mir, Süßer, geh nicht weiter!"

Wieder öffneten sich schmale Mädchenglieder. Und erneut ließ ich mich zwischen ihnen nieder.

Ein typischer Duft stach mir in die Nase. Eine ganz schwache Note nach Kardamon und gebrannten Mandeln. Hundertmal hatte ich dies gerochen, wenn Lara mir abends halbnackt auf den Schoß hüpfte – und das auch noch als Halbwüchsige. Immer in unserem Wohnzimmer, und stets unter Claudias eifersüchtigen Augen.

Das Mädchen war sehr erregt. Ich aber auch. Enschlossen griff sie nach meinem stark versteiften Stück – dem besten, das ich hatte. Sie wollte es gerade bei sich einführen, als ich sagte: "Lara, ich bin dein Papi!"

Da ließ sie es fahren wie eine heiße Kartoffel. Verlegen versuchte sie, sich mir zu entwinden. Aber da war ich schon abgestiegen. "Lara", sagte ich, "Missy kommt auch gleich. Wir verlassen diesen Club auf der Stelle."

Ich spürte, dass sie im Dunkeln nickte. Dann begann sie, sich anzuziehen.

Eine graue Schattengestalt stieß zu uns. Ich hörte das leise glucksende Lachen – es war Missy. "Kommt, wir gehen", ordnete ich an.

Die Mädchen folgten mir zum Ausgang. "He, wollt ihr schon los?", fragte eine Stimme aus der Finsternis. "Ja, wir gehen", sagte ich. "Steh auf, Bennie!"

Ein Mädchen kicherte. "Wartet, ich muss mich erst anziehen", hörten wir den Benny sagen.

Wir hielten einen Moment an, dann war er fertig. Zu viert trotteten wir dann wieder los, zum Ausgang.

Die fette Dame an der Rezeption sah erstaunt auf, als wir als Quartett an ihr Desk traten. "Die Armbänder", erinnerte sie dann Bennie und mich.

Wir streiften die Funkriemen von den Handgelenken und reichten sie ihr.

Anschließend sagte sie zu Lara und Missy: "Eure Lochkarten, Mädels." Auch diese wurden ihr vorgelegt.

Das Schwergewicht zog erst eine der Karten durch ein Lesegerät. "Larissa Franck, 18 Jahre", meinte sie dann. "Ich drucke dir jetzt deinen Scheck aus, Mädchen. Es sind 60 Dollar für zwei Freier."

Lara quittierte diese Mitteilung mit unbewegter Miene. Sie nahm ihren Scheck ganz gelassen von der Dicken entgegen und wartete dann an der Tür.

Nun streifte sie die andere Karte durch den Leser. "Missy Harper, auch 18 Jahre", schnarrte sie heiser. Dann starrte sie die Blondine erstaunt über ihre bläulichen Tränensäcke an. "Was, schon Feierabend?", wunderte sie sich. "Und auch erst zwei Freier? Nur 60 Dollar heute, Mädchen?"

Missy nickte errötend. Sie bekam ihren Scheck, und dann gingen wir.

Draußen auf dem Parkplatz war der Himmel bewölkt, und es blies eine kräftige Bö am frühen Nachmittag. Bennie setzte sich ans Steuer des Ford, während Lara auf der Beifahrerseite einstieg. Der Wind bauschte das Grün der Ulmen über unseren Köpfen.

Missy und ich mussten mit der Ladefläche vorliebnehmen. Sie kuschelte sich an mich. Ihre Beine wirkten sehr schmal in den engen Jeans. Dabei zitterte sie in dem ärmellosen Top, dass auch noch den Nabel freiließ. Ich schlang meine Arme um ihren Oberkörper, um sie zu wärmen. Sie schnurrte vor Behagen in meiner Umarmung. Dabei gerieten ihre langen Haare in meine Nase, und ich musste niesen.

Benny fuhr los. Durch das Trennfenster zur Fahrerkabine konnte ich seinen und Laras Hinterköpfe sehen. Offenbar stritten die zwei. Sie waren dabei so laut, dass wir sie auf der Ladefläche hören konnten. Es erwies sich aber als unmöglich, auch nur ein Wort zu verstehen. Anscheinend schrie meine Tochter den Bennie an. Was war passiert?

Ich dachte an den Club zurück. Hatte Bennie mit meiner Tochter geschlafen, während ich mich mit Missy vergnügte? Nutzte er das von mir bezahlte Geld etwa dazu, sich bei Lara einen Liebesakt zu erschleichen? Und hielt ihm meine Tochter das jetzt vor? Dass er, obwohl sie getrennt waren, sich einfach bei ihr bedient hatte?

Eine brennende Frage und keine Antwort. Ich konnte wirklich nicht sagen, ob das der Grund für den Streit war.

Missy hatte von all dem wohl nichts mitbekommen. Sie schlummerte nämlich fest in meinen Armen. Doch jetzt öffnete sie halb die Augen. "Doc", quakte sie schläfrig, "Sie haben mit mir geschlafen. Jetzt bin ich … Ihre Frau!"

"Ach Kindchen", sagte ich halb abwehrend. Dabei drückte ich sie aber noch fester an mich. Sie schnurrte wieder, worüber sie auch wieder einnickte.

Einige Zeit später hielt Bennie vor ihrem Elternhaus. Ich weckte Missy vorsichtig. Behutsam half ich ihr dann von der Ladefläche herunter.

Ich sah sie auf ihren hochhackigen Sandaletten unsicher auf die Eingangstür zustöckeln. Bevor sie aufschloss, da drehte sie sich kurz um. Und warf mir dann noch ein Handküsschen zu.

Der nächste Stopp war vor unserem Haus. Lara riss die Beifahrertür auf und sprang aus dem Wagen. Mit bebenden Nasenflügeln wandte sie sich dann nochmals nach dem Auto um. Anschließend knallte sie die Tür mit solcher Wucht zu, dass das ganze Fahrzeug erzitterte.

Bennie hupte wütend, bevor er losfuhr. Aus dem Fahrerfenster warf er ihr einen zornigen Blick zu. Lara zeigte ihm den Stinkefinger, dann war er weg.

Ich legte meiner Tochter den Arm um die Schultern, während wir auf unser Haus zugingen. "Was war denn los?", fragte ich freundlich.

“Ach, dieser Idiot!”, schnaubte sie erbost. “Den kannst du doch in der Pfeife rauchen, diesen dämlichen Bennie!”

Später, schon im Haus, da fragte ich sie nach der Wette. Was denn da in sie gefahren sei, es Freiern für Geld zu besorgen?

Lara hatte sich inzwischen etwas beruhigt. Niedergeschlagen meinte sie, das alles sei eine verrückte Idee von der Molly gewesen. Sie selbst und Missy könnten wirklich nichts dafür. Es sei eben alles dumm gelaufen.

Was sollte man davon halten? Lara hatte zweifellos einen Ruf zu verlieren. Wenn es in die Presse gelangte, dass sie sich als Eisprinzessin an Freier verkaufte, dann würden die Medien sie gnadenlos durch den Schmutz ziehen.

Zwei Wochen später fuhr ich wieder nach Pittsburgh. Dort holte ich meine Frau und die kleine Lulu vom Flughafen ab.

Eine Woche später brauste dann unsere ganze Familie nach Pittburgh. Diesmal galt es, unsere Lara zu verabschieden. Sie hatte nämlich inzwischen bei einem bedeutenden Modelabel angeheuert. Nun flog sie nach Mailand, in Italien. Dort sollte sie die Herbstkollektion präsentieren. Und das auf einem der größten und wichtigsten Laufstege der Welt.

Wir drückten sie alle immer wieder und wünschten ihr alles Gute. Dann verschwand unsere Lara mit ihrem Lackköfferchen in den Kontrollen.

Noch am selben Abend platzte dann die Bombe.

Ich hatte eigentlich mal den Whiskey probieren wollen, den Mr. Connor mir geschenkt hatte. Und für Claudia hatte ich im Wohnzimmer schon eine Flasche Weißwein entkorkt. So war es unsere Absicht, uns einen gemütlichen Abend zu machen.

Doch schon als Claudia hereinkam, da bemerkte ich, dass etwas nicht stimmte. Dabei sah sie durchaus hübsch aus in ihrem schwarzen Kostüm, den Netzstrumpfhosen und in ihren Plüschpantoffeln. Doch entging mir nicht, wie totenblass sie war – und dass ihre Unterlippe zitterte.

Mit einem Blick auf die Whiskyflasche auf dem Tisch sagte sie sehr beherrscht: “Ah, das Geschenk des Reitstallbesitzers, Stefan. Für die heldenhafte Rettung seiner Tochter in Point Pleasant, nicht wahr?”

Ich sah sie betroffen an. “Ja”, meinte ich dann unbehaglich.

Nun holte sie tief Luft. Dabei strich sie sich die hellblonde Mähne aus dem angespannten Gesicht. “Leider hat unser Held dann die beste Freundin unserer Tochter Lara geküsst. Und zwar die Missy, und richtig sinnlich und leidenschaftlich auf den Mund. Oder willst du das etwa bestreiten, Stefan?”

Ich starrte sie fassungslos an. “Woher … weißt du das?”, stieß ich mühsam hervor.

Sie grinste mich höhnisch an. “Stell dir vor, Sportsfreund”, meinte sie dann langsam. “Aber unsere Tochter Lara konnte dein schändliches Verhalten einfach nicht mehr für sich behalten. Und deshalb hat sie sich mir anvertraut!”

Lara? Was war denn in die gefahren? Mein Gott, das konnte ja noch heiter werden!

Eigentlich war es ja Missy gewesen, die mich geküsst hatte. Damals in Point Pleasant, als mich der Hinterhuf von Cavendish an der Schläfe erwischte. Nur machte das an dieser Stelle auch keinen großen Unterschied mehr.

Claudia durchbohrte mich jetzt förmlich mit ihren blauen Augen. “Und dann vor drei Wochen, ein Motel irgendwo zwischen Point Pleasant und St. Albans, du treulose Tomate”, sagte sie kalt, wobei sie jedes Wort sorgfältig abwog. “Willst du bestreiten, dass du dort mit Missy geschlafen hast?”

Mein Gott, jetzt kam es aber knüppeldick!

Ich faselte irgendwas von einer Notsituation. Dass mich der Bennie aufgegabelt habe, weil Missy und Lara angeblich eine Wette verloren hätten. Das sei im Ace of Spades gewesen, und da hätte ich eben helfen wollen.

Claudia grinste mich höhnisch an. “Beim Erreichen des Höhepunktes wolltest du der Missy helfen, gib es doch zu! Oder willst du etwa bestreiten, dass du mit der besten Freundin deiner Tochter geschlafen hast?”

“Nein”, murmelte ich zerknirscht.

Nun kreuzte sie die Arme vor der Brust. Dies signalisierte mir, dass sie jetzt wohl zum Todesstoß ausholen wollte. "Das geht ja wohl schon fast zwei Jahre auf diese Tour", sagte sie, wobei sie sich offenbar zur Ruhe zwang. "Bei Festlichkeiten hast du das Mädchen immer neben dich gesetzt, so als wäre sie deine Ehefrau, Stefan. Das alles kumulierte schlussendlich noch in den besagten Küssen voller Leidenschaft sowie einem Liebesakt als Gipfel deiner Untreue."

Eine längere Liebschaft bestritt ich nun aber. Ich sagte, die Küsse gebe ich zu und den Verkehr auch. Mit Ausnahme einiger harmloser Tanzeinlagen sei aber ansonsten nichts gewesen.

Sie meinte daraufhin abfällig, dass sie mir an diesem Punkt überhaupt nichts mehr glaube. Denn ganz offensichtlich hätte ich sie mit dem jungen Mädchen doch über längere Zeit hintergangen.

Ich beharrte aber darauf, dass sich alles auf Kuss und Akt beschränkt habe. Das stelle aber einen einmaligen Fehltritt dar. Hierfür entschuldige ich mich und verspreche, gelobte ich, dass so etwas nicht mehr vorkommen werde. Im übrigen beabsichtige Missy ja auch, nach ihrem Highschool-Abschluss zu studieren. Hierfür werde sie mit Sicherheit auswärtig untergebracht, weshalb ich sie in den nächsten fünf Jahren ja auch nicht mehr sehen werde.

Mit immer noch gekreuzten Armen schüttelte Claudia den Kopf. "Du kannst deine Missy so oft sehen, wie du willst", meinte sie eisig kalt. "Weil ich dich nämlich mit den Kindern verlassen werde, Stefan. Stell dir vor, dass ich beabsichtige, mit meinen Sprösslingen nach Hamburg zurückzukehren."

Nun ergriff mich die nackte Panik. Verzweifelt warf ich in die Waagschale, dass wir hier in den Staaten doch immer sehr glücklich gewesen seien. Drei Kinder hätten wir, wobei zwei von ihnen sich doch aufs Prächtigste entwickeln konnten. Annika sei verheiratet und habe uns ein Enkelkind geschenkt. Darüber hinaus betreibe sie wieder Reitsport. Lara habe sogar die Goldmedaille im Eiskunstlauf gewonnen und sei nun Fotomodell. Viele Eltern könnten von solch erfolgreichen Kindern doch nur träumen. Ob sie da wegen einer einmaligen Sache das Zerbrechen unserer Familie in Kauf nehmen wolle? Oder mir besser doch noch eine Chance zu geben bereit sei?

Wieder schüttelte meine Frau den Kopf. Nein, dafür hätte ich sie zu planmäßig betrogen, erwiderte sie unnachgiebig. Ihr Entschluss stehe damit fest. Ich möge sie bitte mit den Kindern am nächsten Sonntag zum Flughafen nach Pittsburgh fahren.

Ich versuchte noch eine Weile, sie von ihrem Vorhaben abzubringen. Dabei gelang es mir aber nicht, an ihr Herz zu rühren. Selbst das Aufzählen glücklicher Momente in unserer langen Ehe blieb fruchlos. Abfällig meinte sie, ich würde doch jede Möglichkeit nutzen, um mich wieder heimlich mit Missy zu treffen. Das könne ja auch in deren Semesterferien geschehen. Nein, das hätte alles keinen Zweck mehr.

Die Folgewoche verbrachte sie damit, drei pralle Koffer zu schnüren. Dabei versuchte sie, unsere Töchter zum Mitkommen zu überreden. Lara war inzwischen in Paris auf Laufstegen unterwegs. Soweit ich mitbekam, sagte sie am Telefon, sie fühle sich als Amerikanerin und wolle deshalb in den Staaten bleiben.

Bei Annika war das Ganze noch fruchloser. Denn ihr Göttergatte Rodrigo sprach ja gar kein Deutsch. Der wäre also ganz bestimmt nicht dabei gewesen, wenn es seine Frau nach Old Germany gezogen hätte. Damit biss sich Claudia auch an Tochter Annika erfolglos die Zähne aus.

Blieb also nur noch Klein-Lulu. Das tat mir natürlich weh, weil ich so sehr an dem süßen Fratz hing.

Am nächsten Sonntag lud ich Claudias drei Gepäckstücke in den Kofferraum ihres Kleinwagens. Annika, Rodrigo und die kleine Maria stiegen auch in das Auto. Unsere lütte Lulu bekam gar nicht mit, dass es ein *goodbye* für immer sein sollte. Sie winkte zum Abschied auf dem Flughafen so fröhlich, als wäre sie in vier Wochen wieder zurück.

Als wir zum Wagen zurückgingen, da fasste Annika plötzlich meinen rechten Arm. "Das war ein richtig linkes Ding von der Lara", sagte sie tröstend. "Ich meine, dass sie einfach mal aus einer Laune hinaus unsere Familie zerstörte."

"Das kannst du laut sagen", schniefte ich. Denn mir war nach Klein-Lulus fröhlichem Winken nur noch nach Heulen zumute.

18. EINE NEUE LIEBE IST WIE EIN NEUES LEBEN

Die ganze nächste Woche vergrub ich mich in Arbeit. Ich hielt die Praxis oft bis um abends 20.00 Uhr geöffnet, auch wenn so spät kaum noch Leute kamen. Nach Feierabend kam Tochter Annika meist noch zu mir ins Wohnzimmer. Dabei entwickelte sie beachtliche Fähigkeiten als Trösterin.

Oft dachte ich in diesen Tagen an Claudia. Noch häufiger aber an die kleine Lulu.

Zum Ende der Woche hin wurden die Bilder aber mehr und mehr von der Erinnerung an Missy überlagert. *Was, schon Feierabend?* hatte sich die fette Rezeptionistin im Ace of Spades gewundert. *Und auch erst zwei Freier? Nur 60 Dollar heute, Mädchen?*

Danach fielen mir die Worte des Unbekannten am Badesee ein: *Ihre Missy hat meiner Flamme erzählt, dass sie im Ace of Spades an einem Tag 600 Dollar verdient hätte!*

Hatte Missy in dem Schuppen berufsmäßig als Dirne angeschafft? Die Äußerungen der Fetten an der Rezeption sowie des Unbekannten könnte man leicht so auslegen. Genau wusste ich es damit allerdings noch nicht.

Hätte ich den Unbekannten doch nur nach seinem Namen gefragt! – Moment, wie hieß denn gleich noch mal seine Freundin? Irgendwas mit dem Buchstaben A – Ashley oder Abigail oder … Angie, ja genau, das war es!

Die Fette am Desk hätte Missy ja auch mit einem anderen Mädchen verwechselt haben können… Vielleicht war die Blondine deshalb so rot geworden.

Aber auch dieser Angie kann was vorgeflunkert worden sein… Vielleicht wollte Missy nur aufschneiden und tischte ihr deshalb eine erfundene Geschichte auf… Oder hatte sie der Angie auch eine Abrechnungskarte gezeigt?

Fragen über Fragen. Ich dachte an Missys Anschaffen in New Yorker Hotel-Lobbys, für das es ebensowenig einen schlüssigen Beweis gab.

Wenn Angie aber wirklich eine Abrechnung vorgelegt wurde? Ich musste sie finden. Aber wo? Der Unbekannte hatte doch gesagt, dass sie im Ace of Spades anschaffen wolle. *Stellen Sie sich vor, die Angie hat jemanden gefunden, der das Geburtsdatum in ihrem Führerschein gefälscht hat. Verstehen Sie, Sir? Das sieht jetzt so aus, als wäre sie schon 18.*

Ja, im Ace of Spades würde ich sie sprechen können! Ich musste also hin.

Am Sonnabend steuerte ich gleich nach Schließung meiner Praxis den Club an. Es war noch früher Nachmittag. Wegen der glühenden Sommerhitze stellte ich Claudias Kleinwagen im Schatten einer Ulme ab. Dann beobachtete ich vom Auto aus den Eingang.

Menschen kamen und gingen, auch junge Mädchen. Angie war allerdings nicht darunter.

Als es schon dämmerte, da hielt ich es nicht mehr aus. Entschlossen betrat ich den Schuppen und blieb vor dem Desk stehen. Die Fette hatte einen Ordner in den Aktenschrank hinter sich gestellt. Nun drehte sie sich nach mir herum. "Sie wünschen, Sir?", fragte sie, dabei gelangweilt Kaugummi schmatzend.

"Ich suche ein hübsches Mädchen", sagte ich zögernd. "Es heißt Angie, Ma'am. Ich würde mich gerne mit der Kleinen amüsieren. Ist sie hier?"

Weiter ihren Gummi kauend, starrte sie mich an. "Es gibt hier zwei Mädchen mit Namen Angie", schnarrte sie dann langsam. "Welche meinen Sie denn? Kennen Sie den Nachnamen?"

Da musste ich leider passen.

Sie schlug mir anschließend vor, eine Eintrittskarte für 120 Dollar zu kaufen. In diesem Fall wolle sie mir sagen, ob eine der beiden Angies anwesend sei.

Ja, und dann war es womöglich noch die Falsche! – Daher lehnte ich dankend ab.

Am nächsten Tag, dem Sonntag, da kreuzte ich schon um 7.00 Uhr früh vor dem Etablissement auf. Wieder stand ich unter der Ulme. Denn der Tag versprach genauso heiß wie der gestrige zu werden.

Die Stunden vergingen. Ich musterte die stark geschminkten Dirnen, welche eine nach der anderen eintrudelten. Aber auch Männer aus verschiedenen Altersgruppen betraten den Schuppen.

Plötzlich reckte ich den Hals. Ein Mädchen von schmaler Gestalt war mit dem Bus gekommen. Nun sah ich ihre riesigen braunen Augen, das hübsche Gesicht und das lange, dunkle Haar. Ja, das war sie! Das war Angie!

Ich ließ noch eine Schamfrist von 15 Minuten verstreichen. Dann verließ ich den Wagen und stürmte an die Rezeption. "Eine Eintrittskarte bitte", stieß ich hervor.

Sie nahm mir 120 Dollar ab und betete ihre übliche Sülze herunter: Bis zu drei Dirnen, aber nacheinander. Ich nickte und betrat dann das Ace of Spades.

Drinnen war es so dunkel wie beim letzten Mal. Für kurze Zeit tappte ich hilflos herum. "Angie?", rief ich dann halblaut.

"Hier", rief eine helle Stimme von rechts. "Nein, hier bin ich", hörte ich gleich darauf ein deutlich dunkleres Organ von links. "Hierher, hier geht's lang", tönte eine Dritte.

"Angie!", rief ich sehr laut.

Ein paar Herren fühlten sich nun gestört und murrten im Dunkeln. Doch dann hörte ich eine gurrend melodische Stimme: "Nein, hierher, Sir, ich bin die Angie!"

Das war sie! – Gleich steuerte ich ihr Lager an. Sie war nackt, und so zog ich mich auch aus.

Angie lag bereits aufgefächert. Ihre Glieder fühlten sich leicht klebrig an, was mich wahnsinnig erregte. Ich spürte, wie ihr magerer Leib im Dunkeln zitterte. Betört ließ ich meine Finger über ihre schwach klebrige Haut gleiten. Mein bestes Stück war inzwischen zu nie gekannter Größe angeschwollen.

"Oh", entfuhr es ihr im allerersten Schreck, während sie meinen enormen Lümmel berührte. Ganz langsam führte sie das Riesenteil zu ihrer kleinen Pflaume.

Gleich darauf schluchzte sie, als ich in sie eindrang. Ihr schmaler Leib bog sich, wobei sie die Füße aufstemmte. So rutschte ich gleich tiefer in sie hinein, wobei sie leise aufschrie. Schüchtern umschlang sie mich dann mit ihren dünnen Ärmchen. Kurz danach kreuzte sie auch ihre mageren Beine um meinen Unterleib.

Ich hatte so etwas noch nie erlebt. In ungeheurer Erregung stieß ich in sie hinein. Dabei hörte ich sie schluchzen, denn sie ging voll mit.

“Angie”, keuchte ich, “vor einigen Wochen am Badesee, da warst du doch mit einem wuschelköpfigen Typen gekommen, erinnerst du dich?”

“Still!”, wimmerte sie. “Machen Sie doch nicht alles kaputt, Sir! Genießen Sie es denn gar nicht? Es ist ja gerade so schön, so wunderschön!”

Das stimmte allerdings. Ihre Schenkel klebten an der Haut meines Unterleibes. Bei jedem Stoß winselte sie wie eine junge Hündin. Wir waren wohl beide wahnsinnig erregt. So etwas war mir bis dato völlig fremd gewesen.

Schließlich kam sie und heulte dabei voll los. Auch ich ächzte und stöhnte, da ich den Höhepunkt fast gleichzeitig erreichte.

Danach schlief ich mit keinem weiteren Mädchen dieses Clubs mehr. Ich wartete draußen, bis sie Feierabend machte.

Als sie endlich kam, da erkannte sie mich gleich. “450 Dollar”, freute sie sich auf fast kindliche Weise. “Das muss mir hier doch erst mal eine andere nachmachen! Ich habe aber einen besonderen Lockruf. Damit rufe ich meine Stammfreier wie eine Herde Schafe zu mir.”

Das war ein Anknüpfungspunkt! Gleich wollte ich sie ausfragen. Nur leider begann sie jetzt auf hohen Hacken zu laufen, denn ihr Bus kam. Zwar bot ich an, sie nach Hause zu fahren. Das wollte sie aber nicht. Sie würde grundsätzlich in kein fremdes Auto einsteigen, meinte sie keuchend.

Ich kam nun jeden Tag. In der Woche, wenn ich die Praxis führte, da machte ich pünktlich um 18.30 Uhr zu. Anschließend fuhr ich zu ihr, zu Angie.

Uns zuliebe machte sie während der Woche die Spätschicht.

Ihre leicht klebrige, doch ansonsten sehr weiche Haut machte mich fast wahnsinnig. Wir erlebten täglich einen Liebesrausch, dass uns Hören und Sehen verging. Ich versuchte dann, sie nach Ende unseres Aktes auszufragen. Sie war nach Erleben des Höhepunktes aber immer völlig weggetreten. “Ich fühle mich wie eine Süchtige nach dem Schuss”, flüsterte sie in diesen Fällen erschöpft. “Gib mir die Zeit, um wieder runterzukommen, ja?”

Ich probierte es aber auch draußen, wo ich wartete, wenn sie kurz darauf

Feierabend machte. "Angie", keuchte ich dann, neben ihr herlaufend, "weißt du noch? Neulich am Badesee?"

Sie machte aber immer kurz vor Ankunft ihres Busses Schluss. "Da ist er", rief sie dann, wobei sie in einen Trab verfiel. "Ich muss mich sputen. Bis morgen, mein Lieber."

Denn dass ich sie im Auto heimfuhr, das gestattete sie mir nie.

Am Freitag dieser Woche musste ich wieder nach Pittsburgh. Tochter Lara kam nämlich aus Paris zurück. Annika konnte leider nicht mitkommen. Denn sie stand bei Orozcos noch bis 18:30 Uhr hinter der Ladenkasse. Ich aber hatte die Praxis früher geschlossen, um meine Tochter abholen zu können.

So fuhr ich ganz allein. Lara strahlte und war in blendender Laune. Ich half meiner Eisprinzessin, ihr Lackköfferchen in Claudias Toyota zu verstauen.

Auf der Rückfahrt redete sie dann ununterbrochen. So kannte ich sie gar nicht. Lara war nie ein Freund vieler Worte gewesen. Offenbar war sie aber davon berauscht, dass sie als Fotomodell so gut ankam. "In zwei Wochen bin ich wieder unterwegs", verriet sie mir aufgeregt. "Dann geht es nach Florida. Das ist aber gottlob nicht so weit."

Nein, das war es wirklich nicht.

In einer Sprechpause stellte ich dann die Frage aller Fragen. Warum in aller Welt hatte sie die Ehe ihrer Eltern zerstört?

Daraufhin kreuzte Lara die Arme, lehnte sich in die Tür und sah mich an. Diese Haltung kannte ich schon – von Missy. Nur hatte die mich mit blauen Augen angeschaut, während Laras grün waren. "Weißt du, Paps", meinte sie schließlich, "ich habe verdammt anstrengende Wochen hinter mir. Erlaubst du mir, dass ich mich erst mal wieder zuhause einfühle? Morgen, am Sonnabend, da beantworte ich dir dann gern deine Frage!"

Ja, damit war ich natürlich einverstanden.

Am folgenden Sonnabend musste ich aber zunächst meine Praxis aufschließen. Kurz danach kam Alma, und zehn Minuten später bereits der erste Kunde mit seinem Schäferhund.

Später, in einer kurzen Pause zwischen zwei tierischen Patienten, da fragte mich die Alma plötzlich: "Darf ich vielleicht schon gratulieren, Doktor?"

Ich starrte sie verständnislos an. Sie lächelte, wohl über den verdutzten Ausdruck in meinem Gesicht. "Zur anstehenden Hochzeit mit meiner Cousine", fügte sie dann noch erklärend hinzu.

Nun war ich aber vollends baff! Zwar wusste ich, dass Claudia in Hamburg unsere Scheidung betrieb. Bis zum endgültigen Urteil würde es aber noch dauern, auch wenn wir uns grundsätzlich einig waren. Aber worauf spielte Alma dann an?

Sie konnte es mir aber nicht mehr sagen, da jetzt der nächste Patient mit seinem Groß-Papagei ins Behandlungszimmer trat.

Um 13.00 Uhr machten wir schließlich Feierabend, weil nichts mehr los war.

Nach dem Abschließen ging ich in die Küche, um dort einen Happen zu essen. Als ich fertig war, da stellte ich meinen Teller und die Teetasse in die Spülmaschine.

Als ich anschließend zur Tür hinauswollte, da stieß ich hart mit Tochter Lara zusammen. Sie nahm sofort meine beiden Hände in die ihren. "Mein lieber Papa", schnurrte sie zärtlich, "willst du jetzt dein gesamtes restliches Leben als armes Scheidungsopfer fristen?"

Ihre Frage überraschte mich so, dass ich zunächst einmal sprachlos war. Eher verwirrt starrte ich daher in ihre grünen Augen. "Möchtest du meine wunderschöne Freundin Missy heiraten?", hörte ich sie dann leise fragen.

Diese zweite Frage verblüffte mich noch mehr. Doch dann übernahm auf einmal mein Herz die Führung. "Ja, weil ich sie liebe", erklärte ich am Ende genauso leise wie sie.

Sie nickte befriedigt. Dann meinte sie, dass die Eltern ihrer Freundin sehr konservativ seien: "Du musst bei ihrem Vater förmlich um ihre Hand anhalten", sagte sie sehr ernst. "Sie sind nämlich ziemlich altmodisch, solltest du wissen."

Ich zuckte die Achseln. "Bekomme ich auch noch hin", murmelte ich kaum hörbar.

Nun atmete Lara tief durch. "Du bist heute um 15.00 Uhr bei Missys Eltern zum Kaffee eingeladen", eröffnete sie mir. "Vergiss bloß nicht, den fantastischen Apfelkuchen der Mutter zu loben, hörst du?"

Ich lächelte schief. "Könnte ich auch noch schaffen", meinte ich scherzhaft.

Lara aber blieb ernst. Bei dieser Gelegenheit müsste ich dann gegenüber dem Vater meinen Antrag vorbringen, schärfte sie mir noch ein. Sie sagte, sie werde mich mit ihrem Auto um viertel vor drei Uhr hier abholen. Vor dem Haus von Missys Eltern würde ihre Freundin mich dann in Empfang nehmen. Anschließend solle ich mit ihr nach oben gehen.

Ich nickte. "Geht in Ordnung", meinte ich. "Dabei werde ich meinen weißen Dandy-Anzug tragen."

Sie grinste. "Hals- und Beinbruch, Paps", wünschte sie mir noch. "Bis nachher dann." Und weg war sie.

Ich warf mich sofort in meinen hellen Anzug. Anschließend sah ich auf die Uhr. Wenn ich mich beeilte, dann könnte ich es noch ein letztes Mal zu Angie schaffen. Wir würden uns wie üblich lieben. Dann müsste ich ihr eröffnen, dass meine Heirat unmittelbar bevorstünde. Und dass wir uns nicht mehr sehen könnten.

In halsbrecherischem Tempo raste ich in Claudias Wagen los. Angie erwartete mich schon, wie immer. Wir liebten uns leidenschaftlich, so wie es unsere Art war. Danach machte ich ihr meine Mitteilung. Sie schien aber alles andere als erfreut darüber zu sein. Ging es ihr nur ums Geld, oder steckte doch mehr dahinter?

"Mein Freund hat heute mit mir Schluss gemacht", flüsterte sie unglücklich. "Er ist schon der dritte, der mir den Laufpass gibt, weil ich hier als Dirne anschaffen gehe. Und jetzt kommst auch noch du!"

Ich fragte sie, wie alt sie sei. "Erst 16", gestand sie mir schüchtern.

Da gab ich ihr noch mit auf den Weg, dass sie ja eh noch zu jung zum Heiraten wäre.

Ich schaffte es dann grade noch, um zwanzig vor drei Uhr wieder zuhause zu sein. Rasch machte ich mich frisch und legte einen Herrenduft auf. Eine Minute später hupte Lara vor unserem Gebäude. "Fesch siehst du aus, Paps", sagte sie, als ich auf meine Tochter zukam.

Wir fuhren dann gemeinsam los. Ich sah Missy schon an der Straße warten, als Lara mich vor ihrem Elternhaus absetzte. "Und wo willst du jetzt noch hin?", fragte ich meine Tochter neugierig.

Sie lächelte geheimnisvoll.

"Zum hübschen Paul Vincent, nach Charleston?", forschte ich rasch weiter.

"Bingo", sagte sie, während sie an mir vorbeilangte. Mit einem langen Arm öffnete sie die Beifahrertür. Dann warf sie mich schon fast aus dem Wagen.

"Hallo", rief Missy hinter mir. Lara hupte noch einmal und war dann weg. Langsam drehte ich mich herum. Die Blondine stellte sich vor mir auf Zehenspitzen. "Sehr schick", sagte sie anerkennend. Dann drückte sie mir einen Kuss auf die Lippen.

Sie trug ein kleines Schwarzes, dessen überkreuzte Träger ihre blassen Arme und Teile des sehr schmalen Rückens freiließen. Ihre Beine bedeckten anthrazithfarbene Netzstrumpfhosen. Ihre flachen Halbschuhe waren auch schwarz.

Die blonden Haare hatte sie sich wieder zu Zöpfen geflochten. Sie sah so süß und so zum Anbeißen aus, dass ich meinen Blick gar nicht von ihr wenden konnte. "Komm", sagte sie lächelnd, während sie meine Hand nahm. "Lass uns nach oben gehen, ja?"

Im ersten Obergeschoss schloss sie auf. Aus der Wohnung war kein Laut zu vernehmen. Wir zogen uns beide die Schuhe aus. Anschließend traten wir ein. "Komm", wisperte Missy, wobei sie mich durch die zweite Tür auf dem kurzen Flur zog. "Das hier ist mein Mädchenzimmer!"

Ehrfürchtig blieb ich direkt hinter der Tür stehen. Links stand ihr Bett, mit der rosafarbenen Tagesdecke darüber. Am großen Fenster erblickte ich einen Schreibtisch, vor dem ein Bürostuhl zum Sitzen einlud. Rechts auf der Arbeitsplatte stand die gerahmte Fotografie eines jungen Mannes. Langsam kam ich näher.

Es war Philipp Washington, in ernster, nachdenklicher Pose. Der verliebte Doktorand, der ja unter tragischen Umständen Hand an sich selbst gelegt hatte. "Phil war der Einzige, mit dem ich vor dir zusammen gewesen bin", hörte ich Missy hinter mir flüstern.

Klar, der Unschuldsengel. Sie hatte mit ihren 18 Jahren natürlich erst einen Freund gehabt. Würde ich gleich hören, dass sie noch Jungfrau war?

Langsam drehte ich mich nach rechts. Dort stand ihr Mädchenregal. Ich sah einen CD-Spieler mit zwei Boxen. In einem anderen Fach eine lange Reihe CD's. Dazu eine Menge Pokale, Bänder und Wimpel als Trophäen von all ihren Schwimmwettbewerben.

In dem Regal befand sich auch eine Pinwand. Auf einem Foto erkannte ich Lara und Missy, die sich lachend umarmten. Unter dem Bild stand: "Mein Geburtstag 1985." Zwei süße Püppchen im zarten Alter von fünf Jahren!

Auf einer anderen Aufnahme erkannte ich Philipp Washington, der stolz seinen Doktorhut trug. In seinem Arm eine hinreißend schöne Missy in einem bordeauxfarbenen Cocktailkleid. Ein grauer Herr im schwarzen Anzug gratulierte dem Philipp feierlich – offenbar der Dekan seines Fachbereichs.

Auf dem dritten Foto machte ich Missy und ihre Cousine Alexandra aus. Zwei spindeldürre Teenie-Gänse, hinter denen ihre viel ältere Cousine Alma mit einem schwarzen Rappen stand. Rechts war ein bärtiger Kerl nur im Profil zu sehen, der die beiden unreifen Mädchen lüstern belauerte. War das der Reitstallbesitzer, dem die beiden Hühner für gutes Geld ihre Unschuld geopfert hatten?

Ich drehte mich zu Missy herum. Sie lächelte, als ich in ihre blauen Augen schaute. Dann deutete ich auf den bärtigen Perversling auf dem Foto. "War das nicht dein erster Freund?", fragte ich möglichst harmlos.

Sie errötete sofort. "Nein, das war mein Reitlehrer", beteuerte sie dann.

Drei sehr aufwändig gestaltete Puppen lächelten mir aus einem anderen Fach entgegen. Die hatte sie offenbar noch aus frühester Jugend. Das ganze Zimmer roch nach Zimt und Nelken – ein Mädchenzimmer eben.

Plötzlich trat Missys Mutter in den Raum. Hinter ihr drückte sich die Katze mit steif erhobenem Schwanz durch die Tür. "Der Kaffee ist fertig und der Kuchen steht auf dem Tisch", verkündete sie mit brüchiger Stimme. Dann sah sich mich an. "Herr Doktor, seien Sie uns willkommen", grüßte sie mich freundlich. Und gleich darauf, mit Blick auf den Stubentiger: "Wie Sie sehen, hat sich Ihr kleiner Patient prächtig erholt, Sir."

"Ja, das freut mich auch ungemein", versicherte ich rasch.

Wir folgten ihr dann in das angrenzende Wohnzimmer. Ihr Mann saß bereits an der gedeckten Kaffeetafel. Als er uns eintreten sah, da erhob er sich. "Sie sind also der Doktor", grüßte er mich mit müder Stimme. "Herzlich willkommen!" Er war ein schlohweißer Mittsiebziger, aber noch rüstig.

Ich sagte ihm, wie sehr es mich freue, ihn endlich mal kennenzulernen.

Kurz darauf hockten wir alle. Missy hatte neben mir Platz genommen, während ihre Eltern uns gegenüber saßen.

Die schöne Blondine an meiner Seite stieß mich mit ihrem betrumpfhosten Knie an. Mit den Augen deutete sie dann auf die Schnitte Apfeltorte auf meinem Teller. Ich nickte und probierte ein Stück. Anschließend sah ich auf. "Das ist das beste Stück Apfelkuchen, das mir je auf den Teller gekommen ist", sagte ich wahrheitsgemäß.

Missys Mutter lächelte vor Freude, doch ihr Vater sagte scharf: "Bleiben Sie bitte bei der Wahrheit, Herr Doktor! Denn wir wissen doch, dass unsere Tochter Ihnen aufgetragen hat, Sie sollten schleimen!"

Doch nun griff Missy zu meinen Gunsten ein. "Der Doktor lügt nie, Vater", sagte sie eindringlich. "Das passt einfach nicht zu seinem Charakter, verstehst du?"

Da erhob der greisenhafte Vater beide Klauen wie ein Raubvogel in die Höhe. "Nichts für ungut, Herr Doktor", murmelte er betreten.

"Ist schon in Ordnung, Sir", tröstete ich ihn. "Ich bin nicht nachtragend, wie Sie wissen sollten."

Nun lachten wir alle. Ich nahm noch ein Stück Kuchen und spülte es mit Kaffee herunter. Dann gab ich mir einen Ruck und sagte: "Ich liebe Ihre Tochter, Sir. Daher möchte ich nun förmlich bei Ihnen um ihre Hand anhalten."

Seine Kuchengabel blieb in der Luft vor seinem offenen Mund stehen. Langsam meinte er: "Das kommt für mich ein wenig überraschend, Doktor." Betont gemächlich glitt sein Blick dann zu Missy hinüber. "Und du, Töchterlein?", erkundigte er sich. "Wie stehst du zu diesem Antrag?"

"Ich schließe mich ihm an", erklärte Missy schlicht. Dabei überzog eine zarte Röte ihre holden Wangen.

Nun bedachte mich der Vater wieder mit einem Blick aus seinen wässerigen Augen. “Sind sie nicht verheiratet, Doktor?”, fragte er dann fast anklagend. “Und ist ihre Tochter Lara nicht sogar die beste Freundin meiner eigenen Tochter?”

Beklommen hielt ich den Atem an. Doch wieder fiel Missy zu meinen Gunsten ein. “Des Doktors Ehefrau Claudia hat es hier in unserem Land nie gefallen”, erklärte sie recht forsch. “Sie kommt nämlich aus Old Germany und litt deshalb ständig an Heimweh. Als sie ihren Mann nicht dazu überreden konnte, mit ihr in die Heimat zurückzukehren, da reiste sie allein ab.” Missy wandte sich nun an mich. “Wie steht es dort, Liebling?”, erkundigte sie sich bei mir. “Sie hat doch die Scheidung eingereicht, oder?”

“Ja, in Hamburg”, bestätigte ich nickend.

Missys Vater fiel dann noch etwas ein. Und zwar, dass wir aber doch noch nicht geschieden seien, oder? – Wobei Missy auch diesmal für mich eintrat. Ach Daddy, meinte sie fast mitleidig, diese Behördensachen zögen sich doch oft hin. Da hätte er doch auch schon bittere Erfahrungen gemacht, oder?

Ja, daran erinnerte sich ihr alter Herr allerdings. Düster kratzte er sich den schlohweißen Kopf. “Meinen Segen habt ihr”, seufzte er anschließend. Dann drehte er sich zur Seite, seine Frau anblickend: “Und du, Liebes?”

“Ich bin auch einverstanden”, pflichtete ihm Mrs. Harper prompt bei.

Missy hatte es aber plötzlich sehr eilig. Hastig trank sie ihre Kaffeetasse aus. “Bist du so weit?”, fragte sie mich dann.

Ich schob mir grade den letzten Bissen Torte in den Mund. Wieder spülte ich mit Kaffee nach. “Wohin denn so eilig?”, fragte ich, mir die Lippen mit der Serviette abwischend.

Sie lächelte augenzwinkernd. “Na, dahin, wo es frisch Verliebte gewöhnlich zieht”, erklärte sie geheimnisvoll.

Beide nahmen wir nun Abschied von ihren Eltern. Dann zog Missy mich zur Tür.

Als wir wenig später auf der Straße standen, da fiel mir ein, dass Claudias

Wagen bei mir zu Hause vor der Tür parkte. Schönes Ding – wir waren nicht motorisiert. Verwirrt sah ich mich nach Missy um. Die grinste schlitzohrig. "Wir nehmen den Bus, Liebling. Dabei haben wir sogar Glück. Schau, da kommt er schon!"

Tatsächlich scherte das Fahrzeug soeben vor uns in die Haltebucht ein. Es war das erste Mal, dass ich mit dem Bus fuhr, seit ich in den Staaten wohnte.

Ich überließ Missy den Fensterplatz, als wir uns setzten. Dann ging es los, in Richtung Point Pleasant.

Wenig später stiegen wir im Zentrum der Kleinstadt aus. Autos waren zwar an diesem späten Samstagnachmittag vereinzelt unterwegs, Fußgänger aber kaum noch. Missy zog mich gleich in das Juweliergeschäft schräg gegenüber.

Der Ladenbesitzer wollte grade zuschließen. "Können zwei frisch Verliebte bei Ihnen noch Verlobungsringe bekommen?", rief Missy keuchend, als wir im Laufschritt bei ihm ankamen.

Er hatte die Hände schon unten, am Riegel. Nun linste er überrascht zu uns empor. "Glauben Sie mir, teure Lady und werter Gentleman", grinste er dann. "Aber ich habe ein Herz für Verliebte – immer schon gehabt!"

"Danke", riefen wir wie aus einem Mund.

Wir hielten ihn dann auch nicht mehr lange auf. Für Missy hatte ich schnell einen Ring. Aber da sagte sie: "Schau mal diesen hier, Liebling. Der ist genauso hübsch und sogar im Sonderangebot."

Für mich hatte sie auch gleich einen. Doch der Juwelier öffnete dann eine Schublade und fischte das Pendant zu Missys Ring heraus. Und der war ebenfalls reduziert.

Wir mussten dann noch fünf Minuten auf das Eingravieren unserer Namen warten. Anschließend zahlte ich mit Kreditkarte.

Endlich konnte der Ladenbesitzer abschließen. Missy und ich aber nahmen wieder den Bus. Und diesmal den nach Hause.

19. ZWEI SATANSBRATEN UND DIE

SCHÖNSTE NEBENSACHE DER WELT

Am nächsten Morgen, dem Sonntag, da riss mich das Klingeln meines Handys aus dem Schlummer. Schlaftrunken schielte ich nach der Zeitanzeige auf dem Display. Zehn Uhr, grade mal. Es war Missy. “Was hältst du davon, wenn ich heute schon zu dir ziehe?”, fragte sie. Ihre Stimme klang dabei frisch und gutgelaunt.

“Von mir aus gerne”, gähnte ich. “Was sagen denn aber deine Eltern dazu, Missy?”

Oh, meinte die Blondine, sie habe denen erzählt, dass wir uns gestern Abend noch verlobt hätten. Da seien sie dann auch gleich einverstanden gewesen.

Eine halbe Stunde später fuhr ich in Claudias Toyota bei ihr vor. Missy wartete schon mit einem grauen Lederkoffer. Hinter ihr standen ihre betagten Eltern.

Ich schnappte mir gleich das Gepäckstück. Dann ging ich zum Kofferraum und packte es hinein.

Missy war schon auf der Beifahrerseite eingestiegen. Ich verabschiedete mich noch kurz von den Eltern. Beide wünschten uns alles Gute. Die Mutter hatte Tränen in den Augen. Eigentlich sonderbar, wo wir doch nur 500 Meter weiter die Straße hinauf wohnten, nicht wahr?

Zu Hause trug ich den Koffer in Claudias und mein Schlafzimmer. Missy zog mich gleich in das Doppelbett, in dem vor wenigen Jahren Klein-Lulu gezeugt worden war. Nun nahmen die Blondine und ich unseren kleinen Sohn in Angriff. Ja, das schaffte sie tatsächlich! Sogar schon vor unserer offiziellen Hochzeit! In meiner mädchenlastigen Familie einen Bengel zur Welt zu bringen!

Abends rief ich Claudia noch in Hamburg an. Sie hatte Arbeit gefunden, in den riesigen BG-Kliniken der Hansestadt. Natürlich in ihrem Beruf, als Krankenschwester. Klein Lulu würde bei ihren Eltern bleiben, während sie arbeite, sagte sie noch.

Ich fragte sie dann nach der Scheidung. Da werde ein Trennungsjahr verlangt, seufzte sie. Wenn wir uns einig wären, würde es danach allerdings nur noch etwa vier Monate dauern.

Rasch überschlug ich das alles im Kopf. Wir hatten jetzt Spätsommer 1998. Missy würde ich also erst heiraten können, kurz bevor die Silvesterraketen für das Jahr 2000 in den Himmel stiegen.

Nun legte mir meine Blondine von hinten ihre Hände auf die Schultern. “Gibt es Probleme mit der Scheidung, Liebling?”, hörte ich sie besorgt fragen.

Das Verfahren zöge sich nur endlos hin, erwiderte ich. Worauf ich ihr dann genau erzählte, was Claudia gesagt hatte.

Ich hätte Missy natürlich gerne in den Praxisbetrieb eingearbeitet. Sie entwickelte jedoch nie ein Interesse dafür. Allerdings blieb sie zu Hause, während ich mit Alma die tierischen Patienten behandelte. Die Blondine spielte mit der kleinen Maria, während meine Tochter Annika Reitstunden nahm. Später, wenn Annika zum Orozco-Laden fuhr, da kochte Missy dann das Abendessen.

Da saßen wir dann zu fünft – ich, Missy, Lara, Annika und die kleine Maria. Bis Lara dann wieder weg musste – nach Florida.

So wurde es Herbst, und wir feierten Laras und Missys Geburtstag. Dabei war meine Blondine bereits hochschwanger. Lara musste ich danach gleich wieder zum Flughafen bringen. Es ging erneut ins schöne Mailand – für die Winterkollektion.

Am Nikolaustag brachte meine Tochter Annika ihr zweites Kind zur Welt. Es war wieder ein Mädchen. Die Orozcos drängten auf den Namen Conchita.

Weihnachten gab es leuchtende Augen. Die kleine Maria war jetzt eineinhalb und konnte sich am Lichterbaum kaum sattsehen.

Der Winter ging, und der Frühling kam. Es wurde Mai, und zum Ende des Monats brachte Missy uns im Pleasant Valley Krankenhaus einen gesunden Jungen zur Welt. Wir gaben ihm den Namen Robin.

Missy hatte nun alle Hände voll zu tun. Das Baby beanspruchte natürlich ihre gesamte Aufmerksamkeit. Die kleine Maria war stets dabei. Sie interessierte sich brennend für den winzigen Familiennachwuchs.

Meine Verlobte schaffte es aber immer, ein warmes Abendessen auf den Tisch zu bringen.

Es hatte ja viele Spekulationen gegeben, besonders meinerseits. Wie immer aber Missys Vorleben ausgesehen haben mochte – sie zeigte sich jetzt als vorbildliche Ehefrau und Mutti.

So ging das Jahr dahin. Wieder kam der Spätherbst, wobei Missy und Lara beide zwanzig wurden. Annikas zweite Tochter Conchita lernte Laufen. Nun starrten sechs Kinderaugenpaare den Lichterbaum an: Maria, die bald zweieinhalb wurde, ihre Schwester Conchita, die ein Jahr zählte, und Baby Robin, sieben Monate alt. Der machte natürlich die größten Augen.

Zwischen Weihnachten und Neujahr kam dann endlich das Scheidungsurteil. In dem großen Umschlag, den Claudia mir zugeschickt hatte, lag auch noch ein kleinerer. Als ich ihn aufriss, da fand sich darin eine vorgedruckte Beileidskarte. Voller Erstaunen las ich: *Herzliches Beileid zur* (handschriftlich ergänzt: *Scheidung von deiner Ehefrau Claudia*) *wünscht:* (unleserliche Unterschrift).

Verwundert drehte ich die Karte in meinen Händen hin und her. Seltsam, nicht wahr? Nun, unmittelbar vor meiner zweiten Hochzeit mit Missy Harper drückte jemand sein Bedauern hinsichtlich meiner Scheidung von Claudia aus!

Missy umarmte mich von hinten. “Was ist das?”, fragte sie neugierig.

“Das Scheidungsurteil”, erwiderte ich nachdenklich. “Schön!”, freute sie sich sofort. “Dann können wir ja endlich heiraten!”

Abends rief ich Claudia an. Die hatte aber Spätdienst, und so versuchte ich es kurz vor dem Einschlafen nochmals. Diesmal hatte sie Zeit. “Da hat mich ein alter Greis angerufen, der sich Ralph Weber nannte”, erzählte meine frisch geschiedene Frau. “Der faselte irgendwas, dass er dein Vater sei. Wohin er denn Post senden könne? Zu mir, sagte ich, denn ich wollte dir ja gerade unser Scheidungsurteil zuschicken. Und als dann seine Karte kam, da packte ich sie mit in den Umschlag."

Inzwischen war Missy aufmerksam geworden, die ja neben mir im Bett lag. Kurz erzählte ich ihr, dass sich mein Vater endlich mal gemeldet habe. "Ist doch toll", meinte sie. "Habt ihr euch wirklich noch nie gesehen?" Und als ich sagte, dass er ein Fremder für mich sei, da gab sie zurück: "Dann wird es ja Zeit, Liebling, dass ihr euch mal trefft, meinst du nicht?"

Wenn ich ehrlich bin, dann hätte er sich ja ruhig mal melden können, als ich noch klein war.

Claudia hatte mich stets Stefan gerufen. Nur in zärtlichen Momenten hier in den Staaten nannte sie mich manchmal Steve. Für Missy war ich hingegen immer der Steve.

Unsere Hochzeit fand dann am Dreikönigstag statt – am 6. Januar 2000. Zu diesem Zeitpunkt war Missy bereits wieder schwanger.

Mr. Muholland, der reichste Bürger der Gemeinde, hatte uns sein palastartiges Wohnzimmer für die Feier zur Verfügung gestellt.

Es wurde ein rauschendes Fest. Ein verschnupfter Gus war da, der mir meinen Leichtsinn vorwarf. Denn seine Nichte tauge ja nichts, wie auch ich wissen müsse. Gwen und Alma begleiteten ihn, festlich gewandet.

Lara war extra eingeflogen. Sie wurde vom gutaussehenden Paul Vincent begleitet, dem Sohn des Staatssekretärs. Der hatte seine Eltern und seine kleine Schwester mitgebracht.

Annika kam mit Rodrigo und ihren beiden Töchtern. Zahllose Farmer, deren Vieh bei mir Patient war, erkannte ich wieder. Selbst der Gouverneur von West Virginia war mit seiner Frau erschienen, nebst zahlreicher Entourage.

Missy war ein Traum in ihrem Hochzeitskleid mit langer Schleppe. Sie hatte die ganze Zeit unseren kleinen Sohn auf dem Arm. Der zog ein Schüppchen, während er mit großen Augen in die Runde blickte.

Auch Missys Cousine Alexandra war mit ihren Eltern gekommen. Selbst Mr. Connor, der Reitstallbesitzer, machte mit Frau Margaret und den

Töchtern Ariel und Sharon seine Aufwartung. Und sogar der Bürgermeister von Point Pleasant kam mit Frau und drei Kindern – wahrscheinlich nur Lara zuliebe.

Missy zog alle Blicke auf sich. “Bist du auch so glücklich wie ich, Liebling?”, fragte sie in strahlender Laune, während ich vor ihr und Klein-Robin tanzte. “Mindestens ebenso, mein Schatz”, lächelte ich fröhlich zurück.

Ja, Steve, freu dich an deinem kleinen Sohn. Genieße jeden einzelnen Tag, an dem du ihn noch hast, alter Junge. Denn allzuviele Jahre werden dir mit ihm nicht vergönnt sein, du hoffnungsloser Traumtänzer.

Wieder ging ein Winter vorbei, und erneut wurde es Mai. Ich feierte bald meinen vierzigsten Geburtstag, während die Missy grade mal zwanzig war. Sie trug jetzt schon ein riesiges Bäuchlein zur Schau. Ihr Frauenarzt hatte ein Ultraschall gemacht und sprach von Zwillingen.

Robin hatte bereits Laufen gelernt. Er und Annikas jüngste Tochter Conchita rempelten sich oft an. Dann fielen sie weich auf ihre Windelpopos und kreischten vor Vergnügen laut los.

Im September fuhr ich Missy schließlich mit starken Wehen ins Pleasant Valley Hospital. Dort erblickten kurz darauf tatsächlich Zwillinge das Licht der Welt. Es waren zwei Mädchen, und wir nannten sie Regina und Eleonora.

Für Missy wurde es jetzt herbe. Zwillingsbabys sind wahrlich kein Spaß, und außerdem brauchte ja auch unser kleiner Robin noch viel Aufmerksamkeit. Nach Praxisschluss half ich oft beim Wickeln und bereitete auch Fläschchen zu.

Lara war viel in der ganzen Welt unterwegs. Als ehemalige Eisprinzessin hatte sie inzwischen den Durchbruch zum Topmodel geschafft. Ich legte die riesigen Summen, die sie verdiente, meist in Aktienfonds an. Für einen Teil kaufte ich aber auch physisches Gold, denn man kann ja nie wissen.

Lara bezahlte uns dafür sowohl die Miete für meine Kleintierpraxis als auch den monatlichen Zins für die Wohnräume. Sie war wirklich eine fantastische Tochter.

Meine Mutter las in Berlin natürlich auch die Berichte über ihre Enkelin in den Zeitschriften. Lara hatte alles richtig gemacht. Sie hatte ihre Goldmedaillen im Eiskunstlauf als Sprungbrett genutzt, um gleich als Topmodel einsteigen zu können. Das, wonach meine Mutter ihr Leben lang gestrebt hatte, dies nun war Lara schon im zarten Alter von zwanzig Jahren geglückt. Und das machte ihre Großmutter selbstredend mächtig stolz.

Die Jahre vergingen. Als Robin fünf wurde, da kam er in die Vorschule. Ein Jahr später waren dann die Zwillinge an der Reihe.

Sorgen machte ich mir um die kleine Lulu. Sie war ja bei meiner geschiedenen Frau Claudia geblieben. Die hatte allerdings keine Zeit für sie.

Claudias Eltern hatten lange ein Haus gehabt. Im Alter verkauften sie es jedoch und legten sich stattdessen eine kleine Eigentumswohnung zu. Dort hatte Lulu jedoch kein eigenes Zimmer. Sie besuchte seit Jahren die Grundschule in Hamburg-Othmarschen und war inzwischen neun Jahre alt. Dabei musste sie bei ihren Grosseltern auf der Wohnzimmercouch schlafen.

Als ich Missy davon erzählte, da meinte diese sofort, wir sollten die Lulu zu uns holen. Denn hier könnten wir ihr ja ein eigenes Zimmer bieten.

Daher schrieb ich Claudia einen Brief. In diesem machte ich ihr dann den entsprechenden Vorschlag.

Wie ich bereits erwartet hatte, traf eine gute Woche später eine wütende Antwort ein. Ich hätte doch ihre Ehe zerstört und ihr die älteren Kinder genommen, schrieb sie zornig. Ich sei wohl meschugge, ihr jetzt auch noch das letzte Kind nehmen zu wollen, schloss sie grimmig.

Missy gab aber immer noch nicht auf. Sie wartete noch eine Woche. Dann aber rief sie die Claudia in Hamburg an.

Ich weiß nicht, wie dieses Telefonat verlaufen ist. Nur eines war gewiss: Die Lulu kam nicht.

Ich erinnere mich noch an einen Tag im Sommer 2005. Es war Sonntag, und wir waren bei Missys Eltern zum Kaffee eingeladen. Bei widerlichem Nieselregen fuhren wir los.

Weit war es ja nicht. Robin, unser blonder Schatz, war inzwischen sechs. Er steckte in seinem feschesten Sonntagsanzug, das Haar sauber gescheitelt. Unser Sohn würde in Kürze die 1. Grundschulklasse besuchen.

Die Zwillinge Gina und Nora steckten in bunten Sommerkleidchen. Missy hatte ihnen die blonden Haare zu Zöpfen geflochten. Die beiden Mädchen waren zusammen unausstehlich. Sie drehten ständig eine Nase und streckten jedem die Zunge heraus. Beide zählten inzwischen fünf Lenze.

Eilig liefen wir durch den Regen zum Haus von Missys Eltern. Hastig schloss Missy auf und lotste ihre Kinder durch die Tür.

Ich wollte gleich folgen. Doch bevor sie sich wieder ins Schloss fiel, da drängte sich jemand von innen hindurch. Es war ein Mädchen, dass jetzt in den Regen hinaustrat. Sie drehte sie gleich weg und lehnte sich dann über das Geländer. Dort zündete sie sich eine Zigarette an.

Von innen drang das Getrappel an mein Ohr. Unser Hühnerhaufen stapfte wohl soeben die Treppe empor, die Glucke vorneweg.

Ich hielt die Tür fest, bevor sie hinter dem Mädchen wieder zufallen konnte. Doch dann erkannte ich die Kleine. Da war ihr schmales Gesicht, die riesengroßen Augen und das dunklelbraune Haar. "Angie!", rief ich erstaunt.

Verwundert drehte sie sich halb herum. Aus dem Mundwinkel blies sie dabei den Zigarettenrauch in die feuchte Luft. "Der Doktor", hauchte sie dann sichtlich verblüfft.

Ich fragte, warum sie denn hier im Regen stehe. Da meinte sie, dass ihr Vater ein Säufer sei. Sie lebe mit ihm im Erdgeschoss. Schütte er sich mit Sprit zu, so wäre es mit ihm nicht auszuhalten. Gerade hätten sie sich gestritten. Und da sei sie kurz hinausgegangen, um hier im Freien in Ruhe eine Zigarette zu rauchen.

Nun fragte ich, ob sie immer noch im Ace of Spades arbeite. Da nickte sie, während sie an ihrer Zigarette zog.

Doch völlig unvermittelt schleuderte sie die Kippe die Stufen hinunter, in den Regen. Dann packte sie mich mit beiden Händen an den Schultern.

“Doktor”, rief sie in plötzlicher Aufregung, “Sie müssen mir helfen! Glauben sie mir, ich bin in großer Not! Bitte stehen Sie mir bei, reichen Sie mir die Hand!”

Erschüttert nahm ich ihren hübschen Kopf in meine Hände. “Was ist denn passiert?”, rief ich erschrocken. “Was um alle Welt, mein Kind?”

Da erzählte sie, dass sie sich kürzlich mit George verlobt habe. Was, mit dem Schönen, den ich am Badesee kennengelernt hatte? Ja, genau mit dem, Herr Doktor. Jetzt, im August, da solle Hochzeit sein. Am nächsten Sonntag wolle er sie seinen Eltern vorstellen.

Na, dass sei doch aber eher ein Grund zur Freude, meinte ich erleichtert. Gleich nahm sie ihre Hände von meinen Schultern, und ich ließ ihren Kopf los.

Doch in ihrer starken Aufwühlung begann sie nun zu weinen. Bisher habe sie noch jeden Freund verloren, schluchzte sie. Sobald der in Erfahrung bringen konnte, dass sie als Dirne anschaffen ging, da sei es immer aus gewesen. “Nun habe ich schreckliche Ängste”, flüsterte sie. “Denn seine Eltern werden mich nach meinem Beruf fragen”, fuhr sie fast tonlos fort. “Und dabei wird alles ans Licht kommen.”

Ich fragte natürlich, was ich daran ändern könne.

Da versicherte sie, dass sie sehr tierlieb sei. Ihr ganzes Leben lang habe sie sich gewünscht, beruflich mit Tieren zu tun zu haben. Ob ich sie denn nicht in meiner Praxis anlernen könne? Sie habe gehört, dass ich oft nachts raus müsse, um mich auf Farmen um das Vieh zu kümmern. “Da werde ich Sie nicht im Stich lassen, Doktor!”, versprach sie mir. “Nein, da können Sie sicher sein, dass ich ihnen dort immer zur Seite stehen werde!”

Ich überlegte kurz. Alma hatte im März mal gesagt, dass bei ihr eine Schwangerschaft festgestellt worden sei. Ich hatte das damals schlicht verdrängt. Denn Alma war für mich einfach unersetzlich. Ich hätte nicht gewusst, was ich ohne sie anfangen sollte. Allein konnte ich die Praxis jedenfalls nicht schmeißen. “Eigentlich könnte dich schon brauchen, Angie”, sagte ich daher langsam.

Sofort packte sie meinen rechten Oberarm. In ihren riesigen braunen

Augen sah ich einen Hoffnungsfunken blitzen. "Sie würden es nicht bereuen, Doktor", versicherte sie eifrig. "Wann könnte ich bei Ihnen anfangen?"

"Alma ist schon im vierten Schwangerschaftsmonat", überlegte ich. "Sie müsste dich einarbeiten, solange sie noch da ist. Da wäre es natürlich ratsam, dass du so schnell wie möglich in meiner Praxis beginnst."

Mit flehendem Blick hakte sie nach, ob sie noch in dieser Woche bei uns einsteigen könne. Damit war ich einverstanden und meinte, ja, am Mittwoch und dann gleich früh um acht.

Fein, freute sie sich. Dann könne sie Georges Eltern ja am Sonntag eine solide Auskunft geben. Sie werde sagen, dass sie Tierarzthelferin sei und bei mir in fester Anstellung stehe.

Wir müssten im Vertrag eine Probezeit vereinbaren, warnte ich sie. Wenn sie dann wirklich ihr Bestes geben würde, dann sei es in Ordnung. Andernfalls aber wäre ich gezwungen, mich danach von ihr zu trennen.

Da gab sie mir sehr feierlich ihr Wort. In ungewöhnlichem Ernst versprach sie mir, dass ich stets zufrieden mit ihr sein werde.

Knarrend öffnete sich über unseren Köpfen jetzt im Obergeschoss ein Fenster. Als ich emporblickte, da erkannte ich Missy. "Sag mal, was machst du denn da im Regen, Steve?", rief sie vorwurfsvoll. Doch dann erblickte sie Angie. "Ach, du bist auch noch da!", stieß sie ohne großes Interesse hervor. Anschließend wandte sie sich wieder an mich: "Liebling, der Kuchen ist serviert! Nun mach schon, komm hoch!"

"Gehen Sie, Doktor", murmelte Angie leise, "bevor Ihnen Ihre junge Frau noch den Kopf abreißt! Und nochmal vielen Dank für Ihre Freundlichkeit!"

Geräuschvoll schloss sich oben das Fenster wieder. Ich drückte kurz Angies Hand, dann eilte ich meiner Familie nach.

Missy erwartete mich schon in der offenen Wohnungstür. Sie hielt sich das schwangere Bäuchlein, in dem sich schon wieder neues Leben abzeichnete. "Was hattest du mit dem Flittchen denn so lange zu quatschen?", fragte sie misstrauisch.

“Berufliches”, meinte ich knapp.

Sofort zog sie fragend ihre sehr dünn gezupften Augenbrauen hoch.

Da meinte ich, dass meine Gehilfin Alma doch schwanger sei. Für sie bräuchte ich nun dringend Ersatz. Und da hätte ich jetzt das Glück, dass Angie schon am Mittwoch bei uns anfangen könne.

Missys schöner Mund verhärtete sich sofort zu einem graden Strich. “Das kannst du knicken”, zischte sie mit zornblitzenden Augen. “Die kommt mir nicht ins Haus, Steve!”

Langsam schloss ich die Tür hinter mir. Dann fragte ich meine junge Frau, ob *sie* sich vielleicht in meiner Praxis anlernen lassen wolle.

Ihr schönes Puppengesicht verzog sich jetzt zu einer Grimasse der Empörung. “Wenn du in der Zeit auf unsere Kinder aufpasst”, fauchte sie, “dann natürlich gerne!”

Hinter uns war in diesem Moment lautes Geschrei zu hören. Ich unterschied die wütend schimpfenden Stimmen von Missys Eltern. Dazwischen aber kreischten unsere drei Kinder um die Wette.

Was war passiert? Nun, unsere Gina hatte einen roten Wachsmalstift mit in die Wohnung ihrer Großeltern geschmuggelt. Während Missy mit mir an der Tür Personalprobleme besprach, da war es passiert. Die Zwillinge hatten im Zimmer der Blondine die Tapete großflächig mit roten Kringeln beschmiert.

Missys Eltern schrien um die Wette, und wir schimpften auch noch. Gina aber streckte uns die Zunge heraus und flitzte aus dem Zimmer. Nur unser sechsjähriger Robin hatte die dünnen Arme in die Hüften gestemmt und lachte schallend.

Ich stöhnte vor Verzweifelung. So lief es immer, wenn wir irgendwo eingeladen waren. Auch in der Vorschule, welche die Zwillinge besuchten, gab es ständig Beschwerden von seiten der Lehrerin.

So war ich froh, als wir alle wieder zu Hause waren. Abends, als die Kinder im Bett lagen, da kehrte dann endlich Ruhe ein. Ich saß mit Missy im

Wohnzimmer, wobei wir leise Musik hörten. "Nun mal Hand aufs Herz", sagte ich, während ich sie ansah. "Aber was hast du eigentlich gegen die Angie?"

Sie überlegte eine Weile, bevor sie antwortete. "Weißt du, Steve", meinte sie dann langsam. "Die ist jetzt grade mal 22. Damit aber ist sie zweieinhalb Jahre jünger als ich mit meinen fast 25. Sicher kannst du dir denken, was das bedeutet. Sie war immer die Kleine, die Lästige. Wir ließen sie nie mitspielen. Später, als wir im Auto wegfuhren, da drückte sie sich oft noch mit auf die Rückbank. Ich habe sie aber jedesmal wieder rausgeschubst."

"Ist das nicht fies?", meinte ich halb belustigt.

Sie zuckte die Achseln. "Die kann aber ganz schön nerven", seufzte sie. "Unterschätz die bloß nicht, Liebling!"

"Unter – schätzen bestimmt nicht", brummte ich. "Denn ich würde sie ja lieber wert – schätzen, verstehst du? Nämlich als unverzichtbare Praxishilfe!"

"Angie ist ein Freudenmädchen", warnte sie mich. "Seit vollen sechs Jahren verkauft die ihren Körper an zahlende Kerle in einer schmierigen Spelunke! Ich hätte keine ruhige Minute mehr, wenn ich euch beide da in unserer Praxis wüsste!"

Darauf erklärte ich ihr, dass Angie jetzt mit der Anschafferei aufhören wolle. Außerden habe sie die Absicht, sich zu benehmen und sich dabei voll auf die Arbeit mit den Tieren zu konzentrieren.

Wieder versank Missy in eine lange Grübelei. Schließlich sagte sie: "Nun gut, ich will kein Unmensch sein. Geben wir ihr also eine Chance, Steve!"

Gleich stand ich auf, wobei ich ihr einen Kuss auf die Lippen drückte. "Bist doch ein Pfundskerl", sagte ich lächelnd.

Am nächsten Tag, dem Montag, da machte ich unsere Praxis zwei Stunden früher zu. Ich wollte nämlich noch in die Stadt. Dabei waren es die Zwillinge, die mir Sorgen machten. Sie hatten nur Unsinn im Kopf und sorgten überall für Scherereien.

Schließlich kaufte ich zwei aufklappbare Fußballtore, vier Paar Trainings-Schuhe mit Stollen nebst Stutzen und dazu passend noch vier Trikots und einen Torhüterdress mit Handschuhen. Wobei ich natürlich den Fußball auch nicht vergaß.

Am folgenden Sonnabend war es dann soweit. Ich stellte die Tore auf, zog die Torwartkluft an und packte Frau und Kinder in die Trikots. Wir bekamen dann noch Verstärkung. Maria, inzwischen neun, und ihre Schwester Conchita wollten natürlich auch mitspielen. Beide Mädchen hatten immer schmutzigblondes Haar gehabt. Maria war aber bereits stark nachgedunkelt.

Aus dem Nachbarhaus kamen noch Gloria, inzwischen zehn, und ihr jüngerer Bruder Tom hinzu, der acht Lenze zählte. Es waren die Kinder der alleinerziehenden Mutter, welche über der Apotheke wohnten. "Mummy hat seit drei Jahren wieder einen Freund", verkündete Gloria stolz.

Der Nachmittag wurde dann ein voller Erfolg. Besonders unsere Zwillinge waren voller Begeisterung dabei. Es machte soviel Spaß, dass wir es morgen, am Sonntag, gleich wiederholen wollten.

Die Zwillinge hängten sich mit solchem Eifer rein, dass sogar Missy Mund und Nase aufsperrte. Gerade Gina und Nora, die ansonsten die totalen Spielverderber waren! Zwei Kotzbrocken, die immer alles kaputt machten. Doch jetzt flogen die blonden Haare, und ich hatte allerhand zu tun zwischen meinen Pfosten.

Nach diesem Tag waren Missy und ich uns einig: Die beiden gehörten in einen Verein! Gleich am Montag hängte ich mich ans Telefon und fragte herum. Ich fand auch bald eine Mädchenmannschaft und meldete die zwei an.

20. EIN UNMORALISCHES ANGEBOT

Am Nikolaustag dieses Jahre 2005 brachte ich meine junge Frau mal wieder mit starken Wehen ins Pleasant Valley Krankenhaus. Noch am gleichen 6.12. brachte sie dort ein gesundes Mädchen zur Welt. Wir gaben ihm den Namen Meghan.

Missy hatte die Geburt so gut überstanden, dass sie schon am übernächsten Tag wieder nach Hause durfte. Am gleichen Abend aber erlebten wir eine handfeste Überraschung.

Meggies – wie wir unsere Jüngste nannten – Wiege stellten wir zu uns ins Schlafzimmer. Nachdem der kleine Wurm eingeschlummert war, da wollten wir eigentlich auch ins Bett gehen. Doch plötzlich stand eine blasse Gestalt im weißen Nachthemd in der Tür. Es war die mittlerweile schon zehnjährige Maria. “Conchita hat Halsschmerzen”, meldete sie. “Meine Schwester kann nicht schlafen, weil es so weh tut.”

Missy setzte sich im Bett auf und zog die Beine an den Leib. “Wo ist denn deine Mami?”, fragte sie verwundert. “Die Annika, Mary, du weißt schon?”

Das lange dunkle Haar reichte dem Mädchen bereits bis an die Hüften. Nun zog es die Schultern hoch und hob dabei hilflos beide Handflächen. “Weg”, piepste Maria bedauernd. “Das war neulich schon mal. Sie ist nicht da!”

Mit einem Satz hatten Missy und ich unsere Betten verlassen. Gleich darauf stürmten wir die Treppe empor, ich voran.

Doch Maria hatte die Wahrheit gesagt. Im unteren Teil des Doppelbettes, in dem die Geschwister schliefen, lag mit schmerzverzerrtem Gesichtchen die jüngere Conchita.

Ich blickte zum Fenster, das weit offenstand. Kühle Nachtluft wehte herein. Mit drei Schritten hatte ich es erreicht und lehnte mich hinaus.

Draußen war es dunkel. Eine Straßenlaterne warf einen trüben Lichtkegel auf ein Stück Asphalt. Aus der Ferne nahte leise brummend ein Auto, die Scheinwerfer nur zwei helle Punkte. Jenseits der Straße konnte man den finsteren Ohio River nur ahnen.

Von Annika war weit und breit nichts zu sehen. Verwirrt drehte ich mich zu Missy um, die mir in ihrem lachsfarbenen Nachthemd gefolgt war. “Vielleicht hat Rodrigo sie abgeholt”, meinte sie zögernd. “Und die beiden sind noch auf Sause.”

Das konnte ich mir aber nicht vorstellen. Annika sagte nämlich immer

Bescheid, wenn sie sich mit ihrem Mann mal einen schönen Abend machen wollte. Denn wir mussten ja dann ein Auge auf ihre Kinder haben.

Plötzlich bekam ich Angst. Ich wusste nämlich, dass Annika ihren Job hinter der Ladenkasse der Orozcos hasste. Ob sie sich etwas angetan hatte? – "Komm", sagte ich kurzentschlossen zu Missy.

Unten nahm ich noch eine Stablampe aus einer Schublade.

Wenig später hatten wir die Straße überquert. Nun standen wir alle am Ufer des Ohio River. Missy und Maria in Nachthemden, und ich im Pyjama. Dabei leuchtete ich die Uferböschung nach Annikas Leiche ab. Langsam wanderte der Lichtkegel über Wurzeln, Steine und braunes Wasser, das sich kräuselte. Gottlob aber vergeblich.

Danach suchten wir auch noch das Grundstück ab. Zum Glück aber auch umsonst.

Ich wollte die Polizei anrufen, um eine Vermisstenanzeige aufzugeben. Missy überredete mich aber, noch bis zum kommenden Morgen zu warten.

Ich gab der kleinen Conchita einen Löffel Sirup. Und Missy machte ihr dann noch einen Halswickel.

Inzwischen war auch Meggie wieder in ihrer Wiege erwacht. Sie brauchte eine frische Windel und Missys Brust.

Irgendwann fanden wir dann doch noch Schlaf. Als ich später irgendwann wieder wach wurde, da dämmerte bereits ein bleigrauer Morgen. Gähnend ging ich pullern. Als ich aus dem Bad kam, da stand Missy vor mir. Sie legte einen Finger auf die Lippen, während sie sagte: "Komm, lass uns mal nach oben gehen. Wir wollen noch mal nachschauen, Steve!"

Sehr leise schlichen wir dann die Stufen hoch. Als Missy die Klinke drückte, da fiel der Schein der Treppenbeleuchtung in das Zimmer. Ich sah die Geschwister im Doppelbett liegen, Maria oben und Conchita unten. Dann fasste Missy meinen Arm und deutete auf das andere Bett.

Und wer lag da und schlief friedlich wie ein Engel? – Unsere Annika!

Eine Antwort, wo sie denn nachts gewesen sei, die bekamen wir leider auch beim späteren Frühstück nicht. Denn angeblich konnte Annika sich an nichts mehr erinnern. Gähnend fuhr sie sich durch die blonde Mähne Sie habe doch die ganze Nacht geschlafen, oder?

Am folgenden Wochenende passierte dann aber wieder etwas Seltsames. Nachmittags widmeten wir uns wie üblich unserem Fußballspiel im Garten. Nur eine kickte nicht mit: Gloria, die zehnjährige Tochter unserer Nachbarin, welche ja alleinerziehend war. Das Mädchen saß neben dem Spielfeld auf einem Stein und hatte den Kopf in ihre Hände gestützt.

In einer Spielpause marschierte ich zu ihr herüber. Vor ihr ging ich dann in die Hocke. "Was ist los?", fragte ich freundlich. "Warum spielst du nicht mit?"

Ihr langes braunes Haar war zu Zöpfen geflochten. Stockend erzählte sie nun, dass sie gestern Verstecken gepielt hätten. Und zwar sie selbst, ihr jüngerer Bruder Tom sowie sein gleichaltriger Freund James.

Von diesem James hatte ich schon gehört. Er war der Sohn vom Jerry, unserem gitarrespielenden Barden. Der singende Lockenkopf hatte ja schon im Alter von fünf Jahren mit Lara und Missy bei uns im Garten gespielt.

James war ein Betriebsunfall, wie man mir erzählt hatte. Jerry war es irgendwann gelungen, ein Mädchen für sich zu interessieren. Dieses wurde dann ungewollt schwanger. Widerwillig trug es das Kind aus. Doch schon am Tag nach der Geburt suchte es das Weite. Seitdem hatte der Jerry einen kleinen Sohn.

Sie hätten zwischen dem Waldstück hier hinterm Haus und der Grenze zur McNick-Farm gespielt, erzählte Gloria weiter. Sie sprach jetzt so leise, dass ich sie kaum noch verstehen konnte. Doch plötzlich hätte da etwas gesessen. Ein sonderbares Wesen, auf einem der Holzpfähle des Weidezaunes. Es habe wie eine riesige Motte ausgesehen. Das Faszinierendste aber wären die Augen dieser Kreatur gewesen. Schon förmlich baff vor Neugierde seien sie dann immer näher an die Erscheinung herangegangen.

Sie brach auf einmal ab. Als ich sie aufforderte, ihren Bericht fortzusetzen, da hatte sie plötzlich Tränen in den braunen Augen. Sie schäme sich, flüsterte sie verlegen, und könne deshalb nicht weitersprechen.

Ich vernahm Schritte hinter mir und drehte mich um. Es war Missy, die von der Neugier hierhergetrieben wurde. Sie wollte natürlich hören, was los war. Ich erzählte ihr kurz das Nötigste.

Missy wandte sich daraufhin an Gloria. "Würdest du mir denn erzählen, was passiert ist, mein Engel?", fragte sie warmherzig.

Das Mädchen nickte, und ich erhob mich. Missy nahm Glorias Hand und zog sie mit sich. Außer Hörweite, schon fast bei den Obstbäumen, blieben die beiden dann stehen.

Ich beobachtete die zwei, wie sie miteinander sprachen. Der Tag war kühl und bedeckt, weshalb ich fröstelte. Nach einer Weile winkte mir Missy, ich möge herüberkommen.

"Komisches Ding", murmelte meine junge Frau, als ich die beiden erreicht hatte. "Da hockte dieses Mottengespenst auf dem Zaunpfahl, verstehst du? Und je länger die drei Kinder Blickkontakt zu der Kreatur hatten, um so kussgeiler wurden sie. Kannst du dir so etwas vorstellen, Steve? Gloria meint, das habe an den hypnotischen Augen des Wesens gelegen. Sie seien alle willenlos gewesen. Dabei hätten sie den zwingenden Drang gespürt, die Erscheinung zu küssen!"

"Um Gotteswillen!", entfuhr es mir.

Missy nickte ernst, während Gloria mich mit weit aufgerissenen Augen anstarrte. "James ließ sich von der Motte dann den dicken Rüssel in den Rachen schieben", fuhr meine Blondine fort. "Die beiden anderen Kinder hörten Sauggeräusche, während das passierte."

"Das darf doch nicht wahr sein!", stöhnte ich.

"Als der Kuss endete, da sackte James kraftlos in sich zusammen. Gloria und ihr Bruder wollten ihn wegzerren. Doch da stand er plötzlich wieder auf. Erneut fuhr die Riesenmotte ihren Rüssel aus, und zum zweitenmal ließ James sich küssen!"

"Was passierte dann?", fragte ich voller dunkler Vorahnungen.

"Eine entsetzliche Verwandlung geschah!", rief die Missy aufgeregt. "Ist es nicht wahr, Gloria?" – Die nickte, mit schreckgeweiteten Augen. – "Sein Oberkörper bedeckte sich plötzlich mit dunklen Haaren", fuhr meine Blondine dumpf fort. "Um die Arme aber bildeten sich mächtige Flughäute. Beide Glieder waren mit den Händen darin eingewachsen, so dass nur noch zwei Finger herausschauten! Das Gesicht schließlich wurde mottenähnlich. Es war mit dunklen Haaren bedeckt. Die Augen waren seltsam menschlich und glänzten. Statt eines Mundes ragte ein dunkler Rüssel aus dem Mottengesicht."

"James begann dann, mit den Flughäuten zu flattern", schluchzte Gloria. "Mein Bruder und ich schrien beide, er solle zu uns kommen. Dann sahen wir ihn aber bereits laufen. Dabei flatterte er wie wild mit den Flügeln. Die andere Motte folgte ihm. Unsere Haare flogen im Wind, so mächtig schwang sie ihre Flughäute, als sie über unsere Köpfe hinwegglitt. Wir konnten James kaum noch sehen, da hob er in der Ferne endlich ab. Die beiden Motten flogen dann Seite an Seite. Wir sahen sie hinter dem Waldstreifen schließlich im Dunst verschwinden."

Missy sah mich an. "Ist das nicht schrecklich, Steve?", fragte sie mich nervös.

Ich nickte. "Was habt ihr dann gemacht?", fragte ich anschließend die Gloria. "Ich meine, du und dein Bruder?"

Das zehnjährige Mädchen zögerte eine Weile. Und als es am Ende weitersprach, da sagte es: "Ich bin dann allein zu Mr. Pelham gegangen. Jerry Pelham – das ist der Vater vom James. Dabei wusste ich aber, dass er mir meine Geschichte niemals glauben würde. Deshalb habe ich gesagt, wir hätten uns alle drei im Wechsel versteckt. Der James aber sei auf einmal spurlos verschwunden. Immer wieder hätten wir seinen Namen gerufen. Leider aber vergeblich, denn es sei ja ganz so gewesen, als habe ihn der Erdboden verschluckt."

Nicht glauben? überlegte ich. Denn der Jerry hatte ja schon ganz andere Sachen glauben müssen. Zumindest damals, als er noch klein war: *Mein Vater hatte Fügel und konnte fiegen.*

Ja, das war wohl auch so ein Mottenmensch, der Vater vom Jerry!

Missy sah mich an. Ich lächelte schwach. Ja, ich werde wohl noch auf ein

Glas Wein zu meinem Apothekerfreund Gus hinübergehen, meinte ich schicksalsergeben. Denn Carl, der Vater vom Jerry, der war ja wohl ein Schwager von ihm. Und da wisse er bestimmt mehr, oder?

Ja, Gus wusste mehr. Nämlich dass der Jerry heute früh auf der nächsten Polizeiwache war, um seinen Sohn als vermisst zu melden.

In meiner Kleintierpraxis ging das Leben dafür weiter seinen gewohnten Gang. Zwei Monate lang arbeitete Alma die sexy Angie noch ein, dann schickte ich sie in die Babypause.

Angie hatte nicht zuviel versprochen. Während der Einweisung stellte sie sich sehr geschickt an. Als Alma dann ging, da konnte sie schon Verbände anlegen, gebrochene Glieder schienen und Spritzen setzen. Sie wurde mir schon bald zur unverzichtbaren Hilfe.

In den Nächten während der Woche, da schlief sie auf der Couch in unserem Wohnzimmer. Wurde ich zu später Stunde noch auf eine Farm gerufen, so war sie gleich wach und begleitete mich.

Klar, dass diese Konstellation für Eifersucht sorgte. Und zwar sowohl bei Missy als auch bei Angies Ehemann George. Denn schließlich waren sie und ich ständig zusammen. Wobei sie sogar bei uns im Hause schlief.

Zuerst aber ging meiner jungen Frau ein Licht auf. Denn wenn da irgendwas gelaufen wäre – eine heimliche Geste, ein verstohlenes Lächeln – dann hätte Missy das ja sofort mitbekommen. Schließlich lebte sie ja im gleichen Haus. Dabei gingen Angie und ich jedoch rein professionell miteinander um. Wobei da zuletzt sogar dem George klar wurde, dass zwischen Angie und mir nichts sein konnte.

Angie zog sich auch nicht aufreizend an. Sie trug meist den hellblauen Kittel, welchen ich für sie gekauft hatte.

Genau eineinhalb Jahre später kam es dann aber doch zu einer kitzligen Situation. Alma war gerade wieder in die Praxis zurückgekommen. Ihren kleinen Sohn Alex, der kürzlich erst Laufen gelernt hatte, ließ sie dabei bei ihren Schwiegereltern.

Es war an einem frühen Dienstagnachmittag, als unvermittelt aus der näheren Umgebung ein Schweinezüchter anrief. Seine Sau sei trächtig, meinte er, und er bekäme die Ferkel nicht heraus. Ob ich rasch kommen könne?

Mein guter Ruf beruhte auf meiner Zuverlässigkeit in solchen Fällen. Mit Angie machte ich mich also auf den Weg. Alma vertrauten wir für die Zeit unserer Abwesenheit die Praxis an. Denn eine Menge Aufgaben bewältigte sie ja problemlos selbst.

Mit Angies Hilfe brachte ich die Ferkel dann rasch ans Licht der Welt. Sie quiekten vor Aufregung, als sie ihre Mutter noch halb betäubt vor sich liegen sahen.

Der Züchter verlangte am Ende noch nach meiner Visitenkarte. Ja, da hatte ich durch mein schnelles Kommen schon wieder einen Kunden gewonnen!

Als wir zurückfuhren, da meinte Angie, wir sollten noch kurz bei ihr zu Hause vorbeifahren. Das wunderte mich ein wenig. Wollte sie *mich* etwa ihrem Säufer-Vater vorstellen? Ja, wenn jemand *den* kennenlernen sollte, dann doch ihr Mann George, oder?

Angie belehrte mich dann aber dahingehend, dass ihr Vater gar nicht zu Hause sei. Der wäre auf Entzugstherapie in einer Heilanstalt, erklärte sie mir.

Was aber wollten wir dann bei ihr zu Hause? War sie etwa auf ein Schäferstündchen aus?

Wenig später schloss sie auf und ließ mich ein. Dann führte sie mich in ihr Mädchenzimmer. Es war genauso geschnitten wie Missys, das ein Stockwerk höher lag. "Missy klopfte oben immer wütend gegen die Heizung, wenn ich hier unten in voller Lautstärke die Doors mit Jimmy Morrison hörte", grinste Angie augenzwinkernd.

Nun erfuhr ich auch, um was es ging. Denn die Angie und ihr Mann George hatten zwar eifrig geübt. Leider aber wollte es mit dem Baby nicht klappen. "Es liegt bestimmt an ihm", verriet sie mir. "Ich habe aber alle Schuld auf mich genommen und gesagt, ich sei die Unfruchtbare. Vor zwei Wochen stellte ich den Geschlechtsverkehr mit der Begründung ein, dass ich eine Hormontherapie begonnen hätte. Und vor gut einer Woche bekam ich meine Periode."

Ich fragte, ob sie denn kein Kind adoptieren könnten. Nein, das wolle ihr Mann nicht, sagte sie. Und eine Samenspende, käme die vielleicht in Frage? Auch nicht, denn ihr Mann könne sich nur ein leibliches Kind vorstellen, erklärte sie.

Was hatte sie also vor? Ich sollte ihr Samenspender sein, so ihr schlitzohriger Plan. Wenn sie von mir ein Baby bekäme, dann würde sie George dieses im Ergebnis als sein eigenes Kind unterjubeln. Die Hormontherapie hätte nun endlich angeschlagen, so wollte sie selbst es ganz kaltschnäuzig darstellen.

Inzwischen hatte sie sich nackt ausgezogen. Jetzt legte sie sich auf ihr Mädchenbett. Es sei eine einmalige Sache, gurrte sie. Denn sie habe nun ganz sicher ihre fruchtbaren Tage. Dabei nahm sie meine Hand und führte sie an ihrem rechten Oberschenkel entlang. "Komm", flüsterte sie verführerisch.

Da war ihre klebrige Haut, an die ich mich noch so gut erinnerte. Und die mich sofort wieder sehr heftig erregte. Dennoch konnte ich das nicht machen. "Es geht nicht", flüsterte ich daher.

Sie sah fragend zu mir empor. Wir hätten es doch jeden Tag im Ace of Spades miteinander getrieben, erinnerte sie mich. Was sei denn da gegen ein weiteres Mal einzuwenden? Sie freue sich schon darauf, und ich doch bestimmt auch, oder?

Ich hatte jedoch schon einmal eine Ehe durch einen Seitensprung in die Binsen gesetzt. Das war deshalb passiert, weil ich damals eine Mitwisserin hatte: Meine Tochter Lara. Genau deshalb aber wollte ich Missy nicht hintergehen. Denn wenn es hart auf hart käme, dann wäre Angie doch die Mitwisserin. Vielleicht scheiterte ja ihre Ehe mit George, und sie würde mich dann unter Offenlegung ihres Wissens für sich gewinnen wollen. Missy würde es mir nie verzeihen, wenn sie mich beim Ehebruch ertappte.

Daher sagte ich, dass ich Missy sehr liebe. Es ginge deshalb nicht, denn ich könne sie nicht betrügen.

Da schlug Angie mir vor, dass ich ihr eine Samenspende geben solle. Und zwar sofort hier, an Ort und Stelle.

Nun überlegte ich scharf. Mal angenommen, ich hätte Missy gebeichtet, vor unserer Ehe Samenspender gewesen zu sein. Diesen Job wolle ich während unsere Ehe aber gern noch weiter machen, wenigstens ab und zu.

Wie hätte Missy wohl darauf reagiert? Eigentlich kannte ich sie als ziemlich aufgeschlossen. Ich würde sie ja damit nicht betrügen, da meine Spenden anonymen Frauen an einem unbekannten Ort verabreicht würden. Ich konnte es nicht mit Sicherheit sagen. Vielleicht würde Missy also nichts dagegen haben. Denkbar wäre aber auch, dass es ihr gegen den Strich ginge.

Mit Angie konnte sie aber anscheinend nicht gut. Deshalb war ich mir ziemlich sicher, dass ich bei Georges Frau nicht als Samenspender auftreten dürfte.

Ein Scheidungsgrund wäre es aber wohl nicht – selbst bei Bekanntwerden.

Ich erklärte mich also einverstanden. Dann öffnete ich meinen Hosenschlitz und befriedigte mich anschließend vor Angies Augen selbst. Die Samenflüssigkeit fing ich in meinen hohlen Händen auf. Dann hielt ich ihr diese hin.

Sie wälzte sofort ihre kleine Faust darin. Als diese völlig durchnässt von meinem Ejakulat war, da legte sie sich wieder auf den Rücken. Nun versuchte sie, ihre Kleinmädchen-Faust in ihre Pflaume hineinzubekommen.

Auch dieser Anblick war erregend. Offenbar hatte Angie Schwierigkeiten. So ungewöhnlich klein ihre Faust auch war – es schien nicht so ganz einfach zu sein. Stöhnend wälzte sie sich hin und her. Dabei drehte sie ihren dünnen Arm wie einen Schraubenzieher. Endlich gab es einen Ruck – und nun war sie tief drin. Sie wälzte sich immer noch und drehte dabei den Arm. Bis sie dann schließlich seufzte: "So, das müsste eigentlich reichen, Herr Doktor!"

Langsam zog sie ihren schmalen Arm wieder aus dem mageren Leib heraus. Ich beobachtete sie, während sie sich langsam anzog. Es war irgendwie eine unangenehme Situation. Dabei fühlte ich mich so, als wären wir beide Komplizen. Zwei, die soeben etwas Verbotenes getan hätten.

Angie war nun fertig. “Beten wir, dass der Schuss gereicht hat, Doktor”, flüsterte sie, während sie ihre langen Haare glättete. “Und dass wir keinen weiteren mehr brauchen werden. Denn dann würde es mit der Zeit nicht mehr hinhauen. Sie verstehen es schon – denn jetzt ist der letzte Verkehr mit George ja grade mal zwei Wochen her. Eine Schwangerschaft wäre damit noch plausibel.”

Ich murmelte irgendetwas, dass ich für einen weiteren Versuch aber ohnehin nicht mehr zur Verfügung stehen könne.

Abends wirkte ich wohl so schuldbewusst, dass es schließlich sogar Missy auffiel. “Ist irgendwas, Steve?”, fragte sie, wobei ihr Misstrauen deutlich wurde.

“Nur eine schwere Geburt”, wich ich aus. “Ferkel diesmal, verstehst du?” Ich brachte ein verschmitztes Lächeln zustande. “Aber dabei auf jeden Fall einen neuen Kunden gewonnen, Liebling.”

“Na, das ist ja auch was”, meinte sie, ihr Interesse bereits wieder abflauend.

Die Jahre vergingen. Irgendwann schrieben wir das Jahr 2010. Meggie war fünf geworden und kam in die Vorschule.

Inzwischen beteiligte sie sich an den Fußballspielen am Wochenende, in unserem Garten. Auch unsere Jüngste jagte dort dem Ball nach, obwohl die Mitspieler ja alle viel älter waren als sie.

Meggie war überhaupt ein Fall für sich. Sie war nicht blond, wie ihre drei Geschwister. Ihr Haar war stattdessen glatt und rotbraun, so wie bei ihrer großen Halbschwester Lara.

Ich sah mir oft die alten Bilder an. Damals, als die Kinder in unserem Garten spielten und auch alle fünf waren. Meggie sah Lara sehr ähnlich, und sie war ein genauso schönes Kind.

In diesem Sommer waren wir mal wieder in das Gästehaus des Gouverneurs geladen. Es stand die Verlobung zwischen Lara und Vince an – dem Sohn des steinreichen Sekretärs unseres Landesvaters.

Wir hatten die Kinder vorher ins Gebet genommen. Denn wir wollten natürlich nicht, dass sie während der Feier über die Stränge schlugen. Wegen der kleinen Meggie und unserem schon 12jährigen Sohn Robin brauchten wir uns dabei keine Sorgen zu machen.

Was aber die inzwischen 11jährigen Zwillinge anging, so konnten diese ihre überschüssige Energie ja täglich auf dem Fußballplatz abreagieren. Ihre freche, ungezogene Art hatten diese mittlerweile auch weitgehend abgelegt. Dafür aber hatten sie eine Zeichensprache erfunden. Diese bestand aus Gesten und Handzeichen, leider aber auch aus scheußlichen Fratzen. Die beiden sprachen wirklich kaum noch ein Wort miteinander. Wer diese Kommunikation nicht kannte, der bekam erst einmal einen Schock. Denn es sah so aus, als würden zwei geistig behinderte Irrenhäuslerinnen da in wüster Art miteinander herumalbern.

Die beiden Mädchen waren wirklich ein Brechmittel. Alle zwei wünschten sich aber Fahrräder zu Weihnachten. Sowohl Missy als auch ich hatten im Vorfeld der Feier gedroht, der Gabentisch würde leer bleiben, falls sie bei Laras Verlobung auch nur eine Fratze schneiden sollten. Hoch und heilig hatten sie daraufhin versprochen, sich zu benehmen.

Beide trugen das gleiche sepiafarbene Abendkleid. Ihr blondes Haar hatte Missy an ihren Hinterköpfen jeweils zu einem Dutt verknotet. Die zwei waren dünne Gräten, noch gänzlich ohne Po und ohne Busen.

Alles beides hatte an ihrer Stelle aber die Maria zu bieten. Annikas Älteste war mittlerweile schon fünfzehn. Sie trug ein knielanges, metallicgrün glänzendes Cocktailkleid. Ihr sehr dunkles Haar reichte schon fast bis an die Hüften.

Sie hatte das ausnehmend gute Erscheinungsbild ihres Vaters Rodrigo geerbt. Mit der schon fast makellos olivbraunen Haut sah sie wie eine rassige Latinoschönheit aus.

Lara, unsere Braut, trug ebenfalls ein knielanges Kleid. Es war aber ein weißes Verlobungskleid, natürlich ohne Schleppe. Vince, der sich heute mit ihr trauen lassen wollte, machte eine gute Figur im schwarzen Anzug.

Ganz anders meine junge Ehefrau. Denn Missy hatte sich schon gradezu gewagt angezogen. Sie trug ein knallenges Kleid in Metallic-Rot, das kaum ihren Hintern bedeckte. Gottlob wurden ihre schlanken Beine dazu von grauen Netzstrumpfhosen umschmeichelt. Obwohl sie vor wenigen Tagen dreißig geworden war, ließ sie der nach hinten gebundene Pferdeschwanz viel jünger aussehen.

Erneut zogen wir mal wieder alle Blicke auf uns, als ich in meinem hellen Dandy-Anzug mit ihr tanzte.

Leider war unter all den Bewunderern auch ein Augenpaar, das uns schon bald darauf das Gruseln lehren sollte.

Kaum war Missys und mein Tanz beendet, als der unheimliche Zuschauer auch schon seine Bombe platzen ließ.

Der Mann sprach mich an. Er war Elektriker und lebte in New York. Vor dreizehn Jahren, da wurde er mal in ein Hotel im Big Apple gerufen. In der Lobby waren an einem Kronleuchter mehrere Glühbirnen ausgefallen. Somit hatte er in der Halle seine Leiter aufgestellt.

Ihm waren damals noch drei weitere Arbeitsaufträge erteilt worden. Denn in der gleichen Zahl von Zimmern waren auch Reparaturen durchzuführen. Es ging um defekte Steckdosen und Leuchtstoffröhren.

Was hatte ein einfacher Elektriker eigentlich auf dieser Schickeria-Verlobung zu suchen? – Nun, angeschlossen an den Amtssitz des Gouverneurs war auch ein Reithof. Edle Vollblüter hielt man dort für illustre Gäste vor. Eine Eisprinzessin gehörte dabei ganz sicher nicht zu den Größen, die mit einem Ausritt geehrt wurden. Dann schon eher Staatsgäste aus den In- und Ausland oder der Präsident der Vereinigten Staaten. Den Rittmeister, der diesem Hof vorstand, hatte man nebst Frau und Kindern zu dieser Verlobung eingeladen.

Es gab aber auch noch eine Gärterei am Amtssitz des Gouverneurs. Dieser stand ein Gärtnermeister vor. Der gute Mann hatte schon heute früh das Gästehaus, in dem die Feier stattfand, mit prächtigen Blumengebinden schmücken lassen.

Wie der Zufall es so wollte, war in diesen Tagen der Bruder des Gärtnermeisters bei diesem zu Besuch. Dieser arbeitete als Elektriker in New York. Selbstverständlich war der Gärtnermeister mit seiner Familie zur Verlobungsfeier eingeladen worden. Und als er fragte, ob sein Bruder mitkommen dürfe, da wurde ihm das natürlich gestattet.

Nun stand ich dem Bruder gegenüber. Er stellte sich unter dem Namen Markham vor, Jack Markham. Und dann erzählte er mir Pikantes.

Vor dreizehn Jahren stand er also auf der Leiter, in der Lobby des Hotels. Als er da am Kronleuchter herumschraubte, da fiel ihm ein Mädchen auf, das im hinteren Teil der Halle an einem Pfeiler lehnte.

Seinen Gehilfen schickte er damals unter dem Vorwand zum Wagen, dass er noch Werkzeug brauche. Anschließend stieg er von der Leiter und ging zu dem Mädchen. Dieses sei ganz ungewöhnlich hübsch gewesen, wie ihm sogleich auffiel, meinte er, mit einem seiner Froschaugen zwinkernd.

Er fragte dann ganz direkt, ob sie es auch für Geld mache. Dies bejahte sie, und sie wurden sich anschließend auch gleich einig. Mr. Markham gab ihr daraufhin einen der Schlüssel und nannte ihr die Zimmernummer. Sie solle dort oben auf ihn warten.

Mr. Markham hatte nie geheiratet. Deshalb gab es auch keine Kinder. Doch habe er Missy in all den Jahren nie vergessen können. Oft hätte er sich nach einem Wiedersehen mit ihr gesehnt, erzählte er mir. Um so überraschter sei er gewesen, als er sie dann hier mit mir tanzen sah. Er habe sie auf der Stelle wiedererkannt, da sie sich in der langen Zeit ja kaum verändert hätte.

Im Brummton bestätigte ich zögernd, dass sie meine Ehefrau sei.

Nun huschte ein unflätiges Grinsen über sein flächiges, hochrot geädertes Gesicht.

Plötzlich erschien Gina an meiner Seite. Ich konnte die Zwilling ganz gut am Gang voneinander unterscheiden. Missy war das nicht möglich. Sie vermochte aber, Gina und Nora anhand ihrer Sprache auseinanderzuhalten, und zwar auch, wenn sie sich in ihrem Fratzen-Dialekt unterhielten.

“Darf ich ein Eis, Dad?”, fragte Gina sichtlich außer Atem. “Der Eismann ist draußen, und er verlangt Geld.”

“Du gehst aber nicht allein raus!”

“Nein, mit Robby”, beteuerte sie sofort. “Und wir haben uns auch benommen, Dad. Großes Ehrenwort. Keine Fratzen, nichts."

"Hol für die anderen auch", murmelte ich, während ich ihr einen Schein gab.

Mr. Markham hatte das Gespräch belustigt verfolgt. Nun legte er der Gina seine fette Pranke auf das blonde Köpfchen. "Hübsches Kind", sagte er anerkennend. "Haben Sie es von Missy, Sir?"

Erschrocken sah die Gina auf. Verwundert blickte sie dann in das fremde Gesicht. Mit Sicherheit wäre sie jetzt frech geworden. Aber sie hatte ja noch nicht vergessen, was sie uns im Vorfeld versprach.

So steckte sie das Geld ein und sauste davon.

Mr. Markhams fleischige Lippen klafften immer noch fragend auseinander.

"Ja,", nickte ich daher, "und es sind insgesamt vier."

"Vier Kinder", wiederholte er, einen lauten Pfiff ausstoßend.

Ich nickte nochmals, diesmal voll unheilvoller Erwartungen. Und ich sollte mich nicht getäuscht haben.

"Kommen wir zur Sache", meinte er in plötzlichem Ernst. "Ich wäre ein kompletter Idiot, wenn ich mir diese Chance entgehen ließe. Dabei meine ich, nochmals mit Missy ins Bett gehen und sie lieben zu dürfen."

Nun schnappte ich aber nach Luft! Ich spürte, wie er mich von der Seite lauernd anstarrte. Sein Gesicht lief sofort dunkelviolett vor Ärger an, als er meine empörte Reaktion bemerkte.

"Sie haben zehn Minuten, Sir", zischte er wütend. "Wenn dann die Sache nicht in meinem Sinne geregelt ist, so werde ich alles hinausposaunen. Und zwar, welch dreckige Schlampe Sie hier eingeschleust haben. Man glaubt es kaum", geiferte er weiter, "aber das Flittchen will ja auch noch die hochnäsige Stiefmutter der Braut sein!"

Mit schweren Schritten stapfte er nun deutlich verstimmt davon. Bevor er in der Menge verschwand, da drehte er sich aber nochmal herum: "Zehn Minuten, Sir! Vergessen Sie das nicht!", rief er mir warnend zu.

Ich nickte angewidert. Dann wandte ich mich langsam um. Denn Lara und Annika waren soeben zu mir gestoßen. Aus ihren Gesichtern las ich eine deutliche Besorgnis. Da standen sie, so verführerisch aufgeputzt wie prachtvoll gewandet. "Was wollte der denn?", erkundigte sich meine Eisprinzessin deutlich alarmiert. "Der hat dich ja schon fast angebrüllt, Dad!"

Hinter Lara tauchte jetzt auch Missy auf. Die hatte natürlich ebenfalls bemerkt, dass hier etwas nicht stimmte.

Sogar dem Gouverneur war der Stimmungswechsel aufgefallen. Mit zwei Adjutanten und seinem Gefolge näherte er sich.

Ich nahm in kurz beiseite. Vertraulich informierte ich ihn, dass Missy einen Migräneanfall habe. Ob er über eine Gästestube verfüge, in der sie sich für eine halbe Stunde hinlegen könne?

Er war gleich sehr freundlich. Ja, so etwas gebe es, meinte er wohlwollend. Dann beauftragte er einen seiner Adjutanten, ein bestimmtes Zimmer herzurichten und mir den Schlüssel zu übergeben.

Daraufhin dankte ich ihm ganz herzlich. Er nickte gönnerhaft und wandelte dann mit seinem Anhang davon.

Ich führte meine drei Damen nun nach vorne, in den Garderoberaum. Zwei Security-Leute standen immer noch am Einlass. Wir verblieben aber im hinteren Bereich.

Leise erzählte ich Lara, Annika und Missy, was der Mann mir gesagt hatte. Die Gesichter meiner Töchter wurden im Verlauf meiner Rede lang und immer länger. "Mein Gott, das ist ja furchtbar!", rief Lara entsetzt aus, als ich fertig war.

Annika warf Missy einen vernichtenden Blick zu. "Du musst dich in dem Gästezimmer hinlegen", zischte sie ärgerlich. "Denn wir können uns hier doch nicht unter Schimpf und Schande aus dem Saal jagen lassen!"

Missy tippte sich an die Stirn. "Das könnt ihr knicken", rief sie beleidigt aus.

"Willst du mir meine Verlobung kaputtmachen?", fuhr Lara sie wütend an.

“Du hattest doch damals schon einmal mit dem Elektriker gepennt. Nun will er nochmal auf dich drauf, und er erpresst uns. Diese miese Nummer hast du dir selber eingebrockt, Missy! Und wenn du meine Meinung hören willst: Wer A sagt, der muss bekanntlich auch B sagen, kapierst du das?”

Nun warf Missy mir einen flehentlichen Blick zu. “Ich kann dich aber nicht betrügen, Steve”, flüsterte sie kläglich. “Das verstehst du doch, nicht wahr? Du würdest es mir auch nie verzeihen, oder?”

Ich zuckte mutlos die Achseln. Ihre Vergangenheit holte sie jetzt endlich ein, das war schon alles. Nun hatte ich zwar den Zeugen, den ich mir immer gewünscht hatte. Den zwingenden Beweis für ihr damaliges Anschaffen im Hotel. Und doch hätte ich es lieber gehabt, wenn dieser Mensch nicht hier aufgetaucht wäre. “Missy”, sagte ich, “natürlich könnte ich das Ansinnen dieses Mannes zurückweisen. Dies unter der Drohung, ihn wegen Erpressung anzuzeigen, sofern er seine Ankündigung wahrmacht.”

Lara schüttelte sofort entschieden den Kopf. “Der würde die Informationen dann einfach heimlich streuen”, meinte sie verschnupft. “Und wie sollten wir ihm das bitte beweisen?”

Annika pflichtete ihr gleich bei: “Das käme aufs Gleiche raus”, rief sie. “Und man würde uns dann auch wieder mit Schimpf und Schande aus dem Saal schmeißen!”

Jetzt hatte Rodrigo, Annikas Göttergatte, uns endlich gefunden. Zu meinem großen Schrecken erzählte ihm seine Frau sofort, was vorgefallen war.

Rodrigo hörte ihren Bericht mit unbewegter Miene an. Anschließend schaute er Missy ins Gesicht. “Du musst es machen”, sagte er kurz. “Es gibt keine andere Möglichkeit.”

Missy brach darauf sofort in Tränen aus. Ich nahm sie gleich sehr zärtlich in meinen Arm. “Du hast doch schon einmal mit ihm geschlafen”, sagte ich vermittelnd. “Deshalb würde ich dir nicht ankreiden, wenn du es aus Not nochmals tun müsstest.”

Missy ging nun mit uns in die Festhalle zurück. Gleich kam der Adjutant des Gouverneurs auf mich zu. Sehr feierlich überreichte er mir dann den Schlüssel.

Vor der Tür im Obergeschoss wartete bereits der rotgesichtige Elektriker. Er grinste, als ich ihm aufschloss. Dann schritt er voran, in das Zimmer hinein.

Missy zögerte. Doch schob Annika sie nun sehr energisch in die Stube. Meine junge Frau quiekte auf, wohl weil ihr der Rücken wehtat. Beinahe wäre sie auf ihren hochhackigen Sandaletten noch gestolpert. Aber da hatten meine Töchter die Tür bereits hinter ihr geschlossen.

21. ZWEI TODESFÄLLE IM PARADIES

Nach diesem Schäferstündchen mit dem Elektriker schlief Missy nicht mehr mit mir. Sie klagte ständig über Schmerzen, weil Mr. Markham sie angeblich viel zu hart rangenommen habe. Ich hielt das für eine Schutzbehauptung. Denn in Wahrheit war sie wohl zutiefst aufgewühlt, weil Annika sie praktisch in das Gästezimmer hineingeschubst hatte. Und dass sie damit dem Kerl zum Fraß vorgeworfen worden sei, wie sie sie es aufgebracht bezeichnete.

Abends kniete sie splitternackt auf ihrer Bettseite. Sie kümmerte sich nicht um Meggie, die sich zwischen Missy und mir befand. Staunend starrte unsere Jüngste meine junge Frau an.

Da Meggie schon fünf war, hatten wir ihr oben ein Zimmerchen sehr süß eingerichtet. Dort legte sie sich abends auch immer brav ins Bettchen. Wachten wir aber morgens auf, dann befand sich die Kleine stets zwischen uns beiden. Sie schlich sich nachts runter, um ihren Lieblingsplatz in unserem Ehebett einzunehmen.

Wir hatten uns schnell damit abgefunden. Wenn Missy und ich ins Bett gingen, dann nahmen wir Meggy gleich mit.

Als unsere Jüngste ihre Mutter jetzt nackt vor sich knien sah, da fragte sie ganz unschuldig: “Wo hast du denn dein Nachthemd, Mummy?”

Missy antwortete aber nicht. Stattdessen blickte sie mich an. Für gewöhnlich warteten wir, bis Meggie eingeschlafen war, bevor wir mit der Liebe begannen. Aber damit war ja jetzt Schluss.

Das signalisierte sie mir nun auch. Und zwar, indem sie ihren Zeigefinger in eindeutiger Verneinung hin- und herschwenkte.

"Du hast damals alle Register gezogen, nicht wahr?", fragte ich provozierend. "Ich meine, dass du Jack Markham seinerzeit im Hotel nach Strich und Faden verwöhnt hast, stimmt's?"

Missys schönes Gesicht verdunkelte sich. "Das habe ich im Gästehaus des Gouverneurs auch", zischte sie in deutlicher Verstimmung. "Denn ich wollte ja unbedingt verhindern, dass er sich nachher beschwert!"

Oh weh, da hätte ich doch mal lieber meinen Mund gehalten! Dieser Satz von ihr war nämlich der letzte, den ich vorerst von Missy hörte. Denn von nun an wechselte wir kein einziges Wort mehr.

Stand unsere Scheidung bevor? Denn wir mussten fortan unsere Kinder als Boten benutzen, wenn wir uns was zu sagen hatten.

Allerdings nahm mich meine Arbeit mehr denn je in Anspruch. Ich hatte nun sehr viele Kunden und verdiente so gut wie nie zuvor. Gottlob verfügte ich mit Alma und Angie inzwischen über zwei zuverlässige Helferinnen.

Angie schlief ja in der Woche bei uns im Wohnzimmer. Meine Samenspende hatte damals gleich bei ihr gefruchtet. Natürlich bekam sie ein Mädchen (wie konnte es auch anders sein?) Die kleine Rebecca war inzwischen schon drei. George hatte alles geschluckt, und das Mädchen war das ganze Glück ihrer Eltern. Angie gab das Kind gnadenlos bei ihren Schwiegereltern ab, wenn sie bei mir arbeiten musste.

Angie verdiente bei mir ja auch gut. Schlief sie bei uns im Wohnzimmer, so zahlte ich ihr je Schlummerstunde die Hälfte ihres normalen Stundenlohnes. Mussten wir raus auf eine Farm, so gab es während unserer Abwesenheit natürlich den vollen Stundenlohn zuzüglich der gesetzlichen Nachtzuschläge. Dadurch verdiente Angie bei mir knapp die Hälfte mehr im Vergleich zu ihrer Kollegin Alma.

Sie erzählte mir mal, was ihr an ihrem Mann George so gefalle. Neben seines guten Aussehens sei das sein Fleiß. Der könne inzwischen Schlösser einbauen, Dachstühle zimmern, elektrische Leitungen und Fußböden verlegen. Aber auch Sanitäranlagen installieren und sogar Malerarbeiten ausführen. Als sogenannter Allrounder fände er auf Baustellen immer Arbeit, sagte sie stolz.

Angie und ihrem Mann ging es besser als mir, dem Tierarzt. Die fuhren nämlich jedes Jahr mit ihrem Kind in Urlaub. In Disneyland Paris waren sie schon und auch in Liseberg, dem größten Vergnügungspark Skandinaviens.

Das konnte ich nicht. Denn dazu hätte ich einen Vertreter finden müssen. Einen, der bei Bedarf auch nachts raus gefahren wäre. Missy reichte es aber, wenn wir wenigstens am Sonntag mit den Kindern was unternahmen. Im Sommer fuhren wir dann oft an einen Badesee. Wir brausten immer in zwei Autos los. Wurde ich mal auf eine Farm gerufen (was sonntags nicht so oft vorkam), dann musste ich eben früher wieder los. Missy blieb dann noch mit den Kindern und chauffierte diese mit ihrem Kleinwagen später wieder zurück.

Leider wünschten Angie und ihr Mann sich aber noch ein Kind. George hatte seiner Frau daher vorgeschlagen, es noch einmal mit einer Hormontherapie zu versuchen. Freiwillig hatte er zwei Wochen vorher bereits auf den Verkehr mit Angie verzichtet.

Die nahm mich nach einem Farmbesuch wieder mit zu sich nach Hause. Was war mit dem Vater? Erneut in der Trinkerheilanstalt? – Nein, sondern inzwischen am Suff verstorben. Übermorgen sollte seine Wohnung aufgelöst werden.

Angie wollte, dass ich auf ihrem Bett mit ihr schlafe. Das klang natürlich wieder sehr verlockend. Konnte ich das aber, wo es zwischen Missy und mir ja keine Liebe mehr gab? Und wir noch nicht einmal mehr miteinander sprachen?

Aber ich hatte meine Ehe noch nicht aufgegeben. Genau deshalb wagte ich es nicht. Angie musste sich daher mit meinem Sperma wieder selbst befruchten.

Nun kam der Sommer heran. Kürzlich hatte mir ein junger Tiermediziner geschrieben, aus der Nähe von Chicago. Er habe in seinen Semesterferien schon wiederholt in Tierarztpraxen ausgeholfen, ließ er mich wissen. Daher sei ihm bekannt, dass man als Veterinär oft nachts raus auf Farmen gerufen würde.

Vor wenigen Wochen habe er Examen gemacht. Seine Nachforschungen hätten ergeben, dass ich sehr gut im Geschäft sei. Ob ich mir vorstellen könne, ihm während meines Sommerurlaubes die Praxis anzuvertrauen? Er würde sich auch nicht scheuen, nachts rauszufahren. Ob er sich denn auch Hoffnungen auf eine Anschlussbeschäftigung machen könne?

Ja, den Doktor Allan Peckwood – den hätte ich schon gerne bei mir gehabt.

Vielleicht könnte ich Missy mit einem Familienurlaub in den Sommerferien wieder versöhnen. Nur – wohin sollte ich mit ihr und den Kinder fahren?

Während meines Studiums an der Humbold-Uni hatte ich seinerzeit einen Freund gewonnen. Evaristo Mendes de Barros Botelho war Brasilianer und machte fast gleichzeitig mit mir Examen.

Anschließend kehrte er in seine Heimatstadt zurück. Das war die Großstadt Cuiabá, Hauptstadt des brasilianischen Bundesstaates Mato Grosso do Norte. Ganz am Stadtrand eröffnete er wenig später seine Tierarztpraxis.

Wir ließen unseren Kontakt nie abreißen. Zuerst schrieben wir uns Briefe. Schon bald stellten wir fest, dass unsere Tätigkeiten sich sehr ähnelten. Auch Doktor Evaristo wurde zu nachtschlafender Zeit oft rausgeklingelt. Dann musste er los, auf meist weit entfernte Farmen.

Daneben hatte er noch seine Kleintierpraxis, so wie ich. Ganz wie bei mir, erwarb er sich mit den Jahren einen guten Ruf und gewann immer mehr Kunden. Erst als er schon sehr gut verdiente, da heiratete er die schöne Tochter eines Kollegen. Sie brachte ihm vier Kinder zur Welt – alles Jungen.

Später, als die neuen Medien boomten, da schrieben wir uns E-Mails. Mehrmals lud er mich mit meiner Familie zu sich ein. Wir teilten beide die Vorliebe fürs Angeln, und er schlug mir dann vor, am Rio Araguaia zu zelten. Dieser Fluss sei nämlich besonders fischreich.

Ich hatte immer abgesagt, weil ich ja nicht weg konnte. Als er mich jetzt aber wieder einlud, da schrieb ich zurück, dass ich mit meiner Frau sprechen wolle.

Als ich aber abends mit Missy ins Bett ging, da geschah etwas Erstaunliches. Meggie war gerade wie ein Engelchen zwischen uns eingeschlummert. Ich aber legte mir die Worte zurecht, mit denen ich meine junge Frau überzeugen wollte.

Wie üblich hatte sie sich zur Wand gedreht. Nachts sah ich dann nur noch ihren süßen Hintern. Doch an diesem Abend erblickte ich eine kleine weiße Hand, die unter ihrem Rücken hervorschaute.

Das war die Hand der Versöhnung! – Ich zögerte keine Sekunde und drückte sie, so stark ich nur konnte.

Wir liebten uns noch in dieser gleichen Nacht ausgiebig. Irgendwie erregte es mich sehr, dass sie mit dem Elektriker geschlafen hatte. Und Missy war einverstanden, dass wir gleich nach Ferienbeginn mit allen Kindern nach Brasilien fliegen würden.

Doktor Allan Peckwood aus Chigago schickte ich schon tags darauf einen Arbeitsvertrag zu.

Mein brasilianischer Freund aber freute sich unbändig, als ich ihm schrieb, dass es diesmal geklappt hätte. Er antwortete, dass Frau und Kinder vor Freude durch seine geräumige Vorstadtvilla tanzen würden. Daran könne ich erkennen, wie sehr wir willkommen seien.

Lara war für die Sommerkollektion auf europäischen Laufstegen unterwegs gewesen. Als sie jetzt zurückkehrte, da erklärte sie sofort, uns nach Brasilien begleiten zu wollen.

Schon am Tag nach Ferienbeginn flogen wir alle mit der PanAm von Pittsburgh über New York nach Rio de Janeiro. Wir nahmen den Nachtflug, um ausgeschlafen im Gastland anzukommen. Dort landeten wir auf dem internationalen Flughafen, dem Galeão.

Vom nationalen Flughafen der Stadt am Zuckerhut ging es eine Stunde später auf einem Inlandsflug weiter. Diesmal flogen wir mit der brasilianischen Fluggesellschaft Varig. Unsere Kinder waren dabei schon sehr neugierig auf die Jungs meines Kollegen.

Auf dem Aeroporto von Cuiabá wartete mein Freund schon in einem geräumigen Chevrolet Veraneio, der in Brasilien nur Perua (Pute) genannt wird.

Ja, auch Dr. Evaristo war in die Jahre gekommen! Haare und Vollbart, damals in Berlin noch schwarz, waren im Laufe der Zeit grau geworden. Aber er war immer noch der Scherzkeks und Spaßmacher, dessen Gesellschaft ich immer so geliebt hatte! Wir fielen uns in die Arme, und es wurde eine sehr herzliche Begrüßung. Mein Freund hatte während seines Studiums fließend Deutsch gelernt.

Dann sah sich Dr. Evaristo meine Familie an. Lara kam ihm gleich irgendwie bekannt vor. Da erzählte ich ihm von ihren Goldmedaillen sowie dem darauf erfolgten phänomenalen Aufstieg zum Supermodel.

Seine Sonnenbrille hochschiebend, fragte er lachend, welche der jungen Damen denn meine Ehefrau sei? Die Blonde oder die mit den Medaillen? Die Blonde, stellte ich amüsiert klar.

Anschließend fuhren wir los. Dr. Evaristo steuerte den großen Wagen sicher durch Cuiabá. Schon bald änderte sich das Stadtbild. Die einförmigen Flachbauten und Telegrafenmasten gingen in eine palmengesäumte Allee über. "Hier endete damals die Stadt", erklärte mein Studienfreund belustigt. "Alles, was jetzt folgt, wurde später gebaut."

Nun sah man, dass ab hier das Geld zu Hause war. Üppig begrünte Vorgärten wurden durch livrierte Gärtner gewässert. Dienstmädchen mit weißen Häubchen schoben teure Kinderwagen durch die hübschen Straßen. Kurz darauf hielten wir vor Dr. Evaristos prächtiger Villa.

Die Tür flog auf, und die vier Jungen meines Freundes kamen aus dem Haus gestürmt. Ein großer Hund begleitete sie unter lautem Gekläff.

Dr. Evaristo stellte sie mir vor: Jorge, 13 Jahre, Miguel, 11 Jahre, Claudio Antonio, 9 Jahre, und Vítor Alcides, 7 Jahre. Alle schrien jetzt durcheinander. Ich verstand natürlich kein Wort. Denn anders als mein Freund sprachen seine Söhne ja kein Deutsch.

Gemessenen Schrittes folgte der Meute nun die Frau des Doktors. Sie war eine typisch brasilianische Schönheit. Immer noch schlank von Gestalt, mit hüftlangem dunklen Haar und einem verführerischen Lächeln. Sie heiße Sônia, erklärte mir mein Freund.

Ein ebenfalls sehr gut aussehender Herr, welcher der Frau des Doktors auf dem Fuße folgte, wurde mir als ihr jüngerer Bruder vorgestellt.

Dieser Bruder war 30 Jahre alt und hieß Alexandre. Er war gerade mit Grillen beschäftigt gewesen, als wir ankamen. Nun band er sich wieder die Schürze um die Hüften. Dann fuhr er mit seiner Tätigkeit fort.

Unsere Kinder stießen einen Schrei des Erstaunens auf, als wir zur Terrasse geführt wurden. Denn dahinter schimmerte das grünliche Wasser eines Swimmingpools in der Sonne des Mato Grosso.

Der Doktor war schon während unseres Studiums zwei Jahre älter als ich gewesen. Demzufolge zählte er jetzt 52 Lenze, während ich kürzlich 50 geworden war.

Seine Frau Sônia stand im 33. Lebensjahr, während Missy und Lara ja beide 30 Frühlinge erlebt hatten.

Alexandre, der Bruder der schönen Frau meines Freundes, hatte Lara schon im Fernsehen gesehen. Sie sei doch Topmodel, nicht wahr? Ja, das konnten wir allerdings bestätigen. Aber er interessierte sich auch für sie. Sie gefiel ihm sehr, woraus er auch keinen Hehl machte.

Nur leider musste ich ihn enttäuschen. Denn ich sagte Dr. Evaristo, dass Lara sich kürzlich verlobt habe. Der gab es dann an seinen Schwager weiter.

Schon wenige Minuten später war das Essen fertig. Es gab gegrilltes Fleisch mit Farofa (Maniokmehl), Nudelsalat und Reis. Als besondere Aufmerksamkeit hatte mein Freund uns eine originale Caipirinha mit Eiswürfeln gemixt. Wir Erwachsenen tranken alle jeweils ein Glas.

Das weiße Dienstmädchen der Tierarztfamilie hatte uns in der geräumigen Villa mehrere Zimmer hergerichtet. Dr. Evaristo bestand darauf, dass wir uns zeitig schlafen legten. Denn wir wollten am nächsten Morgen ja sehr früh aufbrechen.

So geschah es dann auch. Mein Freund steuerte dabei wieder die riesige Perua. Seine Frau Sônia fuhr einen eigenen Wagen, in dem Missy, Lara sowie unsere Zwillinge mitreisten.

Sônias Bruder Alexandre war nicht mit von der Partie. Er sollte nämlich während der Abwesenheit der Familie seines Schwagers die Villa betreuen. Der große Hund meines Freundes stand ihm dabei zur Seite.

Es wurde dann aber eine Ochsentour von acht Stunden durch die Gluthitze des brasilianischen Hochlandes. Erst am späten Nachmittag erreichten wir die *Ilha do Bananal* (Insel des Bananenhains).

Diese misst die Hälfte der Fläche der Schweiz und ist damit die größte Flussinsel der Welt. Zur Regenzeit sei sie vollständig überflutet, erklärte mir Dr. Evaristo.

Oberhalb der Ilha do Bananal teilt sich der Rio Araguaia in zwei Arme, welche die Insel dann umfließen. Mein Freund steuerte den kleineren dieser beiden Ströme an, den Rio Javaés. Wir dürften nicht zu weit fahren, warnte er mich während einer Rast, da der nördliche Teil der Insel zum Schutzgebiet erklärt worden sei.

Der Rio Javaés zeigte sich dann so, wie man sich einen typischen Fluß des weiter nördlich gelegenen Amazonasbeckens vorstellt. Ein hellbrauner Strom, der sich – auf beiden Seiten von dichtem Urwald gesäumt – lautlos dahinwindet. Kreischende Vogelschwärme schmückten dabei die ganzjährig grünen Baumriesen.

Ich hatte aus West Virginia unser bewährtes Dreimannzelt mitgebracht. Mein Freund verfügte jedoch über ein militärisch anmutendes Großraumzelt, in dem er mit Frau und allen Kindern – seinen wie meinen – Platz finden würde.

Es dämmerte bereits, als wir uns an den Aufbau machten. Doch plötzlich lösten sich dunkle Gestalten aus den umliegenden Dickichten. Waren das etwa Indianer? Ein unerwarteter Schreck fuhr mir durch die Glieder. Ich hatte da schlimme Geschichten gehört. Waren wir hier am Ende nicht willkommen?

Einige der Indianer sprachen offenbar Portugiesisch. Denn ich konnte jetzt hören, wie mein Freund mit ihnen palaverte.

Nach einer Weile wandte er sich dann an mich. Das seien Indianer vom Stamm der Javaé, erklärte er mir. Ihr Volk verteile sich über 12 Dörfer hier am gleichnamigen Fluss. Ein weiteres liege im Inneren der Insel. Sie hätten uns eingeladen, unsere Zelte in ihrer nahegelegenen Sommersiedlung aufzuschlagen. Gleich unterhalb befinde sich ein wunderschöner Badeplatz mit herrlichem Sandstrand. Auch könne man in einem benachbarten See sehr gut angeln. "Na, worauf warten wir dann noch?", fragte ich in plötzlich aufwallender Unternehmungslust.

Das Sommerdorf der Javaé erreichten wir nach einem zehnminütigen Fußmarsch. Im Mondschein konnte ich die grauen Umrisse der Malocas, wie die Palmstroh-Hütten der Indianer hier heißen, unterscheiden.

Mehrere Frauen und Kinder kamen heraus und beobachteten uns. Ganz offensichtlich waren sie an Weiße gewöhnt. Erstaunen erregte allerdings das hellblonde Haar von Missy, unseren Zwillingen sowie Robins. Einige Frauen kamen neugierig heran, um die helle Mähne von Gina und Nora zu befingern. Die beiden schnitten dabei Grimassen und schüttelten sich vor Widerwillen.

Wir waren alle sehr müde von der langen Fahrt. Nach dem Aufbau der Zelte aßen wir dann noch von unserem Proviant. Anschließend legten wir uns schlafen.

Missy und Lara teilten sich mit mir das Dreierzelt. Alle anderen betteten sich im Großraumzelt meines Freundes zur Ruhe.

Morgens weckte uns dann schon sehr früh das Kreischen der Affen sowie das Geschnatter der vielen Vögel.

Robin hatte seine riesige Lupe mit dabei. Zur Zeit war er völlig auf dem Wissenschaftstrip. Mit Jorge, dem nur ein Jahr älteren Sohn meines Freundes, hatte er sich schon früh in die Büsche geschlagen.

Wir hatten noch Brötchen, Schinken und Käse im Proviantkorb. So wurde nun erst einmal ausgiebig gefrühstückt.

Danach holte uns der Kazike persönlich ab. Er wolle uns nun die Badestelle zeigen, meinte er. Am späten Nachmittag werde er dann mit uns zum See gehen. Denn das wäre die beste Zeit, um dort zu angeln.

Darauf zogen alle ihre Badesachen an.

Die Indianer hatten uns nicht zuviel versprochen. Die Badestelle lag unter dem Steilufer. Sie verfügte über einen wunderschönen Strand aus schneeweißem Sand. So etwas hätte man eigentlich eher in der Südsee vermutet.

Der Strom floss hier so ruhig, dass sich seine Fluten kaum bewegten. Auch an dieser Stelle wurde der Rio Javaés auf beiden Seiten von dichtem Urwald gesäumt. Ein Konzert der verschiedensten Tierschreie hing ständig in der Luft.

Wir Erwachsenen rollten unsere Strandmatten im heißen Sand aus. Dann schoben wir uns dunkle Brillen über die Nasen, um uns zu sonnen.

Währenddessen stürzte sich ein Schwarm von bestimmt dreißig Indianerkindern prustend und kreischend in die Fluten.

Unsere Kinder folgten ihnen. Klein-Meggie hatte bereits eine Freundin gefunden. Das war Anité, eine der Töchter des Kaziken. Die schwamm bereits wie ein Delphin, obwohl sie auch erst fünf war. Sie kam aber immer wieder zurück, um Meggie bei ihren Schwimmversuchen zu helfen.

Plötzlich kamen Robin und Jorge von ihrem Urwaldtrip heim. In einem Leinenbeutel hatten sie einen 40 cm langen Tausendfüßler sowie eine stark behaarte Tarantel, so groß wie eine Männerhand. Leider biss die Spinne durch den Stoff hindurch. Jorge schrie sofort laut auf und ließ den Beutel fallen. Die beiden Tiere machten sich darauf unverzüglich auf Wanderschaft.

Wir Erwachsenen sprangen natürlich gleich schimpfend und fluchend in die Höhe. Aber auch einige Indianern, die neben uns im Sand gesessen hatten, zeigten sich jetzt alarmiert.

Die männlichen Javaé-Indianer trugen alle Shorts sowie verwaschene T-Shirts. Die Frauen und Mädchen hatten dagegen bunt bedruckte, aber in den Farben schon sehr verblasste Kleider am Leibe.

Zwei Indianern gelang es jetzt, die Spinne und den Tausendfüßler mit Hilfe eines gegabelten Zweiges zurück in den Beutel zu bugsieren.

Darauf beruhigten wir Erwachsenen uns wieder. Einer nach dem anderen nahmen wir erneut unseren Platz auf den Matten ein.

Die fast 40 Kinder hatten einen Riesenspaß im Wasser. Sie tauchten um die Wette, spritzten sich nass und johlten dabei vor Vergnügen.

Später, schon am frühen Nachmittag, da verteilte Sônia die Reste des Kartoffelsalates vom Vortag. Der hatte gut gekühlt in ihrer Styroporkiste überdauert. Nun wurde er auf Pappteller gepackt, und jeder bekam einen in die Hand gedrückt.

Auch zwei Indianerinnen erschienen. Sie verteilten Maiskuchen und gegrillten Fisch an die vielen Kinder. Auch unser Nachwuchs durfte mal probieren.

Dann ging es unter lautem Getöse wieder ins Wasser. Dabei war es so hell, dass man ohne Sonnenbrille kaum die Augen offenhalten konnte.

Stunden danach, als die Sonne schon tiefstand, da war auch uns Erwachsenen der Sinn nach Schwimmen. Gemeinsam drehten wir dann ebenfalls eine Runde durch das Wasser. Es war herrlich angenehm und erfrischend nach dem heißen Tag.

Der Kazike nahte gerade, um Dr. Evaristo und mich zum Fischen abzuholen. Da kam Klein-Meggie plötzlich angerannt und krähte: “Daddy, ich kann schwimmen, ich kann schwimmen!”

Wie zum Beweis stürmte sie wieder zurück ins Wasser. Zusammen mit Anité ging es dann unter hektischen Schwimmstößen auf den Fluß hinaus. Bis Meggie nach kurzer Zeit müde wurde und wieder zurückschwamm. “Bravo”, riefen Missy und ich, wobei wir ihr Applaus spendeten.

Der See lag wie verwunschen im dunklen Wald. Mein Freund und ich bezogen mit unseren Angelruten auf einem ins Wasser gestürzten Baumriesen Position. Der Kazike gesellte sich ebenfalls zu uns. Er hielt allerdings einen hölzernen Fischspieß in der rechten Faust.

Im letzten Licht der untergehenden Sonne betrachtete ich sein blauschwarzes Haar. Dies war oberhalb der Augenbrauen gerade abgeschnitten. Am Hinterkopf trug er es dagegen etwas länger.

Plötzlich hatte Dr. Evaristo einen großen Fisch am Haken. Er geriet sofort ins Schwitzen, während er mit dem kräftigen Tier kämpfte. "Den Kescher", raunte er mir keuchend zu.

Mit dem zwischen ein dreieckiges Rohr gespannten Netz zogen wir den Fisch aus dem Wasser. Es war ein Surubi, der wegen seiner Flecken hier auch Pintado genannt wird. Einer der schmackhaftesten Speisefische Brasiliens, wie mein Freund mir sagte.

Kurz darauf durchbohrte der Kazike mit seinem Spieß eine Curimatá, einen anderen Speisefisch. Und ich hatte wenig später einen Tucunaré am Haken.

Mit vier übervollen Eimern kehrten wir in völliger Dunkelheit in das Sommerlager zurück. Die Indianerfrauen begannen daraufhin sofort, in großen Kesseln einen Fischeintopf zu kochen.

Wir hatten noch Reis als Beilage, während die Indianer Maniokgebäck und Maiskuchen beisteuerten. Während des gemeinsamen Essens taute das Eis. Die Javaé stellten jetzt so einige Fragen, die Dr. Evaristo mir übersetzte. Missy und ich antworteten, und mein Freund übermittelte es dann den Indianern.

Zum Glück hatten wir Mückenschutzmittel dabei. Denn die Biester wurden jetzt extrem aggressiv und stechfreudig. So rieben wir uns und die Kinder schon wenig später mit dem stark riechenden Autan ein.

Der Kazike hatte offenbar eine riesige Zahl von Kindern. Die konnten eigentlich gar nicht alle von seiner jungen Frau sein. Gab es vielleicht noch eine andere? Dr. Evaristo erklärte mir allerdings, dass es die Vielweiberei bei den hiesigen Indianern nicht gebe. Mein Durchzählen ergab jedoch, dass mindestens noch eine zweite Mutter existieren musste.

Denn allein in der Altersklasse von Meggie und Anité hatte der Kazike noch zwei weitere Töchter. Insgesamt kam ich auf rund 19 Kinder. Also, irgendwas stimmte hier nicht.

Ungeachtet dessen verbrachten wir eine paradiesische Zeit bei den Javaé. Dr. Evaristo und ich hatten den Aufenthalt hier auf zehn Tage veranschlagt. Anschließend wollte er uns nämlich noch vier Tage bei sich in Cuiabá haben und uns bei dieser Gelegenheit die Stadt zeigen.

Wir hatten ja auch die Hoffnung, dass unsere Kinder Freunde werden könnten. Leider aber wurde es damit nichts. Die Zwillinge zeigten sich nämlich mal wieder von ihrer schlechtesten Seite. Zunächst hatten sie bei meinem Freund und seiner Frau Sônia kleine Eigenarten in der Sprechweise und der Gangart ausgespäht. Diese äfften sie gleich nach. Wenig später zerrissen sie sich darüber in ihrer grotesken Sprache aus Handzeichen und schlimmen Fratzen das Maul. Zum Schluss brachen sie dann noch in ein schallendes Gelächter aus.

Aber auch die Indianer kamen nicht ungeschoren davon. Ein betagter Javaé hinkte nach einem Jagdunfall. Von den älteren Söhnen des Kaziken hatte sich einer durch einen Sturz am Rückgrat verletzt und ging krumm. Unter den Schwägerinnen des Kaziken gab es eine, die an einem Hüftleiden litt und zur Seite gebeugt dahinschritt.

All dies karikierten die Zwillinge in unerhörter Weise. Sie machten die Gehweise der betreffenden Indianer nach. Dann witzelten sie darüber in ihrer Geheimsprache aus Gestikulieren und scheußlichen Fratzen. Anschließend bogen sie sich stets vor Lachen.

Das blieb natürlich nicht unbemerkt. Mein Freund klagte mir gegenüber, seine Frau und er seien zutiefst verärgert über das provokante Verhalten unserer Zwillinge. Aber auch der Kazike habe sich an ihn gewandt. Denn der Javaé-Chef sei in höchstem Maße erzürnt über die Beleidigungen unsrer *weißhaarigen Jungfrauen* gegenüber seinen Kindern, Schwägerinnen und Stammesbrüdern.

Mehr scherzhaft sagte ich darauf, ich werde unseren Zwillingen noch heute ihre schneeweißen Ärsche derart vertrimmen, dass er ihnen die Haut vom Allerwertesten ziehen könne.

Dr. Evaristo war daraufhin schon regelrecht entsetzt. Denn er, dieser ewige Scherzkeks, hatte meine Worte für bare Münze genommen! Nein, rief er beschwichtigend aus, so habe er das doch gar nicht gemeint! Ich solle lediglich mal mit den Mädchen reden, mehr nicht.

Auch Missy reagierte stocksauer, als ich ihr noch am gleichen Abend diese neueste Hiobsbotschaft überbrachte. Wir waren uns aber einig, dass eine Tracht Prügel hier nicht angezeigt war. Denn den Robin schlugen wir ja auch nicht mehr. Nein, das ging nicht, wir konnten die elfjährigen Zwillinge nicht einfach mal so versemmeln.

So erzählte ich ihnen am Folgetag todernst, dass die Javaé-Indianer auf Beleidigungen immer mit blutiger Rache reagierten. Noch eine Witzelei, und sie würden uns nachts allen die Kehle durchschneiden.

Glaubten sie das? Offenbar schon. Denn jedenfalls beschränkten sie sich fortan auf ihre Geheimsprache, die aber für sich allein auch schon alle verstörte.

Missy und ich stimmten darin überein, dass die Zwillinge sich ihre Fahrräder abschminken konnten. Zu Weihnachten würde der Gabentisch leer bleiben.

Ich wusste aber, dass dies nicht einzuhalten sein würde. Weihnachten, das Fest der Liebe? Und dann keine leuchtenden Kinderaugen? Nein, das ging einfach nicht, da würden wir schon weich werden.

Miguel, 11 Jahre, und Claudio Antonio, 9 Jahre, konnten froh sein, dass sie sich hatten. Denn die Söhne meines Freundes wurden von unseren Zwillingen links liegen gelassen. Alle beide, nämlich Gina und Nora, würdigten sie keines Blickes.

Aber auch unsere fünfjährige Meggie war nur mit ihrer neuen Freundin Anité zusammen. Den siebenjährigen Sohn meines ehemaligen Studienkameraden, seinen Jüngsten Vítor Alcides nämlich, behandelten die beiden Prinzessinnen wie Luft.

Nur Jorge, der älteste Sohn meines Freundes, hatte in unserem Robin einen echten Kameraden gefunden. Stundenlang waren die beiden Jungs jeden Vormittag im Dschungel unterwegs. Später schleppten sie uns dann das widerlichste Viehzeug herbei.

Wir waren genau sieben Tage hier, als es passierte. Es geschah am frühen

Nachmittag. Missy und Lara saßen wegen ihrer schlimmen Sonnenbrände inzwischen in leichten Strandkleidern auf den Matten. Zusammen mit Dr. Evaristo und seiner Frau beobachteten sie die riesige Kinderschar, welche laut kreischend im Wasser herumplanschte.

Irgendwie hatte ich an diesem Tag ein schlechtes Gefühl. Mit besorgtem Blick hielt ich deshalb nach Meggie und Anité Ausschau.

Meggie schwamm inzwischen so gut, dass die beiden Zwerge schon jenseits der Flussmitte herumpaddelten. Sie hatten mittlerweile eine Art Quak-Sprache entwickelt, in der sie sich irgendwie verständigen konnten. Ihr fröhliches Gegacker war sogar hier am Strand noch zu hören.

Robin und Jorge waren auch weit draußen. Sie waren vor einer Stunde von ihrem Trip zurückgekommen. Jetzt sah ich sie etwas weiter oberhalb herumplanschen. Jorge sprach ganz leidlich brasilianisches Schulenglisch, weshalb eine bruchstückhafte Verständigung zwischen den beiden möglich war.

Plötzlich bemerke ich, dass etwas nicht stimmte. In jähem Schrecken sprang ich auf die Beine. Nur unterschwellig registrierte ich die erstaunten Blicke der anderen Sonnenanbeter. Denn Robin war auf einmal weg!

Doch dann tauchte er für kurze Zeit wieder auf. "Dad", schrie er panisch zu mir herüber, "etwas hat mich gepackt! Am linken Fuß! Es..."

Weiter kam er nicht. Denn nun verschwand sein Kopf wieder.

Trotz der Entfernung sah ich die Panik in Jorges Augen, als der Sohn meines Freundes jetzt zu uns herüberschaute. "Ach du lieber Himmel", hörte ich Lara und Missy neben mir stöhnen.

Völlig unterwartet tauchte Robins blonder Kopf noch mal aus den Fluten auf. Wir sahen ihn nur im Halbprofil, das Gesicht bis zum Ohr im Wasser. "Dad", brüllte er, "es ist eine riesige Schlange, ich habe sie gesehen. Dad, hilf mir! Ich kann..."

Das waren die letzten Worte, die wir in diesem Leben von ihm hörten. Denn gleich darauf schlugen die braunen Fluten wieder über seinem Scheitel zusammen.

Ich wollte erregt lossprinten, doch zwei, drei Indianer hielten mich fest. Sie sprachen schnell auf mich ein. "Doktor, tun sie das nicht", hörte ich meinen Freund übersetzen. "Bei den Karajá-Indianern, die auf der anderen Seite der Bananeninsel leben, ist kürzlich ein erwachsener Mann von einer Anakonda erdrückt und dann verspeist worden!"

Nun kam Jorge, der älteste Sohn von Dr. Evaristo, aus dem Wasser geschossen. Ihm liefen die Tränen über die Backen. Als er seine Eltern erreichte, da redete er sehr schnell auf Portugiesisch auf sie ein. "Er meint, da müsse ein bewaffneter Mann mal rasch rausschwimmen", übersetzte mein Freund. "Die Schlange sei noch da, und Ihr Sohn folglich auch noch zu retten, Doktor!"

Doch hatte der Kazike inzwischen seinen kampferprobtesten Krieger bestimmt. Dieser sehr kräftig gebaute Indianer steckte sich soeben eine lange Machete zwischen die Zähne. Dann stürzte er sich damit in die Fluten.

Wir dirigierten ihn mit Gesten zu der Stelle, wo wir den armen Robin zuletzt gesehen hatten. Dort sahen wir den Krieger dann mehrmals tauchen. Leider aber kehrte er nur wenig später erfolglos wieder ans Ufer zurück. Ich hörte, wie er leise mit dem Kaziken sprach.

Lara hatte inzwischen Missy in ihre Arme genommen. Die schluchzte leise vor sich hin.

Mittlerweile hatten alle Kinder das Wasser verlassen. Meggie kam empört auf mich zugelaufen. "Dad, was ist denn los?", rief sie laut. "Warum dürfen wir nicht mehr ins Wasser?"

Aber Missy nahm sie gleich in ihre Arme. "Ich glaube, dein Bruder Robin ist ertrunken, mein Schatz!", schluchzte sie leise.

"Ertrunken?", rief Meggie, wobei sie sich wieder löste. "Dann retten wir ihn! Komm, Anité!"

Bevor wir was sagen konnten, da flitzten die beiden kleinen Mädchen auch schon wieder ins Wasser. Das war natürlich für alle anderen Kinder das Signal, sich ebenfalls erneut in die Fluten zu stürzen.

Ich muss sagen, dass ich Robins Ableben gar nicht richtig realisieren konnte. Hier, in dieser paradiesischen Umgebung, da hätte man den Tod doch am allerwenigsten vermutet! Ich glaube, Missy ging es ebenso. Immer wenn Kinder spritzend und lachend aus dem Wasser kamen, da sahen wir auf. Denn unwillkürlich schauten wir dann stets, ob unser Robin dabei war.

Später, schon beim Abendessen, da wurde uns von allen Seiten Beileid gespendet. Aber auch jetzt konnte man Missy und mich damit nicht konfrontieren. Robin würde doch wiederkommen, oder?

Zwei Tage später, da entschlossen sich meine Missy und Tochter Lara kurz vor Sonnenuntergang noch zu einem Bad. Unwillkürlich hielt ich den Atem an, als sie dann in den Fluss stiegen. In steigender Beunruhigung beobachtete ich wenig später, wie sie Seite an Seite durch die stillen Fluten pflügten. Ihre leise Unterhaltung klang durch die klare Luft zu uns herüber.

Aber sie kamen wohlbehalten wieder ans Ufer zurück.

Anders war es aber am letzen Tag. Irgendwo da unten im Fluss lauerte dieses riesige Reptil. Vermutlich angelockt vom Spritzen und Treten, das wohl stark an Wassergeflügel erinnerte. Erneut hatte ich dieses miese Gefühl.

Wen würde es heute treffen? Ich sah die blonden Köpfe der Zwillinge weit draußen auf dem Fluss. Sogar im Wasser praktizierten sie noch ihre scheußliche Geheimsprache! Ich sah sie Fratzen schneiden und Handzeichen geben.

Wir hatten ja warnen können, soviel wir wollten. Bei dem heißen Wetter konnte man den Kindern das Baden einfach nicht verbieten.

Wo waren Meggie und Anité? – Doch schon gleich darauf sichtete ich sie weit draußen auf dem Fluß. Ich machte die winzigen Köpfchen der beiden kleinen Schönheiten aus. Zwei, die so unterschiedlich waren. Die eine mit riesigen Mandelaugen, kohlschwarzem Haar bis zum Hintern und einer herrlichen, schokoladenbraunen Haut. Und unsere Meggie mit grünen Augen, einer schneeweißen Haut und ähnlich langem, rotbraunen Haar.

Doch plötzlich war eine von den beiden weg. Ich sah noch, wie die andere entsetzt zu uns herüberschaute. Dann kam sie eilig ans Ufer geschwommen.

Missy war mit mir aufgesprungen. Alarmiert starrten wir zum Fluss hinüber.

Es war Meggie, die jetzt aus dem Wasser geschossen kam. "Dad, sie ist weg!", schrie sie. "Anité ist fort, sie ist ertrunken!"

Missy nahm sie gleich in ihre Arme. "Sie will dir sicher nur zeigen, wie gut sie tauchen kann", tröstete sie unsere Kleine. "Pass auf, gleich kommt sie wieder hoch!"

Aber unsere Jüngste schüttelte trotzig den Kopf. "Nein, nein, Mummy", rief sie angsterfüllt. "Die kommt nie wieder!"

Der Kazike hatte inzwischen wieder seinen besten Krieger bestimmt, zur Rettung seiner Tochter loszuschwimmen. Der griff erneut zur Machete, nahm sie in den Mund und stürmte dann ins Wasser.

Auch diesmal gaben wir ihm Zeichen, wo er tauchen solle. Meggie wusste es sogar noch besser. Schrill hallte ihre hohe Stimme über das Wasser. Nur leider nutzte es auch heute nichts. Unverrichteter Dinge kam der Krieger kurz darauf wieder ans Ufer zurück.

Für meine Begriffe steckten der Kazike und seine Frau den Verlust der Tochter erstaunlich locker weg. Half es ihnen, dass es noch zwei weitere Mädels in Anités Alter gab? Wobei ihr beide sogar noch sehr ähnlich waren?

Meggie nahm den Tod der Freundin jedenfalls nicht so leicht. Sie heulte den ganzen Abend schon regelrecht herzzerreißend vor sich hin. Aber auch nachts kamen Missy und ich kaum zum Schlafen. Wir waren ständig mit Trösten beschäftigt, da unsere Kleine aus dem Schluchzen gar nicht mehr herauskam.

Am nächsten Morgen ging es dann zurück nach Cuiabá. Ich war froh, dass Missy und ich nicht fahren mussten. Denn so müde, wie wir waren, hätten wir Sônias Auto bestimmt gleich vor den nächsten Baum gesetzt.

Als wir die Villa meines Freundes am späten Nachmittag schließlich erreichten, da beschwerte dieser sich gleich bei mir. Meggie habe unausgesetzt geheult und ihn sowie die anderen Kinder damit fast in den Wahnsinn getrieben.

Doch auch in Cuiabá wurde es nicht besser. Dr. Evaristo und seine Frau Sônia zeigten sich zutiefst betroffen, dass unsere Kleine so unter dem Tod der Freundin litt.

Schließlich fuhren sie kurzentschlossen in die Stadt. Dort kauften sie die größte Puppe für Meggie, die sie bekommen konnten. Klar, dass unsere Jüngste erst mal große Augen machte. Dann bedankte sie sich auch artig bei den beiden. Dennoch war die Puppe natürlich kein Ersatz für den Verlust der Freundin. Auch wenn sie unsere Meggie sogar noch überragte.

Ich hatte mir Wochen vor unserer Urlaubsreise ein Smartphone gekauft. Diese waren erst seit gut zwei Jahren auf dem Markt. Mit der Handy-Kamera hatte ich mehrere Aufnahmen gemacht. Auf zweien davon war auch Anité zu sehen.

Die erste zeigte Meggie und ihre indianische Freundin am Strand. Beide hatten nasse Haare. Arm in Arm lachten sie fröhlich in die Kamera. Die sehr weiße Haut unserer Kleinen und die dunkle der Javaé-Maid kontrastierten dabei in faszinierender Weise.

Das zweite Foto war abends entstanden. Unsere Jüngste und Anité hatten die Mäuler voll mit gekochtem Fisch. Mit prallvollen Backen schauten sie in das Blitzlicht, dass sich sogleich einschaltet hatte. Das Bild war eindeutig überbelichtet, und die Wangen der beiden Mädchen waren vor Glanz fast weiß.

Nun verlangte Meggie natürlich, dass ich diese beiden Fotos ausdruckte. Ich fand tatsächlich einen Laden in Cuiabá, in dem dies möglich war.

Die Villa meines Freundes erstreckte sich über zwei Ebenen. Den ganzen Tag trampelten seine drei jüngeren Söhne dort immer wieder treppauf und treppab. Und das unter lautem Gejohle.

Nachts kuschelte sich Missy an mich. Schmerzlich klagte ich ihr dann mein Leid. Warum hatte Gott uns den einzigen Sohn genommen, fragte ich bitter. Unser Freund Evaristo besaß ja gleich vier davon. Hätte der einen Verlust nicht viel leichter verkraften können?

Doch Missy bestritt das. Ich solle mir doch nur mal vorstellen, meinte sie, wir hätten Meggie an die Schlange verloren. Wäre es dann ein Trost, dass wir ja noch die Zwillinge hätten? Nein, denn der Verlust eines Kindes sei doch stets in gleicher Weise entsetzlich. So schwer es mir fiel, aber da musste ich ihr am Ende zustimmen.

Nach sehr herzlicher Verabschiedung flogen wir schließlich zurück nach Rio de Janeiro. Ich hatte mich an die irre Hoffnung geklammert, im Flieger aufzuwachen und Robin bei unseren Töchtern sitzen zu sehen. Aber die triste Realität sah leider anders aus.

Beim Rückflug von der Stadt am Zuckerhut nach Philadelphia presste Meggie dann ständig die beiden Fotos an ihre Brust. Wenn sie nicht schluchzte, so bewegten sich ihre Lippen lautlos, so als würde sie beten.

NACHWORT

Zurück in Point Pleasant, hatte Meggie zunächst einmal Geburtstag und wurde sechs. Darüber hinaus wurde sie aber auch eingeschult und kam in die erste Klasse.

Dort gewann sie schon bald eine gute Freundin: Julie van Rijsgaarden.

Leider war es mit unserer Jüngsten nach wie vor schlimm. Missy und ich kamen aus dem Trösten gar nicht mehr heraus. Sogar ihre Lehrerin rief uns an, weil sie die Tränen der Kleinen bemerkt hatte.

Allerdings erwies sich Meggie auch als überaus geschickte Bastlerin. Über viele Stunden hinweg kaute sie Papier und Pappe zu einer zähen Masse. Diese vermischte sie dann mit großen Mengen von Flüssigklebstoff.

Ein Mädchen der Chicanos, wie die spanischsprachigen Einwanderer Mexikos und Mittelamerikas hier in den USA genannt werden, spendete sogar eine Haarlocke. Die Mitschülerin zeigte sich so betroffen von Meggies Trauer, dass sie im Bastelunterricht zur Schere griff und eine pechschwarze Strähne abschnitt.

Mit unendlicher Geduld stellte Meggie zuhause eine detailgenaue Miniatur ihrer verstorbenen Freundin her. Sie hatte die Handyfotos vor sich liegen, während sie das Gesicht modellierte. Als Haare dienten ihr die gekappten Locken ihrer mexikanischen Klassenkameradin Concepción.

Das Ergebnis war schon fast gespenstisch. Denn die Übereinstimmung der kleinen Puppe mit Anité erschien Missy und mir in fast schockierender Weise augenfällig.

Während unseres Urlaubs hatte Doktor Allan Peckwood ja meine Praxis geführt. Wie er mir gleich erzählte, habe er die hochschwangere Alma kurz nach unserer Reise in den Babyurlaub schicken müssen. Dafür aber sei ihm Angie eine wertvolle Hilfe gewesen.

Auch die Farmer äußerten sich durchweg positiv über meinen Vertreter. Der Grund, wieso ich ihn dann doch entließ, war auch kein fachlicher.

Während wir in Brasilien waren, da hatte Dr. Peckwood ja in unserem Hause gewohnt. Wie er mir gleich erzählte, habe er dabei wiederholt in Annikas Schlafzimmer geschaut. Meine Tochter sei in diesen Fällen aber nie im Raum gewesen, während ihr Fenster weit offen gestanden habe.

Als ich Annika daraufhin zur Rede stellte, da fuhr diese sogleich aus der Haut. Ihre älteste Tochter, die schon blendend schöne Maria, habe während unserer Abwesenheit Geburtstag gefeiert. Da sie nun schon sechzehn war, hätte ihr auch ein eigenes Zimmer zugestanden. Dabei sei ihr die Stube ganz am Ende des Ganges zugewiesen worden.

Dort hätte sie Dr. Peckwood bei seinem nächtlichen Rundgang dann im Schlaf überrascht. Ohne das Maria es bemerkt habe, sei der Tierarzt über sie hergefallen. Dabei habe er Unzucht mit ihr getrieben. Ihre Älteste, so Annika wutschnaubend, sei nun keine Jungfrau mehr.

Na, das war natürlich ein starkes Stück! Bevor ich die Polizei verständigte, da wollte ich aber noch Marias Version hören.

Die hatte das Kommen von Dr. Peckwood aber sehr wohl bemerkt, wie sie mir treuherzig erzählte. Da der dunkelblonde Tierarzt ihr auch gefallen habe, sei sie mit dem Liebesakt einverstanden gewesen. Sie beschwor mich dann aber, die Polizei nicht zu holen. Denn sie würde nicht darüber hinwegkommen, wenn das Ende von Allans Existenz im Raum stünde.

Klar, das verwirrend schöne Mädchen hatte sich verliebt! Und so respektierte ich ihren Wunsch auch. Allerdings konfrontierte ich Dr. Peckwood mit der Verführung meiner minderjährigen Enkelin. Er gab sogleich zu, sich hoffnungslos in sie verliebt zu haben. Ich bot an, ihm ein gutes Zeugnis auszustellen, wenn er unser Haus sofort verließe. Damit war er dann auch einverstanden.

Tags darauf – es war Sonnabend – da nahm Missy kurz nach dem Mittagessen mit geheimnisvoller Miene meine Hand. Sie führte mich dann die Treppe hinauf, bis wir vor Meggies Zimmer standen. "Hör mal genau hin, Steve", flüsterte sie aufgeregt.

Ich legte daraufhin mein Ohr an die Tür. Dumpf drangen die Stimmen unserer Jüngsten sowie ihrer Freundin Julie durch das Holz. Offenbar spielten die Mädchen Mensch-ärgere-dich-nicht, welches in den USA Ludo heißt. "Spitz mal die Ohren", raunte mir meine junge Frau erregt zu. "Und versuch mal, die Stimmen zu unterscheiden."

Sie hatte ja recht. Deutlich konnte ich hören, wie Meggie sagte: "Julie hat keine sechs gewürfelt, Anité! Deshalb bist du jetzt dran!"

Nun bekam ich mit, wie der Würfelbecher geschüttelt wurde. Dann sagte Anités Stimme: "So ein Mist, eine eins!"

Verdutzt blickte ich in Missys blaue Augen. Die nickte mir vielsagend zu.

Gleich darauf drückte sie die Klinke. Die beiden Mädchen saßen auf dem Boden. Auch die kleine Anité-Puppe war dabei. Jetzt drehten sich die zwei Freundinnen nach uns um. "Hallo", sagte Missy, während wir eintraten. "Spielt ihr Ludo, ihr Hübschen?"

Alle zwei Mädchen nickten. Das Spielfeld war mit den Figuren zwischen ihnen auf dem Teppich ausgebreitet. "Und Anité spielt auch mit?", bohrte meine junge Frau weiter. Wieder Nicken. "Darf ich die vielleicht mal was fragen?"

"Na klar", sagte Meggie sofort.

"Gefällt es dir hier bei uns in den Staaten, Anité?", fragte Missy sehr ernst.

"Sicher", lautete die Antwort. "Besonders liebe ich natürlich die Gesellschaft meiner besten Freundin Meggie!"

Ich riss verdattert die Augen auf. Ja, das war sie – die etwas dünne und dabei doch leicht dunkle Stimme des Indianermädchens. Nur hatte diese ja damals nicht ein einziges Wort Englisch gesprochen! – "Es ist ja erstaunlich", sagte ich daher, "wie schnell deine Freundin Anité unsere Sprache gelernt hat!"

"Ja, nicht wahr?", meinte Meggie mit hörbarem Stolz. "Sie hat eben Talent, meine liebe Freundin, Dad!"

Meine junge Frau zog mich nun wieder aus dem Zimmer. "Hast du das gehört?", fragte sie mich atemlos, sobald sie die Tür hinter uns geschlossen hatte. "Die Puppe redet für sich selbst, Steve!"

Na, das wollte ich aber genauer wissen. Als Julie van Rijsgaarden am nächsten Tag – dem Sonntag - auch wieder kam, da sprachen wir die beiden Mädchen an. Ob sie nicht Lust hätten, mit Anité runter zu uns ins Wohnzimmer zu kommen, fragte ich.

Alle zwei waren sofort einverstanden.

Schon gleich darauf kamen sie mit der Puppe herein. Julie hatte ihr blondes Haar zu dicken Zöpfen geflochten. Sie erinnerten mich ein wenig an meine Tochter Annika, als diese noch klein war.

Wir sagten den Mädchen nun, dass sie die Puppe in die rechte Ecke des Wohnzimmers legen sollten. Meggie lehnte Anité dann dort an die Wand.

Julie und unserer kleinen Tochter trugen wir anschließend auf, dass sie sich beide in die linke Ecke stellen sollten. Auch dieser Aufforderung kamen sie nach.

Missy fragte die Puppe nun: "Anité, hast du vielleicht Angst? Ich meine, wenn du da jetzt so mutterseelenallein in der Ecke sitzt?"

"Nein", sagte die Puppe daraufhin sehr deutlich. "Denn ich habe meine liebe Freundin ja bei mir. Und deshalb ist mir auch nicht bange."

Ich hatte ja geglaubt, dass Meggie sich irgendwie das Bauchreden beigebracht haben musste. Dann aber wären die Worte aus ihrer Ecke gekommen.

Die Stimme erklang aber eindeutig aus der Ecke der Puppe. Sehr deutlich konnten wir die dünne und dabei leicht dunkle Stimme der jungen Indianerin unterscheiden. Es war die Puppe, die sprach, das war jetzt klar!

Ich fing Missys ratlosen Blick auf. Sie konnte sich auch keinen Reim daraus machen, das war unzweifelhaft.

Julie van Rijsgaarden wohnte in Point Pleasant. Das bedeutete, dass ihre Mutter sie immer fahren musste, wenn das Töchterlein unsere Meggie besuchen wollte.

Manchmal ging unsere Jüngste auch nach der Schule mit Julie nach Hause. Sie durfte dann regelmäßig dort mit zu Mittag essen. Aber meine junge Frau musste sie natürlich abends mit dem Auto abholen.

Schon am darauffolgenden Wochenende stellten wir Folgendes fest: Es war nicht Meggie, welche die Stimme der Puppe erzeugte. Denn die Laute kamen eindeutig nicht von unserer Tochter. Sie ließen sich ganz klar der Miniatur-Ausgabe von Antité zuordnen!

Erstaunlich war ein weiterer Umstand: War Meggie auf der Toilette, dann antwortete die Puppe auf Fragen nicht. Auch Julie van Rijsgaarden konnte die winzige Anité-Ausgabe dann nicht zum Sprechen bringen.

Meggie musste sich also im Raum befinden, damit ihre Puppe sprach. Diese war es dann aber selbst, welche die Laute erzeugte.

Ich erinnerte mich, einen ähnlichen Fall mal aus Australien gehört zu haben. Auch dort hatte ein kleines Mädchen ein so inniges Verhältnis zu seiner Puppe, dass diese schließlich selbständig sprach!

Meggie nahm die Puppe nie mit in die Schule. Offenbar hatte sie auch ihre Freundin eingeschworen, keinesfalls mit anderen über das Gesehene zu sprechen.

Ein weiteres Jahr verging. Die Puppe leistete uns oft beim Essen Gesellschaft und plapperte dann munter mit. Für Missy und mich war dabei nur wichtig, dass die Puppe Meggie ganz eindeutig bei der Bewältigung ihrer Trauer half.

Bei meiner Assistentin Angie war auch die zweite Befruchtung erfolgreich gewesen. Nach zehn Monaten brachte sie ein gesundes Kind zur Welt – und wieder ein Mädchen! Es erhielt den Namen Beryll.

Es war ein komisches Gefühl, dass ich ja der biologische Vater von Angies zwei Töchtern war. Wobei die Erstgeborene inzwischen ja schon ihren vierten Geburtstag feierte.

Natürlich musste ich auch Angie nun in den Babyurlaub schicken. Ich hatte dabei nur das Glück, dass Alma schon kurze Zeit später wiederkam.

Missys Cousine Alexandra hatte vor zwei Jahren geheiratet, wie meine junge Frau mir mal erzählte. Dabei war ihr Gatte ein Onkel von der Angie. Deren Mutter hatte den alkoholsüchtigen Vater ja schon vor vielen Jahren verlassen. Ihr jüngerer Bruder aber war in Point Pleasant zurückgeblieben. Er verliebte sich in die Alex und vermählte sich wenig später mit ihr.

Fast zeitgleich mit der Geburt von Angies zweiter Tochter Beryll brachte Alexandra auch ein kleines Mädchen zur Welt. Der Säugling erhielt den Namen Fabiola, wie ich hörte.

Mit meiner geschiedenen Frau Claudia stand ich ja weiter in Kontakt. Dies allein schon wegen unserer gemeinsamen Tochter Lulu, die bei ihren Eltern lebte. Die war inzwischen auch schon 16 Jahre alt. Irgendwann im Jahr 2011 fragte ich Claudia nochmals nach meinem Vater. Da gab sie mir die Adresse.

Ich schrieb ihm sofort einen langen Brief. Dieser kam jedoch zehn Tage später als unzustellbar zurück.

Nochmals telefonierte ich mit Claudia. Die konnte dann die letzte Vermieterin meines Vaters ausfindig machen. Diese Dame gab ihr die Information, dass mein alter Herr im letzten Herbst verstorben sei.

Ein Jahr später platzte dann die größte Bombe meines bisherigen Lebens.

Inzwischen war auch Angie aus ihrem Babyurlaub wieder zurück. Beide

Gehilfinnen, Alma und Angie, standen mir damit erneut zur Verfügung.

Es geschah an einem Sonnabend. Ich arbeitete in meiner Kleintierpraxis. Dabei wunderte ich mich nur, dass meine zwei Assistentinnen erst viel später gekommen waren. Ständig flüsterten sie miteinander, wobei sie mich scheu ansahen.

Was hatten die beiden Gänse nur? – Ich war jedenfalls froh, als ich die Praxis am frühen Nachmittag dann schließen konnte.

Als ich ins Haus kam, da trat Missy mir gleich in den Weg. "Du musst mir helfen, Steve", sagte sie aufgeregt. "Denk dir nur, wir haben sie endlich erwischt! Diese Satansbrut – die hat unsere friedliche Gegend hier zum letzten Mal heimgesucht, das ist mal sicher!"

Ich starrte sie vollkommen verblüfft an. Sie aber zog mich gleich mit sich, ins Wohnzimmer. "Jake Muholland, der einzige Sohn des alten, inzwischen verstorbenen Geldmoguls, hat mir die Augen geöffnet, Steve! Dem und seiner Frau ist irgendwann aufgefallen, dass seine Schwester Joyce jede Nacht durchs offene Fenster entwich! Schließlich bekamen sie dann heraus, dass die Joyce sich in diesen Fällen in eine Motten-Frau verwandelte! Sie saugte unschuldigen Kleinkindern die Seele aus dem Leib und brachte sie damit auf den Weg zur Hölle!"

Jetzt, im Wohnzimmer, da sah ich die ganze Bescherung! Da lag ein riesiges Mottenwesen, das an ein Rohrgestell geschlagen war. Das Wesen lebte, denn ich sah seine ausdrucksvollen Augen auf mich gerichtet, während sich der Brustkorb hob und senkte.

Missy holte tief Luft. "Gemeinsam haben die Muhollands die Joyce dann eingefangen", fuhr sie erregt fort. "Und zwar morgens, als sie nach nächtlichem Flug als Motte wieder in ihr Zimmer wollte. Frühere Indianderstämme haben solche Wesen wohl an Holzgestelle genagelt. Die Wesen müssen aber arbeiten. Das können sie an dem spröden Holz nicht. So hat der Jake einen Satz schlanker Glasfiberruten in Auftrag gegeben. In deren Enden trieb er Löcher, und durch die Hand- und Fußgelenke des Mottenwesens ebenfalls. Mit einer feinen Kette verband er Hände und Füße des Ungeheuers dann mit den Enden der überkreuz verschraubten Rohre."

Inzwischen hatte ich die weißen Arme und Beine Annikas erkannt. Kaltes Entsetzen ergriff mich. Das Fell an ihrem Torso war rötlichblond, und die Arme steckten in Flughäuten. Ängstlich flappte sie mit diesen Schwingen, wobei diese gegen den Boden schlugen.

“Heute morgen geschah es dann”, sprach Missy weiter. “Ich hatte mir die Mithilfe Angies und Almas gesichert, als deine Tochter durchs Fenster als Motte hereinschwebte. Da haben wir sie dann gleich überwältigt und an dieses Fiberglas-Kreuz hier geschlagen.”

Ich fasste mir mit beiden Händen an den Kopf. “Missy, das kannst du doch nicht machen”, stöhnte ich verzweifelt. “Schau, das ist ja meine liebe Annika! Denk doch an ihre beiden Töchter! Schatz, du kannst ihnen doch nicht die Mutter nehmen, verstehst du das denn nicht?”

Da stemmte Missy voller Empörung beide Arme in die Hüften. Ihr Gesicht wurde plötzlich totenblass, und ihre Unterlippe zitterte. “Steve”, sagte sie mit völlig veränderter Stimme, “beantworte mir bitte nur eine Frage: Glaubst du an Gott, den allmächtigen Herrn der Heerscharen?”

Ach du liebe Zeit! Denn ich wusste, was nun folgte. Missy war natürlich US-Amerikanerin, und zwar durch und durch! Wobei ich schon gehört hatte, was passierte, wenn sich ein Mann gegenüber seinem Weib in den Staaten als Atheist entlarvte. Da konnte die Ehe noch so gut laufen, und es durften sogar zehn Kinderlein vorhanden sein – aber eine US-amerikanische Maid reichte in einem solchen Fall sofort die Scheidung ein! Mir wurde nun himmelsangst.

So nahm ich Missy gleich bei den Händen. “Aber das weißt du doch, mein Liebling”, sagte ich zärtlich, wobei meine Stimme zitterte. “Natürlich bin ich gottesfürchtig, und selbstverständlich glaube ich an den Herrn!”

Sie nickte. “Gut”, meinte sie, nun schon deutlich versöhnter. “Dann hilf mir jetzt aber bitte, Steve. Wir müssen diese Kreatur nun an der Kopfseite unseres Wohnzimmers als lebenden Wandschmuck befestigen!”

Zähneknirschend ging ich ihr zur Hand. In gemeinsamem Zusammenwirken befestigten wir das Gestell an den bereits in die Wand getriebenen Haken.

Befriedigt trat meine junge Frau dann einige Schritte zurück. Ich aber betrachtete fassungslos Annikas Gesicht. Es hatte so gar keine Ähnlichkeit mehr mit ihr. Zwar bedeckte rotblondes Haar ihr Antlitz und auch ihren Oberkopf. Sie besaß aber keine Nase, und ihr Mund war ein Mottenrüssel.

"Schau bloß nicht zu lange hin", warnte mich Missy. "Das müssen wir den Kindern auch noch sagen. Denn ansonsten fängt sie uns mit ihren Blicken ein. Diese Biester sind ja nur darauf aus, uns die Seele aus dem Leib zu schlürfen."

"Meinst du wirklich?", fragte ich zweifelnd.

Sie nickte heftig. "Aber ja! Stell dir nur vor, wie viele Kindern wir durch diese mutige Tat gerettet haben, Steve!" – Ja, das war sie, meine in eine stählerne Rüstung gewandete Gotteskriegerin. Und zwar so martialisch wie heldenhaft! "Wie viele arme Seelen hätte sie bei ihren Streifzügen noch ins Verderben gerissen, Liebling!", fuhr sie unbeirrt fort. "Aber damit ist nun Schluss! Und alle werden uns wegen dieses lebenden Wandschmuckes beneiden, Steve, alle unsere Freunde!"

"Muss sie denn nicht essen?", rief ich verzweifelt aus.

Sie aber schüttelte daraufhin grimmig den schönen Kopf. "Ihr Trank ist unsere Seelenkraft, für die sie nur zwei Schlucke braucht", erwiderte sie, dabei so raubgierig wie eine Wildkatze. "Aber den Gefallen wird ihr hier niemand tun."

Plötzlich kamen unsere Zwillinge ins Wohnzimmer. Der Lärm hatte sie wohl aus ihrem Zimmer gelockt. "Was ist denn hier los?", fragte Gina verblüfft.

Die beiden waren inzwischen dreizehn. Unter ihren verwaschenen T-Shirts wölbte sich bereits das, was noch reifen wollte. Und in ihren knallengen Jeans zeichneten sich ihre kleinen runden Hinterteile ab, als sie mich passierten.

Sie eckten immer noch an mit ihrer Geheimsprache. Positiv äußerte sich eigentlich nur ihre Fußballtrainerin über die beiden. Nach deren Worten stand unseren Mädchen eine große Zukunft im Profisport bevor.

Missy klärte ihre Töchter kurz in Hinblick auf ihre göttliche Mission auf.

Annika arbeitete derweil in ihrem Gestänge an der Wand. Sie zog die Beine zusammen, worauf sich die unteren Enden der dünnen Rohre sehr stark bogen. Anschließend streckte sie die Arme vor und faltete die Hände, von denen nur zwei Finger aus den Flughäuten herausschauten. Nun waren es die oberen Enden der X-förmigen Ruten, welche die Bewegung mitzumachen hatten.

"Wahnsinn!", flüsterte Nora schon fast andächtig.

"Starr die nicht so an!", zischte Missy warnend. "Sonst fängt sie dich ein und saugt dich aus, verstanden?"

Erschrocken starrte Nora sie an, während sie sich die blonde Mähne aus dem Gesicht schaufelte. Dann wechselte sie einen kurzen Blick mit ihrer Schwester. Gleich darauf verließen beide Mädchen sehr eilig die gute Stube.

Ich blickte ihnen nach, während sie die Tür hinter sich schlossen. Dabei fiel mir Dr. Evaristo ein. Mein brasilianischer Freund hatte mir jede Woche geschrieben, seit wir abgereist waren. Nach seinen Worten trauerte ihr Ältester Jorge auch immer noch um seinen Freund Robin. Danach aber fragte er stets nach Meggie. Um die mache sich nämlich auch seine Frau Sorgen.

Da konnte ich ihm vermelden, dass unsere Jüngste sich eine Puppe gefertigt habe. Dies sei eine sehr gelungene Miniatur von der kleinen Anité. Die habe der Meggie geholfen, über ihre Trauer hinwegzukommen.

Vom merkwürdigen Eigenleben der Puppe schrieb ich natürlich nichts. Denn das musste man schon selbst gesehen haben, um es zu glauben.

Dr. Evaristo vertraute mir dann aber noch etwas an. Er und seine Frau Sônia hätten sich meine Missy genau angesehen, während wir bei ihnen in der Villa weilten. Dabei sei ihnen etwas im Blick meiner Frau aufgefallen. Beide – er und seine Frau – wären sich danach absolut sicher gewesen, dass es sich bei Missy um ein ehemaliges Freudenmädchen handeln würde. Ob ich das wohl bestätigen könne?

Diese Frage traf mich natürlich wie eine Faust in die Magengrube! Sollte ich schwindeln und alles ins Reich der Fantasie verweisen?

Nun wusste ich allerdings auch etwas Pikantes aus dem Vorleben der Frau meines Freundes. Auch Sônia war in ihren jungen Jahren kein Kind von Traurigkeit gewesen. Ich war mir ziemlich sicher, dass ich der Einzige war, dem er das je anvertraut hatte. So beschloss ich, nun ebenfalls aufrichtig zu sein.

Ja, schrieb ich also zurück, es sei schon richtig, dass Missy vor der Ehe mit mir eine sogenannte Hostess gewesen sei. Seit unserer Hochzeit habe sie sich jedoch als tadellose Ehefrau und Mutti unserer Kinder erwiesen. Daher bäte ich ihn, diese Information doch netterweise vertraulich zu behandeln.

Das sicherte er mir in einer weiteren E-Mail dann auch zu.

Missys Stimme riss mich dann aus meinen Überlegungen. Komm", sagte sie, während sie meine Hand ergriff. "Wir fahren nun rüber zu den Muhollands. Jake und Elizabeth erwarten uns schon. Und da zeige ich dir, was für einen schönen Wandschmuck diese beiden jetzt zu Hause haben!"

Ich ließ Missy fahren. Dabei steuerte sie immer noch den Toyota, der Claudia einst gehört hatte. Letztens musste sogar ein Austauschmotor für das betagte Gefährt her, und selbst eine Erneuerung des Getriebes war angezeigt gewesen. Seither schnurrte der Wagen aber wieder, dass es eine Lust war.

Der Besuch auf der Esmeralda-Farm war für mich wenig ergiebig. Sicher, da hing nun das arme Mädchen als Motte an der Wand. Bewundern konnte ich dabei nur die Wundmale an ihren Hand- und Fußgelenken. Ausgefranste Wundränder gab es da nicht. Denn vielmehr waren glänzende Metallhülsen durch die Gelenke geschossen worden. "Das erspart der Joyce die üblichen Schmerzen", erzählte Elizabeth stolz. "Denn die Ringe am Ende der Kettchen laufen jetzt ja sauber durchs Metallröhrchen."

Wirklich keine Schmerzen? – Also, so sicher war ich mir da nicht. Denn ängstlich flappte die Joyce jetzt mit ihren Flughäuten gegen die Wand, während sie uns nicht aus den Augen ließ.

Nun gut, in den Genuss dieser fortschrittlichen Hülsentechnik war daheim auch schon unsere Annika gekommen, wie ich mich erinnerte.

In einem geeigneten Moment nahm ich Jake Muholland zur Seite. Leise fragte ich ihn, wie er denn dazu stünde. Wobei ich natürlich den Umstand meinte, dass es ja seine Schwester war, die man ans Rohr geschlagen hatte.

Ach, winkte er ab, das sei seine Frau Elizabeth zusammen mit dem Hausmädchen und der Köchin gewesen. Die hätten seine Schwester Joyce überrascht, als sie in Gestalt einer Motte wieder in ihr Zimmer gelangen wollte.

Mich interessierte selbstredend, ob das Ans-Rohr-Schlagen denn in seinem Sinne gewesen sei. Mit Sicherheit nicht, entgegnete er daraufhin traurig und sogar regelrecht niedergeschlagen. Doch hätten seine Frau und seine älteste Tochter Susan sich auf einmal wie militante Gotteskriegerinnen aufgeführt. In unheilvollem Tone sei er gefragt worden, ob er auf Seiten des Herrn oder aber des Leibhaftigen stehen würde. Da habe er sich notgedrungen für die Sache der Allmacht entschieden.

Und seine arme Schwester geopfert, fügte ich in Gedanken noch bitter hinzu. Aber hatte ich es im Falle meiner Tochter Annika denn etwa anders gemacht?

Als Missy und ich eine halbe Stunde später wieder nach Hause fuhren, da kamen uns Meggie und Julie van Rijsgaarden schon in heller Aufregung entgegen. Mit überschnappenden Stimmen und gleichzeitig redend, erzählten die Freundinnen keuchend die folgende Story: Anité, die sprachbegabte Puppe, habe ihnen von ihrer Freundin Eliatã erzählt. Anhand der genauen Beschreibung hätten sie bereits begonnen, ein Abbild von dieser Freundin zu fertigen.

Missy gab den beiden Mädchen ihre Hoffnungen für ein gutes Gelingen mit auf den Weg. Ich aber wünschte wesentlich trockener das Frohe Schaffen.

Zwei Stunden später – die zwei Freundinen waren eifrigst mit dem Modellieren beschäftigt – fuhr Julies Mutter vor, um ihre Tochter abzuholen.

Irgendwann am späteren Abend war es uns schließlich gelungen, unsere drei Mädchen zum Nachtschlaf zu betten.

Anschließend nahm Missy mich bei der Hand. Schon im Negligé, führte sie mich ins dunkle Wohnzimmer. Sie machte dort auch kein Licht. Dennoch leuchteten Annikas blaue Augen in der Finsternis auf unheimliche Weise.

Im samtenen Zwielicht hörten wir das Flappen ihrer Flughäute, mit denen sie schwach gegen die Wand schlug. Sie schien uns zu sehen, und ihre Gegenwart war schon geradezu aufdringlich.

“Ich will noch ein Baby”, hörte ich Missy im Halbdunkel flüstern. “Und es soll unbedingt ein Junge werden. Du weisst schon, für den armen Robby, den wir verloren haben!”

Erschrocken fuhr ich auf. “Was, einen Jungen?”, rief ich fast schon überlaut.

“Still”, gebot sie mir leise. “Los, zieh dich aus, Steve.”

Nun war ich völlig entgeistert. “Was, hier im Wohnzimmer?”, entfuhr es mir.

Ich fühlte ihr Nicken im Dunkeln. “Wir treiben es hier auf dem langen Sofa, Steve”, sagte sie mit glucksendem Lachen. “Wobei uns deine Tochter dabei zuschauen wird. Ist das nicht aufregend, Liebling?”

Das konnte ich ihr nicht absprechen. Inzwischen stieg ich auch schon aus meinen Klamotten.

“Dr. Evaristo hat mir heute geschrieben”, meinte ich. “Er hat uns für den Sommer wieder zu sich eingeladen. Also erneut einen Angelurlaub. Gleicher Ort auf der Bananeninsel, und auch diesmal bei den Javaé-Indianern.”

“Und du?”, fragte Missy leise. “Was hast du ihm geantwortet?”

Da erklärte ich, dass ich meinem Freund wohl absagen werde. Zwar hätte ich schon einen Vertreter für meine Praxis, doch wegen Robin…

“Aber Steve”, meinte Missy hörbar enttäuscht, “der Robin wird ja nicht mehr zurückkommen, auch wenn wir auf unseren Urlaub verzichten. Da kannst du ihm aber genausogut zusagen, meinst du nicht auch?”

Eine Weile überlegte ich in der völligen Finsternis. “Gut, ich schreibe ihm also morgen, dass wir kommen werden”, gab ich dann am Ende nach.

Ich spürte ihren unverwechselbaren Geruch, während sie sich nackt auf das Sofa legte. Im Dunkeln fühlte ich, wie sie die schmalen Beine spreizte, während ich sehr behutsam aufsaß.

“Einen Jungen”, wiederholte sie im Flüsterton. “Unbedingt einen kleinen Jungen. Und danach lasse ich mich dann gleich sterilisieren. Denn irgendwann ist es gut, meinst du nicht auch?”

Annikas Flughäute klopften rhytmisch gegen die Wand, während wir uns liebten. “Und?”, hauchte Missy, die auf meine Antwort wartete.

“Ganz bestimmt”, seufzte ich leise.

Dabei wusste ich aber, was passieren würde, wenn sie sich so dringend einen Jungen wünschte. Denn dann müssten wir uns garantiert mit einem weiteren Mädchen zufriedengeben, so wie es in meiner Familie die Regel war…

SCHLUSS

SCHLUSS

ÜBER DEN AUTOREN

Don Winter wurde am 6.12.1977 in Porto Alegre/Brasilien geboren. Mit zwei Schwestern wuchs er in Brasilien auf. Nach Abschluss der Schule im Heimatland zog er 1998 nach Berlin. Hier veröffentlichte er im Jahre 2019 seinen ersten Roman "Wir Kinder der Sonne", welcher ebenfalls im Arcon Buch Verlag erschienen ist.

www.ingramcontent.com/pod-product-compliance
Lightning Source LLC
LaVergne TN
LVHW010540160826
845677LV00013B/2946

* 9 7 9 8 4 7 3 5 3 4 8 5 6 *